喜嫁

柒 完

目次

壹之章◆脖頸黑痣啟疑竇

林政辛見到林夕落吃驚的模樣，不由得沾沾自喜。

自己好歹也是林家家主了，怎能事事都聽這位九姑奶奶的意見，自己沒點兒主意呢？

林夕落瞪得眼睛發僵，眨了眨眼才道：「這事兒是在宣揚著，你卻獨自來擔這美名，小心三伯父和六伯父不容你。」

「那又如何？背後不是還有妳這位行衍公夫人嗎？」林政辛雙手背於身後，故作無賴地道：「何況這糧倉不是妳家的？那兌換銀子的錢莊不是妳家的？裡外這銀子我都是給了妳，左手換右手而已。如若他們找來，妳怎會不替我把這些人擋回去？他們要不找的話，我就陸陸續續把銀庫的東西全都捐給妳，往後只等著吃香喝辣的就成了，那日子過得多麼優哉游哉？」

林政辛說完讓林夕落更是驚了。

她原本只尋思著讓林政辛捐點兒銀兩博一美名，再衣著素樸，看皇上對林家有何態度，可……可他把這件事想到太過，居然還成了她要圖林家的錢財？

「胡扯，你這心思都歪到哪兒了？」林夕落臉色陰沉，林政辛愣了，「難道我想的不對？」

林夕落咬牙切齒，「為你著想還成了我圖錢財？」

「我得名，妳得財，這不是兩全其美的事嗎？」林政辛知道他剛剛的話惹惱了這位姑奶奶，連忙道：「我就是故意的，故意賴著妳跟姑爺還不行嗎？而且林家的那兩位爺已經開始惦念著分家的事了，否則我也不會這麼大手筆。」

分家？

林夕落皺了眉，「戲也得演得圓滿了才行，回頭再找你算這筆帳。」

林政辛嘿嘿一笑，立即又去賣力地對糧行的雜役們噓寒問暖，表現得甚是關心。他年紀小，沒有什麼架子，故而一會兒就與眾人打成一片。

林夕落無奈搖頭，她低估了這位十三叔的心思，賴上他們家？那也得魏青岩戰勝歸來才行，否則一切不都是空談？

遠處圍觀的百姓眾多，盯著林夕落的人也不少，陸續悄然離去的人則都落入宣陽侯眼中。

宣陽侯此時已在角落中靜靜地看著眼前發生的一切，待見到遠處的林夕落時，他手中韁繩不由得握得更緊。

林夕落心中想的是林家，可宣陽侯畢竟身居侯位，他看得更高遠，或許也能猜度出幾分肅文帝聽說此事會做出的反應。

林家勢頭正猛，他不能再出現，林家都肯為此捐出如此大手筆的家財，他這位宣陽侯怎能不對曾跟隨自己出生入死的兄弟們給予銀錢上的資助？

可眾人如今念的都是魏青岩的好，他怎會掏自己的銀子為魏青岩與林夕落做嫁衣？

在外人眼中，魏青岩是宣陽侯府的人，可在宣陽侯的心中卻不是，他如今不會再給此子一個銅子兒的恩賜，因為他看不到回報的希望，甚至察覺出魏青岩心中的怨恨。

林政辛與林夕落做出的這一件事很快便傳到各地，肅文帝得陸公公回稟之時，也有人通稟了德貴妃的宮中。

此時齊獻王正在德貴妃宮中，欲帶著德貴妃為襄勇公準備的壽禮前去賀壽，忽聽到這個消息不由得皺眉道：「怎麼趕在今兒賣這份忠心？這娘們兒瘋了吧？」

德貴妃斟酌片刻，問道：「襄勇公府給林家下了請柬嗎？」

「兒子不知。」齊獻王道：「應該給了吧？每年不都邀約林忠德……這老頭子死了，他們不會忘了吧？」齊獻王說著，立即派皇衛道：「去襄勇公府問問是否邀約了林家家主，如若未有，馬上去請！」

皇衛得此消息，迅速前去。德貴妃點了點頭，囑咐齊獻王道：「待去時要替本宮傳話給他們，該注重的禮節別忘了，也莫看輕了這些破敗的人家，誰知何日不會蹦出一條咬人的狗來？而且林家如今還有林豎賢，也是你側妃的娘家，該給的面子要給足了，還差寒暄兩句和一雙筷子不成？」

齊獻王應下：「兒子知道，這就去辦，母妃多注意身體，過些時日讓王妃和側妃來侍奉您。」

「你那個側妃就留下等著生孩子好了，本宮不願見她，就叫素雲來。」德貴妃說罷便擺了手，齊獻王行禮後匆匆出宮，朝著襄勇公府而去。

林政辛的大戲一時半會兒還演不完，林夕落問著冬荷時辰，冬荷回道：「已經快午時了，咱們是去襄勇公府，還是在此地用午飯？」

林夕落正在猶豫，遠處有侍衛前來道：「啟稟夫人，侯爺請您立即前去襄勇公府。」

侯爺？林夕落納罕之餘，目光往四處看去，在不遠處看到騎在馬上之人，不正是宣陽侯？

林夕落微微點頭，「告訴侯爺我稍後便去，請他先行。」

侍衛應下，林夕落去尋找林政辛，「我要去襄勇公府送賀禮，此地就交給你了。」

「放心，這場戲我還沒唱夠呢！」林政辛笑嘻嘻的，林夕落叮囑道：「如若有人來問，你可擔得住？」

林政辛本欲點頭，可謹慎思忖則道：「三伯父與六伯父不可能找上來鬧，畢竟他們還要那一張臉，回家悶頭鬧又能如何？我只怕來個出其不意的，比如說……那襄勇公府會不會得了消息再派人來請？畢竟今兒他們府中的公爺過壽，再說起咱們老太爺過世而聯想到林家……」

「也或許是我想多了。」林政辛頓了下，苦澀一笑，「行了，走吧走吧，我這裡無事！」

林夕落想了半晌道：「如若來請，你不要去，改日再登門拜訪，但今天不要露面。」

「放心，我不會那麼沒骨氣。」林政辛一擺手，轉身又扎入人堆裡。

林夕落無奈一笑，上了馬車，往宣陽侯那方看去，那裡已沒了人影，應是已經先離去。

而此時，齊獻王正在與襄勇公府的老夫人，也是他的外祖母說著德貴妃的吩咐：「母妃的語氣很嚴厲，頗有責怪，府上今年沒有給林家人下請帖？」

老夫人朝下看去，看到她的兒子，即齊獻王的舅父陳林道：「帖子下了嗎？」

「已經下了啊，給了行衍公的岳丈和都察院的林豎賢，這不都是林家人嗎？王爺如今做事怎也束手束腳了？那林家的家主不過是個毛孩子罷了，來不來又有何干？」

陳林道話畢，齊獻王惱了，「放屁！做事也不多尋思尋思，林家家主是誰推舉上去的？不正是魏青岩那個崽子！他如今風頭正盛，挑什麼錯不行？回頭咬你一口，你推得開嗎？」

陳林道滿臉赤紅，他好歹也是齊獻王爺的舅父，卻被如此斥罵，哪裡還有顏面？

「魏青岩不也就是個三等公？再說了，打壓林家是皇上之意，難不成皇上打壓我們卻捧著跟皇上對著幹？」陳林道已有近五旬的年紀，氣惱起來鬍子亂顫，老夫人連忙安撫：「別生氣，都好好坐下說，一家人有什麼不能和和氣氣的？」

齊獻王肚子裡也憋了火，他早就知道襄勇公府如今頗為搖擺，原本是一心支持著他與德貴妃，如今他長久無後，便開始有另投之意，否則這陳林道哪裡敢與他頂嘴？

見陳林道提出了肅文帝，齊獻王冷言道：「你厲害，你牛氣，那怎麼這一次出征你爭不上統兵之權？魏青岩是三等公，可如今老爺子還沒死，你也不過是個世子罷了。皇上是召見你的次數多，還是召見魏青岩的次數多？皇上提你陳林道的名字有多少次？逢高踩低，那是文人痞子做的事，你也算是個騎馬扛刀的老爺們兒？」

齊獻王這話罵得陳林道憋悶，而老夫人在一旁左右勸不得，險些昏了過去。

眾丫鬟婆子們上前又捧茶又端藥，忙碌了好一陣子。

陳林道氣急，齊獻王卻大袖子一甩，出門道：「與你這廢物說不清楚，我找老爺子去！」說罷，出門尋襄勇公而去。

未過多久，襄勇公府立即派出了幼子和大總管去林府請人，陳林道得知後氣得不行，咬牙切齒得滿肚子怨恨，「齊獻王，有你好瞧的！」

襄勇公府鬧出的這一場戲只有後宅的少數人知曉，前方陸陸續續進門的賓客依舊賀禮豐厚，車馬難行，一連排出了不知多少條街。

林夕落的馬車因掛有行衍公的牌子被連連讓路，可即便是這般，也在午時末刻才正式進入了襄勇公府後宅，下了馬車便有一眾女眷在此地相迎。

林夕落看到秦素雲，還有幾位面熟的夫人。

「等了妳許久，怎麼這時候才來？」秦素雲上前兩步，林夕落福禮後便挽著她道：「有點兒小事耽擱了，讓妳等急了？」

秦素雲左右探一探，隨後道：「實在尋不到人說話了，就在此地等妳，我也要告訴妳一件事，妳可要有心理準備。」

林夕落皺眉道：「何事？」

秦素雲正要說，孰料一眾女眷湊上，讓這件事耽擱了下來，而未過多久，門外又有一聲通傳：「太子妃駕到，眾人迎候！」

林夕落沒想到太子妃也會來向襄勇公賀壽。

德貴妃是皇后的死敵，齊獻王也更受皇寵，讓太子周青揚甚是不悅，太子妃這是來擺架子，還是逢場作戲？

真是官場處處有戲瞧，不用花銀子買門票……

秦素雲是親王王妃，自當率眾恭迎太子妃，依照品級排位，林夕落排在襄勇公老夫人之後。但這位老夫人剛被齊獻王與其子氣得頭暈，此時在林夕落之前身子仍在發抖，她兒媳等人又因品級不如林夕落高，只能眼瞧著還不好意思越線上前。

她們這糾結的模樣倒讓林夕落覺得尷尬起來，她這不成了給人家添亂的了？

林夕落側頭看向身後，使了眼色給那位夫人，可襄勇公的兒媳婦也是被規矩束縛的拘謹之人，雖看到林夕落的眼神，卻仍不肯逾禮上前，就由著襄勇公老夫人搖搖晃晃的，好似隨時會倒。

林夕落沒轍，湊上前兩步在她身後輕輕地扶著。襄勇公老夫人轉頭看去，卻是一張陌生的面孔，細想才驚道：「不可不可，怎能讓公爺夫人攙扶，使不得啊！」

「行了，您好生歇著，什麼狗屁規矩，不過是太子妃而已，她遲遲不來，您還搭一條命不成。」林夕落低聲嘀咕，心裡對襄勇公府的教條略有不滿。

襄勇公老夫人說不出的感激，連連道謝，此時太子妃的行駕進了後宅，十六位宮女站至兩旁，隨即才是太子妃緩步而來。

秦素雲福身問禮，隨後才是眾人行禮。

太子妃目光從秦素雲看向後面，很容易就看到了林夕落，待見她扶著前方的襄勇公老夫人，不免冷笑，「行衍公夫人真是孝順長輩，還親自攙扶老夫人，讓本妃甚為感動，尋常都稱妳性子潑辣，孰知潑辣中也有這份乖巧，倒讓本妃得了個驚喜。」

「給太子妃請安了。」林夕落扶著襄勇公老夫人行了禮，才鬆開她，與太子妃應話：「孝順長輩是應當應分的，雖說我與老夫人不沾親，可老夫人年邁，按說應免去前來恭迎太子妃的禮，但她都能按照規禮前來，我又為何不能盡晚輩之責，攙扶她老人家向太子妃請安呢？」

林夕落這話可謂是把太子妃給罵了個透徹。

太子妃來了便罷，大張旗鼓地讓眾人迎候如此之久不說，還計較禮節，這不是扯淡嗎？

她雖然性子潑辣了些，可又不是傻子！

林夕落目光中的不屑讓太子妃一肚子惱火，秦素雲心中笑開了花，可依舊款款上前道：「太子妃忽然駕臨實在出乎眾人意料，不妨先進去休歇可好？」

太子妃看了秦素雲一眼，趾高氣揚地點頭，「那就請親王妃引路吧。」

「舅母。」秦素雲直接叫了剛剛不敢逾越規矩上前攙扶老夫人的那位夫人，此人一聽，即刻上前行禮道：「給太子妃請安，能為您引路甚是榮幸，請吧。」

太子妃冷哼一聲，前行而去。秦素雲嘆了口氣，眾人便依照品級進院子陪太子妃，而她也無機會與林夕落私談，反倒是讓兩人剛剛的喜意興致全無，只想著敷衍幾句，快些了事。

林夕落身為行衍公夫人自是要跟著，但她慢了幾步，尋找宣陽侯夫人的蹤影，最後在一堆夫人的圈子中看到她，姜氏在一旁陪同，也在尋找林夕落。

兩人對視後互相點了頭，林夕落自行先進去，沒有等候侯夫人，而此時，侯夫人的目光也隨著姜氏投來，正見到林夕落進院的身影，心中怨毒氣惱，低聲道：「她的眼中毫無侯府存在，可惡至極。」

姜氏不知該如何回答，她能說什麼？說林夕落剛剛探眼過來，見自己陪同故而放心離去？侯夫人不但會覺得她心向著林夕落，指不定又有什麼新的責怪之辭出現。

對這位始終瞧不上庶出的侯夫人，她們說什麼能對？

見姜氏沒有說話，侯夫人冷哼不語，可想起宣陽侯的叮囑，心中甚是複雜，腳步不知該朝何處邁去。

林夕落進了襄勇公府為太子妃特意準備的私院，還未等站穩腳步就有宮女來請，道是太子妃有意請親王妃與行衍公夫人相陪。

這是林夕落早已預料到的，也沒什麼意外，只讓冬荷與秋翠在這裡等候，她則由宮女引路，與秦素雲一同進了門。

太子妃此時正坐在主位上，看到兩人進門，臉上露了幾分不悅道：「怎麼行衍公夫人前來見本妃都不肯帶著妳的孩子？」

林夕落笑著回答：「太子妃今日前來是向襄勇公賀壽的，怎麼還要見那小子？」

「怎麼？難道行衍公夫人的孩子金貴到本妃都不能瞧一眼？」太子妃說罷，秦素雲接話道：「今兒是襄勇公大喜，怕孩子見了太子妃哭鬧，給襄勇公府添喪氣。」

「憑什麼見本妃就哭鬧？」太子妃話剛出口，秦素雲便反問道：「怎麼？難道太子妃忘記小文擎滿月時您險些將他扔了地上？」

太子妃一怔，隨即紅臉道：「那也是無意。」

林夕落沒有開口，卻是訝異秦素雲今兒為太子妃見小肉滾兒的事激烈反擊，依她尋常的性子來看，根本不會做出這樣的事……

太子妃臉上多幾分異色看著林夕落，「難道行衍公夫人依舊不肯讓本妃見一見？」

「為迎候太子妃倉促了，我這向襄勇公賀壽的禮還未送上呢，這豈不是讓老夫人埋怨我厚著臉皮來蹭白食了？太子妃恕罪，容我先送了禮再回來陪您說話。」林夕落說話間就起了身，也不等她應允就出了門。

秦素雲嘴角微笑地抿著茶，太子妃看向她，目光中多了幾分猜度，可又不敢將心底的打算和盤托出，擔心被秦素雲發現什麼，只得諷刺地試探道：「秦素雲，妳攔著本妃與行衍公夫人交好是何意？」

「嗯？我有嗎？」秦素雲側頭看著她，「那倒是要給太子妃賠罪了，我實無此意。」

「妳——」太子妃抿了抿髮鬢，心中想著臨來時周青揚的吩咐，便依舊坐定，「沒有就好，本妃此次前來是替皇后娘娘與太子殿下向襄勇公賀壽，妳既然在此無事，就陪著本妃吧。」

秦素雲一怔，只得點頭應下。太子妃吩咐了身邊的宮女幾句，宮女悄然離去，秦素雲的心底開始犯了嘀咕，只怨剛剛沒能與林夕落將那件事先說出來，讓她心裡有個準備……

林夕落離開太子妃的私院，出門就見到了侯夫人與姜氏。

行步過去，一路上有其他夫人前來寒暄，她笑著回應，可攔路的人越多，侯夫人的臉色越沉，直至林夕落走近時，侯夫人便出言道：「如今妳的品級比本夫人還高，就不必過來請安了。」

姜氏的表情很僵硬，林夕落看入眼中，笑道：「那也好，免得寒暄的人太多，惹了母親的清靜，恕媳婦兒無禮，暫時先告退了。」

林夕落說著便去尋曹嬤嬤，侯夫人氣得紅臉，她本以為林夕落會敷衍幾句，孰料她真的就這麼走了，她……她太過分了！

侯夫人的怨色不用說，全都寫在臉上，姜氏心中無奈苦笑，她是與林夕落走得最近之人，怎能不懂林夕落的脾氣？

想讓她捨了臉來巴結？除非是她的親生母親，而不是這位句句嘲諷、傲氣十足的侯夫人。

春桃並沒有陪同來襄勇公府，而是冬荷陪著來，秋翠則跟著曹嬤嬤與小肉滾兒。

林夕落跟著太子妃與秦素雲進了私院，小肉滾兒等人被安頓在主院側房的雅間中休歇，林夕落尋了過去，見兒子正酣睡便放下了心。

從冬荷那裡取過禮單，準備再去拜見襄勇公老夫人並送上禮。稍後有眾人齊向襄勇公賀壽的禮席，那時要遞上禮單走個過場。這一趟下來花費不小，可府中應酬不能不做。

林夕落正想帶著孩子與曹嬤嬤過去，忽見一個小宮女在外探頭探腦，被侯府的侍衛給攔住。

「奴婢、奴婢是太子妃身邊的宮女，曾經跟過曹嬤嬤，請夫人應允奴婢來見一見她。」小宮女表情怯懦，一副擔心受怕的模樣。

林夕落甚是奇怪，「放她進來吧。」

小宮女進了屋中，曹嬤嬤滿臉吃驚，「小北，怎麼是妳？」

「嬤嬤！」小北笑嘻嘻地進門，先向林夕落磕了頭，隨即去曹嬤嬤身邊道：「奴婢聽說您如今跟隨公爺夫人，又聽說公爺的小主子也來了，便想著您是否也在，果真見到了！」

曹嬤嬤臉上都是喜意，單獨拽她至一旁敘話。

林夕落與冬荷正要出門去賀壽，可剛行至門口就聽見屋中出了細微的聲音：「這是小主子？能抱一抱嗎？」

「不行！」林夕落下意識怒喊一聲，轉身跑回屋中。

侍衛已經將小北制住，小北嚇得哆哆嗦嗦，滿眼無辜，可林夕落卻瞧見兒子領口的衣襟扣子被解開，隱隱約約露出脖頸處的黑痣。

林夕落心中一緊，露出狠色，曹嬤嬤連忙起身道：「夫人，她不是故意的！」

「嬤嬤不要開口說話，此事與妳無關。」林夕落的態度異常冷漠，讓曹嬤嬤不敢再多言。

林夕落看著小北，走近她，居高臨下地問道：「妳為何要解開我兒子的衣襟？妳想看什麼？妳看到了什麼？」

小北臉色驚慌，「奴婢……奴婢只是隨便看了看，什麼都沒有看到！」

「妳確定什麼都沒看到？」林夕落的目光更狠，嚇得小北眼淚劈里啪啦地掉下來，連連跪地磕頭，「奴婢什麼都沒看到，奴婢只是喜歡小主子，奴婢真的什麼都沒看到！」

林夕落深吸一口冷氣，她剛剛的確是大意了。

太子妃身旁的宮女貿然前來，她怎麼就允此人進來？而且還知道曹嬤嬤被調到自己身邊伺候魏文擎！一個小小的宮女，消息怎會如此靈通？

剛剛在太子妃的私院中，太子妃就直言要見小肉滾兒，秦素雲將此事給推掉了，而這位認識曹嬤嬤的小宮女又在自己出門後要見小肉滾兒，這不明擺著有私心？

太子妃要見她兒子做什麼，這件事秦素雲應該會給她答案。

可眼前的小宮女怎麼辦？林夕落心中已經篤定，她絕對不會放此人走。

林夕落走出門外，叫來了薛一，小聲道：「這個小宮女知道了不該知道的消息，除了弄死她以外，還有什麼辦法？」

「沒有。」薛一回答得甚是乾脆，還諷刺林夕落的婦人之仁，「她不死，你們或許會出現更多麻煩。」

林夕落閉上眼沉思片刻，並沒有吩咐薛一動手，而是找了一名侍衛，「將那個宮女換身行裝帶走，不允許她接觸外人，必須看住了，還要警告所有人，從沒有見此人來過，聽到了嗎？」

侍衛當即應下，進門將小北堵上嘴拽了出去。曹嬤嬤眼中閃過一絲驚慌後欲開口說話，卻被林夕落搶白。

「嬤嬤，妳今兒沒見過這個人，懂嗎？」

曹嬤嬤下意識地點了點頭，可她還想說些什麼，卻被林夕落制止，「嬤嬤，妳不用再說了。玉棠，妳抱著小肉滾兒隨我來，我出去向襄勇公賀壽，稍後就回。秋翠，妳陪著曹嬤嬤在此候著。」

林夕落這話說出，讓曹嬤嬤有些不知所措，尋常林夕落都會讓她帶著小肉滾兒，可這次卻要奶娘玉棠陪著，還留下了秋翠，是看著她嗎？

這個小北可是有什麼過錯？

林夕落帶著眾人離去，曹嬤嬤心神恍惚，從頭到腳冰涼至極，看著秋翠在此，忍不住道：「不過是個小宮女，夫人怎會如此動怒？可是……可是有什麼忌諱的事？」

秋翠搖了搖頭，「我也不知道。」

曹嬤嬤仔細琢磨半晌，她終究是宮中出來的人，很快便捕捉到一些訊息。小北為何知道她在行衍公府？她如今怎麼跟了太子妃？曹嬤嬤想到此處，心中大驚。

她在行衍公府自由慣了，的確是犯了大忌，怎能不問一問小北就見？還允她去看小主子。

曹嬤嬤想了明白，只想著晚間親自找林夕落將此事說開，消除她的顧忌。

林夕落帶著兒子先去見了襄勇公老夫人，老夫人今兒得林夕落助力，甚是感激，可想到齊獻王與其兒子說到魏青岩，她臉上又多了幾分心虛與尷尬，半晌都說不出一句話來。

林夕落遞上禮，也沒想耽擱太久，反倒是各府夫人們拽著她坐下寒暄，話題轉到孩子身上，又紛紛從身上取下物事來送，這送一串珠子，那送一串鏈子；這一個玉佩，那一個項圈……

因是送給行衍公的嫡長子，故而這些夫人們也不敢拿太次的物件，都挑身上最好的送。這一圈下來，小肉滾兒得的禮比誰都多，套了身上滿滿一堆，冬荷幫著一件一件地往下摘都耗費半天功夫。

過了半晌，襄勇公老夫人累了，眾位夫人才陸續告退。林夕落鬆了口氣，正欲想辦法尋秦素雲說上幾句私話，問問她今天所提的事到底是什麼，可不遂人願，她沒等邁開步子，就又被眾夫人圍上，請她一同前去向襄勇公賀壽。

林夕落沒了轍，這裡畢竟是襄勇公府，她的一舉一動沒那般自由，只得將心思放下，先隨眾夫人前去賀壽。

禮單送上，說了幾句賀壽的詞，此地男人頗多，眾夫人沒停留多久就去了女眷的席位上。

林夕落看到了羅夫人，便與她一同就坐，話題談的是魏青岩出征及羅涵雨的婚事。

半晌過去，秦素雲才有機會在此坐下，太子妃把她拽在身邊不允她單獨離去，故而林夕落仍然沒能找到與秦素雲談話的機會，可她感覺到太子妃的目光投過來，其中透著一股子異色，難不成她是找不到那個小宮女了？

林夕落輕淡地笑著，心裡仍惦記著那件事，那宮女應是太子妃派來的，可她想知道什麼呢？

羅夫人不明白林夕落心中所想，待見到宣陽侯夫人與姜氏落坐時，把話匣子打開，談起了宣陽侯的英名與侯夫人的大度。

宣陽侯夫人之前得過宣陽侯的告誡，見話題談至此處，便微笑著道：「侯爺與我都已年邁，好在侯府中有青羽與青岩兩個孩子，他們也都是孝順之人，縱使行衍公府地建好，青岩也未想搬走。如此正合我意，免得侯府中冷冷清清，沒了人氣。」

侯夫人的話讓姜氏與林夕落驚了。

即便是場面話，侯夫人也說不出這等道理吧？怎麼大病一場卻改了做派？

看到林夕落眼中的驚愕，侯夫人則道：「怎麼，難道本夫人說的不對？」

「母親自當無錯，也是您體恤我們，怕我們分擔的事太多，特意留我們在侯府，否則空蕩蕩的府邸就我們娘倆兒，有什麼意思？」林夕落場面話說得漂亮，可說完只覺得牙疼……

侯夫人笑意濃了些，好似她是個勝利者。

羅夫人自是知道其中的奧妙，微微一笑，說起了林家。

林政辛今兒的事早已傳至襄勇公府，襄勇公府登門再邀的消息也沒有隱瞞住，開席之時就被傳了進來，故而談資也少不得林家二字。

「襄勇公如今已經年邁，他的嫡長子陳林道當家，陳林道也任武職，可多數是靠著襄勇公與德貴妃的名號，沒什麼本事。」羅夫人在林夕落耳旁悄聲地敘話，侯夫人與姜氏也聽得見，亦對此人頗為不恥。

「武將還要憑藉立戰功才算得上是個武字，憑藉祖蔭能得什麼前程？否則這次皇上也不會如此厚待青岩，宣陽侯這一代人老了，如今只能看兒孫這一代。」侯夫人三句話離不開魏青岩，聽得林夕落心中甚是彆扭。

可羅夫人斥責陳林道，明擺著是說沒給林政辛下帖子是此人所為。

「不管他們府邸是誰當家，是誰說的算，這事兒若我們公爺在，恐怕都不會容的。」林夕落微笑，「人都有一張臉，這時候再去請怎麼會來？我十三叔那個人莫看年幼，骨子裡還是有那麼點兒傲氣在，隨叫隨到，那是皇上召見，除卻皇上之外，誰還有這份尊貴？」

林夕落的聲音很足，不但這一席，連帶著周圍席面上坐著的夫人們也都聽入耳中。

聽出林家這位九姑奶奶心有不滿，眾夫人不免私下竊竊相談，沒有明面的附和。

這事兒也怪不得她們，畢竟今兒是襄勇公大壽之日，總不能吃著人家的席面罵著人家的兒子，這事兒有點兒說不過去。

羅夫人見林夕落這副姿態，也知道今兒林家捐錢給糧行的事，便調侃道：「妳出的主意吧？」

林夕落吐了舌頭，「這主意怎麼樣？夠餿的吧？」

羅夫人忍不住哈哈大笑，「回頭我就去講給妳娘聽，我倒想看看她是什麼表情。」

「我娘已經習慣了，什麼事兒都不吃驚了。」林夕落說到此，看到秦素雲起了身，目光還悄悄遞了過來。

林夕落見太子妃正被幾位夫人圍著敘話，便也起身跟著秦素雲而去。

兩人在淨房的角落中，身旁沒有丫鬟跟隨，秦素雲開口便問道：「太子妃身邊的那個宮女去找妳了嗎？」

「宮女？什麼宮女，我沒有瞧見啊？」林夕落嘴上否認，心中卻甚是吃驚，怎麼這件事秦素雲也知道？

林夕落裝傻，讓秦素雲皺了眉。

仔仔細細地端詳她半晌，卻不見林夕落的臉上露出虛色，更是一副毫不知情的模樣。

真不知道？秦素雲儘管這樣猜想，口中不由道：「她的死活本妃可不在意，又不是本妃身邊兒的人，可妳要顧忌太子妃，她正在四處尋找這小宮女，別找到妳的頭上。」

「妳今兒欲與我說的是何事？」林夕落岔開話題，如若秦素雲所言之事與那小宮女有關，那這個小宮女就不能留著了，可她真要弄死此人嗎？

林夕落心中有點兒顫，她還未親自下令要人命……

秦素雲沉了一刻，見林夕落略微心不在焉，左右探看了一下，聲音低了幾分：「德貴妃娘娘召本妃進宮，說起了文擎之事，從太子宮中傳出過消息，太子與太子妃大吵，稱小文擎是太子的兒子……」

林夕落頓時張大了嘴，震驚之餘也有心虛，哪裡是太子的事？明明是與肅文帝、魏青岩有關，可她哪裡能說？

「這什麼啊？這不是汙衊我嗎？」

秦素雲即刻拽住她，「小聲點兒，這消息也不過是傳出個口風就被禁了，而且還為此死了不少宮女和太監。」

林夕落的臉色陰沉，低聲怒道：「這種謠言也傳得出？青岩在外征戰打仗，生死不知，他才離開多久居然被人扣了一頂綠帽子？我不管他們心中如何想，但這件事我絕不甘休，定要討回公道！」

「別，這也是一個說辭罷了，我與妳說的意思也是讓妳顧忌太子妃一些。」秦素雲話語急切，顧不得自稱本妃，她故意如此也為了與林夕落拉近關係，藉著她的顏面別把事情鬧大。

林夕落的脾氣不可控，這也是秦素雲始終無法真正摸透林夕落的原因，與她說話要哄著來，否則真不知她會做出什麼樣的事來。

秦素雲如此想，可林夕落早已慌亂，臉上雖露出憤懣之色，心中卻在想此事該怎麼辦。

這不是小事，而是會捅破天的大事。

可她能與秦素雲說嗎？不能；她能與誰商議？沒有。

唯獨魏青岩，可他如今行軍之中，又事涉征戰，怎能拿這等事來擾亂他的思路？

林夕落臉上漲紅，連眼睛裡都快氣出了血絲，秦素雲心中也有膽怯，她只見過林夕落撒潑的時候，還沒見過她如此盛怒，她……她不會鬧出大事吧？

這件事秦素雲難免有私心，她能與林夕落問出這等話，也是想藉她的反應來探此事真假，可如今話說了，林夕落也有反應了，秦素雲卻後悔了。

這腦子不是出問題了？林夕落這個女人如此好強，怎會與太子有染？

可德貴妃讓她追探一下此事的隱祕，她又能從何處得知？

這件事看來還要進宮與德貴妃娘娘再商議一二，可別因此捅出了簍子，鬧出人命，再惹怒了皇上，那可就出大事了。

林夕落沒有再開口，也沒有與秦素雲有半句寒暄，起身回到宴席上，臉上雖收斂了怒氣，揚出半絲笑意，可誰看到她都被嚇一跳，那周身散發的怒氣根本收斂不住，讓人心驚。

回到羅夫人與侯夫人的席上，寒暄了半晌，可林夕落一句話都沒記住，她一直在捫心自問：怎麼辦？此事到底該怎麼辦？

襄勇公的壽宴進行到一半，太子妃依舊沒有要離開之意，其他府邸的夫人們也不敢離去。

林夕落歇了半晌，不再似之前那般慌亂，因為除卻秦素雲不時投來目光之外，她還感覺到另外一股目光始終盯著自己，此人不是別人，正是太子妃。

太子妃此時的心裡甚是矛盾，皇衛在襄勇公府找了許久都沒能尋到小北的身影，而此地又是襄勇公府，是德貴妃娘娘的娘家人，她自不可能讓皇衛隨意亂走，否則被說出有其他目的，豈不是添亂了？可……

小北失蹤一定與林夕落有關，否則她去探聽消息怎麼會無緣無故地沒了影子？要尋一個什麼藉口去找林夕落要人呢？

太子妃的目光始終不離開林夕落，可林夕落壓根兒不理她，只側臉對她，分毫不往這裡瞧。跟隨太子妃的宮嬤見時辰不早，在一旁悄聲提道：「太子妃，時辰已經不早了……」

「去幫本妃將行衍公夫人請到此處，本妃有事要問她。」她下了如此之令，讓宮嬤一怔，秦素雲在一旁心驚，問道：「太子妃有何事……」

「妳閉嘴，本妃在此，還輪不到妳隨意說話。」太子妃怒勁上來了，她今兒幾次行事都被秦素雲給破壞，如若再不翻臉，她還不依不饒了，太子交代的事情怎能辦妥？

秦素雲沉下臉色，只道：「惹太子妃不悅，我就告退了，不在此處給您心裡頭添堵。」秦素雲起身便走，可轉過身就看向林夕落，微微搖頭，示意林夕落快走。

林夕落看懂了秦素雲的提點，可她心裡憋的這一股子氣還沒徹底發洩出來，而且她越是遮掩地離開，豈不是越讓人懷疑她有問題？

林夕落未動聲色，秦素雲無奈地搖頭，選了另外一席坐下，只怨林夕落不肯聽她的……

太子妃身邊的宮嬤過來，低聲道：「夫人，太子妃有請。」

林夕落挑眉看著她，「本夫人是什麼品階？」

宮嬤一怔，隨即道：「皇上親封您為一品誥命夫人。」

「那妳見了本夫人為何不行禮？太子妃是尊貴之人，難道連她身邊的奴才也一樣尊貴不成？本夫人坐在這裡，妳居高臨下與我說話，妳們的規矩吃了狗肚子裡了？」

林夕落尋了其他的方式挑刺兒，惹得周圍所有人都將目光投來，待見到這位宮嬤站得直挺挺地與林夕落敘話的確不合規矩，可今兒是襄勇公府的大喜之日，鬧出這等事來作甚？

轉念一想，太子妃還不走，又要請行衍公夫人過去幹什麼？

好奇之心人皆有之，特別是與太子和行衍公有關……

太子妃的怒氣更盛，她本想把林夕落叫過來低聲質問，可這女人居然如此跋扈，斥起了她派去的宮嬤，如今這般多人看著，她能怎麼辦？

宮嬤見林夕落不依不饒，只得躬身道：「給夫人請安了，太子妃有請，與您有要事相敘。」

「妳是奴，我是一品誥命，單純躬身就可以了嗎？尋常不用妳們這些奴才跪地請安，那是賞妳們的顏面，給妳們主子留面子，可不代表這規矩就改了，難不成妳在宮中待了這麼多年，連這都沒學會？」林夕落繼續挑刺兒，冷笑著道：「是沒學會，還是在太子妃身邊狐假虎威久了，把這規矩都忘了？」

「是老奴的錯。」宮嬤躬身低頭，看不到林夕落此時正在看著太子妃的目光，太子妃被這挑釁的眼神氣得勃然大怒，見宮嬤欲屈膝下跪，立即大嚷道：「放肆！」

太子妃這怒吼吸引了所有人的目光，連正來此地感謝眾人的襄勇公老夫人都停下了腳步，吃驚地望著她，臉上也湧起了幾許怒意，吩咐身旁的丫鬟去通稟襄勇公。今兒太子妃哪是來賀壽的？根本是來搗亂的。

太子妃徹底被林夕落給激怒了，也不再顧忌身分和眾人的目光，起身朝她走來，猛斥道：「林夕落，妳要注意身分！」

「太子妃此言差矣，難道我剛剛所言不對？難道該是我給太子妃派來的宮嬤行禮磕頭不成？」林夕落漫不經心的神色讓太子妃更是氣憤，斥退身旁的宮嬤，只與林夕落道：「本妃問妳，剛剛派去尋妳的宮女，妳帶到何處去了？」

「宮女？什麼宮女？」林夕落心中早已有底，下意識便否認她的斥問，「太子妃身邊的宮女我沒有見過，不知多大年紀？長什麼模樣？今兒襄勇公府客人多，府邸又大，不會是四處走啊走的，就這麼走丟了吧？」

林夕落的話中帶刺，讓太子妃的拳頭攥了緊，「妳休要胡言，本妃沒有允她四處亂走，而是去找妳身旁的嬤嬤！妳把人帶何處去了？給本妃交出來！」

「我沒有見到什麼宮女。」林夕落的神色也冷一分，「我是來向襄勇公賀壽的，不是來幫您看著宮女的。」

「她明明就是去找妳，可是妳有什麼隱祕的事被此位宮女發現了，把人給藏起來了？」太子妃冷笑一聲，「妳當著本妃的面還敢信口雌黃，妳難道就不心虛嗎？」

「太子妃，話可不能亂說。」林夕落心生怒意，太子妃立即吩咐身邊的人道：「將行衍公夫人給本妃請到小院去，連她身邊的人一同帶走，本妃親自問話。」

「對不住，我不去。」林夕落一字一頓，身邊的夫人們瞠目結舌，望著這兩人針鋒相對，心裡頭驚濤駭浪，不知所措……

太子妃與行衍公夫人槓上了，眾夫人這會兒可不是好奇心大盛，而是膽顫如鼠了。

這消息傳出去的話，她們豈不是全都有了責任？

更多的人在思忖到底應該站在哪一邊兒，是站在太子妃那邊，還是行衍公夫人那邊？

這可是襄勇公府，德貴妃的娘家，齊獻王的外祖之家啊！

有人驚異於太子妃的魯莽，有人在驚異於林夕落的猖狂，可兩人相爭只是為一個宮女嗎？沒有人這樣認為，所以都靜靜地看，看她們爭論不休到底是為了什麼。

林夕落的抗拒讓太子妃的怒意更盛，手指著林夕落言道：「妳不要逼本妃動手，今日妳必須交出這個宮女！」

「好啊，您是太子妃，高高在上，可您也別忘記，此地是襄勇公府，不是旁門野宅，太子妃執意要我交出這莫名其妙之人，到底為何？一個小小的宮女就如此重要嗎？連名姓都不知，您就如此逼著我交出來？我交出何人？難不成去宮中花銀子贖一個出來交給您就成嗎？」

林夕落說罷，卻讓太子妃一怔，言道：「此宮女名叫小北，不要拿襄勇公府來彈壓本妃，此事妳擔當不起！」

「我自然擔當不起，我是來賀壽的，不是來搗亂的。」林夕落踱步走向她，抬頭挑眉道：「太子妃，有些事我擔不起，可您也不見得擔得起。今日襄勇公大壽，我一直都壓抑著不把事鬧大，但如若您執意不肯甘休，我不在意把此事鬧開了，鬧至宮中，鬧至皇后與德貴妃娘娘面前，鬧至皇上與太子殿下面前。」

「休拿眾人來壓制本妃，妳沒這個資格！」太子妃怒斥，林夕落輕笑，「我有沒有資格不是太子妃說的算，我豁得出去這一條命，您敢嗎？」

林夕落最後一句讓太子妃回不上嘴。

她驚愕於林夕落的韌勁和狠心，她如何恐嚇她不但沒有驚慌，反而越發硬氣起來。

難道……難道小北不是她帶走的？

太子妃心中開始打鼓，而此時，襄勇公老夫人再也沉不住氣，她雖年邁，可畢竟不是糊塗之人，顯然是太子妃與林夕落之間發生些她不知道的事，可今兒是什麼日子？是襄勇公大壽！她如若不出面把此事擺平，襄勇公府哪裡還有顏面？何況這不過是太子妃罷了，她們襄勇公府該盡到的禮數都盡到了，難道還把她捧上天不成？

襄勇公老夫人由丫鬟們攙扶上前，緩言道：「太子妃在尋找何人？此地是襄勇公府，不是行衍公府，您如若尋人，自是要與老身講，去尋行衍公夫人作甚？」

太子妃怔愣之餘，也覺得此事要解釋清楚，畢竟這位老夫人是德貴妃娘娘的生母，如若出了事，她擔待不起。

這般思忖，太子妃立即道：「老夫人莫怪，是因本妃身旁的小宮女稟明去尋行衍公夫人身邊的嬤嬤，故而本妃才如此問起。」

「那也應該由襄勇公府的下人來查，如若查到自會告知太子妃，給您一個交代。」襄勇公老夫人說罷看向了林夕落，「讓行衍公夫人受驚了。」

「您這般說，倒是讓我無顏接話了，都是我無禮，讓您跟著受驚才對。您還是要注意歇著，待過些時日再來拜訪，今日先回了。」林夕落笑著應答，襄勇公老夫人點了點頭，隨即吩咐身邊的人道：「四處去查一查，看太子妃身邊的宮女去了何地。這麼大個人在我們府中丟了，豈不是出了笑話，如若傳了出去，我們府中的老太爺與各位老爺哪裡還有顏面做人！」

「老夫人，本妃沒有別的意思……」太子妃欲辯駁，因為她已經品出這位老夫人言語異樣的味道，那是指責她的味道……

襄勇公老夫人恭恭敬敬地向太子妃行了禮，隨即去其他桌席上致謝寒暄。林夕落知曉襄勇公老夫人這時候出面也是一警告，自要順著臺階下，便吩咐身邊的人即刻離開。

秦素雲一直在旁邊坐著沒有摻和進來，她就是要看林夕落應對的方式。

她沒有躲閃，反而與太子妃硬碰硬，這其中似有說不明白的地方。

林夕落離開，太子妃下意識地看向了秦素雲，目光中除卻憤恨之外再無其他情緒，沒等多久便也率眾離去。

上了馬車，林夕落吩咐身邊的薛一：「那個宮女交給你，怎麼辦不用給我回話，辦完也不用告訴我，我不想知道。」

薛一淡淡一笑，閃身離去。林夕落沉嘆口氣，心中沒有徹底放下此事。

難道魏青岩的身世被人知曉了嗎？

這件事如若被揭開，會鬧出多大的動靜？會有益還是有害？林夕落不敢想像下去，因為她害怕，她害怕這件事被人知道。抱著兒子，兒子晶亮的大眼睛，和不停摸著她的小手，心中嘀咕道：青岩，你快些回來吧……

林夕落與太子妃先後離去，但此事並沒有就此告終。

老夫人派人去知會了襄勇公，襄勇公未到，但齊獻王此時正在與老夫人私談，自然此事也少不得陳林道。

「……這件事好似王妃知曉一二，但太子妃執意找行衍公夫人要這個宮女，府中的門房雜役也都沒有見到，連丫鬟婆子也都盤問過了，這件事你們如何看？王爺怎麼看？」

老夫人說完，看向了齊獻王。

齊獻王手掌拍案，大怒道：「他媽了巴子的，敢到咱們府上鬧事，迎她前來就不錯了，還如此囂張！找什麼破宮女？說不定是派了什麼人在此地探查底細，結果人失蹤了，又怕被查出來，所以才嫁禍給林夕落那個女人！」

「為何要找行衍公夫人？」陳林道在一旁插嘴，齊獻王冷哼道：「找別的夫人？那不早就嚇哭了？也只有林夕落那個娘們兒才能硬氣地跟她對著幹！」

「事情或許沒有這麼複雜，不如等下人們的回稟再議。」陳林道不認同，齊獻王對這位舅父也不願多說，畢竟還有德貴妃在，否則他早一巴掌把此人抽出去了。

襄勇公老夫人看著兩人，勸慰道：「這件事老太爺不管，我也不管了，都交給你們去查去辦，我老了，管不動了。」

齊獻王點了頭，未等開口，陳林道已搶白，「母親放心，這件事不會出任何差錯，兒子一定辦得妥當。」

「你辦得妥？你還是先想想怎麼保住官職吧。」齊獻王冷哼地拂袖離去。

陳林道目光冰冷地看著這位囂張的王爺，目光中透著一股子冷意。

齊獻王自然不信他剛剛的推斷。

太子妃傻嗎？不傻；林夕落那女人傻嗎？也不傻，所以這兩個女人之間肯定是出現了什麼貓膩兒，但剛剛老夫人執意要叫秦素雲一起來商議，齊獻王推脫過去，這等事只有他自己可以問，怎會讓襄勇公府插手？

何況陳林道已經有離心之意，否則他也不會總想去拉攏魏青岩。

可魏青岩這小子又幹什麼事了？他都出征去打仗了，家裡還出這等事？

齊獻王心裡嘀咕著，去尋找秦素雲細談今日的事，而這一會兒，襄勇公府的賓客也陸續離去，無心之人自然沒有發現此府的雜役和看守增多，但幾乎出行的每一戶人家都會看了個遍。

是在尋人……

人沒有尋到，陳林道很是惱火，無緣無故就這麼失蹤了？這怎麼可能！

「派人去女眷的院子中細問，看今天那位行衍公夫人身邊是否出現過一個宮女，細細地問，一個都不許放過！」陳林道下了令，襄勇公府的下人們折騰了一夜。

終於，在一個跑腿兒為眾夫人調口味送物件的丫鬟口中得知，行衍公夫人那方的確出現過一個小宮女。

陳林道得此消息，立即開始順著這條線去查，而後得知行衍公夫人身邊的侍衛帶走一個丫鬟，稱是身體不適，先送出了襄勇公府。

可此人什麼模樣無人見到，白日裡人多得眼花繚亂，守門的人自然也看不清楚。

陳林道心裡有了譜，什麼丫鬟用得著侍衛送出襄勇公府？

嘴角輕扯出一絲冷笑，陳林道嘆了口氣，雖說這個宮女不在襄勇公府，太子妃與行衍公夫人之間到底為何事爭吵他也不知，但這卻是一個能投向太子的切入點。

一腳踏兩船，也不見得就不可以……

陳林道斟酌著事，林夕落這一夜也沒能睡好。

今日事情的起因和經過，她在腦海中反覆推敲，還有秦素雲與她說起的謠言傳聞，林夕落的腦中猛然蹦出一個念頭：太子妃在查小肉滾兒脖頸上的黑痣！

這是一個標記，小肉滾兒與魏青岩遺傳一模一樣的黑痣，那別人身上是否也有？

譬如……譬如太子周青揚！

林夕落想到此，倒吸一口涼氣。

如若她腦中的念頭為真，那顯然太子妃與太子的爭吵便是因小肉滾兒脖頸間的黑痣，太子妃誤認為他是太子的孩子，才會傳出那樣的謠言。

可太子妃不知，周青揚定當對此事心知肚明，太子妃執意要看小肉滾兒，還派了小宮女從曹嬤嬤那方試探，顯然也是為了確認小肉滾兒脖頸間的黑痣是否真的存在。

這是最壞的可能性，可林夕落心底冰涼，因為這個可能性非常大……

怎麼辦？

林夕落不願去想，可她也知道這件事不能逃避。傳信告訴魏青岩，即便等他有回覆也需要一些時間，還會擾亂他的思路，而最重要的是，太子妃不會善罷甘休。

今日在襄勇公府，因著德貴妃與齊獻王，太子妃的舉動受到很大的限制，自己才能與其周旋硬槓，可如若太子妃再出手，自己便是落於被動的位置，處境十分不妙。

林夕落用力晃了晃腦袋，她要好好地想一想這件事應該怎麼辦。

這一晚沒有睡的人，除了林夕落之外，還有曹嬤嬤。

曹嬤嬤躺在床上輾轉反側，今夜小肉滾兒沒有跟著她，更是跟著玉棠，她心裡很委屈，一直想尋林夕落說上幾句這件事，也為自己辯解一番。

可自歸來之後，林夕落便坐在屋中誰都不見，只留下冬荷一人陪伴。

曹嬤嬤這一肚子話悶在心裡無處發洩，憋得頭痛身顫，苦著臉瞪了一宿的眼，而玉棠為小肉滾兒唱著兒歌哄逗的聲音傳入耳中，更讓曹嬤嬤心酸得很，她打定主意待天亮就主動去找林夕落，一定要把此事說個清楚。

這一晚是個不眠之夜，連太子周青揚與太子妃都未能安然入睡。

太子妃將此事說給周青揚聽，周青揚恨不得把她給掐死。
「……一類人一種對待方式，妳如此趾高氣揚，怎會不讓林夕落那個女人起疑心？上一次妳險些摔了那孩子，這次不會道歉幾句把此事彌補回來？妳到底長沒長腦子！」
周青揚氣得額頭生疼，他當時就打著這個念頭才會允太子妃趁著襄勇公大壽的時機去把此事再確認一遍，孰料這個蠢女人不但惹了襄勇公不悅，還與林夕落的衝突更深。
如今魏青岩在外征戰，肅文帝每日都派人密切關注，這件事情不了了之還罷，如若被人發現端倪，這對他來說絕對不是個好兆頭。
周青揚生氣，太子妃委屈，可她委屈也不敢還嘴頂撞，上次她與周青揚為林夕落孩子之事爭吵，險些被周青揚掐死，如今脖子上還有一道紅印，後來又被周青揚告誡，這件事情她如若敢說出去，就廢了她太子妃的位子，並要她再次查探林夕落兒子脖頸上的黑痣。
終究是夫妻一場，太子妃能感覺到林夕落的孩子與周青揚無關，可她不敢再往下想，她害怕自己保不住命，可更憎恨林夕落這個女人。
一個潑辣的匠女罷了，怎能有如此殊榮？如今連太子都關注她！
林夕落的姊姊占了嬪位，在太子東宮中有了落腳之地，太子妃只覺得之前的自己是個傻子，她想擺弄林芳懿為她所用，卻為林芳懿搭了花轎占穩了位子，她怎能不恨林家人？
愛屋及烏，恨屋及烏，太子妃憎恨所有姓林的人……
可如今這件事怎麼辦？她就真的誰都不透露嗎？
這一夜，圓月映照出的璀璨光芒掃不去眾人心中的陰霾，閃耀的繁星也揮不去焦心的雜念，可時間不會為任何人、任何事停歇，不容眾人想清楚，霧月淡去，太陽高升，又是一個爽朗晴日。
林夕落這一晚想得頭髮都快掉了一把，她已想明白，最重要的事是要弄清楚那個宮女被薛一如何處置，這並不是可以逃避的，儘管她不想當劊子手，可為了自己與家人的命，她只能作惡人。

起身洗漱過後，林夕落讓冬荷去把薛一請進來。冬荷這一晚陪著林夕落，自是知道奶奶心情不佳，故而出去叫薛一也沒有什麼好臉色。薛一進門，林夕落便道：「那個宮女如何了？」

「不會再開口說話，也不會有人找得到她。」薛一答得很含蓄，林夕落又問道：「痕跡也不會留下？」

「不會。」薛一斬釘截鐵，林夕落沉嘆口氣，擺手讓薛一下去。

冬荷聽入耳中，心卻在顫，這個人太可怕了……

「冬荷。」林夕落輕喚一聲，心神不定的冬荷沒反應過來，待林夕落再喚一聲，她才上前，「嗯？奶奶，怎麼了？」

「去請曹嬤嬤過來，我有話要與她談。」林夕落欲問一問曹嬤嬤宮中之事，而她也明白昨天曹嬤嬤想與自己解釋，可她不聽是因為心中不靜，也是讓曹嬤嬤細細地想一下往後如何做才是正確的。

用人不疑，疑人不用，曹嬤嬤是福陵王送來的人，林夕落一直都未對她有過懷疑，甚至連過重的話語都未說過，但這一件事很嚴重，她不得不好好地與曹嬤嬤過一過招了。

曹嬤嬤此時也正欲去尋林夕落說清楚，見冬荷進門來尋她，不由鬆了口氣，她不怕林夕落與她談，她怕的是林夕落從此對她置之不理……

「奶奶的心情可好些了？」曹嬤嬤忍不住先問一句，冬荷搖了搖頭，「一宿都未睡。」

曹嬤嬤點了點頭，「謝謝妳了。」

「嬤嬤客氣什麼，我們都是一家人。」冬荷這話暖了曹嬤嬤的心，讓曹嬤嬤的臉上也湧了點兒笑意。

林夕落聽到腳步聲，曹嬤嬤進屋後，冬荷便退了出去，只留這主僕二人在屋中敘談。
「嬤嬤坐吧。」
林夕落這話一出，曹嬤嬤立即跪到地上，向林夕落磕了個頭。
「嬤嬤這是作甚？快起來！」林夕落伸手去扶，曹嬤嬤卻沒有起，口中道：「這個錯老奴必須認，奶奶體恤老奴，可老奴自知有錯，願憑奶奶責罰。」
「何必呢？」林夕落沒有再伸手，而是任由曹嬤嬤這樣跪著，她打心眼兒裡不喜歡曹嬤嬤這種弱勢的逼迫，認錯了磕頭了又能如何？難道要自己執意請她起身，安撫幾句才行？
如若是尋常之時，這等事她倒不介意，可如今她煩亂得很，沒有安撫他人的心思。
見林夕落是這種態度，曹嬤嬤也品出了其中的滋味兒，「老奴不知道那個小宮女……」
「什麼宮女？我不知道！」林夕落即刻打斷，曹嬤嬤意識到她所言有誤，立即道：「老奴在宮中服侍多年，奶奶有何欲知之事，老奴願講給奶奶聽。」
「妳在宮中是跟隨何人的？講一講妳自己吧。」林夕落抿了口茶，清苦，可嚥入口中卻覺得這滋味兒比不得心苦。
曹嬤嬤沒想到林夕落會讓她講自己的經歷，便開口敘起：「老奴十二歲被選入宮中，一直在禮規司任差，那時認識了福陵王的生母，後來這位小主有孕之後，便召老奴留下侍奉，故而老奴自那之後，一直都在福陵王身邊服侍。福陵王離開皇宮後，老奴得王爺照料，便去了術房任差，也跟著太醫院的人習醫藥之術，才學得接生的手藝，近十年來一直都在宮中擔任此職。」
「自您有孕後，老奴才得福陵王傳召，出來在您的府中侍奉。」曹嬤嬤說罷，頓下後又道：「老奴就這點兒經歷，說著簡單，三言兩語，日子過得卻長……」
林夕落微微點頭，「嬤嬤原來是照料福陵王的功臣，怪不得他與公爺都告知我可信任妳，不必有半絲懷疑。」

這話說出讓曹嬤嬤臉上一紅，即刻道：「老奴也有糊塗的時候！」

「嬤嬤，即便如此我也沒有懷疑妳會做對不住行衍公與我的事情。」林夕落說完這話，曹嬤嬤眼中閃出感激的淚光，「老奴……老奴知足了！」

「但這件事背後的用意很深，我有幾個問題要問妳，希望妳能如實回答，也讓我做個行事的參考。」林夕落不等曹嬤嬤再開口，直問道：「妳在宮中自能聽到很多祕聞，妳為我講一講肅文帝與皇后娘娘、德貴妃娘娘的癖好和脾性如何。」

曹嬤嬤皺眉，她驚愕林夕落會突然問這樣的問題……

「老奴不敢說皇上與皇后娘娘有何癖好，更不知德貴妃娘娘的脾氣，即便能說出一二，這般多年過去，人的性子都會有變，只能為奶奶講一講初年侍奉福陵王生母時所發生的事，不知這樣可行？」

林夕落點頭，緩言道：「那就請曹嬤嬤為我講一講這段故事，我洗耳恭聽。」

曹嬤嬤起身坐在一旁的小凳子上，沉寂片刻又潤了口水，才緩緩道來……

福陵王自幼便長得好看，文采卓越，甚受皇上喜愛。

其生母也因福陵王的多才更得皇寵，成為皇后與德貴妃不喜之人。

後來其生母遭受不幸，福陵王性情大變，離開皇宮遊山玩水，眾人尋不到他的蹤影，這事情林夕落也聽魏青岩提起過。

可曹嬤嬤講完這些大概的故事，便說起皇后與德貴妃娘娘在這場爭鬥中所扮演的角色：「……那時福陵王的生母倍受皇寵，德貴妃娘娘醋意很重，但也不過是刺兒上幾句，沒有太過分的舉動。皇后對福陵王的生母甚是看重，也提攜一二，直到德貴妃娘娘晉升貴妃之前，也是福陵王的生母晉升妃嬪之前，出現過一件事，便是德貴妃娘娘的一個宮女見到福陵王與太子殿下在下棋，齊獻王將這個棋盤給掀了，太子殿下斥責齊獻王，齊獻王卻與福陵王推搡幾下便離去，而就這一件小事，死了兩個小太監，隨後便出現齊獻王傷重的消息。」

「德貴妃娘娘與福陵王的生母爭吵，此事也惹怒了皇上，皇后娘娘安撫了德貴妃，斥責了福陵王的生母，而就因為此事，德貴妃晉升為貴妃娘娘，福陵王的生母病臥而終。」

曹嬤嬤說完，看向了林夕落，繼續道：「皇上依舊厚寵福陵王，但對此事並沒有多一句的責問，對福陵王生母之死也沒有哀悼之心。」

「依照嬤嬤這般說辭，皇后娘娘的隱忍之力很強。」林夕落嘀咕一句，曹嬤嬤卻沒有回答。

林夕落並沒有責怪她對這些人不肯評價，畢竟是侍奉多年，在宮中生活多年，她們這些宮嬤早已養成了不聞不問的習慣，這是一種刻在骨子裡的習慣，或許至死都不會改變。

皇后是個城府很深的女人，否則周青揚這病弱的太子也不會占位如此之久。

肅文帝薄情，在他的眼中只有兒子，其餘的女人都不過是風花雪月的一時新鮮，是死是活連一滴眼淚都不會有。

德貴妃的娘家是軍中重臣，皇后選擇那個時機提了德貴妃，將一個毫無根基背景的女人徹底踩在腳下，而且是一棍子打死，如此一來，福陵王無論如何受皇上寵愛都無濟於事，對太子的位子也沒有分毫威脅。

這個女人的心機很深，對肅文帝的心思抓得很準。

但太子懷疑這黑痣的問題，他是否會與皇后娘娘交代？如若皇后知曉的話，會是什麼反應？

林夕落陷入了沉思之中，她要把這個關節想個通透，才能想到如何處理這件事的辦法。

而齊獻王與秦素雲對太子妃的作為也有幾分懷疑。

可商議來商議去，除卻商討出太子妃是針對宮中謠言故而找林夕落麻煩之外，還真想不出其他的門道來。

齊獻王摩挲著下巴，「這事兒要與母妃商量一下，不過本王去不合適，還是妳去。」

「側妃這些日子身子不爽利，妾身要留下來看著她。」秦素雲說到林綺蘭，不由得苦笑，「王爺也要去探望一二，畢竟側妃懷有身孕，心情很重要。」

「女人怎麼這般多事！」齊獻王厭惡地擺手，「陳林道可送來了尋找宮女下落的消息？」

秦素雲搖頭，「沒有，妾身覺得即便有，他也不會告訴咱們。」

齊獻王一怔，兇狠地攥了拳，「這個老東西，早晚把他折騰到戰場上，讓他死得瞑目！」

「那去找母妃的事……」秦素雲再提及，齊獻王則道：「本王這就去，此事耽擱不得。」

不等秦素雲再說話，齊獻王已經出了門。

秦素雲嘆了口氣，而門外牆角的一個小丫鬟悄悄離去，轉身進了另外一個屋子。

「側妃，王爺走了。」

林綺蘭絞著手中的帕子，低頭看著自己隆起的腹部，恨意甚濃，「生吧生吧，生出個死孩子來，看你們還想什麼美事！」

「側妃可不能亂說！」丫鬟在其身邊安撫道：「是王爺有要事著急進宮了，王妃也與王爺說請他來看側妃！」

「用得著她那麼好心！」林綺蘭一嚷：「她明知道王爺不會來還如此說，就是想看我的笑話，想看我的笑話！」

「側妃息怒！」丫鬟不敢再多說，只扶著林綺蘭躺下，看著她這副模樣也心中無奈，只盼著這位喜怒無常的主子快點兒誕下一個孩子，可如若安穩誕下了孩子，她的脾氣會不會變得更怪呢？

用過午飯，林夕落讓玉棠與曹嬤嬤留下看著兒子，她則離開宣陽侯府去了麒麟樓。

自福陵王離去之後，麒麟樓便交給林夕落掌管，可她在府中還有其他事要照應，此地只隔上半個月回一筆帳目，許久都沒有來此地巡視，雕匠師傅們見到行衍公夫人時多數露出喜色，紛紛上前跪拜問好。

「何必如此客套，快起來吧。」林夕落笑著應承，自然有雕匠師傅們取了物件請她品鑒。林夕落雖心中煩亂，可提及雕品，倒能沉下心來仔細說上一番，讓匠師們也都附和點頭，繼續商討探問。

林夕落終究不是為了查帳才來，未說多久便起身去了存放珍品的屋中，上上下下打量一番，選出了一串鏤空雕花小葉檀蜜蠟環佛珠來，一百零八顆珠子都不如小指甲般大，可其上笑臉的佛祖栩栩如生，讓人看到此串珍品便心裡平靜。

林夕落甚是滿意，問著一旁的匠師道：「此物是已請清音寺法師開光過的那一串佛珠？」

「是，也有多位法師為此串念珠加持。」

林夕落很滿意，選了一個盒子，將此串珍品裝起來。

「夫人要將此物送人？」匠師有些捨不得，這可是林夕落率眾匠師協作的珍品，至今為止仍被眾人引以為豪，這要送人了……宛如割肉啊！

林夕落嘆氣地點了點頭，「的確要送人，我也捨不得，可何人要送何物，捨不得物件就得捨了命，還是送吧。」

匠師見林夕落如此說辭，立即閉嘴，他們對這位行衍公夫人甚是敬重，並非因她身分的高貴，而是她雕藝的精湛和為人的大度。

在這個時代，身懷絕藝的人是絕對不會把手藝相傳，林夕落每次來到麒麟樓卻都慷慨地把所知所聞所學教給眾人，有匠師遇上不懂的問題，她也能沉下心來與其一同商討，找出最佳的方案來。

眾人雖不敢拜在行衍公夫人門下，但都把當她師傅一般敬重……

將物件包好，林夕落與冬荷道：「拿著我的牌子和帖子，將此禮送去給陸公公，如若陸公公問起我的近況，也不用遮掩，將近期我的衣食住行、拜訪的府邸、迎送的賓客以及發生的事情全部說出。」

「要奴婢去？」冬荷略有驚訝，她還從未離開過林夕落的身邊去送禮給外人。

林夕落點了點頭，「妳與我是最親近的人，妳說的就是我想說的。」

「我護送。」薛一在一旁插嘴，冬荷瞪他一眼，「有侍衛在，你要在此護衛奶奶。」

「去吧去吧，這個物件很重要，薛一，冬荷有遺漏的你便補上，不用顧慮身分，你的身分他們早就知道。」林夕落不再多說，讓冬荷與薛一離去後，她隻身進了雕木的屋子，尋了一塊棉布，取出雕刀，精心地盤養起木料，打磨石料。

她等著，等著冬荷與薛一帶回的消息。

她要向皇上訴苦，而陸公公就是最好的傳話筒，魏青岩的身分誰都不知道，只有肅文帝知道，林夕落想了許久，覺得此事無論如何辦都有遺漏，容易被人抓住把柄，那何不將此事交由肅文帝來決定？

魏青岩是他不能相認的孩子，如若肅文帝想繼續隱瞞此事，自然會有動作，哪還用她來細想？可肅文帝如若想要給魏青岩正名呢？

林夕落對此不抱期望，因為魏青岩本人並不在幽州城內，此時更是與他國征戰之時，這種滑稽大事被爆出的話，魏青岩定會受到影響。

雖然她將此事通過陸公公回報給肅文帝，對魏青岩來說不見得沒有影響，可昨日曹嬤嬤所說之事讓她明白了肅文帝的脾氣，他會庇護自己的兒子，庇護自己的孫子，但會懲戒自己這個不知是非好歹的女人。

可懲戒自己又能如何？

魏青岩在外征戰，不知多少人盯著她，肅文帝自然不會在此時下手，會等到魏青岩戰後再定。

魏青岩要是戰勝了，有他的庇護，肅文帝或許會不了了之，可如若魏青岩戰敗，他都不在了，自己跟兒子也沒什麼好果子吃，還怕什麼了？

林夕落盤養著木料，心中甚是平靜。

此時陸公公得到了皇衛的通稟，得知是林夕落派人來送信，即刻出門相迎，待聽得冬荷緩緩說出這些時日發生的事時，陸公公登時驚了，難道那件事要瞞不住了嗎？

聽冬荷與薛一說了許久，陸公公趕回宮中的腳步略有蹣跚之態。

手中的那一串佛珠沉甸甸的，好似無比沉重。

行衍公夫人啊，您這一份禮送得……

陸公公心中說不出是何感覺，可他知道這件事瞞不了肅文帝，要一五一十地說，而行衍公夫人送禮給他，也正是此意，但這件事該如何開口讓他有些犯難。

皇上的脾氣暴烈得很，這件事選在什麼時機說、以什麼樣的角度去說，對行衍公及其家人都有非同小可的影響。

陸公公與魏青岩的關係不錯，自要選一個最好的時機將此事說出才可。

回到宮中，皇上正在吩咐小太監做事，陸公公急忙小跑上前，將杯子接過來沏上了茶，肅文帝轉頭看他，笑著道：「剛剛就覺得這茶味兒不對，才發現是換了人。」

陸公公即刻道：「也並非是小奴才的泡茶手藝差，是老奴跟隨皇上時間久了，您也品慣老奴的茶了，換了口味覺得不習慣，這也是皇上念舊。」

肅文帝點頭，「說得是啊，對了，你這手上捧著什麼呢？」

陸公公遞上前，「是行衍公夫人送給老奴的。」

「哦？」肅文帝想到那個女人，擺手道：「遞上來給朕瞧瞧。」

陸公公打開盒子送上，口中道：「這是行衍公夫人親自帶著麒麟樓匠師們雕的，還請清音寺法師開光加持過。」

肅文帝的神色略帶幾分玩味兒，開口道：「這是有事求你了？」

「的確，是行衍公夫人來訴苦了，老奴這兒正琢磨該怎麼辦，皇上您就問起了。」陸公公說完，肅文帝更是笑了，「那個潑辣的丫頭能有什麼苦？她怎麼了？」

陸公公有些遲疑，肅文帝才正視起來，「怎麼回事？與太子有關？」

「老奴就斗膽說了。」陸公公把殿內的人打發出去，留下幾名心腹，才將冬荷與薛一講的事全都說給肅文帝聽，待說到太子妃執意要見孩子，還派宮女扒開孩子的衣襟時，肅文帝驚了。

陸公公見肅文帝變了臉色，又補了一句：「太子妃懷疑行衍公夫人不貞，所以這件事她還在私下查。」

「胡鬧！」肅文帝重拍桌案，雷霆大怒，氣得手掌顫抖不止，陸公公即刻上前為肅文帝平撫著胸背，「皇上息怒，息怒啊，都是老奴的錯兒，老奴不該……」

「與你無關！」肅文帝冷哼一聲，「朕……朕就認……」

「皇上三思！」陸公公跪地，阻止肅文帝氣盛之時欲做出的事。

如若肅文帝這時候認下魏青岩，對魏青岩一家人絕非好事，而是大亂的惡事……

「你敢阻攔朕？」肅文帝看著陸公公，陸公公即刻道：「皇上，行衍公很苦了，您不覺得他其實心中都明白嗎？何況他出征在外，這時機恐怕不恰當，老奴斗膽，請皇上三思而後行！」

陸公公的話說完，肅文帝長嘆一聲，坐在皇位上許久許久，陸公公忍不住擦抹額頭上的汗，期盼著肅文帝做出的決定莫涉及到行衍公夫人的安危……

而林夕落正在聽冬荷的回話，這也是冬荷第一次辦這麼重要的事，故而說起來也甚是仔細：「……陸公公問起您與小主子近日的情況，奴婢便說了您心裡憋悶，怕陸公公不再問，奴婢就壯了膽子全說了，說了一刻鐘的功夫，陸公公都有點兒驚了，後來什麼都沒說就讓奴婢回來了。」

冬荷嘆了口氣，目光投向門外，「薛一幫襯著補了幾句，陸公公也打量了他許久。」

林夕落微微點頭，冬荷這丫頭倒是細緻，連秦素雲單獨尋她談話，而後自己臉色灰暗怒意地離開都說了。

「歇一歇，喝上幾口水潤潤嗓子。」林夕落換了話題，可冬荷不知林夕落對自己的表現是否滿意，啞著嗓子問道：「奶奶，奴婢說的行嗎？」

「行，有什麼不行，細得不能再細了，莫說陸公公驚了，連我都沒想到妳能喋喋不休地說了一刻鐘，尋常就悶在那裡一聲不吭，合著也是個能說的，都藏著了！」林夕落調侃，冬荷拍拍胸口道：「哪裡是奴婢能說，一路上可在腦子裡想了好久，都是背出來的。」

「咱們就等吧，等著看陸公公何時傳消息來，這一串佛珠不能白送！」林夕落這話沒等撂下多久，門外便有人匆匆趕了進來，即刻道：「奶奶，宮中來人傳召，皇上欲見小主子，請您帶著小主子進宮。」

見她兒子？林夕落苦笑，哪裡是見她兒子？明明就是要見她……

「冬荷，去告訴曹嬤嬤立即準備一下，要快！」林夕落吩咐完，看著自己身上的衣裝，摘掉了珠寶玉飾，只留下與魏青岩一人一半的銀針素簪，換上了素色的衣裳，準備出門。

林夕落這方想著進宮，可宣陽侯夫人聽到宮中來人接林夕落和魏文擎進宮卻驚詫地瞪了眼。

這……這是怎麼回事？

說是見孩子，會不會是與昨日太子妃和林夕落兩人爭吵有關？

昨日歸來，侯夫人雖然對此事有些不悅，可她思前想後也沒有與宣陽侯說起，今日皇上就召林夕落進宮，而且還要帶著魏文擎，她便多心了，看著一旁的花嬤嬤道：「侯爺在何處？」

「老奴這就去問。」花嬤嬤出去很快歸來，回道：「在書房，三爺在門口應酬宮中來的人。」

「去與侯爺說一聲，就說我有事見他。」侯夫人換了一身裝扮，重新梳攏了頭髮，紋絲不亂，而後才出了門。

魏青羽見林夕落抱著孩子上了馬車，便回去向宣陽侯稟報。

行至一半兒，瞧見侯夫人往宣陽侯的書房行去，魏青羽停下腳步，他終究是庶出，與侯夫人雖不像魏青岩那樣不和，但也是能不見就不見，索性等她走了再回稟也不遲。

侯夫人行步進屋，宣陽侯正在思索著皇上要見魏文擎的用意，他心中酸意甚濃，這哪裡是他的孫子？他是給誰當的爺啊？

正在哀嘆，侯夫人進門行了禮，宣陽侯漫不經心地一擺手，「坐吧。」

侯夫人福身坐於一旁，口中道：「來見侯爺，沒有耽擱您的正事吧？」

「有什麼事就說吧。」宣陽侯對自己這位結髮正妻也有說不出的感觸，可既然來見，他總不能攆出去。

侯夫人頓了一下，緩緩地道：「剛剛皇宮派人接走了夕落和文擎，忽然讓我想起昨日有一件事未與侯爺回稟，所以這才前來，不知這事兒該不該說，或有沒有需要說出來。」

宣陽侯臉上有幾分不耐，「有什麼不能說的？」

「昨日襄勇公大壽，太子妃也到了，與女眷們在後宅聚會，可她卻與夕落的爭吵起來，似是太子妃尋夕落要一個宮女，說是那個宮女去探望文擎的教習嬤嬤，而夕落不肯應，說是從未見過此人。」

侯夫人說到此頓了下，「後來還是襄勇公老夫人出來，此事才作罷。剛剛宮中派人前來，我才在想會否皇上不是單純地想看文擎，而是與此事有關？」

宣陽侯聽完之後大驚，猛然起身道：「這是昨日的事？」

侯夫人點了點頭，「是，是昨日的事。」

「妳怎麼不早說？」

「侯爺也沒有問起……」侯夫人臉上多了幾分急切，宣陽侯斥道：「本侯又不知此事怎會問起？妳怎不主動來稟？」

「女人不出後宅，我又不是侯爺的貼身侍衛，院子沒得侯爺入住，見不到侯爺的面，我有何機會與侯爺回稟？」侯夫人心裡憋了骨子怨氣，在此時更不示弱，反而硬氣起來。

宣陽侯怔愣一下，厭煩之意更盛，坐下後便揉額靜思。侯夫人站也不是，坐也不是，想要開口，可宣陽侯又一副誰都不理的模樣，只得低聲道：「這件事與侯爺回稟過了，侯爺如若無事……我便回了。」

宣陽侯擺了擺手，連話都沒多說一句，侯夫人險些氣昏過去，氣沖沖地出了屋子，隨即便低聲道：「我如若再踏進這書房的門，我不得好死！」

花嬤嬤連忙上前安撫著侯夫人回院子，魏青羽此時正走來，心中還不等哀嘆幾聲何苦來哉，就聽宣陽侯在門口大喊：「把那個女人給本侯帶來，她不能這麼快進宮！」

魏青羽一聽，即刻道：「父親，五弟妹已經帶著侄子走了。」

「什麼時候走的？怎麼這麼快？」宣陽侯瞪了眼，魏青羽哆嗦下道：「剛剛母親來您書房之前就已經走了，此時差不多近兩刻鐘的時間了。」

宣陽侯揮手大喊：「給本侯追回來！立刻，馬上！」

貳之章◆散財援戰暗籌謀

宣陽侯自然是來不及把人追回來。

他派去的侍衛追上林夕落的馬車時，林夕落已經抱著兒子從側宮門進了皇宮之中，前來相迎之人是陸公公。

陸公公看著林夕落，苦笑不已，感嘆道：「夫人，您可要謹慎著些了！」

林夕落微笑地點了點頭，她知道陸公公所指應是肅文帝的心情不佳，開口道：「我明白，公公的大恩暫不提，我心裡都記著呢！」

陸公公若有所思地看著林夕落，似是懷疑林夕落是否知曉魏青岩的身世，可這等大事如若林夕落知道，那豈不是魏青岩也知道？

林夕落看到陸公公探視的目光，隨口感慨著：「我們爺不在，這汙水太髒了，我一個女人性子再潑辣也受不起，就請皇上做主了，否則謠言傳出，我不如一頭撞死，可惦記著公爺，放心不下小的，之前雖有謠言消息入耳，可並未在意，可……可太子妃在襄勇公府當著眾人的面指責，更是要把我和孩子都帶走，我實在是忍不起，也受不起了！」

林夕落把責任推到太子妃身上，陸公公微微點頭，「皇上自會為夫人做主，隨咱家來吧。」

「多謝陸公公了。」林夕落說完，兩人不再敘話，未去大殿，而朝著一處隱蔽的花園中去。

肅文帝身邊站著兩名大臣，此時正在說著魏青岩大軍的消息，可正說至一半兒，卻見到陸公公引了一位夫人還抱著孩子前來，這話語忍不住停了片刻，看向肅文帝，「皇上若忙，微臣稍後再來。」

「不用走，這是魏青岩的夫人和兒子，你們也都來見見。」肅文帝手一指，兩位大臣面面相覷，都看出對方目光中的驚愕之色。

肅文帝寵魏青岩便罷了，怎麼連他的兒子都如此厚愛？

一個還不會說話的頑童罷了，能懂得什麼？

可吃驚只能壓抑在心中，臉上還都掛著笑容，其中一名是戶部郎中，另外一名是新升任太僕寺少卿的官員，雖與林政孝為同僚，但林政孝丁憂期中，故而也不認識林夕落。

林夕落抱著兒子上前，向肅文帝請安道：「給皇上請安，皇上萬歲萬歲萬萬歲！」

「這小子一來，朕就覺得下巴的鬍子處開始疼！」肅文帝的心情甚好，也是魏青岩行軍很順利，所以才召戶部與太僕寺的官員來叮囑要全力支持魏青岩，不許中間出半點兒差錯。

陸公公將孩子從林夕落懷中抱向肅文帝，肅文帝接過來逗著他，如今小傢伙靠在別人的身上也能坐得住，本尋思乖巧了些，可一進肅文帝懷裡，小手立即伸向他的鬍子處……

「哎喲！朕就沒說錯，這臭小子一來，朕下巴就疼，回頭得找你爹給朕好好地治治。」肅文帝餘光瞥向跪著的林夕落，開口道：「怎麼著？尋朕來訴苦了？」

「臣妾有罪。」林夕落剛說完，肅文帝即刻道：「有罪就該殺！」

「您下令處死臣妾之前也得容臣妾把這苦訴完吧？否則不成了冤死的！死不瞑目不提，皇上向來秉公處事，不讓臣妾訴苦，豈不是包庇親眷，落下不公之名了？」

林夕落說完，看向那兩個官員的臉色驟變，即便收斂也流露出驚愕之意，讓林夕落更篤定肅文帝當著他們的面問自己，是要自己明著說出此事來。

肅文帝冷笑幾聲，「這麼說，朕若不容妳說個痛快，還成了包庇了？」

「臣妾不敢，皇上是天，您容臣妾訴苦是恩典。」林夕落這一個馬屁拍得恰當，肅文帝只得擺手道：「那妳就說吧。」

林夕落看著肅文帝懷中的小傢伙，開始說起太子妃的錯兒，可她一不提太子妃搶著抱兒子，二不提黑痣，只說太子妃汙衊她藏了宮女一事：「……臣妾也不知太子妃為何偏說是臣妾藏了她的宮女，按說宮女都隨太子妃而行的，臣妾從襄勇公府為太子妃準備的私院請安出來之後便直奔宴席與眾位夫人一起，這一路上除卻去接了孩子之外，沒在旁處停歇，這實在是太冤枉人了！」

林夕落用帕子故作委屈地抹了兩下眼，「臣妾身邊自有丫鬟，要個小宮女作甚？可太子妃不依不饒，還讓宮嬤質問臣妾，臣妾說了不知，太子妃便要命人將臣妾和孩子押走，臣妾不知是犯了何錯兒？去向襄勇公賀個壽都能惹出這麼多麻煩，求皇上做主，也讓臣妾明白自己錯在何處！」

林夕落說完，肅文帝沉了半晌，「可朕聽說，妳當眾對太子妃的宮嬤甚是刁難，可有此事？」

「臣妾是皇上親封的一品誥命夫人，那位宮嬤見了臣妾一不問安，二不行禮，居高臨下地看著臣妾，臣妾教訓兩句也是刁難？如若臣妾就這麼軟蝦子一樣地忍了，豈不是丟了皇上的顏面？我們家公爺瞧見都會斥我不懂事。」

林夕落說完可讓那兩位大臣忍不住翻了白眼。

行衍公就是個活閻王，你們家還能受著委屈那就見鬼了！

「朕說一句，妳反問十句。」肅文帝語氣清淡得很，「朕要是不為妳做這個主，還成了朕的不是，讓朕甚是為難啊！」說罷，看向身邊的兩位大臣，開口問道：「你們既然也在，幫朕出出主意可好？」

兩人額頭汗流，林夕落一開口，他們便心底暗呼「不好」，皇上如若為難，自會來尋他們問意見，無論他們怎樣說都是得罪人的活兒。

心裡的念頭還未等撂下多久，肅文帝便真的尋他們拿主意，讓他們來當這惡人。

可當惡人也有當惡人的方法，就看皇上想要偏袒誰，想要懲治誰……

魏青岩的軍報剛剛就讓肅文帝很高興，而行衍公之子此時正在皇上的腿上坐著玩，明眼人都看得出來皇上更傾向於誰，而且太子妃還是在襄勇公府鬧事，那可是德貴妃的娘家。

如今大周國有戰事，自是武將高於文臣，襄勇公府也是軍中重臣，看來皇上是要懲治一下太子妃，來平穩武將之心了。

當大臣的想得自然深遠，故而戶部大臣上前道：「皇上也聽了公爺夫人所言，如若為真，那臣斗膽說一句，太子妃的性子跋扈了點兒，無論是丟了什麼人，畢竟是襄勇公府……」

「你呢？怎麼看？」肅文帝看向太僕寺的朝官，此人立即道：「臣附議。」

肅文帝點了點頭，朝陸公公那方道：「你去傳朕的口諭，告訴皇后好好教教太子妃，不懂事就不要隨意出去發瘋丟人，當不起這個太子妃就不要當！」

陸公公倒吸口氣，即刻便去傳旨，而戶部和太僕寺的兩位大臣也心驚肉跳。

他們可沒想到肅文帝會出言如此之重，那可是太子妃啊！

如若肅文帝退位，太子周青揚登基，太子妃便是母儀天下的皇后，可肅文帝如此評價太子妃，又稱其是當不起就不要當，豈不是有意讓太子換妃？

這可不是個小動靜兒，而是大事了！

兩人膽顫心驚，他們剛剛可是摻和其中被肅文帝逼著出主意的，這事情傳出去，自然少不得他們二人，而太子得知後豈不是要恨死兩人了？

肅文帝見兩人膽怯的模樣不由得冷笑，看著懷中兀自把玩自己身上物件的小傢伙，逗著道：「臭小子，你的膽子跟你父親一樣的大，從小就揪朕的鬍子，將來你還不翻上天去？」

「公爺已經下令了，道是自文擎能走路便要開始教他習武，將來也成為一名大將軍，再為皇上建功擴土，為大周國獻力。」林夕落這話，讓肅文帝不信，「少在這裡說好話巴結朕，朕不會饒了妳的過錯！動不動跑到朕這裡告狀，朕是處置這等閒雜小事的人嗎？嗯？」

「臣妾也並非是專程來向皇上訴苦的，也是您想念文擎，容臣妾得見龍顏。想起那一日的事，險些讓孩子受了委屈，故而才說出來的。」林夕落狡辯，肅文帝不容，「那妳送給陸公公的那串佛珠又是怎麼回事啊？想賄賂朕身邊的人為妳說好話？」

林夕落連忙道：「無心賄賂，只是覺得那物件更適合陸公公。陸公公心慈人善，即便為臣妾與孩子說上兩句好話，也是肺腑之言，無討好之嫌。」

「妳這張嘴！」肅文帝指著她，「什麼歪理都能講得出來！可朕不高興，妳逼著朕把太子妃給斥了，妳拿什麼來平復朕的怒意？否則朕早晚有一天要殺了妳。」

「臣妾認罰。」林夕落說完，肅文帝低頭沉思。

而陸公公此時將皇上的口諭傳給皇后，皇后聽完大驚失色，即刻道：「陸公公，這……這什麼時候的事？本宮怎麼從未聽說過？」

「皇后娘娘，行衍公統軍出征，此時他的妻兒受了委屈，還是在襄勇公府鬧事，皇上甚是為難啊！」陸公公說完便告退離去，皇后呆愣半晌，當即吩咐道：「把太子妃囚禁冷宮，將太子請來！」

林夕落帶著兒子回宣陽侯府時已經快天黑。

宣陽侯這幾個時辰等得可謂是心驚肉跳，他巴不得衝進宮去問一問肅文帝，到底是想對魏青岩這個私生子如何處置，整日裡若即若離，他的心快承受不住了。

可理智高於衝動，宣陽侯儘管氣惱，也只是在書房中摔幾個杯子、踹碎兩扇門罷了，離開宣陽侯府他依舊是那處事不驚、淡然如水的宣陽侯。

侍衛回稟行衍公夫人和小公爺歸來，宣陽侯當即衝出門外，在半路上將林夕落的轎子攔下。

「侯爺。」林夕落下了小轎，宣陽侯鐵青的臉在略有陰沉的天色中顯得更加灰暗。

宣陽侯冷哼一聲，「離開侯府之前都不知通稟一聲？妳的眼中還有沒有這個府邸？在襄勇公府鬧出那麼大的事來，妳的膽子大上了天，連本侯也不放在眼中了嗎？嗯？」

宣陽侯最後一聲似狂吼，所有的怒氣爆發出來，險些將身旁侍衛的耳朵吼聾了。

林夕落沒想到宣陽侯會是問這件事，便福身道：「昨晚歸來已經很晚，兒媳也以為母親應當與您回過了，正在等著您找兒媳詳問此事，孰料您這裡沒動靜兒，兒媳還以為父親不在意此事。」

「休要在此狡辯！」宣陽侯也有些心虛，按說此事的確應當如林夕落所說由侯夫人回稟，而侯夫人也的確與他回了此事，是他過於急切才主動找來，可如若認了此事，他哪裡還有尊嚴在？

宣陽侯沉著臉，見林夕落抱著孩子，便道：「在宮中這麼久才回來？」

「皇上欲見孩子，故而耽擱得晚了，所以這麼晚才回。另外，皇上因太子妃在襄勇公府鬧出事來，下口諭讓皇后娘娘教好太子妃，也斥責了兒媳不懂事，讓兒媳從今日起到麒麟樓，每日雕一粒佛珠，直至五爺戰勝歸來。如若五爺戰敗，兒媳便白綾自盡，連白綾都已經賞了。」林夕落指了指一旁的盒子，「侯爺要不要看兩眼？」

宣陽侯一怔，顫抖著手朝那盒子伸了過去，可只是微動便收回手臂，「妳跋扈刁鑽，在眾人面前掃拂太子妃的顏面，未直接定妳重罪已經是皇恩浩蕩，往後規規矩矩做人，休得再鬧出事……皇上還有何話吩咐下來？」

林夕落頓了下，反問道：「侯爺所指何事？」

宣陽侯怔住，開口道：「太子妃的那個宮女到底是怎麼回事？皇上沒有查清嗎？」

「沒有，兒媳對此宮女一無所知，穿上一身宮裝就是宮女了？我怎知道太子妃提的是何人？」林夕落表情帶了一絲委屈，「何況兒媳一個女人家的，皇上縱使查出這等消息來，又怎會與我說？」

宣陽侯啞口無言，審度地打量了林夕落半晌，才冷哼地擺手，「回吧，好自為之！」

林夕落沒說什麼，而是福了福身，帶著兒子又上了轎子。

宣陽侯看著轎子淡出視線才離去，林夕落一上小轎就吸了口氣，摟緊兒子，感慨著宣陽侯連看這個孩子的目光都帶了一股子說不出來的複雜。

宣陽侯想要從她的臉上看出些端倪，她便刻意裝糊塗，可這樣的戲演起來著實費勁。

回到郁林閣，林夕落讓曹嬤嬤和玉棠帶著孩子去睡下。

這小傢伙兒今兒被肅文帝逗得一直沒睡，在馬車上就開始不睜開眼睛，也就是小傢伙兒很招人喜歡，肅文帝的冷意才轉緩，可她心中明白，肅文帝對她極是不喜，如若不是魏青岩與這小傢伙，或許他真的會一道旨意將自己賜死。

冬荷捧著那白綾忍不住慌亂起來，尋常帶回的物件都是珠寶玉器，放入大庫之中也就罷了，可這麼個東西放在何處？若不是皇上賞的，她都想把此物給扔了！

「奶奶。」冬荷實在沒有主意，找林夕落詢問：「這東西，咱們怎麼辦？」

林夕落看著那盒子忍不住笑出聲音，「就擺了桌子上，誰都能瞧見的地兒。」

「啊？這合適嗎？」冬荷有些疑惑。

林夕落點頭道：「放心，這白綾子說不定是保命的，不是要命的！」

冬荷不甚明白，可仍然去桌案前尋了個地方將此物放下，嘀咕著：「這一條白綾怎能是保命的呢？奶奶也實在太難為人了……」

林夕落自是看不到冬荷的唏噓和傷感，洗漱過後便歇下睡了。

昨晚她煎熬得徹夜無眠，這一日又被肅文帝折騰得心力交瘁，只一閉眼便沉睡過去，連冬荷進來兩次她都不知道。

冬荷進來探看林夕落，見她睡得安穩，才放下了心，到外間的床榻上歇下。

可腦袋還未等沾了枕頭，就看到薛一一身黑衣，在角落中睜著一雙眼睛站著。

「啊！」冬荷驚呼一聲又連忙捂住，薛一狡黠一笑，「妳怕什麼？」

「你出去！」冬荷忍不住斥了一聲，想不搭理他，可一個大男人就這麼盯著，怎麼睡得著？

冬荷面紅耳赤得手足無措，薛一走出來道：「妳早知道我的身分，掩飾什麼？」

「我沒有。」冬荷看了他半晌，問道：「你白天守著，夜裡也守著，你難道不需要睡覺嗎？」

薛一一怔，居然有人問他這個問題……

「隨時睡，隨時醒。」

冬荷嘀咕兩個字：「怪物。」

「妳剛剛進屋幾次幹什麼？」薛一忽然問她，冬荷沉了下，回答道：「我……我怕奶奶想不開，直接用了那白綾。」

「傻子！」薛一的斥罵讓冬荷忍不住生了氣，嘀咕道：「我怎麼傻了？皇上都……都賞了那個物件，奶奶還說是保命的，怎麼可能？自然要盯著些。」

薛一對她與自己說了如此多話似是很有興致，開口道：「所以說妳是傻子。我問妳，皇上賞了她白綾，是讓她何時把自己吊死？」

「公爺戰敗。」

「公爺都戰敗死了，她還能活得了嗎？」薛一冷笑，「這白綾不過是個幌子罷了，皇上都處置了太子妃，如若不賞奶奶一根白綾怎行？故而才藉著公爺出征之事，給了奶奶一個轉圜的餘地。」

「是這樣嗎？」冬荷覺得他說得很有道理，可不知為何，她不想承認。

「傻子！」薛一說完，手輕撫她面頰一下。冬荷嚇一跳，再摸臉頰時，薛一已經不在了。

冬荷上下左右四處看著，看不到他的身影，臉色燙紅得連自己都能感覺出來，猛地將被子蒙在自己身上，蒙得嚴嚴實實，密不透風，這一宿睡得實在艱難。

太子妃被打入冷宮，她很冤枉，可是沒有人來聽她訴委屈，只有冷宮中的空蕩陪伴著她。

太子周青揚很惱火，他原本與太子妃商議著此事該如何打圓場，本想去德貴妃那裡獻一點兒禮，為襄勇公壽宴補過，可還未等準備好禮品，太子妃就被打入冷宮，他也被皇后召到了祈仁宮聽訓。

「……你們幹的好事，本宮與你說了多少次，告誡你此時不要輕舉妄動，更是要拉攏行衍公，而非是刻意去查他，你父皇是真的惱了！」皇后怒斥，周青揚則道：「兒臣也不想，太子妃前去時，兒臣千叮嚀萬囑咐，讓她小心行事，圓了與行衍公夫人之間的怨氣，誠心認錯，孰料這個蠢女人將事情辦砸了！」

「壓根兒就不該去問！」皇后將身邊的人全都打發了下去，將周青揚叫至自己身邊道：「隱忍了如此多年，你莫要在此時出大錯，否則一切毀於一旦！你沒有寬廣能容的心態，你這個太子之位就坐不穩！」

周青揚苦著臉道：「兒臣知錯了，如今該怎麼辦？兒子……兒子都不敢去見父皇了！」

「你要等！用心等，踏踏實實地等，等到你能翻身的那一天！」皇后沉嘆口氣，「而現在，你要老老實實地去向你父皇認錯，請你父皇為你另擇一妃。」

「那……那兒臣的孩子？」周青揚想著他與太子妃之子，「他也跟隨被廢掉了嗎？」

「皇上如若喜歡那個孩子，便不會允你另娶正妃，如若允了……」皇后的神色甚是鄭重，「你就要再生一子，明白了嗎？」

周青揚咬著牙，拳頭攥得緊緊，可他明白皇后所言是他必須去做的，也是不得不做的。

皇后沒有見到周青揚眼中的怨毒，他不能怨恨肅文帝的冷漠，不能怨恨皇后的大局為重，他能怨恨誰？他只能在心中將魏青岩當成此事的始作俑者而怨恨。

臨去見肅文帝的這一路上，周青揚的心中在想：魏青岩，本宮盼著大周國開疆擴土，可本宮也盼著你死……

林夕落翌日醒來，將院子裡的事安頓好之後便帶著兒子一同去了麒麟樓。

肅文帝讓她每日都要到麒麟樓雕佛珠，這並不是單純的懲罰，或許是有意讓她離開宣陽侯府。

林夕落雕字傳信的手藝，肅文帝是知道的，她也明白，若非顧忌著魏青岩與自己這點兒手藝，肅文帝恐怕不會容她，自己這條小命早就沒了。

曹嬤嬤雖對林夕落帶著孩子不太認同，可經過上一次的事之後，她不敢再多言多語，只跟著侍奉便罷。

林夕落站在湖心島中央，看著四周落葉凋零的景色，心中湧起幾分失落。

青岩，你何時才能回來？

曹嬤嬤與玉棠沒有上湖心島，而是林夕落帶著孩子、冬荷在此地休歇。

將兒子哄睡後，林夕落便坐在桌案前，細細地將這幾日發生的事理順，隨後擦拭一塊細小的木棍兒，手持極細的雕針開始刻起……

她必須將這些事原原本本地講給魏青岩，之前不說是怕他惦記，而現在告訴他，只是敘述事情的經過，他可不參與，但心中要有數。

林夕落一點一點地雕字，冬荷在一旁照看著孩子，沒有靠近。

雖說奶奶任何事都不瞞她，但她心中甚有分寸，不該問的便閉上嘴，這也是奶奶喜歡帶著她的原因。

冬荷腦中思緒紛飛，猛然想到昨晚牆角的薛一，臉上不由得燙燒又覺得羞惱，抿了抿嘴欲將此人拋至腦後，可又忍不住想著薛一沒有露面，人在哪裡？

林夕落刻至一半手略酸，許久不捧雕刀雕針，的確有些生疏。撂下這些物件，又取了木塊兒打磨擦拭，隨即用筆描繪佛像的圖案，準備完成肅文帝責罰的第一顆佛珠。

這一會兒，外面忽有輕動的水聲，林夕落抬頭從窗欞朝外看去，卻是侍衛來稟告事情。

「回稟夫人，林豎賢林大人來了。」

先生來了？林夕落略微驚訝，自魏青岩出征之後，林豎賢鮮少主動上門，多數都是她先派人找他，他才會有動作，今日主動上門是為何事？

林夕落撂下雕刀，看向冬荷道：「帶著孩子，咱們回去。」

「是。」冬荷即刻去抱小傢伙，林夕落將其摟抱在懷中上了船。

林豎賢此時正在岸邊看著遠處的湖心島，一葉輕舟緩緩而來，日芒映照在水面上，層層波紋輕動，佳人懷抱嬰兒站立小舟之上，頗有一番風姿。

林豎賢心中沉嘆，隨即苦笑，此景雖美，可一旦她下了船開了口，潑辣顯現，美景便被破壞了。可她壓根兒不是這等性情的人，自己又何必偏要為她畫上這樣的標示？

林豎賢忽然明白他曾經的所作所為會遭到林夕落的不悅，是因為他在以自我的性情強加給她，而她卻是個骨子裡比他還要硬的女人。

林豎賢的思緒繁雜，而這一會兒，林夕落也從湖心島到了岸邊。

「先生今日怎麼忽然來了？」

林夕落自不知林豎賢心中的小波浪，將孩子交與曹嬤嬤與玉棠，與林豎賢攀談起來。

「福陵王傳信與我，仲恆少爺有信寫給妳，覺得不方便直接傳去侯府，便隨同他的信件給了我，再由我轉交。」林豎賢將信件遞給林夕落，林夕落露出喜色，「是仲恆的？」

自魏仲恆隨同福陵王去西北之後，林夕落一直惦念著他。

他畢竟只是個十歲的孩子，身邊沒有親眷，孰知福陵王會否薄待他？

如今正是心中焦慮的時候，得到這孩子的來信，林夕落連忙拆開來看，厚厚的一疊紙，是魏仲恆將離開幽州城之後每日的見聞、聽聞以及感想都詳細地寫了下來。

林夕落仔仔細細地閱讀，她能夠體會到魏仲恆的喜悅，能夠體會到他這隻牢籠中放飛的鳥兒尋找到自由的歡暢。

一共十多頁紙張，密密麻麻的小字，林夕落站在原地讀了約一刻鐘的功夫，最後一句是與他行途見聞無關的話：「嬸娘，侄兒想念您。」

林夕落的眼圈略有濕潤，嘀咕著：「這傻孩子……」

林豎賢見林夕落會如此動容甚是驚訝，潑辣的人居然會被感動落淚？簡直是難得一見！

「先生，」林夕落將信件收起來，問起福陵王：「王爺可有什麼話傳來？」

林豎賢收斂思緒，將心思轉到正事上來，說起福陵王在西北的狀況：「福陵王得皇上之命在西北修建行宮，這是一個很長的工期，無三年五載的恐怕做不完，福陵王也不想快些完工，他在拖。」

「拖？這是為何？」林夕落不懂。

林豎賢知道林夕落會這般問，便析解開來，「三年五載也好，八年十年也罷，福陵王無非是不想再進幽州城門，如今他也明確表示在等著公爺勝戰歸來，看皇上會對公爺會有什麼樣的安排。」

「這我卻是不懂了，先生不妨細說些。」林夕落讓人搬來椅凳，上了茶點，她與林豎賢畢竟男女有防，故而也沒有私下到書房敘話，就在外面吹著小風喝茶談事。周圍一圈人瞧著，林豎賢也不會覺得不自在。

「皇上年邁，齊獻王無子，福陵王未成婚，如今只有太子殿下有子嗣，而齊獻王因無後繼之人，背後的勢力已有所鬆動，這些人如今也在觀察著朝堂的變革。皇上讓公爺率軍出征，如今的軍權無人敢沾手，連太子也不敢多言一句，待公爺戰勝歸來，皇上定當會有賞賜，而這一賞賜也是軍權的重新分配，不單單是勝仗那麼簡單了。」

林豎賢的話讓林夕落沉思很久，她需要慢慢消化，畢竟她一個女人來想這些事有些吃力。

「福陵王有這樣的想法，青岩知道嗎？」

林夕落更重視魏青岩的態度……

「我也不知，所以來找妳商議一下，看以什麼樣的方式將這些事告訴公爺。想必福陵王會與公爺直接談，但所談的內容與方式不會同我所講的一樣。」

林豎賢說出了此行的目的，林夕落也點了頭，「容我想一想，隨後傳一封信問詢一下。」

「對了，我臨來之前，家主那裡也讓我告訴妳，林家準備正式分家了，是三老爺與六老爺提的，大房也同意了，如今七表叔父在等妳的意見，但近日妳的事情繁多，所以還沒顧得上問。」

林豎賢說罷，想起林夕落讓林政辛捐了半個林家的家產給糧行，不由笑著道：「恐怕妳也要牽扯進來，畢竟林家的家財有一半是給了妳的糧行……」

「他們敢！」林夕落態度堅定，「這件事由不得大房他們同意不同意的，回頭我自會去辦，如今糧行的財力物力全都在供給邊境之戰，他們還想找我要回捐來的銀子不成！」

「此事是妳做的，我不會參與。」林豎賢甚是淡定，他早就預料到林夕落的態度會是如此犀利，但前思後想，仍說了他的想法：「我覺得此事要有一個步驟，起碼妳要先問一問公爺的想法，或許他的消息傳回，再為林家的前途做打算更好，畢竟現在不是往日，皇上的身體……不樂觀。」

「先生的提醒我知道了。」林夕落沒有反駁，讓林豎賢沉下心來，他就怕與林夕落說不明白其中的關係，本已想好了一連串的話語來說服她，孰料一句沒用上，她就點頭了。

林豎賢將這些事說完，便起身離去。如若尋常，林夕落會留他在此用飯，可此時即便開口，他這骨子裡帶著規禮的酸腐氣之人也會婉拒，故而林夕落沒有開口。

看著他翩翩離去的背影，林夕落無奈地搖了搖頭，什麼人適合他這奇怪的性子呢？

不再多想這些雜事，林夕落將心思放回到林豎賢說起的那個問題上。

看來給魏青岩的信要再多加上福陵王的事了，林夕落回到湖心島，靜心地細雕這些事件於木條之上……

此時，德貴妃正在與齊獻王說著皇上下令責怪太子妃的事：「……這對你來說是一個非常好的機會，你可要把握住！」

「這孩子還沒到月分呢，也生不出來，看不出是個小子丫頭的，兒臣能怎麼辦？」齊獻王攤手，德貴妃笑道：「傻子，上次本宮已經告訴過你，你怎麼分毫不往心裡去？」

「兒臣知道，可這事兒難免會露了口風。」齊獻王對替換個孩子略有猶豫。

德貴妃冷笑，「怎會露口風？孩子讓你的側妃生，無論生男生女所有的人全都處死，這個男孩兒交由素雲帶。她不能生育，自當會視如己出，你也安穩了，還怕什麼？」

林綺蘭這些時日一直焦躁不安。

林家大夫人為她尋到了一個同樣產期的孕婦養在偏僻的院落之中，經幾位婦科大夫確診，這一胎應該是個男嬰。

這件事情林綺蘭知道以後，每日睜眼都開始細細琢磨那個孕婦是否安穩，只有一個同期產婦，她總覺得不靠譜，硬是逼著許氏又找了兩名孕婦一同養著。

故而每日清早，林綺蘭睜眼後所問的第一件事便是這三名孕婦的身子可好，之後每當她出現強烈的妊娠反應時，她都會問起那三個孕婦的情況，一日不知開多少次口，幾乎每一次都讓丫鬟們戰戰兢兢，不敢招惹她。

她吃了什麼東西吐，就問那三個孕婦是否也吐，她並不是關心，而是怕她們腹中的孩子不合心意，只尋思到時候若自己生不下男嬰，也要從這三人的孩子中挑一個才可。

「什麼時辰了？」林綺蘭躺臥在床上問著丫鬟。

丫鬟連忙回道：「回側妃的話，已經快午時了，您可是要用午飯？」

「都午時了，母親說好今兒來的，怎麼還沒來？」林綺蘭嘀嘀咕咕，也覺得自己是有一些餓了，剛要吩咐丫鬟們擺飯，就聽院子裡一個大嗓門子吵嚷，正是齊獻王。

「把這個院子給本王封了，所有人都攆出去！」

齊獻王這一聲令下，讓林綺蘭驚了，急忙起身，由丫鬟扶著欲出門看一看究竟，就見齊獻王正朝她而來，拽著她就推到床上，命令道：「往後沒有本王下令，妳不許隨意見任何人，也不許與外界的人有往來，等生了兒子之後再說！」

「王爺，這是為何？」林綺蘭震驚之餘儘管害怕，卻也忍不住問出口，她腹中可是齊獻王的孩子，她怎能受到如此苛待？

齊獻王本就不喜她，皺眉道：「問什麼問？本王讓妳做什麼妳就得做什麼，閉上妳的嘴，老老實實地養身子。」齊獻王朝門口一指，立即進來四位中年的宮嬤，「這四位是母妃賞妳的，往後就在妳身邊侍奉，其餘的丫鬟都走！」

林綺蘭見這四個陌生面孔忍不住慌了。

不允她見外人，她母親在外布置好的事不是瞎了嗎？

「王爺，婢妾能夠照料好自己，您何必要讓這些宮嬤陪伴？婢妾已熟悉了小丫鬟和院子裡的下人們，王爺，您還是請這些人走吧……」

「放屁！」齊獻王不等林綺蘭苦求完就斥罵開來：「甭以為本王不知道妳打的什麼鬼主意，本王的孩子就是本王的，外面的野種也想往院子裡帶？活膩歪了妳！」

齊獻王斥罵過後轉身就走，林綺蘭欲追，卻被四個宮嬤堵住，她們雖恭敬卻也帶著冷意，「林側妃，您要多保重身子，腹中的小主子禁不住您的哭鬧，您還是莫惹王爺生氣了。」

林綺蘭恐懼地左右看了看，手撫著自己的肚子，心中翻江倒海，齊獻王居然知道她有這樣的計畫，居然識破了她的計畫，可母親不是說他不會管嗎？為何齊獻王會有這樣的反應？

林綺蘭很想尋一個人來給她拿主意，可看著眼前這四個德貴妃派來的宮嬤，她哪裡還能開得了口？只覺得心中絞痛厲害，躺在床上捂著胸口很久才舒緩過來，眼角流著淚，心中道：我的命怎麼這樣苦？

而秦素雲得知齊獻王派人去了林綺蘭的院子，並且加派了王府的侍衛，不允任何人靠近時，並沒有太大的驚訝。

從德貴妃派來那四個宮嬤，秦素雲就已經明白德貴妃要有動作了，而且這個動作不小，她根本管不了也沒法管，誰讓她不能生呢？

一旁的嬤嬤還在繼續說著：「……連林側妃的陪嫁丫鬟王爺都給攆走了，今日林家的大夫人來探望林側妃，被侍衛堵在門外不允見，王妃，這件事您是否要出面緩和一下？否則林家大夫人若鬧起來可不太好。」

「聽說林家最近在鬧著分家？」秦素雲問起一句，嬤嬤立即點了頭，「是，這一次林家大夫人前來尋側妃就是為了此事。」

秦素雲淡笑，「她是個順桿兒就爬的，本妃現在也不見她，就拒之門外不用理她，也藉著此事賣行衍公夫人一個人情。」

「可……就怕外人說起來咱們沒理？」

秦素雲笑道：「跟咱們王爺講什麼理？」

一旁的嬤嬤忍不住捂嘴偷笑，秦素雲想著林夕落，心中也拿捏不定，雖說她有意賣林夕落這人情，可就怕她不肯接。

這個女人啊，著實讓人摸不透她……

許氏被齊獻王府的侍衛趕走，不允她登門相見，讓許氏心裡徹底涼了，好似一盆冰水從頭灌到了腳，儘管是午時太陽高照最暖的時候，她的心裡也冰得哆嗦，無數的可能性湧上心頭，而最讓許氏不能接受的便是她們安排的事被發現了，可許氏左思右想都覺得不可能。

齊獻王不是傻子，她們這樣做對王爺不是更有利？

如若不是此事，那還能是什麼事？會不會都是齊獻王妃下的手，而齊獻王根本不知呢？

許氏慌亂之餘，把所有的問題全都推到了秦素雲的身上。

一定是，一定是齊獻王妃！可這事該怎麼辦？林家正在鬧分家，她原本尋思有林綺蘭出面，大房能夠穩穩當當地分得嫡長的一份，否則也不會認同林家分家的事。

許氏捶胸頓足，焦躁不安，只尋思再找個什麼法子探得女兒，也能知道這到底是怎麼回事。

回到了林府，聽著丫鬟婆子們在院子裡議論紛紛。

許氏本就心情不佳，上前吼道：「這都在做什麼呢？該幹什麼幹什麼去！」

眼見大夫人發了脾氣，婆子們都縮頭縮腦地離去，許氏叫了一個丫鬟問道：「怎麼回事？是出什麼事了？」

丫鬟見許氏開口問，戰戰兢兢地道：「夫人，不好了，今兒十三爺又不知起了什麼心，又將銀庫中的銀兩搬了出去，全都捐了！三老爺與六老爺得知此事，去找他理論，可十三爺說了，有本事讓兩位老爺去把銀子搬回來，否則他現在是林家家主，就作得了這個主！」

「夫人，咱們怎麼辦？」丫鬟焦慮地問著，許氏一聽，險些被氣昏過去。

「這個該死的十三，他這是想把林家徹底拆了！」許氏說著就要往外走，丫鬟連忙攔著，「夫人，您做什麼去？十三爺這會兒不在府中，去了麒麟樓找九姑奶奶！」

「林夕落？又是這個林夕落！他們想用這個方式把林家給掏空了，沒門！」許氏氣得心都在哆嗦，這些人之中，她最恨的就是林夕落，一個庶房出來的丫頭，如今卻耀武揚威地牛氣起來。

當初提她給自己的女兒作陪嫁的妾都是抬舉她，也不知那魏青岩腦袋上冒了什麼煙兒了，居然就看得上她，如今還成了行衍公夫人！

她的出身比胡氏不知高了多少，而林綺蘭這個嫡長孫女雖為親王側妃，可許氏哪能不知道她過得苦？

許氏一肚子火在此時隱忍不得，原地轉了好幾圈，終究是出了門上了馬車，吩咐道：「去麒麟樓，本夫人要好好與這位九姑奶奶說道說道！」

林夕落此時正在與林政辛說著他又捐銀子給糧行的事。

「……十三叔，你這心眼兒可用得太詭道了，就算你怕我不管分家的事，也不能這樣火上加油啊！上一次已經把半個林家的家產捐了，怎麼著？你還想全捐了，林家各房分上幾個銅子兒了事？」

林夕落瞪了林政辛好幾眼，林政辛一副賴定了的模樣道：「這事兒我也沒轍啊，上一次的事他們明著不敢鬧，可卻鬧出個分家來，我索性把林家都掏空了，看他們還惦記什麼，如此一來，銀子也分不去多少，還是要林家大族這名號為好，把分家的念頭打消，這不就齊活了？」

林政辛說得甚樂，林夕落看在眼中很想給他兩拳頭，「我如今麻煩事已經夠多了，這不等著讓他們都找我這兒來？」

「找妳？他們有這膽子，也得能應付得了啊！」林政辛低頭認慫，「我沒本事，我認慫，所以我才把這些事都推了妳這裡來，妳好歹是林家的九姑奶奶，妳得管啊！」

林夕落翻著白眼道：「我管？我管得了嗎我管！」

林政辛嘿嘿地笑，一副死豬不怕開水燙的模樣，「這事兒就得妳來管，除了妳，我還能找誰？雖說姑爺出征不在，可妳這裡好歹還掛著他夫人的名號，誰都惹不起妳啊！」

林夕落未等再開口回駁，門外有侍衛前來回稟：「夫人，林家大夫人前來求見，正在門口叫嚷，您看怎麼辦？」

許氏也知道她在麒麟樓門前大吵大鬧略有不妥，可她更知道如若低聲下氣地來見林夕落，這個女人或許幾句話就將她搪塞回去，她什麼都得不到。

她來此地是要讓林政辛分家拿銀子的，既然如此，她就要把此事鬧開，鬧成林夕落與林政辛以捐邊戰為名，剋扣林家錢財。

許氏絕對不相信林夕落會把銀子都支出去，她與林政辛不過是左手倒右手，全都分了罷了。

如今太子行事畏首畏尾，林政齊與林政肅等人也不敢鬧得太凶，可她不是，她可是齊獻王的丈母娘，有什麼事是不敢出頭的？林夕落如若咬牙推脫，她就要把此事掀開，讓她們徹底沒臉。

許氏想的不過就是這點兒銀子的事，而她心裡最期盼的是林夕落這刁蠻的女人出醜，可麒麟樓是何地？是皇上賞賜之地，許氏這一個女眷在此大吵大鬧，侍衛們已有動武之意，只等後方一聲令下，便即刻將許氏拿下。

林夕落看著林政辛，許氏找上門明擺著是要銀子，可他把銀子送了糧行去，她如若再拿銀子安撫，這臉丟盡了不說，私下貪圖林家的財產也就成事實了。

林夕落起了身，慢慢踱步出去，聽到許氏的叫罵聲，她叫來侍衛道：「去糧行一趟，讓方大管事將林家捐來的物銀冊子取來，也將前陣子各地收糧的花銷冊子取來。」

侍衛離去，林政辛上前問道：「此地可還用我在？」

「你想跑？沒門！」林夕落瞪了他一眼，「這事兒你既然全都撂了我身上，那我也提個條件，你答應，這事兒我就出面；你如若不答應，我就將許氏和你一同打回林家去，把林府的房蓋掀了都不關我事。」

「別這樣啊，我說九侄女，這事兒我可都是為了姑爺做的，妳不能過河拆橋啊！」林政辛說完，林夕落立即瞪他，「我當初不過讓你捐個幾百兩銀子罷了，你呢？你送了多少？將半個林家的銀庫都搬了我那裡去，而且不經我同意，你又送來一批，所有的爛攤子全都推來，林家的這些破爛兒你當我稀罕？你知不知道這銀子數目若公諸於眾會對老太爺的聲譽造成多大的影響，你知道嗎？」

林夕落曾掌過一陣子林家中饋，自是知道林家的家底兒來路正不正，許氏如此大吵大嚷地在外鬧，此事若不彈壓下去，恐怕不止是一點兒銀子的問題了。

林政辛愣住，撓頭道：「這我的確沒想到……」

林夕落冷瞪他一眼，低聲斥道：「林家府邸上上下下每個月的花銷你都不問一問？就不想一想老爺子和諸位伯父的月俸能不能支撐得了？」

「我之前問過老太爺，老太爺說是祖宗們傳下來，一代一代積攢的。」林政辛抽了自個兒嘴巴，「還真是我缺心眼兒了！」

林夕落道：「這是老太爺教你怎麼圓謊的藉口罷了，我看你也是缺心眼兒。」

「九姑奶奶，妳說吧，妳說讓我辦什麼事，我照辦就是了！不辦成，我林政辛就不當這個家主了！以前是覺得嫡庶親殘，如今一看是我壓根兒沒這本事，反正我都聽妳的就是了！」林政辛的確有點兒小受傷，光尋思自家這一圈子人了，卻忘記了外面還有豺狼虎豹在盯著。

小聰明果真害人啊！

林政辛自我反省著，同時目不轉睛地看著林夕落，等著她提條件。

林夕落也不客氣，直接道：「那你就去想辦法把林家最後剩的那些銀子也全搬了來，一兩都不許剩！」

「啊？」林政辛眼睛瞪如銅鈴，剛剛還在斥他把銀子都搬來鬧事，這會兒就全要了？這……這到底怎麼回事？

林夕落不再與他多解釋，外面許氏叫罵的聲音聽得人心煩，便推他一把道：「你去不去？」

「去去去，這就去！」林政辛撓著頭便往回走，林夕落讓侍衛送他從側門離開，她頓了片刻，朝著許氏而去。

許氏叫了這麼半天也叫累了，眼瞧著圍觀的人越來越多，她的臉上也有些臊得慌。

可一想到銀子，她的氣便又從心裡騰起，大聲喊道：「雖說妳是林家的姑奶奶，可打著戰事的名義將林家的銀子全都貪走，妳也不怕虧心遭報應？如若不是虧心的話，怎麼這麼半天都躲在裡面不肯出來？林夕落，妳還不出來！」

侍衛們有些忍不住了，想要上前直接將此人拿了，而此時正門一開，一列侍衛先行出來，嚇得許氏連忙往後退，待看清後面出來的人是林夕落時，她才頓住腳步，冷笑道：「妳終於肯露面了？」

林夕落沒有回答，而是朝著一旁的侍衛道：「將周圍的百姓都請過來，每人分發一個小荷包，請他們做個見證。」

圍擋百姓的侍衛立即退回，而百姓們見有物件拿，還有熱鬧看，爭相湧來，卻也知道此地不能隨意喧譁呼喊，便都靜悄悄地在一旁看著。

許氏有點兒納悶，急忙道：「妳這是什麼意思？拿了林家的銀子，還想賄賂百姓當見證？妳也不嫌臊得慌！」

「我做什麼了？我又沒當街怒罵，好歹我是行衍公夫人，一品誥命，我是做不出這等下三濫的事來。」林夕落的諷刺讓許氏咬緊了牙，「我是為妳貪圖銀子而來，倒不是為了幾個銀子，而是為了妳這蒙蔽眾人的作為，還口口聲聲說是為了行衍公出征？簡直就是笑話！今兒妳不把此事說清楚了，我就不走了！」

林夕落笑著道：「行啊，不走也可以，稍後會有人送帳日來，我會一一給您看，看看這林家捐來的銀子都花了何處。」

「妳——」許氏沒想到林夕落真會這麼幹，可又覺得她這般做有詐，即刻道：「林夕落，妳別死撐！」

「我有何死撐著的？明人不做暗事，既然有人質疑，我就把所有的銀子花銷帳目公布出來，只是到時候大伯母不要覺得今兒當街叫嚷太過丟人就行，就算大伯父如今仍不能出來辦事，大表哥也昏迷不醒，姊姊懷有身孕不能出面為您撐腰做主，可您好歹也要顧忌下您是齊獻王岳母的身分！」

林夕落話語說至最後極重，「而此地也不是您可隨意喧譁之地，這個帳，我稍後再與您算！」

許氏心中有些慌，喚過一旁隨她而來的下人低聲道：「再去王府請示側妃，如若仍不肯見，就將此事告知王妃，請王妃出面做主，王妃如若仍不肯見，就去找王爺！」

「大夫人，王爺怎會理此事？」

「少廢話，快去！」

許氏不容人多嘴，將下人攆走，她沒想到林夕落會是這樣的反應，看來她早已有了準備，身邊必須要有個撐腰的了，否則她今天恐怕拿不下這個女人，反而還惹了一身腥。

林夕落見許氏露出幾分驚慌，不由輕笑著，只看侍衛們取出麒麟樓中的荷包，分發給看熱鬧的民眾。眾人興高采烈，這物件可不是尋常能隨意拿得到的。

進出麒麟樓的非富即貴，他們縱使有心也花不起這個價，雖偶有氣惱地斥罵麒麟樓物件貴得離譜，可真見到實物，誰都知這話是心虛。

那物件的雕藝世間少有，物料也是頂級，要價高怎麼了？賣的就是絕無僅有，只此一件！

百姓們興致頗高的議論聲起，讓許氏的心裡更為驚慌，驚慌久了便是厭煩，看著周遭人拿著個破荷包笑得合不攏嘴，她的心裡除卻不屑之外，又是煩躁。

可一人便罷，越來越多的人聚過來，越來越多的人誇讚麒麟樓，誇讚行衍公夫人，許氏的這顆心絞痛難忍，拳頭也攥得緊緊的，心中僅剩的那點兒理智慢慢消失。

林夕落看著許氏憋紅的臉，心中忍不住笑。

她分發給民眾荷包，除卻真要輿論做見證之外，也是為了擾亂許氏的心。

這個女人除卻高傲之外並不簡單，之前是二姨太太掌家，待二姨太太被她頂下去之後，她硬能逼著二姨太太為老太爺殉葬，這事她雖是後來得知，但這種做法讓她完全不能苟同，更記住了許氏的陰狠。

林夕落如今不知道的是齊獻王將林綺蘭給囚了，秦素雲還壓根兒不搭理許氏，否則她也不會布下如此陣仗，與她說這麼多廢話了。

未過多久，方一柱得了侍衛的通傳，即刻帶著帳目，騎馬趕來，身後還背了幾大箱子的帳目。他雖想駕馬疾馳，可他的體重加上幾箱子帳目的重量讓馬兒跑不起來，只能吭哧吭哧慢慢走，還不停粗喘，時而尥下蹶子宣示著牠的怒意。

這模樣讓眾人看在眼中譁然大笑，連林夕落都忍不住笑出聲來……

方一柱不是傻子，侍衛前去通告他時，他便問明了事情的經過，待得知是林家大夫人去鬧事時，他眼珠子滴溜轉了轉，想出這麼個滑稽的法子來。

帳冊是有的，林政辛送來的銀錢也是有記錄的，可沒記錄完的怎麼辦？

銀兩雖不少，可都是零零散散的物件，他們這一群大老爺們兒怎做得了如此精細的活兒？故而把家中的女眷都給找來，正在一件一件地分類統計。已經記錄完的帳目雖有，可大部分是沒有統計的，這時候出事總要想個轍來搪塞過去吧？

故而方一柱才放棄了馬車，找了糧行最瘦的一匹馬匆匆趕來。路上耽擱些時間，容行衍公夫人想辦法，他也跟著想對策。

林夕落看到方一柱這滑稽模樣，自然知道他是故意的，待眾百姓笑夠了，方一柱才從馬上下來，扛著箱子往人群中走，向林夕落行了禮，隨後道：「夫人，您可別怪我來晚了，您忽然叫帶帳冊來，我怕馬車太慢，想要騎馬來，孰知這畜生這麼倔，走幾步就停一下，反倒是慢了，您多包涵。」

「帳冊都帶來了？」林夕落笑著看方一柱，方一柱小眼睛滴溜滴溜地看著，似是想看林夕落真正表露的意思，試探地道：「您不是就讓帶林家捐的嗎？」

「對，就是林家捐來的，還有林家所捐的銀子的用途，這些帳目可是都在箱子裡？林大夫人可是要仔細查的，少了一筆，我都要跟你算帳！」林夕落這話一說，方一柱還有什麼不明白的？他當即拍胸脯子道：「夫人且放心，全都在這裡，少一筆，我方一柱的腦袋割下來給林大夫人當凳子坐！」

許氏冷哼地道：「少在這裡用話語暗示，莫當本夫人是傻子，聽不出你們話中有話！」

林夕落看她道：「那就都由妳來查一遍，看看這帳目是否對。眾人也都在，多少雙眼睛都看著，若有錯的話，我就認這個罪。」

許氏盯著林夕落看，終究是忍不住眾人在旁的催促，讓下人上前打開箱子，一本一本的帳冊拿出來過目，而另外的箱子裡是糧行的銀兩購糧、輜重送去邊境的資料統計，兩相一對，自當會有個精確的結果。

許氏看了看，一筆筆帳目都極是清楚，而銀兩購糧、輜重、雇傭送糧的農夫花銷也一筆不差，許氏剛剛就已經派人去請最快的帳房先生十來個，這幾箱子帳目很快便核對出具體的數目來。

方一柱趁著帳房對帳的功夫，緩緩挪動到林夕落身後，意欲開口問上兩句，林夕落微微搖頭，示意他不要多說，方一柱只得將話吞回肚子裡，站直身子，挺著肚子，看帳房先生們核對帳目，心中猶豫著。

行衍公夫人剛剛的話說得那麼滿，可是送來的帳目沒有全部核對完啊？要是真被林家的大夫人揪住把柄可怎麼辦？他要回稟，林夕落又搖頭不讓他開口，讓他心裡沒底，只盼著這位林大夫人是個棒槌，別不依不饒鬧個沒完。

可許氏並非像方一柱所想這樣是個傻子。

帳房先生將一筆一筆核對好的帳目送給許氏看，許氏當即便提出了最尖銳的問題，指著林夕落便嚷道：「妳撒謊！這些銀兩一共才三萬多兩，這怎能是林家的大部分財產？妳到底私下藏了多少銀子，居然不肯交出來？」

林夕落看著道：「您以為林家有多少銀兩？老太爺為官清正，只靠著俸祿過日子，三萬多兩銀子還夾雜了皇上的各項恩賞，您想林家有多少財產？嗯？」

林夕落這話一出，讓許氏驚了。

話到嘴邊又嚥回了肚子裡，她不是沒掌過林家的中饋，可她怎敢說林家的財產不止三萬兩？連三百萬兩都不止，可如若說出口，那不是說林家從上到下、從老到少都貪贓枉法？

許氏看著林夕落似笑非笑的模樣，恨得快暈過去，指著她便道：「是不是這些妳心裡清楚。」

「我的確清楚，林家的中饋我不是沒有掌過，就是這些錢。怎麼，難道大伯母覺得不對？」林夕落說得陰陽怪氣，許氏啞口無言，只憋得滿臉通紅，說不出一個字來。

一旁的嬤嬤湊上前，在許氏耳邊道：「夫人，這些銀兩都是在當鋪兌換出來的，那當鋪也是九姑奶奶的……」

許氏聽後當即便道：「就算只有這三萬多兩銀子，可那些朱釵玉器都是在妳錢莊兌換抵押出的銀子，金釵還不兌換成銅子兒？林夕落，妳敢說妳在這上沒有動手腳？」

「放肆！」林夕落忽然大怒，指著許氏，「我堂堂的公爺夫人在此陪著妳對帳，不過是妳是林家的大伯母，給妳幾分顏面罷了，妳不依不饒地在此丟林家的臉，妳到底想做什麼？」

「我就是要回這筆被妳貪了的銀子！」許氏被林夕落一激，話語也多了幾分硬氣，以己度人，她就不信林夕落沒有藏私。

林夕落目光露出幾分陰狠，看著許氏道：「如若我沒有藏私，妳可敢認罰？」

「我認！」許氏斬釘截鐵，毫不退縮，一旁的嬤嬤拉了拉她的手臂，許氏輕聲道：「再派人去齊獻王府求側妃相助……大不了就跪地求王妃出來圓場。」

嬤嬤聽完心中咯噔一下，即刻吩咐身邊的小丫鬟，小丫鬟匆匆離去，而林夕落自是看到了許氏這副德性，冷笑道：「好啊，去，到錢莊告訴春桃，讓她把林家封存的物件都拿出來給眾人瞧瞧，看看到底能否兌換出這麼多銀兩來！」

侍衛應下離去，方一柱的心中則在大笑。

旁觀者清，他看懂了林夕落的策略，而這林家大夫人也一步一步地順著進了林夕落挖的坑，越踩越深，再往前兩步就徹底掉進去了還不自知。

仗著是齊獻王的丈母娘又如何？

這時候誰都比不過行衍公，肅文帝最重視這一場戰事，而他們糧行的的確確是要把林家送來的銀錢都購了糧送走，就算是真表露出來又有何懼？

都說這位行衍公夫人是個潑辣人物，他倒是等著看夫人發飆打人的模樣……

等待之時，許氏的心裡也有些慌亂不安。

林夕落這一張一弛、一鬆一緊的模樣，與之前完全不同。

在許氏的印象中，林夕落還是最初剛到林府的莽撞性子，而不是現在如此多心計的女人。

大意了！

可許氏仍然不害怕，她絕對不相信捐銀子這件事上一個漏洞都沒有，她也不信林綺蘭不會出來撐腰，即便她不能隨意走動，還不會求著齊獻王？如今她可是齊獻王府的寶貝疙瘩……

許氏或許也不明白她在自欺，只是想找到一個虛幻的護身符來安撫自己。

而林夕落已經想好對策，她絕不會讓許氏輕輕鬆鬆地走，她要讓她付出應該付出的代價。

春桃得了消息，便仔細詢問侍衛事情的經過。

侍衛們也都不是聾子，剛剛許氏站在麒麟樓門口大聲怒罵，他們就巴不得抽刀把這女人給砍了，便如實地說了來龍去脈，三萬多兩銀子的數目自也告知了春桃。春桃點了幾個箱子，讓侍衛們抬了過去，其中還有各項的收支帳冊也一併帶了過去。

侍衛們將物件送到，許氏吩咐人將箱子打開。百姓們驚訝於金光燦燦，許氏卻眉頭深皺。

這哪裡是什麼貴重物件？全都是破瓶子、爛罐子，金銀釵也不是上好的物件。

許氏焦慮，上前一樣一樣地挑揀著看，又朝林夕落大嚷道：「妳胡鬧，這些根本就不是林家的物件，妳少拿一堆破爛的物件來糊弄人！」

「去，拿著林家送來的冊子一一核對。」林夕落吩咐春桃，春桃一件一件拿出，而後報價。

「鎏金紅藍寶釵，五兩。」

「青瓷十三釵茶藝瓶，二十兩。」

「青木屏風，行雲山人題字，一百兩……」

一件一件的報出，銀兩與物件一一核對，連旁邊的百姓們都連連搖頭。

如若說這些物件是貴重物品也的確是，可這兌換出來的銀錢可不低了……

之前也曾有人懷疑行衍公夫人為此貪了銀子，可這番當眾展示，誰還能說個貪字？若是送到其他的當鋪去，莫說一個青木屏風給一百兩，十兩銀子恐怕都是燒高香了……

許氏見狀也有些慌亂，這些東西的確都是林家的物件，可林家不止這些物件，但她一來說不出還有什麼，二來她不敢張揚林家還有其他財產，否則林家被查個底朝天，林夕落如今是行衍公的人，可半點兒罪都挨不著，她這位林家的嫡長媳婦兒可逃不開干係，那豈不是自討苦吃？

許氏心生退意，她沒想到林夕落居然安排得如此縝密，並非是她打林夕落個措手不及，而是林夕落把她逼到了死路……

春桃慢慢地核對物品報價，可每說出一個物件所兌得的銀兩，周圍的百姓便高呼一聲。

普普通通二兩銀子一家子百姓就能過上一個月，而林家哪裡是用物件去行衍公夫人的錢莊抵當？這是高價賣啊，而且還換了一個高尚的名號，何樂而不為？

這林家的大夫人還要把此事宣揚開來，真是缺心眼兒到家了！

愚蠢的女人……

人群中爆出如此的評論，讓許氏更是心焦，只盼著齊獻王府那邊快些回話，讓她順利脫身。

並非是許氏沒有辦法了，而是她整個人已頭腦空白，她被林夕落一招接一招地擊中，她已經招架不住，挑不出任何漏洞去與林夕落對峙。

被對手牽制住的最好辦法便是立即走，但許氏知道，林夕落不會讓她痛痛快快地走，但她必須要走，她心中已經開始琢磨著離去的辦法。

林夕落看著許氏臉色多變，一會兒鐵青，一會兒蠟黃，左顧右盼，好似在等著什麼人來傳消息。她還能找何人？就是要找林綺蘭吧？

可林綺蘭如今大著肚子，縱使她想出面，齊獻王與秦素雲也不會答應，何況依照林夕落對秦素雲的認知來看，她是不會蹚這個渾水的。

過了許久，春桃已經念得嗓子有些沙啞，見林夕落投來目光，春桃立即看著許氏，「林大夫人，您覺得還有必要念下去嗎？」

許氏瞪著眼睛，看著還剩下的破爛兒物件咬牙道：「為何沒必要？怎麼著？後面的物件有鬼，妳們想逃？」

許氏這話說出，沒等林夕落有何反應，周圍的百姓起鬨起來。

「眼睛瞎了吧？這不是咬狗尾巴硬強嗎？之前那些物件給的銀子買上多少這破箱子東西都夠了，還好意思指責人家有貓膩兒呢？」

「妳不懂了吧？人家這是要面子，拉不下來臉了！」

「喲，可別逗了，都來開口要銀子了，哪還有什麼臉了？」

「有，臭臉一張……」

調侃的話語傳入許氏耳中，許氏只覺得頭暈目眩，好似閉眼就會昏過去。

林夕落吩咐其他人去替換春桃，繼續核報帳目。

許氏的臉色好像火燒的癩蛤蟆一般難看，朝著身邊的人嚷道：「再派人去，去的居然都不回來，一定要請齊獻王府的人來做主！」

下人們還未等動步子，遠處有丫鬟匆匆跑回，上氣不接下氣，許氏投目望去，卻見只有這丫鬟一個人。

「妳怎麼來了？」

這丫鬟不是許氏派去齊獻王府的人，而是林府的人。

丫鬟拍著胸口，湊其身邊低聲道：「夫人，不……不好了，您……別院的婆子跑回來說，您……您養的那幾個孕婦都被、被齊獻王府的人帶走了！」

「什麼？」許氏如被雷劈當場，呆傻原地，「妳再說一遍，誰、誰抓走的？」

「齊獻王府派來的侍衛……」

許氏好似噎住，眼睛往外凸冒出來，恐懼襲遍了她的全身，她想開口說話，卻不知為何就是發不出聲音。

「呃……」許氏憋悶了許久，終究在遠處齊獻王府旗幟前來的隊伍靠近時，兩眼一翻，瞬間倒地昏死過去。

下人們又掐人中又叫喊，林夕落朝侍衛擺手，侍衛即刻上前將許氏抬到馬車上，隨後去找個大夫來看。

顧不得民眾議論紛紛，林夕落起身迎向齊獻王府的隊伍。

人數不多，從青轎馬車上下來一位嬤嬤，林夕落認識她，這是秦素雲身邊的貼身嬤嬤。

「妳怎麼來了？」林夕落臉上帶幾分苦笑，「這是來為林大夫人說情的？」

「老奴給夫人請安了，王妃讓老奴特意來給夫人傳個話，對於林家的事，齊獻王府不插手，而王妃也更信任您，您為了林家正名，私下做出這麼多事來本就不容易，王妃體恤您，特讓老奴帶來二百兩銀子，請夫人的糧行代為購買軍糧，為前線的士兵們貢獻點兒微薄之力。」

這位嬤嬤的聲音不大，可也讓周圍的人都聽入耳中，民眾頓時讚美起齊獻王妃賢良淑德。

林夕落對秦素雲的做法沒有感到驚訝，她這個女人看似溫柔賢慧，其實做事最有分寸。

讓個嬤嬤送來二百兩銀子，用話安撫了她，也抬了齊獻王府的名聲，這銀子花得可太值了。

既然上門送銀子了，林夕落便笑著讓冬荷接下，朝向齊獻王府的方向福了福身，「在此謝過王妃了，家家有本難念的經，王妃心懷大度，可不見得府中的人有安定之心，還望王妃莫要時刻嚴以律己，更要嚴待府中之人。」

「這一點請夫人放心，德貴妃娘娘已經派來四位宮嬤照料林側妃，王妃也讓老奴說與夫人，請您不必再惦念您的姊姊……」嬤嬤話中有話，連目光都多了幾分玩味之色。

林夕落眼神中閃過一絲驚詫，可很快便收斂起來，「有勞王妃費心了。」

「老奴告辭。」

齊獻王府的人離去，林夕落看著一旁手足無措的林家人，上前道：「帶著大夫人回吧，你們都是為林家做事的人，我也不怪你們，但林家家主必須要對此事做一個表態，回去將我的話傳給三老爺與六老爺，讓他們儘快給我一個交代，對於我的名譽，我極是看重，希望他們也有大局之觀，莫要因小失大。」

「奴才……奴才記住了。」

林家的人戰戰兢兢地點頭哈腰，林夕落派了侍衛送他們回林府。

林夕落吩咐眾人，將一箱子又一箱子的帳冊，還有林家那些捐出的珠寶玉釵收回，她則轉身回了麒麟樓中。

方一柱在門外幫著侍衛將民眾驅散，又轉身進來向林夕落回報今日的事。

「還是夫人有辦法，我這顆心都快跳出了嗓子眼兒，那後續的帳怎麼辦？咱們是……」

「依舊買糧捐了。」林夕落看著方一柱，「我們矇得了林大夫人，但矇不了朝堂百官，矇不了皇上，也矇不了征戰沙場的士兵們，所以那些錢依然要四處購糧，聘請民夫和修輜重的工匠，讓他們將這些東西送去給行衍公的軍隊。你們都跟著出征過，自是知道邊境的苦，除了糧之外還有什麼需要之物也可以商議著購買一些，這種事我個女人家自是不懂，你們自行決定。」

「夫人大義！」方一柱忍不住豎起大拇指，這並非是趨炎巴結，而是發自內心的讚賞。

能真心為隨軍將士所想的有多少人？

能真心去想除了糧食他們還需要什麼物品的又有多少人？

何況林家捐助的銀錢到底有多少，別人不知，他方一柱是心中有數的，林夕落能讓他們商議這筆銀子該怎麼用、該怎麼花，莫說這些夫人們，就是換成個大老爺們兒也不見得有這份氣度。

林夕落看著方一柱的模樣，忍不住笑話他，「行了，如若不是你們都懂得出征的難處，我也不會放心將此事交給你們，將心比心，這時候你們之中再有昧著良心惦記這點兒銀子的人，那豈不是要被戳一輩子脊樑骨？不過，這件事你要與嚴師傅好生說一說，林家的事千萬不能露出口風，就是三萬兩，知道嗎？」

方一柱拍著胸脯保證道：「放心，如若在這上頭出了問題，我方一柱的腦袋揪下來給您！」

「要你的腦袋有何用！」林夕落定了定心神，與方一柱又討論了半晌糧行之事，心裡也惦記著糧行莫再出事，便讓方一柱趕快回去。

春桃還沒走，陪著林夕落說了一會兒閒話，問起了最重要的問題：「奶奶，雖說這一次沒有拿出太多的物件來，可這些東西擺在咱們錢莊裡終歸是個事，您看怎麼把物件轉出去？總不能一直這樣壓箱子底兒，不安穩。」

林夕落也認同，「這件事我會尋個好時機再商議，這幾天錢莊依舊要如以往那樣迎來送往，若有人上門，立刻來通知我。」

「奴婢省得了。」春桃也不敢太過耽擱，起身離開了麒麟樓。

天色雖然不早，林夕落也沒有就此離開麒麟樓，她要等著林政辛帶回的消息，看他肯不肯孤注一擲，將林家的事徹底掀了。

而此時的林家早已亂成了一窩粥。

林政齊與林政肅得知許氏前去麒麟樓鬧事時，恨不得立即把大房給鏟了。

這不是吃飽了撐的嗎？

往好聽了說，她是齊獻王的丈母娘，往不好聽了說，齊獻王認她是個屁啊！

林政辛既然已經把銀子給了出去，哪還能容她要回來？皇上如今就看林家人不爽，連丁憂期都未給免了，如今再鬧出這等事來，豈不是雪上加霜，永無出頭之日了？

林政齊正在想轍的功夫，下人們跑來喊道：「不好了，三老爺，十三爺吩咐人把錢庫給搬空了，您快看看去吧！」

林政齊並沒有再去追林政辛搬空的銀兩，他為官多年，眼界頗寬，前幾日林政辛與林夕落做出的那一番事明擺著是為了林家，既然一大半兒的家財都沒有本事攔住，哪還差這一點兒了？

如若林政辛孤注一擲真能讓皇上對林家改觀，將他們兄弟幾人召回朝堂上，銀子又算什麼？

丁憂三年，如今才過了一年，他們便兩鬢白髮，好似老了十歲。

林政齊的眼神中透露出的貪婪並非為銀，而是為官。

聽林政齊將事情講明白，林政肅也明白了這個道理，雖然他略不認同，可自幼便是聽這位兄長的話行事，便也悶頭不管。

許氏醒來時得知這個消息已無心去管，齊獻王不允林綺蘭見外人，更是把她私下養的三個孕婦抓走，這件事讓她猶如五雷轟頂，什麼銀子、什麼家財能比得過？

可許氏沒有那麼大的膽子，她如今只敢窩在林府後宅的院落之中獨自恐懼著……

林政辛聽林夕落的話，將最後一筆家財捐了，渾身一輕，便跟著方一柱與嚴老頭在答謝酒宴暢飲，好不快活，而方一柱也聽了林夕落的吩咐，將這件事鬧遍了全城。

如今提及林家，無人不知林政辛這位家主將百年家產全部捐給了戰場，縱使不豎大拇指，也會讚嘆，佩服林政辛的勇氣。

肅文帝自也聽說了此事，陸公公一邊說，他一邊冷笑，待陸公公說完，肅文帝便道：「那個女人的膽子還真大，居然能指使著林家做出這樣的事來，她這是在逼朕！」

「皇上息怒，她一個女眷哪裡懂得這麼多？估計也就是為了行衍公。」陸公公笑著安撫，肅文帝更是笑了，「你現在可是對這女人極是袒護，一串佛珠就將你收買了？」

「奴才哪裡敢，奴才這是心疼小公爺，還不會說話就能逗皇上開心，奴才也喜歡他。」陸公公提及小傢伙，肅文帝的笑容真切了些，斟酌片刻則道：「傳朕旨意，召見林家家主，朕要好好地褒獎一番。」

林政辛得了皇召，不僅他大驚，連林政齊與林政肅都湊過來道賀。

雖然沒有召見他們，但這是對林家的認同，對林家的認可啊！

林政辛卻有些慌，雖然還要學上幾日叩拜之禮才能進宮，可他擔心的不是這個，而是皇上褒獎，他該怎麼辦？

林政齊與林政肅兩人喋喋不休地出主意，林政辛一句也沒聽進耳朵裡，起身便道：「我得再去問問九姑奶奶，她得皇上多次召見，她一定能好生提點！」

說罷，林政辛便急迫離去，林政齊與林政肅面面相覷，臉上肌肉抽搐，牙齒磨得咯咯作響。

「三哥，他跑去問那個女人，那丫頭不會把咱們給撇了吧？」林政肅心生懷疑，林政齊則搖頭，「不會，那個丫頭別看出身低還像個潑婦似的，她心計很深，有大局觀。」

「那咱如今怎麼辦？」

「走，去找七弟，飲酒作樂也好，詩書品茶也罷，大房已經敗了，咱們林家的關係要緩和緩和了。」林政齊嘴上如此說辭，可賊溜溜的眼睛卻透出強烈的野心和算計。

林政肅雖沒主意，可自能明白林政齊的話是何意，點頭道：「好，好，是得緩和緩和了！」

林政辛去宣陽侯府找林夕落時，林夕落正在看薛一遞來的信。

這封信是魏青岩回給她的，也是木條刻字，顯然是出自李泊言的手筆。其上坑坑窪窪，字跡不清，但能看明白這信的意思。

魏青岩那裡已經準備開戰，他對林夕落傾訴思念之後，讓她穩住林家，爭取將勢力轉移出幽州城，往西北方向而去。

林夕落看完之後，將木條上的字用刀刮成粉末。

既然魏青岩有這番打算，看來她的計畫也要變上一變了。

想著魏青岩信中所提的「葉吹落，星如雨，駿馬行軍沙滿路，心繫郁林佳人」時，林夕落的臉上微紅，湧起幾分相思苦。

薛一一直在盯著，本尋思林夕落會有什麼吩咐，可見自家這位女主子忽然面紅，滿目的花癡模樣，不由得嘴角抽搐，將目光移到了冬荷的身上。

冬荷見薛一投目過來，嗔怪地一瞪，隨即也臉紅了……

薛一不由得望天，今兒春情湧動嗎？

林夕落的思君之情很快就被林政辛找上門給破壞了。

林政辛進門也沒喝茶，也沒寒暄幾句沒用的，直接將事情說了：「……皇上下詔讓我進宮予以褒獎，可我怎麼覺得這事兒不對勁兒呢？剛剛在林府，三哥與六哥也破天荒地跑來教我如何表忠心，我總覺得不對，所以特意跑來問問妳的意思。」

林政辛說完，就等著林夕落出主意。

林夕落的臉上還存著剛剛讀魏青岩信件時的憂傷，不由得無精打采道：「這有什麼不對的？他們兩個人是想做官，教的話自然不適合你了。」

「那我怎麼辦？」林政辛撓頭，「雖然捐了林家的家底兒，可皇上一見我這德性，哪還有什麼褒獎？小命能不能保得住都成問題了。」

「喲，至於把自己說得這麼慘嗎？」林夕落緩過神來，認真地將此事理清，隨後道：「皇上召見你，因你如今是林家家主，你代表的是林家人，至於他如何對待三叔父與六叔父你不要管，你想保住小命最重要的便是，皇上賞你官職，你不能答應。」

林政辛眼睛瞪得碩大，「這是為何？」

「我問你，你科考有功名嗎？」林夕落話一出，林政辛便搖頭，「沒有，老太爺在的時候讓我考，我有個秀才名便不願繼續讀了。」

「你當過官嗎？」林夕落再問，林政辛還是搖頭，「沒有，芝麻小官也沒做過。」

「官場中的狡詐、貪贓之道，你懂得多少？」林夕落看著他，「你不懂，那會有無數的人用這等方法讓你丟了官，丟了官便是丟了林家的臉，或許也丟了命，你懂嗎？」

林政辛點頭，「雖然妳這話說得我已經很丟人了，可也是實話。」

「而且當初青岩推舉你為林家家主，就是因為你身上任何朝事不沾，來去自如，也不會因身涉朝事而蒙蔽了眼睛。」林夕落說完，想到魏青岩來信讓他們不要在此地扎根兒，心生一念，便是道：「剛剛我收到青岩的來信，他有意讓咱們的家往西北轉移，如若十三叔願意，你可在錦娘生完孩子之後考慮一下，當作舉家出遊也好，當作出去長見識也罷……」

林夕落這個建議讓林政辛沉默了，想到林夕落揭他的短處，再想到魏青岩的提議和林家現在的破落，忍不住點頭，「我答應。」

林夕落正要鬆口氣，林政辛卻又補了一句：「可若皇上要執意封官怎麼辦？抗旨不遵是要掉腦袋的！」

「你這個笨蛋！」林夕落忍不住罵出了口：「皇上召見你已經表明了是褒獎，怎會硬許官給你？大周國的官兒是那麼好當的？你就不會說一說自己的短處？在皇上面前裝慫比什麼不好，這你還不會嗎？」

林政辛被斥得臉上火燒一般，「行！這個慫我就裝了！」

送走了林政辛，林夕落也沒有心思再去想魏青岩，她有心去見一見父親和母親，這些時日忙碌，一直沒去成，再者魏青岩信中之意，她也要與父親商議一番，看他如何看待此事。

時間已經頗晚，林夕落只得明日再去，而這一晚，林政孝被林政齊與林政肅拽著喝酒品茶，下棋談心，好一陣子忙乎，待送兩人走時，已有些喘不過氣來。

胡氏忍不住嘆氣，她也被三夫人與六夫人揪著敘情分，半點兒沒閒著。

「老爺，這事兒是不是要派人去告訴夕落一聲？他們如此賴上，咱們實在吃不消啊！」

林政孝早已沒了想法，「去，告訴夕落，讓這丫頭明天來一趟。」

「豎賢那裡是否也要告知一聲？他好歹被劃了林家人中，也是唯一一個在朝堂上就職的林家人了。」胡氏感慨，「這姑爺也不知道何時能戰勝歸來，天詡那小子……」

胡氏說起林天詡便喋喋不休，好似催眠曲一般，林政孝很快就睡了過去。

獨自一人嘀咕完，胡氏便派人去給林夕落送信兒，特意囑咐要帶著孩子來，她如今這心思都牽了這娘倆兒身上了。

林夕落聽得前來回稟之人說了林政齊與林政肅在景蘇苑待了許久才走，不由得冷笑出聲，這時候想敘舊情，就不知待林政辛推辭皇上的賞賜時，這兩人會是什麼表情了……

翌日清晨，林夕落帶著兒子去了景蘇苑，宣陽侯得到戰報，邊境第一戰已經濺起血花。

肅文帝傳見林政辛，果真不出林夕落所料，肅文帝的確是有意賞林政辛官職，被林政辛婉拒了。林政辛把自己說得沒本事沒能耐，好吃懶做屁毛不會，雖當官能滿足小小的虛榮心，可又怕做不好事惹惱皇上被砍腦袋。

這些話說得像笑話，肅文帝沒生氣，反倒是笑了許久，最後厚賞林政辛兩個農莊、百兩黃金及絹布百匹，更下令為林忠德題「忠」字裱於祖祠，滿朝皆驚。

林政辛高興得合不攏嘴，捐出林家的，皇上賞回了自己腰包裡，還掙了一份名譽。從皇上為老太爺題字之後，他走在路上都有不認識的人主動上前探問可是林家家主，隨後寒暄逢迎，邀約不斷。

林政辛雖有點兒飄飄然，可他沒忘記林夕落的囑咐，滿足過虛榮心後，便開始籌備往西北走，可這事他誰都沒說，連喬錦娘都沒說，只等著她腹中孩子出世，他便開始行動。

林夕落與林政孝攀談此事，林政孝對魏青岩的提議甚是贊同。

可林家現在萬受矚目，故而誰都不能亂動……

朝堂之上，近日接連戰報傳來，而這一陣子也是宣陽侯府備受關注的時刻。林夕落依舊每一日到麒麟樓去雕佛珠，一來，遵肅文帝的責罰，二來，也在湖心島安安靜靜地為魏青岩祈福，祈求他早日戰勝，能安穩歸來……

農曆十月二十四，幽州城內迎來這一冬的第一場雪。

一夜雪花落地，疊了厚厚的一層，一腳踩下去便沒過了腳面，院子裡的丫鬟們並沒有因嚴寒而掃興，反倒興高采烈，掃著院子中的雪便開始打起了雪球來。

魏文擎如今已經七個來月，不但能在床上亂爬，也開始由林夕落扶著在地上踹腿兒地學走。沒人扶著是走不了，可一旦抱他下了地，他便站在那裡摟著林夕落的腿前後左右地亂瞧，口中咿咿呀呀地亂指，聽著丫鬟們嬉笑的聲音便指著要去院子裡玩。

胖嘟嘟的小臉小身子裹上厚厚的褱衣，原本不高的個子左一層右一層快裹成了球，實實在在的一個肉滾兒。

林夕落抱著他到院子裡透著氣，雖是寒天，可走出屋子深深呼吸著新鮮的空氣，頓時覺得這些時日的抑鬱之感消去了許多。

兩國已開戰許久，這嚴冬來臨，他們還能繼續打下去嗎？

林夕落心中在盤算著，侍衛從外進來回稟：「夫人，林豎賢林大人來了，正在與三爺敘話，您現在可見？」

「請他們一同來吧，讓福鼎樓送一桌席面來，也去告訴三奶奶和四爺、四奶奶一聲，稍後請他們一同來用。」林夕落吩咐完，侍衛便前去行事。林夕落知道林豎賢不願單獨與她相見，索性請一堆人來，也免得稍後沒了話題尷尬。

魏青羽與林豎賢漫步到了郁林閣，見林夕落抱著孩子在雪地裡亂踩著玩，魏青羽忍不住勸道：「太涼了，他還這麼小，別凍壞了身子。」

林夕落又往兒子的鼻子上點了雪花，見他抖著鼻頭，小手不停擦的模樣，忍不住笑著抱他走出雪堆，看著魏青羽與林豎賢道：「給三哥請安了，先生安。進去談吧，外面涼。我剛剛把三嫂和四哥、四嫂也請來了，今兒吃頓好的，咱們許久沒在一起聚聚了。」

魏青羽甚是欣慰，笑著點頭，與林豎賢一前一後進門。冬荷在屋中加上一個銀炭爐子，秋翠與秋紅上了暖茶，曹嬤嬤過來抱走了孩子，林夕落才笑著道：「先生今兒來得正好，我正好想尋先生問一問近期戰事如何了，寒冬臘月的，還能打嗎？」

魏青羽看向林豎賢，林豎賢點頭後道：「我與世子也在談論此事，公爺今日上書請奏，邊境的雪比幽州城要更大一些，天候極冷，如今已經將咸池國與烏梁國打出了大周國境，更是直追出去三百多里，公爺請奏皇上，問是收兵，還是繼續征討，將這兩個小國收入大周國境。」

「喲！」林夕落聽此消息心中喜意甚濃，連忙道：「如若皇上同意收兵，那他豈不是能回來過年了？」

魏青羽接口道：「是的，如若皇上同意收兵，五弟便能在年前歸來與妳母子團聚了。」

林豎賢不等魏青羽鬆口氣，便在此事上潑了冷水，「可皇上有意繼續征討，大臣們也眾說紛紜，說法千奇百怪，讓皇上一時下不定主意。」

「哦？」林夕落對戰事不懂，便說起天氣：「這冰天雪地的，如何征戰？豈不是死傷更多？」

「的確如此，天寒地凍不利出戰，但皇上向來霸氣，吳棣那一戰險勝也讓皇上未能平復心緒，所以他自是主戰的，但一部分文臣覺得抵禦咸池國與烏梁國入侵這是為國而戰，可再繼續征戰，乃是大周國入侵他國領土，打仗必定要有死傷，用人命為大周國開疆擴土有違天道。」說到此，林豎賢頓了一下，繼續道：「眾多武將主戰，但也分成幾派，其中有覺得不如收兵三個月，待明年春暖花開再戰，也有主張乘勝追擊直接滅了這兩個小國。可我個人認為，武將們這番說法雖然都各自有理，但也有他們的私心。太子殿下主張收兵歸幽州城，來年再戰，再戰的話，派出的將領就不見得是公爺了。」

林豎賢說完，魏青羽也點頭，「侯爺昨晚也尋我談過此事，宣陽侯府對此事無法表態，故而侯爺這些時日都沒有上朝，弟妹，妳要做好心理準備。」

林夕落心中的喜意略消減，可她更惦記魏青岩的安危，「他可有受傷？這麼冷，軍需能供應得上嗎？還有天詡，他能受得了天寒地凍嗎？」

林豎賢沒想到林夕落會問這種問題，可一想，她一個女眷，自然不會議朝事，不問自己男人和弟弟，又能問什麼？

「公爺很好，天詡如今跟在他身邊，定期的八百里加急奏摺如今都由天詡代筆。」

「哦？」林夕落略感驚訝，「還真是離開家中的院子到外面就有出息了。」

「他寫得歪歪扭扭，皇上已經嘲笑多次，可一聽是七歲孩童代筆，皇上還是忍著看下去了。」林豎賢說到此也忍不住抽著嘴角，他為此被皇上嘲笑多次，林天詡可是他的徒弟，行字也是他教的……

林夕落頗為自豪，自家弟弟有出息，她這個當姊姊的也發自內心的高興。

可林豎賢帶來的消息是一喜一憂，魏青岩到底能不能回來？她盼望著早點兒得到答案。

參之章◆天子封王埋隱憂

皇宮之中。

肅文帝召集太子周青揚與齊獻王、幾位重臣一同商議對烏梁國和咸池國是否繼續用武的事情。眾說紛紜，周青揚站在一旁悶聲不語，任憑幾位大臣發表意見。

這些多數都是他的人，意見自當更傾向於他，可其中也有襄勇公府的陳林道，在這一點上，陳林道還是偏向於齊獻王，儘管他有心與周青揚攀交，但針對此事，陳林道也有他的小算盤。

這時候依照太子的說法讓魏青岩撤軍回來，開春再戰，周青揚換了將的話，他陳林道還有何作用？人必須在他最能發揮作用的時候才能顯示出本事，否則便被人不屑對待，陳林道是不會當這個傻子的。

「如今天氣嚴寒，而且行衍公率軍征戰數月，軍疲馬乏，軍需供應艱難，死傷也已近萬，如若不撤軍歸來卻繼續征戰的話，危險還是有的，依臣之見，還是退兵來年再戰為好。」

「臣附議。」

「哼，一群無用的東西，如若沒這把握，魏青岩那崽子怎麼會向父皇請奏？早就率軍歸來了！此時烏梁國與咸池國已經被打成一片散沙，不乘勝追擊還讓他們養好了傷，來年再多死點兒人？光尋思軍需不夠，那兵去兵歸所耗費的軍需就少了？軍需不夠要你們作甚，都在這裡瞎磨牙嗎？」

齊獻王一拍大腿，直向肅文帝道：「父皇，兒臣願率軍為魏青岩補給兵力，定要把那兩個小國給收了！大周國開疆擴土，這是重中之重，望父皇應允！」

「陳林道，你怎麼看？」肅文帝點名陳林道，陳林道立即躬身上前，笑著道：「臣認同齊獻王所言。」

「既然你認同，就寫一份詳細的兵力分配給朕看看，朕明日就要。行了，天色不早，你們都退下吧，朕累了，高興得累了，老了啊……」肅文帝雖是笑著感慨了幾句，可之前的那一句卻讓周青揚皺了眉。
周青揚等人離開，齊獻王冷哼一聲，露出鄙夷目光離開了皇宮，眾臣跟著周青揚欲再商談，周青揚卻沒有答應，帶著隨身太監回了東宮，召了人到身邊吩咐道：「傳出個消息，魏青岩是皇上的私生子，本宮明日一早便要聽到眾人非議之聲，要快！」
謠言的傳播速度就好像是空氣中的病毒，很快蔓延四方，傳入每一個人的耳中。
而魏青岩是皇上私生子這事在外人的揣測中或許覺得是謠言，但其實周青揚自己也不能確定的是，他戳破了這個謎團，讓他自己也備受壓力。
他不過是想將這個謠言散播出去，肅文帝禁受外部壓力便不會繼續對咸池國與烏梁國征伐，只要魏青岩收兵，他就有把握再次征討時換將，收攏魏青岩手中的兵權。
可在內心深處，周青揚更想知道魏青岩與肅文帝到底是否有血緣關係，否則魏文擎脖頸上的黑痣又如何解釋？
周青揚這一夜沒有睡，他在等待著明晨早朝時的動態，也是在等待肅文帝的反應，藉此推斷出結果。

林夕落與林豎賢、魏青羽、魏青山和兩位嫂子聚完便早早地歇下了。
小傢伙今天玩累了，黏著林夕落不肯走，硬是睡一張床。林夕落哄著兒子睡著，也跟著沉入夢鄉，可不知為何，猛然從床上坐起，心慌意亂，只覺得一顆心怦怦跳得厲害。
林夕落抹著額頭滲出的冷汗，粗喘幾口氣，左右探看未出何事，這是怎麼了？
看向兒子，他睡得正熟……
沒等多想，薛一忽然從角落中出現，臉色甚是焦急，站在床腳處道：「出事了！」

「稍等。」林夕落忙披了袍子，到外間去讓薛一回話，「什麼事？」

「城內傳出了消息，稱行衍公是皇上的私生子！」

薛一說完，林夕落只覺得五雷轟頂，險些栽倒。

怪不得她剛剛忽然醒來，果真是出事了，而且這事的重量還壓得她透不過氣來，即便魏青岩在，他或許也……

「何處傳出的消息，查得到嗎？」林夕落攥緊了拳，故作鎮定，可眼中透出的迷惘卻讓薛一捕捉到，他只作不知地回答道：「從宮中傳出。」

「是太子！」林夕落的腦中忽然蹦出周青揚來，太子妃執意要看小肉滾兒，還派了宮女從曹嬤嬤那裡入手，也是要抱小肉滾兒，他們就是想要看小肉滾兒脖頸上的黑痣。

如若是這般的話，顯然周青揚的脖頸上也有黑痣……

林夕落的心很沉，沉得就像千斤巨石壓在胸口，透不過氣來。

薛一見林夕落的臉色很難看，便叫來了冬荷，冬荷上前道：「奶奶？您可要喝一杯暖茶？奴婢這就去拿。」

「不用，給我一罈酒，讓我清醒清醒。」林夕落的話一出，差點兒讓薛一噎著，翻了白眼，喝酒清醒？這是從古至今頭一位吧？這位夫人果真是奇葩！

冬荷也嚇了一跳，可見林夕落的模樣她不敢開口勸，只得匆匆去取來了一罈酒，卻是小罈的，也就相當於普通的碗。

林夕落沒在意，取過來便仰頭灌入，抹了一把嘴，沉靜片刻，才看著薛一道：「這個消息侯爺那裡可知道？」

「我來回稟之前他不知，但這也過了有近一刻鐘的時間，想必他應該知道了。」薛一話語中透著幾分自傲，林夕落點了點頭，走到桌案前，行書一封隨後摺起交給了薛一，「送去給林豎賢，他看完之後你把這封信燒了再回。」

薛一接過便離開此地，而林夕落灌了一罈酒，反倒真如她所言清醒了很多。

剛得知這個消息，她便在想去尋何人商議，即便不是商議，哪怕是傾訴一番，也能讓她的心中有所緩解，可這件事她能與誰去說？

與父親、母親？與宣陽侯？與魏青羽與姜氏？這些人她都說不得，即便是薛一這等人，她也說不得。

讓那股抑鬱煩躁隨著酒一同灌下心底，她才淡定下來，她要好好想一想這事該怎麼辦……

宣陽侯得知此事，暴跳如雷，將書房中的物件砸了稀碎。

「誰？是誰傳出這個消息？」厲聲高吼也無法平息他心中的怒意，這就像是一把彎刀狠狠地戳入心底，讓他整個人變得癲狂起來。

侍衛連忙道：「暫時不知從何處傳出的消息，卑職正在查。」

「還不去，在這裡等什麼？等死嗎？滾！」宣陽侯歇斯底里，侍衛即刻離開。

酒……酒呢？宣陽侯在書房中急切地尋找著能讓他倒地不起的東西，而酒恰好是良藥。

原本魏青岩傳來戰勝的消息，以及魏青岩有意繼續征討那兩個邊境小國創下開疆擴土的大業時，宣陽侯的心中雖矛盾，卻也有自豪之感。

這終歸是記在他名下的兒子，即便載入史冊又怎少得了他宣陽侯之名？

故而宣陽侯慎重地稱病不上朝，為的便是肅文帝能夠做出正確的選擇，可這個消息傳出，他宣陽侯不但引以為傲的名聲不在，還會被人笑罵著戳脊樑骨，他用刀砍出的侯爵不也消失殆盡？他的爵位會被人恥笑成靠送女人得到的，一切的功勞會煙消雲散。

他媽的！

宣陽侯越想越憋悶，大口大口地灌著酒，他要一醉方休，他沒有面對此事的勇氣，沒有……

而魏青羽在書房的門口一直密切關注著，看到宣陽侯醉得不省人事的模樣，心中甚是難受。

可……青岩真的不是父親的兒子嗎？

自己這位父親……魏青羽不敢有任何的評價，可從宣陽侯現在的狀態看來，魏青岩的身世恐怕真如謠言所傳一般。

魏青羽無奈地搖了搖頭，即便不是又怎樣？他們這麼多年的兄弟情分不是假的，他不信魏青岩會因此事慢待他們，而他也不會慢待這個弟弟。

祈仁宮中。

皇后聽得此事，暴跳如雷。

她連夜讓人去把周青揚給叫來，當面便是斥道：「你瘋了？你居然傳這等謠言出去，你的父皇會怎樣看？本宮多次叮囑你要隱忍，你為何就是不聽？你難道當本宮的話都是耳邊風？」

「母后，這是一個機會。」周青揚早知皇后會對此事不滿，也準備好了說辭。

皇后的怒氣依舊未減，她最懂肅文帝的脾氣，他厭煩逼迫，厭煩別人給予的壓力，故而他才冷落自己、冷落太子，只因為這是皇儲，是將來替代他的人，可……可周青揚今日的做法卻是點燃了一把火。

這一把火如若不能平息下去，她多年來的隱忍及周青揚的太子之位恐怕有很大的危險。

「母后，兒臣也知道父皇的脾性，兒臣只期望他能讓魏青岩率軍回來，您不知的是魏青岩已經和福陵王於西北開始有動作，他手中握有二十萬大軍，這可不是兒戲，兒臣怎能容忍？」

周青揚頓了下，又道：「何況此時齊獻王想要出征，父皇也不會應允，他的側妃正要誕子，陳家如今也有意籠絡兒臣，撇棄皇弟，兒臣只要把魏青岩拽回來便大功告成，而迫於輿論的壓力，魏青岩也不會再出征，父皇霸氣了一輩子，橫了一輩子，他應當更重視自己的名譽！」

「你的父皇，他霸氣、他豪橫，可大周江山民富國強，他憑藉的是慧眼識人，憑藉的是本事，而非是這等勾心鬥角，這等暗地手段！皇兒，這些年你怎麼就體會不到你父皇的好？看到的都是他的不好呢？」

皇后雖然苦口婆心，可她苦的是對周青揚的失望。

這些年，她把棘手的事都自己一人承擔，憑著皇后母儀天下之名，她扛得起。她一直都在告誡周青揚隱忍、厚待，可他隱忍的結果是他更陰暗，他厚待的結果是他積攢了狹隘。

這不是她期待中的皇兒……

皇后臉上的失望，周青揚自是看入眼中，可他心中不忿，不肯認錯，「母后，事已至此，給兒臣這個機會，讓兒臣去把此事辦妥，兒臣一定給您一個最好的答覆！」

說罷，周青揚便離開祈仁宮，而皇后獨自在后位上坐了許久許久……

宣德殿中，肅文帝正在聽著皇衛回報此事。

冷，宣德殿中出奇的冷。

陸公公看出肅文帝的身子有些顫抖，他取來大氅為肅文帝披上，「皇上，您要保重身子。」

肅文帝好似雕塑，就坐在龍位上一動也不動。

皇衛回稟完，肅文帝依舊一句話都沒說，他嚇得不知該怎麼辦，只得看向陸公公。

陸公公看著肅文帝的臉色，朝著侍衛擺了擺手，侍衛退下，這空蕩的宮殿之中，只有肅文帝與陸公公一主一奴。

不知過了多久，肅文帝問了時辰，陸公公即刻答：「寅時末刻了。」

「他們都在逼朕，怎麼辦？」肅文帝好似自言自語，可他臉上的冷意卻湧起一股不屑與不忿的模樣，「朕要看一看，他們是如何對待此事的！你去把那個丫頭和他的孩子帶來，早朝之前，朕要見到他們！」

林夕落與孩子半夜被陸公公接走，這件事做得非常隱蔽。

宣陽侯醉得不省人事，魏青羽獨自一人送了她娘倆上馬車，身旁跟著冬荷與薛一，皇衛護行，魏青羽也沒必要再派侯府的侍衛跟隨。

林夕落抱著兒子臨上馬車的前一刻，魏青羽忍不住低聲道：「弟妹，別怕，我會儘快將消息傳給青岩。妳放心，有五弟在，你們娘倆不會有事的。」

林夕落微微點頭，並沒有多說。

剛得知陸公公來接她娘倆進宮時，她的心便涼了。

這種時候她無論做什麼都無用，只能憑著肅文帝的喜怒來決定他們的生死，這種感覺就好像頭上懸了一根刺，一根隨時會扎下的刺，讓她渾身上下的毛孔都不寒而慄，只摟著兒子不知該怎麼辦才好。

可陸公公既然來了，她也只能順從，魏青羽這一句安慰，讓林夕落發自內心的感激。

魏青羽顯然已經聽說這個謠言，而他沒有提謠言二字，也未說不攻自破等話，只平平淡淡地安慰，這比任何話語都更能平穩林夕落的心。

陸公公親自扶著林夕落上馬車，這也是靠行動來安穩人心。她與魏青羽道別，便上了馬車。

林夕落未被允許揭車簾看外面，故而進了宮，她也不知道自己被帶到何地。馬車停下，陸公公引著她母子二人直接上轎，隨後抬到一個屋內，連外面是什麼模樣她都一無所知。

「夫人，您和小主子先在此地歇一歇，稍後會有宮女來侍奉您淨面更衣，等候皇上召見。」

陸公公說罷，喚了兩名宮女和四名宮嬤在此守著，見林夕落不似以往那般輕鬆舒暢，陸公公斟酌片刻才道：「您不必擔心，行衍公為皇上出生入死，皇上不會委屈了他。您也要多做些準備，興許會宣您至朝堂之上。」

「謝陸公公提點，您這樣一說，我便放心多了。」林夕落即刻道謝，陸公公不能在此多留，攙扶起她之後便匆匆離去。

林夕落送走陸公公，便回來與兩位宮女與四位宮嬤笑著敘話，未開口之前先每人賞了一個香囊，這香囊裡放的可不是散碎的銀子，而是金錁子。

冬荷與薛一此時都在宮外等候，他們不能進宮。林夕落只覺得心思太亂，不如出手大方，將這些瑣事全都交由宮嬤和宮女代為處理。

眾人拿到手中不由露出驚訝之色，而後便上心地服侍，連林夕落稍後覲見皇上與上朝的衣裝都先備好，林夕落只淨面後坐在梳妝椅凳上任由她們服侍即可。她心中不免開始想著肅文帝會問什麼、她要如何作答，如若真的把她一個女人宣上朝堂會因為什麼，她又要如何表現……

各種問題在她腦中浮現，她絞盡腦汁地想回答得完美，表現出的狀態也無破綻。

她不能在肅文帝面前表現出她知道魏青岩的身世，那才是她自己找死，那她要如何做呢？

時間一點一點地過去，窗外也逐漸投射進來清冷的光芒，橙光升起，才讓空蕩的屋子有幾分暖意，可儘管宮女將屋中的炭爐挑熱，林夕落的心中依然冰涼……

早朝，眾臣在進殿之前不免低聲議論起昨夜的傳聞。

「……這可不是一件小事兒，而且說得有鼻子有眼兒，怪不得皇上對行衍公如此厚寵！」

「不會吧？會不會是有人故意在此下了套，逼著皇上召回行衍公？」

「這也有可能，但不見得此事不真，黃大人，您怎麼看？」

「有違禮道！此事連宣陽侯也不能脫身，老臣要當面說出此事，看皇上如何說辭！如若是真，即便是皇上，也要承受皇家禮罰，如若是假，那定要為皇上查出謠言是何人所傳，這等消息不但汙了皇室之名，也汙了行衍公這位大周功臣之名，挖眼割舌都是輕的，凌遲處死才行！」

眾人聽見此言，紛紛點頭，雖都有心探知此事真假，可他們畢竟不是重臣，還不敢當面向肅文帝提這等問題，否則割舌挖眼的不是傳謠言之人，而是他們自己了。

唏噓之聲紛起，周圍也有周青揚特意分派之人去探知大臣們的意見，待時辰不早，便及時向周青揚回稟。周青揚此時已經做好準備，此事一旦有人上奏，他便站在魏青岩的立場，以替他清洗冤屈為名召他回來。

齊獻王此時也坐在一旁聽著，沒有表示任何意見，也沒有與任何人談論。

他昨晚自也聽到了這個消息，可沒什麼反應，對他來說，魏青岩是不是自己的兄弟已經不重要了，是又如何？不是又如何？

而周青揚想讓魏青岩收兵的事他心裡比誰都清楚，拿這等謠言逼父皇？稍後就等著父皇如何發火暴怒吧，還在這裡胸有成竹地興高采烈，都是一群傻子！

齊獻王只在一旁等著，他已經做好準備，今日定要支持魏青岩繼續征討烏梁國與咸池國，與周青揚唱對台，也逼著陳林道表態，他想把手伸太子那邊兒去？休想！

眾人心思各異，未過多久便開殿上朝。

眾官停下議論之聲，按品級站一同朝正殿走去。

進入殿中，齊齊跪拜，陸公公率先出來，宣道：「皇上駕到！」

鑼鼓之音響起，肅文帝緩緩走來。

可今日不同往日，眾人跪拜之時，忽聽到幼童的聲音，可誰都不敢抬頭去看……

這怎麼回事？哪兒來的孩童聲音？好似還不會說話，是哪位皇孫不成？

無人能夠猜出這孩童的身分，因為肅文帝是領著小肉滾兒登上龍位，這小子不懂禮儀尊卑，坐了肅文帝的腿上依舊揪著皇上的鬍子玩。

見了幾次面，他對這個有著長長鬍子的老人並不陌生，即便離開林夕落的身邊，他也不懂得恐懼和害怕，沒有哭鬧。

林夕落此時在角落中等候著。

天亮起來時，陸公公便找到她，將她母子帶到肅文帝面前，肅文帝沒有多說，只把小肉滾兒抱走，如若不是陸公公急忙出言安撫，林夕落都以為肅文帝要將她母子分開。

好在陸公公說皇上會帶小肉滾兒上朝，讓她等候傳召。林夕落鬆了口氣，可仍然忐忑不安，只想著朝堂上會發生什麼事……

肅文帝在龍位上逗著小傢伙，一句話都不說，下方跪拜的朝臣各個悶頭納悶，都想抬起頭來一探究竟，可誰敢在這個時候冒犯皇上？

周青揚心中冰涼，他因站在首位，故而偷偷抬頭，認出肅文帝懷中的孩子是魏青岩之子。

這怎麼辦？難道此事要退縮不成？

周青揚的心中很矛盾，可未等他做出決定，肅文帝忽然開口道：「都起來吧，跪著做什麼？有事上奏嗎？」

朝臣們謝恩起身，這才抬頭看去，見肅文帝帶了個孩子上來，各個驚愕，沒有幾人見過小肉滾兒，即便見過也早已生疏，眾人面面相覷，有一位大臣率先上前道：「臣有奏！」

「說。」肅文帝隨意一句，此位大臣便開口道：「臣昨晚聽聞一個傳言，不知皇上可否知道？稱行衍公是皇上之子，這實在太過荒謬！皇上乃是真龍天子，遵皇室之禮，欣賞行衍公大才，卻被奸人謠言汙衊！依照臣意，這件事要徹查，揪出幕後之人，為皇上正名，也為行衍公正名！」

肅文帝聽後只挑了挑眉毛，沒有任何表示，可既然有人先說，便有人也上奏：「臣也有奏。」

「你們繼續說。」肅文帝漫不經心，此人則開口道：「臣認為此事不能就此甘休，這或許是行衍公自己傳出的謠言，請皇上將其召回明察！」

「不可能！」齊獻王冷笑著站出來，「你個書生出身的人就是這麼缺心眼兒，魏青岩自己在這時候傳謠言？此謠言對他弊大於利，他怎會這麼做？他吃飽了撐的？」說完，拱手朝向肅文帝：「父皇，兒臣認為此事是有人故意所為，為的則魏青岩是否再進一步征討烏梁國與咸池國，想要藉此讓他撤軍歸來。」

「他撤軍回來又有什麼好處？」肅文帝看著齊獻王，齊獻王立即道：「他撤軍回來，父皇自是要換將出征，這兩個小國已經被攻打得四分五裂，這時候誰去不都是隨手便得功勞？兒臣貪婪，兒臣都在惦記著，可兒臣心為大周開疆擴土著想，這個事願讓與魏青岩！」

齊獻王說完，肅文帝冷哼，逗著小肉滾兒，忽然說道：「朕很喜歡這個孩子。」

原本喧鬧的大殿之上忽然靜了下來，誰都沒想到肅文帝會說出這樣的話來……

周青揚的目光微瞇，看著小肉滾兒的目光恨不得把他吞下腹中，可肅文帝似察覺到他目光的不善，投目過來後，開口笑著道：「宣此子之母上殿，朕要問一問她，這小子為何敢揪朕的鬍子！」

莊重肅穆的早朝，成了肅文帝的隨意之地，抱著孩童上朝，宣一名夫人上殿只為了問問這孩子為何揪鬍子？

眾臣驚愕之後便是顫抖，如若是這樣，他們豈不都成了陪著玩的了？

大戰在即，怎能是玩樂之時？

有大臣互相使著眼色，示意是否要阻攔皇上此舉？

實在……實在太不成體統了，哪有女眷到朝堂之上的？縱使有誥命在身也不可！

眾人不滿，可還未有人當這個出頭鳥去與肅文帝講規矩論體統，宗人府的經歷都低頭悶聲不語，故作不在，雖說他的職責是掌管皇室宗族的爵位、賞罰，可他如今面對的可不是那些皇子皇孫，而是高高在上的皇上。

此時左右宗正都不在，他一個小小的五品經歷能說什麼？敢說什麼？故而眾臣朝他投目過來時，他的腦袋垂得更低，只差能看清大殿上的磚地有多少道紋路了。

林夕落得肅文帝宣召，從外緩緩走進殿中。

肅穆、威嚴，重臣俱在，她行走之餘也不敢忘記宮禮，儘管緊張也強壓心底，沒有顯露出來，而旁人一見林夕落，便露出驚訝之色。

不識小肉滾兒的人頗多，可熟知林夕落的人不少，何況即便認不出她，單純看她身上的品級裝扮及年齡的推斷，大概也能猜出一二。

原來是行衍公夫人，那……那皇上懷中之子不正是魏青岩的孩子嗎？

大臣們剛剛對謠言眾說紛紜，更有直指魏青岩手段惡劣之人，這一會兒才得知肅文帝懷中之子正是魏青岩的兒子，而那些話也聽入行衍公夫人耳中，臉上發燒的感覺甚是難受，不由得低下了頭。

可有人覺得羞愧，自也有人覺得理所當然。

既然有這等謠言傳出，更是涉及皇上，他們身為大周臣子自要就事論事，即便話語中對行衍公有偏見，那也是為查清此事。事情查明之後，大不了再向行衍公賠罪，此時此刻是絕不能低頭的……

林夕落此時除卻告知自己冷靜之外，沒有其他念頭，即便是剛剛聽到眾人對魏青岩的侮辱，也沒有氣惱得癲狂，而是更為平淡。

因為她想明白了一件事，那便是她無論想什麼都無用，籌謀得再好也敵不過肅文帝的一句死，縱使朝臣斥罵魏青岩再狠，也敵不過肅文帝的一句誇讚。

緩步進了大殿，林夕落屈膝叩拜，「臣妾林氏給皇上請安，皇上洪福齊天，天澤永續！」

肅文帝微微動了動腦袋，看著林夕落，口中道：「這小子膽子太大了，總是在揪朕的鬍子，朕每一次見他，他都會有此舉，在妳看來，這是好事還是壞事啊？」

眾人皆朝林夕落看去，肅文帝此言雖是在問孩童，可也牽連到行衍公……

「利弊參半。」林夕落很平靜地回答。

「怎麼個利弊參半？妳來說說。」肅文帝見有一位大臣欲上前阻止，眼神中的冷意更甚，愣是把那位老臣給瞪了回去。

肅文帝的這等神色極少出現，故而老臣的腳步還未等邁出就又退了回去，裝出認真地聽林夕落接下去的話。

「文擎如今才出生七個月，不能獨自行走，不會開口說話，只能揮手揮腳地玩樂，在他的心中只有玩只有樂，餓了會哭，渴了會哭，簡單得很，而且他喜笑，又得皇上賜名，故而皇上喜好他的簡單，這是利。」林夕落的平靜讓眾人有些訝異，可她繼續說下去的話更讓人驚了。

「如若他過上一年會跑會跳，說話流暢了，他想要的東西便會去求。目光看得更遠了，接觸的人事也會更多，他的成長不僅僅是年歲，不僅僅是身體，思想也跟著成熟，或許哪一位心有目的的大人教給一兩句不正之言，或許一句話惹惱了皇上，讓皇上不再喜歡他，也是可能發生的。」林夕落停頓了下，「這就是弊。」

林夕落說完，肅文帝的目光又轉回小傢伙身上，朝臣們則對林夕落打量起來，更在推敲肅文帝的提問和林夕落的回答之間更深一層的目的為何？

當官當久了，心中難免陰謀論更足一些，他們是絕不會承認肅文帝不過隨興提問，行衍公夫人也是隨心而答……

「依照妳所說的，這利弊都是朕的責任了。」

「您是大周國的天，您為大周百姓造福，百姓們對您敬仰朝拜。您喜，您不高興，您或許為何事一時發洩，為此會有今日在朝堂上的官員們付出代價。或許是一命，或許是多條命，您的一喜一怒牽連的都是命，或許這非皇上所願，可今日朝堂上的官員就沒有誤會您之意的？就不會有理解錯了的？這都可能會害死千千萬萬條人命，在大周國的史書上為您抹上一筆汙痕。」

林夕落回答得更加直白，甚至已有人在驚愕她如此直白之言會否惹惱肅文帝？

肅文帝向來是眾臣追捧附和的，何時被這般指責過？

而且……而且不僅是諷刺肅文帝，連帶著他們這些官員也給牽扯進去……

這個女人，她瘋了吧？

肅文帝哈哈大笑，「怪不得這小子敢扯朕的鬍子，這脾氣不僅是隨了魏青岩的倔強，也隨了妳的膽大包天！」

「臣妾謝皇上誇獎。」林夕落又是跪拜一禮，這卻是讓重臣嘴角抽搐了。

被皇上斥罵膽大包天，她居然不認罪，反而理解成誇獎？

這女人長沒長腦子啊？

林豎賢此時也在朝堂上，因官職品級，排在靠後的位置，可這個位置正好能看到林夕落的背影，這丫頭的膽子的確是夠大的！

眾官初此邁進這個大殿時，誰不是膽顫心驚？起碼都要適應個把月才能緩過神來。可她今日來此便長篇大論地說出這般誅心之言，莫說是眾多朝臣震驚，連他的心都跟著震顫起來。

她這是在拚了……

林豎賢在為林夕落的言行擔心，可也有朝臣覺得肅文帝此舉實在太過滑稽。

這可是大周國的權勢最高之地，怎容得一個女人在此胡言亂語？什麼利弊參半，什麼皇上誇獎，都是扯淡！

「啟稟皇上，臣有奏！」

太子少師梁志先邁步出列，他便是聲稱謠言是魏青岩自己傳出的那位大臣。

肅文帝擺了手，「何事？」

「臣認為邊境大戰在即，是繼續攻打還是撤兵回城，此等大事應放置第一位，而行衍公夫人在此譁眾取寵，實在可笑，還望皇上能夠顧大事棄小事……」

梁志先話語未等說完，就見另一位大臣出列，「啟稟皇上，老臣認為應該召行衍公回來，一來是寒天雪地，繼續攻打烏梁國與咸池國不妥，二來也為行衍公正名，莫受奸人所汙，也為皇上清名譽。」

兩位大臣將話題轉了回去，便有人跟著出列，附議魏青岩回撤，而非強攻。

齊獻王在一旁冷哼，也不出列，反而轉過身去嘲諷道：「一群貪生怕死的烏賊，話都說得一樣，你們昨晚就商量好的吧？」

打人不打臉，揭人不揭短，齊獻王這話可謂是把所有人都狠抽了一巴掌，特別是他說完此話，還若有所指地看了一眼周青揚，隨後才轉身看向肅文帝懷中的小傢伙。

以前不覺得這小子有意思，這會兒看來生個兒子還是好啊……

齊獻王的思緒飄著，而眾人此時是張嘴也不對，閉嘴更不對，僵在原地，啞口無言，讓原本議論吵鬧的朝堂又瞬間靜了下來。

肅文帝冷笑幾聲，將小傢伙交給陸公公，隨即站起身道：「行衍公夫人，妳對此事怎麼看？」

眾臣驚詫，絕沒有想到肅文帝會問一個女人這等大事。

瞪眼之餘，有人欲斥荒唐，可林夕落當即大聲回道：「文人以書卷留名，武人以殺敵爭功，臣妾為武將之妻，雖思行衍公之安危，卻也願大周開疆擴土，皇上名垂青史，行衍公也能得榮耀掛身。皇上為天、為父，臣民為地、為子，又怎麼了？臣妾只覺得此時為兩句謠言便要左右數萬武人的動向實在荒唐，在此地高喊皇上萬歲時怎不想一想邊境百姓被侵擾的苦？不想一想被敵國殺戮的百姓何以能死得瞑目？臣妾請皇上下旨繼續征討邊境小國，將其收歸大周所有，後世便再無敵人侵犯之苦，如若需臣妾獻力，臣妾也願赴戰場，盡微薄之力，報大周厚恩！」

「好！」肅文帝猛一聲讚，讓所有人都嚇了一跳。

「區區一個弱女子都能說出這等慷慨之言，你們這些高官臉上不紅不臊嗎？下旨，封賞魏青岩忠郡王之位，繼續征討烏梁國與咸池國，但凡是征討下來的疆域，朕分賞一半為他的郡王領地，誰敢對此事與朕再多說一句，殺無赦！」

殺無赦……

肅文帝的聖旨一下，無人敢再多半句嘴。

誰不想保住自己的腦袋，誰敢在此時跟肅文帝過不去？

肅文帝召行衍公夫人上朝便是要給他們這些朝臣一巴掌，不等他們有商議好的決斷，反而是以一個女人的口吻來教訓他們，而這個女人所說之言儘管他們不認同，可誰在這時再出言反駁，那便是狹隘、是殘忍，視邊境百姓冤仇於不顧，枉自做人了。

這巴掌沒人樂意上前去接，故而肅文帝下旨之後，眾人對他冊封魏青岩為郡王再震驚，也沒有人敢開口半句。

郡王，這是什麼？

這是皇上已認魏青岩為自己的兒子，這是將魏青岩納入皇親之列，肅文帝雖沒有說這等話，可誰不明白這其中的深意？

謠言二字此時已經無力再去爭辯，聖旨都已封魏青岩為郡王了，他是不是肅文帝的親子又有何意義？他是不是宣陽侯的兒子又有何意義？

事實勝於雄辯，既然不能反駁、無力反駁，索性捏著鼻子把此事認了作罷。

大臣們是如此念頭，可在齊獻王和周青揚的心裡，這就像是一鍋滾油，澆在兩人心中。

郡王？齊獻王的震驚在於他當時無意中看到的「郡王」摺子真的是為魏青岩所準備的，他絕對不信這是父皇心血來潮的打算，而是早已有此計畫。

當初他以為是自己看錯了，孰料……

難不成魏崽子真是自己的兄弟？齊獻王疑惑之間，周青揚卻已眼前發黑，險些昏倒過去。

他感覺到肅文帝的冷意，感覺到肅文帝對他的不滿。

他本以為這件事籌畫得萬無一失，卻沒有想到肅文帝居然毫不顧忌眾臣之意，光明正大地支持魏青岩。

什麼壓力？什麼輿論？父皇早已不在意，而且「殺無赦」這三個字不僅僅是讓朝臣閉嘴，也是在告誡他。

他失敗了，他沒有聽取母后的意見，徹頭徹尾地失敗了。

他本以為今日朝堂之上，肅文帝得知此事會略有措手不及，朝臣一致認為此事應該召回兵馬，父皇也不得不答應，可今日自肅文帝帶著個孩子上朝，再召了林夕落之後，所有的計畫便被打亂。

周青揚只覺得脖頸發涼，他雖然針對魏青岩的事一句話都未說，可肅文帝定當已經知道所有的計畫都是他安排的……

怎麼辦？周青揚此時已經顧不得魏青岩到底是不是父皇的私生之子，他顧忌的是自己的太子位，顧忌的是自己的這條命了。

林夕落沒有想到肅文帝居然會下如此之旨意，這代表著他默認了魏青岩的身分嗎？

跪地謝恩後，她的腿已經軟到站不起來，並不是恐懼，而是發自內心的顫動，青岩，你聽到這個消息之後，會是什麼樣的心情呢？

肅文帝對魏青岩的封賞未等下朝便已經傳了出去，不單是幽州城得知此信，也有一隻翱翔的鷹隼在空中疾速飛行……

這個消息是薛一傳給魏青岩的，得知此封賞，魏青岩初次將帳內的兵將散了出去，一人獨自坐了許久。

薛一雖敘述扼要，但他看著紙頁上的那兩行字，卻能夠體會林夕落和他的兒子在鋒銳的刀刃上滾了一圈。

郡王？他的嘴角忍不住扯出一絲冷笑，可這絲冷笑卻甚是淒苦，只是這一個郡王之位便欲撫平他多年來所承受的煎熬和壓力？

想得太簡單了……

魏青岩的眼中有了幾分濕潤，郡王之位可有可無，他如今真正惦念的是他的女人和孩子。

靜思了兩個時辰，魏青岩才召李泊言進帳，密談兩刻鐘，李泊言親自離信傳回給林夕落……

宣陽侯得知此消息之後只仰頭怒吼三聲，繼續狂飲烈酒，一連七罈子烈酒入腹，便直直地倒了下去。

自己的兒子被封郡王，還是在謠傳出是皇上私生子之後被封為郡王，這就像一個火鞭子狠狠地抽在他的臉上，讓他恨不得拔刀抹了脖子。

他還有何顏面存活在這個世上？

越欲阻止的事情越會發生，可真的發生了，他的心裡卻輕鬆下來，他能夠恨誰？

恨肅文帝的風流？還是恨當初那個女人的野心？是恨魏青岩不該誕生在世上？還是恨他自己的懦弱？

宣陽侯無法尋找出答案，只能以酒解憂愁，而直挺挺地倒下去的時候，露出了輕鬆的笑，他終於解脫了。

下朝之後，林夕落並沒有被允馬上離開，而是帶著兒子被陸公公引著去見肅文帝。

林夕落有些害怕，她能夠在朝堂之上慷慨陳詞，表現冷靜，可當肅文帝封魏青岩為郡王之時，她的心中湧起了恐懼之感。

肅文帝的聖旨一出，她能夠感受到朝上有無數雙眼睛投向她，而且目光充滿了殺意，就好像一把把尖刀直戳她的心臟。

不僅僅是太子周青揚以及齊獻王這等皇親之人，更有視規禮為天、視人道為天的大臣，他們雖被肅文帝以命逼迫不敢再多言，可那股憤恨的怒意都發洩在她的身上。

她抱著兒子跪在地上等著肅文帝開口訓誡，她粗喘了幾口氣，只差隨時暈過去。

「跪夠了？起來吧。」肅文帝的聲音很平淡，無喜無惱，「妳這張嘴倒是也能說出幾句讓朕滿意的話來，那一番話是早就準備好的？」

「是。」林夕落沒有隱瞞，「這也是臣妾肺腑之言。」

「諒妳也猜不出朕會怎麼問！」肅文帝不屑於她的解釋，直勾勾地打量了她半晌，「朕的旨意已下，妳便是郡王妃。朕對魏青岩滿意，對妳……朕不滿意，妳覺得該怎麼辦？」

「臣妾願做得讓皇上滿意。」林夕落說完，肅文帝擺手搖頭，「朕就是看妳不順眼。」

林夕落一怔，便道：「臣妾斗膽請問皇上，您有意廢掉文擎的長子承繼之權？」

「朕無此意。」肅文帝說罷，林夕落便道：「如若您要文擎為郡王嫡長子，臣妾便做到讓皇上滿意，否則您廢了臣妾，為郡王另賜一妃，文擎的位子便尷尬。即便您指文擎為嫡長子，可您能想到未來所發生之事會否對文擎不利？即便您不為郡王立正妃而是賞側妃，可多個女人便多了心計，也會招惹不少事來，郡王還要為皇上開疆擴土，哪裡有閒心管得了家中事？臣妾雖不似其他夫人那般有品有德，卻也不過是潑辣了點兒，直白了些，皇上大度能容天下之事，索性饒過臣妾的荒誕，放臣妾一馬吧。」

林夕落說得委屈，反倒是讓肅文帝忍不住笑了，「我算是明白魏青岩這小子為何會看上妳這麼個女人了，奇葩！」

陸公公忙笑著道：「忠郡王向來直爽，故而也不喜性子溫婉的女子，郡王妃雖潑辣，卻更有大氣度、大胸懷，奴才說句不中聽的，今日朝堂那番話恐怕些許男子都說不上來，郡王妃的氣度高過那些酸腐之人。」

「那些個文人骨子裡都是之乎者也，充其量餓幾天肚子苦讀書考功名罷了，哪裡體驗過生死關頭？」肅文帝批駁文人，卻也對林夕落點了點頭，提醒道：「做好妳郡王妃該做的事，大周國土男人不少，用不著妳個女子出征，把家中之事管好便罷！」

「謝皇上恩典！」

話語談得差不多，肅文帝也累了，陸公公準備好郡王封賞的大禮和聖旨，便一同送林夕落與孩子回府。

陸公公未等行出宮門，便先給林夕落福了身，林夕落急忙道：「陸公公，您這是作何？沒有您的指點，我可就沒了這條命了！」

「郡王妃，您大度，可奴才斗膽提醒您一句，宣陽侯府住不得了。」

林夕落也是這麼想，皇上這番對待魏青岩已是不易，如若她繼續住在宣陽侯府，肅文帝怎能看得順眼？早晚還是會找她麻煩。

「我明白，可行衍公府如今還差一小部分沒有建完，要不催促工期，將行衍公府的牌匾改成郡王府先住著？」林夕落雖不情願，可依舊如此說辭。

陸公公嘆了口氣，則是道：「咱家也會與皇上提及此事，但您也要多上點兒心。」

「我明白了，多謝陸公公。」林夕落知道陸公公這是讓她表個態。

皇上雖沒正式認魏青岩為子，可他已經被封為郡王，品階等同於一等公，可沾了個「王」字自當不同，如若再居於宣陽侯府實在不妥。

她不再多說，就這樣暫回宣陽侯府。

與此同時，太子周青揚正在皇后的祈仁宮中跪地不起，他在懇求皇后為此事出個主意，因為他已經感覺到太子之位就好似樹上的一片枯葉，在猛烈風中搖搖欲墜了……

皇后正襟危坐，眼神中的失望沒有遮掩地流露出來。

周青揚不敢起身，他顫抖的身子有不忿、有怨言，更有恐懼。

太子是他的名，如果被廢除，他……他這條命不就沒了嗎？

周青揚此時已沒了昨日那番硬氣和自信，有的只是膽怯和驚慌，見母后始終不與他說一句，眼淚快奪眶而出，不由得跪著向前爬了幾步，拽著皇后的衣襟道：「母后，都是皇兒的錯，可如今已經是這樣，皇兒該怎麼辦？父皇會不會廢掉皇兒的太子妃？您是母儀天下的皇后，如若您去幫著皇兒求一求父皇，他定會放皇兒一馬，母后……」

「此時你才有悔意？這不過是一日之別，一個高高在上，一個跪地求饒，太子這般做不覺得不妥嗎？」皇后沉嘆一聲，看著周青揚這副德性，甚是不滿。

周青揚知曉皇后對他有極深的怨懟，可這是自己的母后……

「母后，皇兒真的是知錯了，真的不會再與魏青岩，不，不會再與忠郡王沒完沒了，一定要與他更為親近才是！可如今父皇那裡……皇兒該怎麼辦？」周青揚苦求地看著，皇后冷笑著道：「你此時後悔有何用？事兒你既然已經做出，那就要一意孤行做到底！」

「母后……」周青揚驚恐萬分，皇后的目光中閃過一絲狠意，「你要做到底，最先該做的便是陸公公……母后會再去為你求一次皇上，你自己好好思忖一二，本宮累了，先去歇了。」

皇后拽開周青揚的手，便款款而行，朝著她的寢宮而去。

陸公公……陸公公？母后讓他把此人幹掉，可下一步呢？弒君嗎？

周青揚跪在地上許久，許久都沒能站起身來……

不僅是皇后與太子在針對今日之事商議，齊獻王此時也正在德貴妃的宮中將此事一五一十地講給德貴妃聽。

「……沒想到魏青岩這小子，這小子居然是父皇的……這可真是瘸子屁股邪了門了，不過太子今日惹惱了父皇，母妃，我們是否要趁著此時下手？」

齊獻王看向德貴妃，德貴妃搖了搖頭，「皇上如今只等著忠郡王的捷報，也不乏在看著太子和你會有什麼動作，還是莫要輕舉妄動。」

「還得等！」齊獻王心中有些不忿，可德貴妃如此說辭也不是沒有道理，便轉而說起了陳林道，臉上湧起幾分不屑，「他胳膊肘開始拐向了太子那方，要不要趁這時候教訓教訓他？」

「這事由本宮來辦，不用你插手，你這些時日就回去看好你的側妃誕子，這件事是重中之重！」德貴妃的話極重，「她生不出兒子，你再想怎麼折騰都沒有用！」

齊獻王被噎住，卻也知道德貴妃說的沒錯，只得悶頭認下，「也快了，兒臣一定盡力看好！」

「也別心慈手軟，這種事漏了出去，小心你的腦袋。」德貴妃這話無非是指讓他弄死林綺蘭和所有知曉此事之人。

齊獻王點了點頭，「放心，兒臣一定讓此事神不知鬼不覺……」

林夕落回到宣陽侯府，卻已經有人在此地等著她。

魏青羽正陪同著敘話，見林夕落進門時，眾人目光投來，而林夕落的心裡也湧起一股暖意，急步上前道：「爹！」

林政孝看著女兒跑來也甚是高興，連連點頭道：「妳能安穩歸來父親就放心了，放心了！」

「爹！」林夕落的眼圈濕潤，嘴唇哆嗦了半晌，才道：「嚇死我了！」

眼淚兒隨著話語一同迸出，林夕落也只有在林政孝的面前才會顯露出孩子般的真性情，在外人面前，她自是要裝著的。

魏青羽自知他在此地並不合適，便悄悄退了出去。

林政孝拍著林夕落的肩膀，安撫半晌，才笑著道：「妳娘本也欲與我同來，可在家就哭成了淚人兒，怕來此地再跟妳哭個不停，我便自己來等妳。夕落啊，這次的事的確太過驚險，姑爺被封為郡王，看似榮耀，可背後的刀會更多，妳要謹慎了！」

林政孝安撫過後，便說出他自己的擔憂。

林夕落點了點頭，「爹說的對，今兒我的膽子都快嚇破了，說句不中聽的，皇上在朝堂上不怒自威，還嚴令殺無赦，可不代表下面的人就這樣認了。青岩征戰歸來恐怕還會有一系列大大小小的事跟著，到時候更麻煩。」

林政孝不由得苦笑，「就怕姑爺想回來也不容易了。」

「嗯？」林夕落瞪大了眼，「這又是怎麼個說辭？為何他回來不容易？」

林政孝拍了拍她，認真與她析解此事：「封賞忠郡王的名號，還下令但凡征討歸來的土地一半給姑爺當封賞之地，這事兒自古至今從未有過，這雖是皇上對姑爺能力上的肯定，可也是一次試探，姑爺自當明白這個道理，故而此戰結束，他是不會要這份領地的，一來是向皇上表忠心，二來，妳跟文擎都在此地壓著，他怎能不以軍權交換？」

林政孝說完此話，也不等林夕落回答，便繼續道：「皇上向來是多疑之人，他可以賞姑爺軍權，但也要看著姑爺能將軍權上交，哪怕是交過之後他再賞，這與姑爺攥在手中不給是兩碼事。」

林政孝深吸口氣，「姑爺是有本事的人，可他也有野心，也重情分，可我們此時光談皇上之事，卻不要忘記，這背後還有太子，還有齊獻王、福陵王……不單單是他們，還有皇后，有德貴妃，宮中的人如何變，我們管不了，也無法管，只能看著，可依照父親來看，恐怕不會這般安寧，你們要做兩手準備，不妨再加上一個太子登基的考慮。」

林夕落聽林政孝說了這麼一長串的話，心裡也有些亂了。

一件事惹出這般多麻煩？可她現在能怎麼辦？

「爹，您說的事我會想辦法告訴青岩，也會再多打探下近日來太子與齊獻王的動作，您不要太擔心，不過依照我的意思，您與母親、十三叔不如往西北走，這也是青岩前些時日傳回的話。母親是想等著天詡歸來再議，但依照剛剛您所言，不如現在就動。」

林政孝沉了片刻，既是點頭卻又搖了搖頭，「雖然我與妳母親也應該離開，可妳母親並非是擔心天詡，她與我擔心更多的是妳啊！」

「爹……」林夕落無法用言語來形容她心底的感激，父母的慈愛是她這輩子最大的福氣。

林政孝看到她露出的小女兒模樣，忍不住笑道：「也只有這時候才能看到妳這模樣。」

林夕落破涕為笑，露出幾分撒嬌之態，「何時不都是您的女兒嗎？哪裡這樣調侃我，爹也開始壞了！」

林政孝哈哈大笑，父女二人倒是拋開了之前所談的煩心事，只敘父女情。

未過多久，林政孝便要早些離去，畢竟胡氏還在家中等著，他要快些回去報信兒，這一妻一女一子，就是他林政孝的命啊！

林夕落送走了林政孝，這一日她太累了，想要早早地歇下。

冬荷欲侍奉林夕落洗漱，林夕落卻躺在床上不願起身，「讓我懶一次吧，我渾身骨頭都酸疼得起不來了。」

「那奴婢幫您擦擦。」冬荷不依，便用溫水為林夕落擦著臉。

林夕落強忍著疲累起身，嘟嘴道：「讓妳一擦，我好似是個殘疾似的，還是我自己來吧。」

冬荷忍不住笑著捂嘴，她也是故意逗一逗林夕落，讓她放下心來。

她與薛一兩人在宮外等著的時辰不短，可即便是在外等著，冬荷都能夠感覺到皇宮大內中的威嚴，再聽薛一講起宮中曾經發生的事，嚇得不得了，只擔心著自家夫人和小主子。

想到此，冬荷臉色一紅，想起薛一那個壞人的動作，臉色俏紅。

明明就是他講這些事將自己嚇得掉了眼淚兒，居然還伸手來為自己擦……

可是……他的手真涼。

林夕落洗漱過後，倒在床上便睡了過去，這一晚一個夢都未做，她實在是太累了。

翌日清晨的陽光從窗外投射進來，冬日裡儘管陽光充足，可枯枝乾葉，聽不到鳥啼蟲鳴，還是有幾分蕭瑟。

林夕落起了身，淨了面，曹嬤嬤正抱著孩子過來與林夕落一同用早飯，可還未等一碗粥喝下肚，門外便有丫鬟跑進來，急忙回稟道：「郡王妃，不好了！侯爺他……侯爺他出事了！」

宣陽侯出事了？

林夕落聽到這個消息也是心中一驚，這丫鬟不是自己院子裡的，而是跟著三奶奶姜氏的小丫鬟，林夕落叫不上名字，但看著也眼熟……

林夕落撂下手上的碗，急忙問道：「怎麼回事？」

丫鬟哭著道：「早上齊大管事把三爺給叫去，隨後三奶奶也跟著一同過去，侯爺昨晚喝醉了酒，在書房中睡了過去，可今日早上齊大管事過去找他，侯爺根本沒醒，又等了一個多時辰，侯爺還是沒醒，齊大管事怕出事，便進去屋中瞧，侯爺他……他中風了！」

中風了？

林夕落瞪大了眼睛，可一想宣陽侯得知肅文帝冊封魏青岩為郡王，想必心底不好受，這才酒後出了事。

「秋翠，妳立即跟著侍衛去林府，把喬太醫給請來，告訴他必須要快！」林夕落下了令，她也立即換了衣裳，帶著冬荷便往宣陽侯的書房而去。

此時魏青羽與姜氏、魏青山與齊氏四人皆在，而侯夫人也坐在正位上滿臉哀傷。

床上的宣陽侯，口歪眼斜，身子不停抽搐，更是……更是不能下地，不能自理，除卻還有呼吸在，時而發出幾聲聽不清何意的咆哮之外，哪裡還能看得出這是之前那精明威嚴的侯爺？

侯夫人抹了抹眼角的淚，這一輩子她與宣陽侯之間相敬如賓，沒有什麼感情而言，但如今看到宣陽侯倒下，她的心裡卻好似少了點兒什麼似的，一點都不踏實。

「青羽，可是去請太醫了？怎麼這樣久都不到？」侯夫人看著魏青羽，說話的聲音也有些沙啞，有氣無力。

魏青羽連忙道：「已經又派了侍衛去催……」

侯夫人無奈地搖頭，「都在這裡做什麼？老三留下即可，其餘的人都回吧。如若太醫來出了診斷，你們再過來看也不遲。如今侯府就你們兄弟二人，也要分配好時間，看看怎樣照料好侯爺。」

「母親說的是。」魏青羽說罷，使了眼色給魏青山，魏青山也有意離去，在此地心中傷感太重，而齊氏也因生子不久，身子還未完全恢復回來，虛弱得很。

正是這時候，門外齊呈道：「五奶奶，不，郡王妃怎麼來了？」

「在府裡依舊稱五奶奶吧，不必王妃長王妃短的。」林夕落一邊說著，步子也邁了進來。

侯夫人的眉頭輕皺，姜氏見到林夕落忙迎上前來，「五弟妹，妳來得正好，能不能派人去請一下喬醫正？咱們府上也派人去了太醫院，可請來的太醫恐不如喬醫正的醫術高明，二來也正趕上這季節宮裡的貴人們身子弱的多，咱們侯爺等不得的。」

侯夫人的臉上也有動容，可她一直看著沒有開口。

林夕落點了點頭，安撫道：「我剛得到消息就已經讓秋翠和侍衛去請了，應該很快就到了！」

林夕落這話說完，姜氏鬆了口氣，而侯夫人的神情也舒緩很多，斟酌半晌才補了一句道：「謝謝妳了。」

「母親這般說辭作甚，子女盡孝是本分，何必說謝？」林夕落不再多說，只遠遠地朝向宣陽侯床邊探望兩眼便抽身回來。

魏青山與齊氏覺得不好離開，索性到院子裡一同跟著等。

喬高升倒是真給了林夕落臉面，明明不在林府，是在宮中，還是急忙跑了回來。

進了宣陽侯府便直奔書房而來，可喬高升見到林夕落剛要道喜便發覺這話說得不對，道什麼喜？明明宣陽侯在病著……

將到了嘴邊兒的話又嚥回腹中，喬高升連忙道：「來得匆忙，只得讓秋翠回林府去取藥箱，稍後便能趕回，不如由我先去探視侯爺一二？」

「去吧。」林夕落一指屋內，魏青羽立即引著喬高升進了寢間。

侯夫人有些坐不住，可又覺得此時如若慌亂起來，其他人豈不是會起異心？故而坐在那裡躊躇不安，好似這雙手無論如何擺放都不對勁兒了。

林夕落與姜氏對視一眼，兩人沒有多說什麼，這時候無論說什麼都是錯，不如等喬高升有了結論再說。

過不多時，秋翠取了喬高升的藥箱子回來，魏青山也急，一把搶過便往寢間走，「我送去！」

侯夫人此時也無心埋怨他的魯莽，只嘆了口氣，繼續默默等待。

眾人只覺度日如年，看著計時的燃香上的火光時明時暗，連心跳都跟著加快了些許。

林夕落在一旁安靜地等著，心中卻在思忖著宣陽侯是否能病癒，如若不能，侯府要怎麼辦呢？

她之前可剛得了陸公公的提點，不能久居侯府了。

可這時候一走……豈不是更顯得人走茶涼了？

抬眼掃視屋中的這些人，曾經是熱熱鬧鬧的五房人家，如今卻只剩這幾個人，能怪誰？

林夕落不由自主地將目光投向了侯夫人，卻見侯夫人也正在看著她。

兩人對視不足三秒便各自轉過了頭，這時候埋怨還有什麼用呢？

喬高升從房中走了出來，看他臉上的難色，侯夫人忍不住上前道：「喬醫正，侯爺怎麼樣？」

「儘管說，找你來就為了踏實。」林夕落補了一句，喬高升才緩緩地道：「侯爺的狀況不佳，但用藥過後性命應無礙，至於何時醒來、何時好轉、何時能夠有識人的意識，恐怕就要聽天由命了。」

喬高升說到此，將目光轉向了侯夫人，開口道：「也或許是卑職的醫術不佳，侯夫人若不放心，不如再請其他太醫過來診治一二。」

侯夫人閉目仰頭許久，才直起身來苦澀地道：「本夫人信任喬太醫，你開方子吧。」

喬高升看向林夕落，林夕落點了點頭，吩咐冬荷：「侍奉喬太醫用墨。」

冬荷即刻過去，喬高升也不多說，坐下便開始撰寫藥方，還親自去抓藥。

魏青羽與魏青山兄弟兩人也多了幾分無奈。

魏青岩被冊封郡王，他們兩人是無論如何都想不到的。

再聯想之前從宮中傳出的謠言，難道自己這五弟真的不是父親的親生之子？而是皇上的……

魏青羽年紀長於魏青岩，回想著幼時的事，倒認為這件事不見得不可能。而魏青山沒比魏青岩大多少，所以在他的心中仍然堅信那是謠言，魏青岩就是自己的弟弟，冊封了郡王是他為大周國立下奇功。

兩人的心思都擱置心底沒有說出口，如今宣陽侯病倒，沒有人笑得出來，只看著侯夫人。

侯夫人的心情複雜得很，宣陽侯的病倒對她來說是很大的打擊，對魏青岩的謠言她並無所知，魏青羽與魏青山不說，侯府中的其他人也不知曉，故而侯夫人悶居小院，自是不知此事。

看著眾人投目過來，她擺手道：「都在此愣著作甚？該做什麼做什麼去，侯爺病了，可日子該過還得過，去幫侯爺請假的就去，幫著管內宅中饋的也要去管，手底下忙碌著孩子的就去忙碌，此地有我，還有這般多的丫鬟婆子，用不著你們在這裡大眼瞪小眼地守著。」

魏青羽點了點頭，看向魏青山道：「我親自去為父親到宗人府請假，也知會一聲，四弟就在府中守著，如若有官員登門探望，你也要出來應酬一二，莫要家中無人，讓母親過於勞心費神。」

「三哥放心，弟弟一定守好。」魏青山向來心性直，魏青羽提了要求他便點頭答應，姜氏也看著齊氏道：「四弟妹去歇了吧，府中的事有我，等妳身子休養到日子再過來幫忙。」

齊氏點頭應下，便帶著丫鬟婆子們先走。

眾人是該散的散了，該辦事的辦事，未過多大一會兒，原本熙攘的書房便只剩下侯夫人與林夕落。林夕落是在等著喬高升抓藥熬藥歸來，畢竟人是她尋來的，她有意陪著，也是在此為喬高升撐著，以免侯夫人提及何事他無法應對。

侯夫人如此鎮定的時候可不多，或許是她沒有想到宣陽侯會發生這樣的事。

秋翠上了茶，林夕落只喝了幾口便撂下，這大眼兒瞪小眼兒的功夫，侯夫人看了林夕落半晌，開口道：「有一件事要與妳先說一說，不知妳是否能夠答應？」

「何事？母親不妨直言，如若能夠辦得到，兒媳一定答應。」林夕落加了一句「如若」，讓侯夫人不由得苦笑，她心中知道，這是林夕落埋下的退路。

侯夫人此時也顧不得與林夕落把玩這種文字上的遊戲，開口道：「侯爺如今病重，家中的主子和下人們也都心慌意亂，依我之意，儘管老五被封為郡王，但妳與文擎最好不要搬離宣陽侯府，不知妳能否答應？」

林夕落的眉頭微皺，侯夫人的腦子動得真快，這件事可是難為她了……

她雖然也想著是否離開侯府，可因侯爺的病，她無暇細想，但侯夫人這樣面對面地問起，她如若不點這個頭，也著實不合適了。

儘管魏青岩被封為郡王，可他人不在幽州城內，什麼冊封大禮、什麼加官進爵的正禮都要往後拖延，宣陽侯這時候重病臥床，如若她帶著孩子走了，便會背上「不孝」之名。

陸公公雖說肅文帝欲讓他們母子離開宣陽侯府，是因為肅文帝想徹底分開魏青岩與宣陽侯的關係，要將魏青岩劃歸到他的麾下，攥於手中，但林夕落的性子還真就無這份順從之意。

就好似林政孝所言，肅文帝年邁，而魏青岩的郡王之名被爆出，不知道多少人盯著他們母子，真的離開侯府，皇上雖然會派侍衛跟隨，可來的都是不識之人……

那樣的話，他們母子才是成了案板魚肉，任肅文帝拿捏了。

林夕落不想變得如此被動，她要自保之餘，也能留一賢名。

林夕落牽動了嘴角，「母親這話說到哪裡去了？難不成有意攆我們五房出門了？」

侯夫人挑了挑眉，言語更冷地道：「這是想將罪名扣了我身上不成？本夫人如今也無心與妳繞彎子多言，妳只留一句話，這事兒能不能答應，如若不可應下，你們打算何時搬走？」

「我們搬走，除非皇上下旨。」林夕落的話語也很冷淡，「母親的心思還是多放在侯爺身上，我的心思全都放在五爺的身上，您心中怎樣看待五爺與我，這些事我並不知道，我也不想知道，但話已至此，您還是把心放了肚子裡，落井下石的事我們做不出，莫以己心探他人。」

林夕落說罷站起了身，侯夫人仰頭看她，林夕落只淡笑，與冬荷道：「妳在此等候喬太醫，待侍奉過侯爺用藥後，請他到我院子裡一趟，我有事相商。」

冬荷福身應下，便站在一旁等候，林夕落先行回郁林閣，可她的離去卻讓侯夫人的心情複雜難言，難道……她一直都錯了嗎？

侯夫人深吸口氣，目光直朝向內間望去，侯爺一倒，這個家除了魏青岩，還有誰能撐得起來？

林夕落回到郁林閣沒有多久，冬荷便引著喬高升到了。

「給喬太醫上茶。」林夕落沒有急著問話，反倒甚是平靜，而這股平靜並非是瀟灑自若，並非是雲淡風輕，而是無奈的平靜……

喬高升看著林夕落，苦澀地道：「奶奶，侯爺的病症與我剛剛所說的一樣，我沒有半點兒的隱瞞，這能夠延續一條命恐怕已是不易。」

「能有多久的時間？」林夕落問得很直白，喬高升仔細想了下，「我只能保一年，再多的話我是不敢允諾了，在您的面前，我是一天都不敢多說。」

「對外的話，你要說侯爺的病有希望治癒。」林夕落這話說完，喬高升卻是聽錯了，連連擺手，「對外我一句都不會說，一句都不多說！」

「你就要這麼說，是我讓你這樣做的。」林夕落堅定地道，喬高升愣了一下，便點了頭，「可這府中的人……」

「你只管這麼說，府裡的人我會囑咐清楚，你不用擔心。」林夕落的話讓喬高升放下了心，如今他身為林家家主的岳丈，又跟著魏青岩與林夕落做事慣了，在外人面前可以炫耀，但在這幾個人面前他還是懼怕的。

這位夫人莫看年紀小，心眼兒可多得很，下手也極狠……

喬高升噓了口唾沫，又喝了兩口茶便起身離去。林夕落看著他留下的藥方子，再一想如今府裡的人垂頭喪氣的模樣，這日子怎麼就過得這般難呢？

宣陽侯病重的消息很快便傳了開來，各個官員府邸也大多知曉。

魏青岩剛被皇上冊封為忠郡王，宣陽侯便中風，這一喜一悲，讓人都笑不出來了。

有人派人登門探望，侯夫人撐著身子和面子，帶著三奶奶一同待客，魏青山則招呼其他官員。喬高升走了之後，林夕落當即又去與侯夫人談了對侯爺病況的說辭。

林夕落能有這樣的心思，侯夫人自也認同，又將侯府中剛剛聽過喬高升話語的人都找來，特意挨個的囑咐一遍。

故而在外人眼中，宣陽侯是會康復的，可這等話語有人信，自然也有人不信。

皇宮之中，肅文帝看著奏摺，又將其扔在了案上，似是隨意地開口道：「說他還能康復，這事兒是真的？還是假的？」

殿內只有陸公公一人侍奉，陸公公自知這話是問他的，也知道問的人是宣陽侯。

「依照老奴聽聞，這事兒傳的是真的，可依照眾位太醫所言，宣陽侯中風的病況很重，鼻歪眼斜，連……不能自理，身子更是無法動彈，說不清楚話語，這種狀況還無人能活過三年，不過前去探病的是喬高升，也說不定這位太醫的醫術高明，能有起死回生的本事。」

肅文帝冷笑幾聲，「好的壞的都讓你說了！」

「老奴也是實話實說，而太醫們也只是耳聞宣陽侯的病症，並沒有親眼探過，故而他們的意見也不可取。」陸公公陪著笑臉把話說完，肅文帝半晌沒有再開口，可陸公公知道，肅文帝心中的寒意很盛，他對宣陽侯很不滿。

「那個女人還沒有帶著孩子走？」肅文帝的眉頭皺得很緊，陸公公馬上道：「郡王妃此時恐怕難以脫身，據說她被侯夫人要求，不允她離開侯府，再者，宣陽侯重病期間，郡王妃若離開，難免會被御史彈劾，對忠郡王的名聲也有累……」

肅文帝的眉頭皺得更緊，「朕最近身子也不適，既然那位喬醫正的醫道如此高明，不如把他叫來為朕調理幾天。」肅文帝開了口，陸公公即刻應下，馬上到門口吩咐侍衛去傳。

待陸公公轉身走回之時，忽然聽到肅文帝的自言自語：「朕的女人都敢殺，留他到現在，朕忍夠了……」

陸公公心中一跳，只作沒有聽見，可心中苦澀，宣陽侯這一條命，恐怕是活不了多久了。

宣陽侯重病的消息，林夕落也雕字一封，由薛一親自讓鷹隼放飛傳走。

這兩日她偶爾陪著侯夫人應酬來侯府探訪宣陽侯的賓客，也是身心疲憊，有些力不從心。她倒是佩服侯夫人仍能笑得出來，還能與探訪的眾夫人們談字畫、談各府的八卦雜聞，還談府中的子孫女兒們婚嫁招婿。

這是城府？林夕落不知該如何評價，可如若換作她，她是無這份心思，也裝不出來……

薛一從外進門，林夕落問道：「傳走了？可安全嗎？」

「萬無一失。」薛一向來話少，又遞過一個木片，「剛剛收到的，請您過目。」

林夕落當即取下脖頸上掛著的水晶片，調好了燈燭，仔仔細細地看著木片上的字。

「郡王位危，吾心難，求自保，家眾南歸，思卿。」

一行很簡短的話，讓林夕落湧起了相思之淚。

因為這一行字刻得很淺淡，顯然這不是出自李泊言之手，而是魏青岩自己動手刻的。

林夕落趴在桌上無聲地掉了一會兒女兒淚，她能夠體會到魏青岩心中的複雜，單純一個郡王之位就能夠補償他多年來所受的苦？就能夠贖清他們所犯下的罪孽？

林夕落並非是這大周國土生土長的人，她心中的現代意識依然強烈。她沒有君要臣死臣不得不死的愚忠思想，更沒有父訓子誡的大義情懷，對於她林夕落兩世經歷過的親情體會來說，感情不是名號，不是父親、母親的稱號便是圓滿。

那股子貼心的情分，是無法用幾個代號便能夠詮釋其中的真情意。

那是需要心的交融……而這些，無論是肅文帝還是宣陽侯，他們都沒有。

說這個時代不要奢求過高，但林夕落卻不以為然，林政孝對她貼心的父愛，胡氏對她呵護備至，這種父母的情分不也是這時代的情分嗎？

林夕落抹了抹眼角的濕潤，執筆寫下了一封情書，又親自去找侯府的侍衛，吩咐道：「加急，送去邊境給忠郡王。」

林夕落這一封信很快便傳了出去，而在魏青岩看到之前，也過了眾人的眼。

肅文帝看著紙頁上的白紙黑字，抽搐著嘴角：「這個女人，如此露骨的靡靡之言也要急報，根本是瘋子！」

君去萬里妾擔憂，心念千轉夜思愁；唯願聞得凱旋報，紅帳待夫夜不休。

這一封信傳至魏青岩的手中，讓魏青岩陰鬱許久的臉露出了笑意，連他身邊的人都跟著鬆了一口氣。

合著我們這位爺是外冷內熱，夫人一首七言就給融化了！

李泊言看到此狀，便趁熱打鐵，上前道：「公爺，咱們可是要等幽州城來人封賞之後再進攻，還是不等？」聖旨未到，故而李泊言此時還只能稱魏青岩為行衍公。

魏青岩斟酌片刻，輕吐二字：「不等。」

李泊言不覺得奇怪，可周圍的副將、參將們便有些驚了。

這可是封賞郡王的聖旨，難道行衍公都不等嗎？

魏青岩搖了搖頭，「我們可以等皇上聖旨，可咸池國的人等嗎？烏梁國的人等嗎？他們自是也會得知我晉封的消息，故而此時發兵或許可打他們一個措手不及。」

魏青岩說罷，看向眾人，「今日歇一晚，明早發兵。」

眾將拱手退下，魏青岩又讓李泊言請回一位副將，也是跟隨他許久之人。

「你率騎兵五千，步兵兩萬，今晚便發兵！」

「將軍？」副將眼中略有驚愕，可見魏青岩已轉身往地圖之處行去，他只得跟在其後，聽著魏青岩所下的軍令，而心中則在想：這件事看來要亂了！

魏青岩細說完夜晚進攻的方略，副將便立即離開。

李泊言上前道：「可有懷疑的人了？」

魏青岩點了點頭，「軍中有幾個陳家的人，我聽說陳家如今對齊獻王搖擺不定，要盯著點兒，如若有變，格殺勿論！」

「是。」李泊言領命便去，魏青岩看了半晌的地圖，又拿起林夕落所寫的那一封情信看了幾遍，臉上湧起會心的笑意，將其折疊好揣在懷中。

夕落，我很想妳……

轉眼便是寒冬臘月，已經進入年節時分。

林夕落看著院子裡的丫鬟們掛著紅燈籠、彩窗花，也跟著多了幾分喜色。

也就是在郁林閣才能有這歡聲笑語，侯府的其他地方，哪個丫鬟露個笑臉恐怕都要被侯夫人揪住斥罵，如若敢還嘴，便是幾個巴掌抽下，攆出去了事。

姜氏來郁林閣時才會鬆一口氣，可多數時候也在抱怨侯夫人如今的犀利。丫鬟也是人，總不能侯爺病臥不起，其他人便要眼淚吧唧地過日子吧？

林夕落也不過是安慰姜氏幾句便罷，她的院子裡侯夫人管不到就好，她如今不想再往外伸手，一來，侯夫人出面掌管侯府，二來，三爺得了世子位，姜氏便是世子夫人，她如若插手豈不是讓姜氏心裡犯嘀咕？

何況她已答應了侯夫人，無聖旨下，她就在侯府中老老實實地窩著，不知有多少雙眼睛盯著她、盯著宣陽侯府，這時候她只想安安穩穩地等魏青岩的消息，不想再有其他波折。

林夕落正在哄逗著兒子玩，小傢伙已經九個來月，能扶著床邊自己走了，經常一竄一跳的，舉著小手顛兒顛兒地亂蹦，拿了什麼物件都往遠了扔，連林夕落的雕刀都飛出過一次，把曹嬤嬤臉嚇白了，好幾天才緩過神來。

林夕落把他抱了腿上教說話。

「娘。」

「呃……」

「叫一聲娘。」

「呃呃……」

林夕落不厭其煩，一句又一句地接著說，而小傢伙除了一個「呃」之外還不會別的發音，林夕落欲再說，啪的一聲，小凳子上的碗被這小子一巴掌就給拍飛了，掉在地上摔碎。

「這孩子，哪兒學來的扔東西呢？」林夕落朝著他的屁股便是一巴掌，心中也忍不住納悶，這什麼壞習慣？

「薛一，是不是都是你教的？」林夕落看著站在門口的薛一，他一個殺手出身的人，尋常這雙手閒著無事就在掂量著雕刀、雕針的重量。

薛一一怔，翻了個白眼無聲抗議。

他這冤枉可大了，什麼都沒做還能被賴上？

林夕落瞪他一眼，又給了兒子一巴掌，「臭小子，不許把我的木條簪子掰壞！」

母子兩人坐在床上玩著，門外有人前來回話道：「郡王妃，林家家主來了，您見嗎？」

林夕落見是林政辛，忙道：「快請進來！」她這兩天心裡就惦記著林政辛的事，魏青岩又來了消息讓他們撤離幽州城，她要再問一問林政辛的意思。

丫鬟去引林政辛進門，而林政辛進來就先奔著小傢伙去，嚷著道：「來，讓十三爺爺抱抱！」人小輩兒大，林夕落狠瞪了林政辛幾眼，而小傢伙如今是誰都不怕，上去小手啪啪幾下便拍著林政辛的臉。

林政辛被打得生疼，玩鬧之間笑看著林夕落道：「眼瞅著就要過年了，我這兩天也在尋思妳上次說的事，準備過完年就走。」

「我這兩天也正好在尋思這事兒，本還想找你來問問，可你正巧也來了，已經想好走了？家裡那邊都籌畫好了嗎？」

單單是林政辛一人，林夕落倒不擔心，可如若加上一大家子，難免會引起他人的注意。

林政辛回道：「我的岳丈，也就是喬太醫被皇上拘在身邊兒，只是偶爾讓他診個脈罷了，每天都不允歸家，可錦娘的老家並不在幽州城內，前幾日來信，稱老家要重修祖墳，請岳丈大人回去添點兒銀子，也向祖宗磕兩個頭。這臨近過年，皇上允了假，所以我想趁此時機回去，畢竟喬家沒有男丁，只有錦娘一女，我是喬家姑爺，又是林家家主，跟著回去能為岳丈家撐一撐臉面，此時機正合適。」

「這倒是，皇上是不允喬太醫再為侯爺診病，只要不在幽州城，皇上巴不得的。」林夕落的話語聲音不大，可透出來的失望與無奈沒有絲毫的遮掩。

自從喬高升被皇上叫走之後，侯府又請了幾位太醫，多數是按照喬高升給的藥方下藥，可林夕落最懂喬高升的醫術高明就在於他會隨時換藥方，藥量有所增減。

另外的太醫卻沒有更好的辦法，侯夫人也只得點頭讓侯爺繼續按老藥方服藥。

可宣陽侯府的人都知道，侯爺就是在等死，侯夫人的脾氣也越發暴烈……

林政辛沉嘆一聲，對宣陽侯的事，他是插不得嘴的，只得說著林家的事：「我是這個想法，可卻在想如何從錦娘的老家往西北而去，妳說我是去西北，還是直奔邊境去投奔姑爺更好？」

「你就在錦娘的老家待著，該做什麼做什麼，打著幫襯他老家修建祖墳的名義住一陣子，不要去西北，也不要去尋青岩。」林夕落說完，林政辛皺了眉，「就這樣？可他的老家離幽州城並不遠。」

「只要不在城內，你往何方去不容易？」林夕落挖苦兩句，「你如今是林家家主，盯著你的人不少，去尋青岩，他那裡是軍隊，顧不得您，而西北之處的福陵王，需要他來信請你過去，而不是你去投奔他，這可是兩個說法，兩個概念。」

林政辛嘴角抽搐，「反正聽妳的就是，我就在錦娘老家等著妳的消息。」

林夕落點頭，這時姜氏從外進門，見到林政辛在，上前寒暄道：「林家主來了，我這就去請三爺來……」

「三嫂不用麻煩了，十三叔今兒來是為了與我商議過完年給十三嬸的老家祖宅修祖墳的事，可能要離開幽州幾天，說完也不久留，家中還都等著他。」

林夕落這般說辭，姜氏有些遲疑，顯然有事要說，林政辛便輕咳兩聲，抱著小傢伙道：「我們這爺倆兒先出去溜溜，外面空氣好！」

說著，曹嬤嬤即刻給小傢伙套上了大棉襖，隨著林政辛出了門。

「三嫂，出什麼事了？」林夕落對姜氏這般神祕略微納罕，她向來是不遮掩的……

姜氏嘆了口氣，開口道：「今兒侯夫人忽然問我個問題，問二爺和二奶奶到底在何處，當初被侯爺給攆了出去關在一個農莊子裡，她是不是有意找二哥、二嫂回來？」

「都這時候了，還想著他們有什麼用？」林夕落皺著眉，她已經快把這兩個人給忘了。

「妳說這事兒怎麼辦？我跟三爺說，三爺說他也不知在何處，更聽侯爺說他們……他們已經死了，可這話我不敢與侯夫人說。」姜氏攤手，「這事兒該怎麼辦呢？」

林夕落心裡略沉，這時候侯夫人還想在侯府中有動作？她這顆心什麼時候能踏實下來？

「告訴她，就說二爺與二奶奶已經不在人世。」林夕落說完這一句，「我會派人去查，侯府現在禁不起任何風浪了！」

姜氏聽了林夕落的話，但她並沒有親自去告知侯夫人這個消息，而是尋了個契機，讓這話傳入了花嬤嬤的耳中。

花嬤嬤是精明人，自當明白這傳聞是有意而來，便如實地說給侯夫人聽。

侯夫人悶在屋中整整哭了一宿，翌日醒來臉色更冷，更是亂發脾氣。花嬤嬤這兩日也跟著白了不知多少頭髮，她倒不是因二爺和二奶奶的死訊而心生怨懟，更多是為了侯夫人。

當局者迷旁觀者清，侯夫人情緒紊亂，純粹是在跟自己過不去。

林夕落此時正問著薛一：「二爺和二奶奶可還活著？」

「不知道。」薛一見林夕落的眼睛露出異色，便知她在懷疑自己不肯如實回稟，便補言道：

「當初人是侯爺帶走的，但那個莊子早已不在，人也無影無蹤，既然不死，也是混在百姓當中過日子，大海撈針，不好找了。」

林夕落知道薛一不會說假，只得嘆氣道：「索性就當他們死了吧，這件事不知是否要與三爺知會一聲，讓他心裡有個底。」

「三爺應當知道，他的繼位摺子皇上已經批覆，就此一條，即便二爺與二奶奶活著，也與死了沒什麼兩樣。」薛一漫不經心地道：「三爺雖舉止文雅，可生在侯府，您莫把三爺想成個婆娘。」

冬荷冷瞪一眼，「怎麼與郡王妃說話的？你顧忌好自己的身分！」

薛一白眼望天，他雖愛逗弄冬荷，可每次一涉及到林夕落，這溫順的小貓兒便伸會出利爪，不留情面。

林夕落安撫般地拍了拍冬荷，「薛一說的沒錯，是我把三爺想得心慈手軟了。」薛一所言倒是讓她撇開了心頭的顧忌，那便是她忽略了魏青羽與姜氏，她知道自己不夠重視他們。

魏青羽雖然與魏青岩兄弟情深，可他也徘徊在宣陽侯與魏青岩之間，很難做人。

但如今涉及到二房的事，他應該不會心慈手軟，而姜氏昨晚刻意來說，無非是有意想藉林夕落的手去找二房除掉他們。

幫魏青羽與姜氏的忙，她並不會推辭，可要想的是莫留下禍根給魏青岩增添麻煩。

事情擱下不提，臨近春節，前來宣陽侯府送禮的人不少，更有前來送給她這位忠郡王妃的。收了禮總要有回敬，即便不回禮也要見了面寒暄幾句，故而林夕落這些時日也不再有清閒的功夫，每天接待來客，甚是疲憊，一連幾天，都是倒在床上便睡過去，直到翌日天亮。

正用早飯的功夫，冬荷取來今兒遞了帖子的各府夫人名單，林夕落正準備看一看稍後要見的人，可卻出現突然的變故，秋翠匆匆進門，遞了個燙金的帖子來：「夫人，宮裡送來的帖子！」

林夕落皺了眉，取過來一看，卻是林芳懿……

她這會兒又要來幹什麼？

「是只送了帖子，還是有打前站的太監已經到了？」林夕落的眉頭皺得更緊，周青揚這陣子沒了聲息，即便是與林豎賢見過兩次談到太子，林豎賢也都是搖頭不知，因為近些時日太子稱病沒有上朝，連一直輔佐他的大臣們都不知道音訊。

可林芳懿這會兒跑來做什麼？林芳懿是無利不起早，這恐怕是又得了太子的吩咐。

秋翠撇了一下嘴，「打前站的太監已經到了，三爺和三奶奶正在那裡陪著。」

「更衣，咱們也去門口迎一迎。」林夕落嘆口氣，起身往內間走，秋翠跟在後面道：「您如今是郡王妃，還用得著去迎她嗎？」

「她終歸是皇親，是太子的嬪妃，這點兒規禮都要計較？」林夕落斥了兩句，秋翠吐了舌頭不敢出聲，朝著冬荷看去。

冬荷笑道：「奶奶說的沒錯，何況奶奶雖是郡王妃，可還讓咱們稱其為奶奶，妳還不懂嗎？」

秋翠撓了撓頭，她是真不明白。

冬荷慢了一步，湊其耳邊道：「這兒是宣陽侯府，不是新建好的郡王府。」

「那又怎樣？」秋翠下意識地嘀咕一句，冬荷瞪她兩眼，實在是對牛彈琴，索性快走幾步跟上林夕落，為其取來要更換的衣裝。

秋翠一邊走一邊琢磨，待想了明白，才狠狠抽了自己一個嘴巴，「真是笨上了樹了！」

這一巴掌秋翠可沒放輕，連林夕落與冬荷都聽了這脆聲。

林夕落無奈地搖頭，冬荷道：「秋翠性子直，沒壞心。」

「有妳這心細的就行。」林夕落沒再多說，只想著稍後如何與林芳懿周旋，腦子裡將她來此的目的想了個遍，才帶著丫鬟出門到侯府二門處相迎。

姜氏見林夕落也來了，笑著上前道：「沒尋思康嬪也來了，咱們可用備一些回禮？」

「不用，她來指不定是做什麼的，先看看再說。」林夕落的態度讓姜氏放了心，雖然她也知道林芳懿這次前來定是尋林夕落有事，可該問的話還是要問，免得被挑理。

林夕落見姜氏提了一顆心不安穩，笑著道：「三嫂，您可別跟我見外……」

「怎麼會，妳的性子嫂子還能不知道？」姜氏說笑著，可心裡確實輕鬆了些，這些時日她是被侯夫人給折騰慘了，而林夕落的「郡王妃」之名在耳邊聽多了，讓這些心思極深的人再歪門邪道地提醒多了，她的心裡難免會有些顧忌。

林夕落挽著姜氏的手臂道：「今兒還有其他夫人來，可林芳懿到此，那些人我恐怕要稍後才能見，就請三嫂幫忙應承一下。」

「放心，三嫂定不會讓妳這兒出亂子。」姜氏說著，頓了下，「侯夫人那裡要怎麼說？」

「只說林芳懿是來見我的便罷，畢竟還掛著姊妹之名，她也不會挑理。」林夕落拿了自己做搪塞的藉口，姜氏無奈點頭，如今的侯夫人可謂事必躬親，但凡是有不告知她的事，她就會大發雷霆。

用林夕落的話來說，那就是一串不點也著的爆竹。

妯娌二人商議完畢，而這一會兒林芳懿的車駕也到了。

肆之章◆悄撤京城留後手

侯府揭開了大門的門檻兒，馬車直接行進了侯府內在二門處停下。

林芳懿由宮女扶著下了馬車，見到林夕落時一臉的歡喜，「妹妹，妳居然在此等我，可讓姊姊開心了。如今妳是堂堂的忠郡王妃，姊姊這小小的嬪級可比不得妳……」

「行了，跑到侯府來談品論階，還要別人都跪妳不成？」林夕落擠兌一句，林芳懿卻笑道：「還是那張刀子嘴！」

「妳是來看我的，還是來看侯夫人的？」林夕落儘管心中有數，可她仍是問上一句，把這個事推給林芳懿。

林芳懿不知侯夫人如今的狀況，「自是來看妳的，別人我就不見了。」說罷，看向姜氏，「妳可不要見怪。」

「不會不會，康嬪與郡王妃姊妹情深，旁人插不上話，這種礙眼的事我可不去做。」姜氏笑著寒暄，林芳懿又對林夕落道：「那我們就去妳的院子吧？」

林夕落點頭上了轎，而林芳懿自又上了馬車，隨著林夕落往郁林閣行去。

行至郁林閣，林芳懿下了馬車，可她並沒有進屋中，而是看著林夕落道：「就在這外面坐一坐吧，屋中憋悶得慌，不如這雪景美，而這涼冷的空氣也能讓人腦子更清晰。」

林夕落挑了眉，讓婆子們豎起擋風的紗帳，取了兩個炭爐放在亭子內，「那就去亭子吧。」

林芳懿點頭，兩人便往那方走。

「還是妳這兒好，連空氣都覺得清新，坐在外面看雪景都不冷，不似那宮中，即便點了熱爐也心寒。」林芳懿的感慨讓林夕落更驚訝了，「那不也是妳自個兒選的，這時候抱怨作甚？沒了回頭路了。」

「我知道不能回頭，不過是感慨兩句罷了。」林芳懿也動氣，開口道：「太子的東宮如今就是個籠子，連他也飛不出去了，妳是不知自妺夫被封為郡王之後，太子好似得了失心瘋一樣，讓人看著便發怵，好在有皇后撐著，否則太子位恐怕不保。」

「這話妳也敢隨意出口？」林夕落看了看她身邊的宮女。

林芳懿冷笑著道：「有什麼不能說的？在妳這裡我還不能說幾句痛快話就憋死了！」

「合著妳來我這兒就是為了吐吐心底的怨懟。」林夕落翻了白眼，林芳懿卻搖頭，「我來是為了告訴妳，咱們那位姊姊，當今的齊獻王側妃恐怕是活不成了！」

林夕落一驚，「這是怎麼回事？」

林綺蘭此時正躺在床上來回翻滾地叫嚷。

她的腹部疼痛下墜，她知道自己要生了，可痛了一整天，她還是沒能將孩子生出來。

第二碗催生的湯藥入腹，德貴妃派來的宮嬤為其擦了擦嘴，「林側妃，您不要再使勁兒叫嚷了，否則就沒有力氣生下小主子了。」

「疼……」林綺蘭的仍然大喊著。

宮嬤皺緊了眉頭，這樣下去，沒等小主子露出頭便被憋死了。

兩人對視一眼，其中一位宮嬤上前將棉布塞入林綺蘭口中，讓她咬著這物件用力。

可林綺蘭以為是要害她，驚慌失措之餘，兩手兩腳開始不停地蹬踹。

「怎麼辦？」其中一位宮嬤問向另一人。

「問王妃。」

「王妃不在。」

「那就問王爺。」

「王爺說保住孩子為重。」

「下刀吧。」

林夕落此時正聽著林芳懿說林綺蘭的事：「……她如今被齊獻王囚禁在王府中，咱們的大伯母幾次求見都被王府的人攆出來，聽說大伯母暗地裡為姊姊備了幾個替換男嬰的孕婦，可這手段被齊獻王發現了。這幾日是臨產之日，說不定此時正生著。」

「那與她活不成有何關係？」林夕落對許氏做出這樣大膽的事有些吃驚，可林綺蘭為齊獻王誕下孩子，與她的生死有何關係？畢竟她是生母。

「妹妹，妳不是個傻子，怎麼心思這般正？妳難道忘了嗎？她是側妃，正妃秦素雲是個不能生育的，何況德貴妃娘娘向來厭煩咱們那位姊姊，巴不得她死了了事。」林芳懿說著反倒笑了，「何況這生母都死了，誰知道哪個是她的孩子？」

林芳懿玩味的笑容讓林夕落心裡膽顫，「至於嗎？」

「這種事少一人知道好過多一人知道，妳啊，怎麼都成了郡王妃，還不把人往壞了想？只有妳想不到的，沒有不能發生的。」林芳懿的嘲諷讓林夕落更為不悅，「沒妳想得那麼惡，我過得也比妳強。」

「妳是過得比我強，這我承認，可如今有個機會擺在我的面前，我要爭一把。」林芳懿的神色緊了些，也消去以往的那份邪勁兒，開口道：「我今兒來找妳，除卻告訴妳林綺蘭的事以外，還有一件事要說給妳聽。」

「什麼事？」

「太子妃要被廢掉了，我要爭一爭這個位子。」林芳懿說到此，眼中不再遮掩她的野心，「這一把我搏到了，那我便能得此位，如若搏不到，恐怕妳就再也聽不到我的名字了。」

「荒唐！」林夕落驚訝，「妳這是要做什麼？」

「太子妃現在被打入冷宮，可太子要用她家的人，故而她一時半會兒死不了……」林芳懿沒有繼續說下去，可她見林夕落吃驚的目光笑得更燦，「怎麼，妳還擔心我不成？其實咱們姊妹三人，妳是心思最少的一個，也是過得最好的一個，我很嫉妒妳，也很恨妳，可我除了妳以外，這些話連我的爹娘都不敢說。」

「妳這又是何苦？豈不是自己找死？」林夕落瞪了眼，林芳懿無奈地搖頭，拍了拍自己的肚子道：「我不能再生育，現在就是個活死人，活著和死了，又有什麼區別？」

林芳懿說到此站起了身，「陪我走一走吧，說不定今日之後就是永別，如若再見那就是仇人，太子對妹夫可是恨之入骨，咱們兩人也永遠做不了貼心的姊妹，不如趁著這功夫再多待一會兒。」

林夕落沒有再說什麼，她的心底惦記著林綺蘭。

儘管她與林綺蘭關係勢同水火，但從林芳懿的口中得知她危在旦夕，也笑不出來。她無同情之心，只覺得林家姊妹三人，居然都到了如今這個境地，何必呢？

齊獻王府。

產房之中，四位德貴妃派來的宮嬤跑進跑出，林綺蘭的叫喊聲沒有了。

秦素雲在自己的屋中默念著「平安」，齊獻王則不停地來回踱步，焦慮萬分，頻頻朝向門口問上兩句：「怎麼還生不出來？」

「王爺，林側妃的身子弱。」

「之前不是精心照料？」

「可林側妃妊娠反應嚴重，還需要再等一些時刻。」

「他媽的！」齊獻王怒罵一句，秦素雲睜開眼，看著齊獻王道：「王爺，您何必如此焦躁？」

「這不是在擔心她生出來的是不是個帶棍兒的！」齊獻王冷嘆一聲，隨即坐在一旁。

秦素雲淡笑，繼續閉目默念，齊獻王連忙喊停：「別念叨了，聽得本王頭疼！」

「那妾身這就過去探望她一下。」秦素雲要起身，齊獻王卻不允，「妳只等著抱孩子就可以，不必過去。」

秦素雲皺了眉，目光中的疑惑讓齊獻王更凶幾分，「妳不可以過去，只當什麼都不知道！」

「是。」秦素雲應了一聲，此時門外有宮嬤跑來，急忙到齊獻王耳邊低聲回稟，齊獻王面露厲色，只朝著脖頸橫著比劃了一下子，宮嬤邊點頭應下，立即又跑了回去。

「本王這就去看看。」齊獻王說罷便起身離去，秦素雲看著他走遠，吩咐身邊的人道：「若有被扔掉的孩子，幫本妃撿回來，本妃收養。」

「是。」

丫鬟離去，秦素雲繼續低頭默念平安……

林綺蘭死了，而且死得很冤枉。

並非是她沒有誕下男嬰，而是她體弱難產，最終大人沒能保住，連男嬰誕下不久也斷了氣。

齊獻王很生氣，為林綺蘭接生的丫鬟婆子及四個宮嬤全部被處斬。

而此時一位婆子抱給秦素雲的嬰兒卻是個無名無姓的孩童，秦素雲的臉上依舊露出了燦笑，命身邊的嬤嬤好生照料。

林綺蘭的死訊傳至各地，她誕下一子的消息也隨之傳遍四處。

這位齊獻王側妃的死訊就好像是這冬日裡的雪花，隨風飄落融於地面，無聲消失。

朝官們關心的則是齊獻王有後了。

肅文帝很高興，召了齊獻王進宮，好生讚許，也特意賞了德貴妃與齊獻王陪他一同用膳。

德貴妃很高興，她甚至都沒有私下問過齊獻王這孩子是否真是她的孫兒，好似這以假亂真之事根本沒有，只高興得珠淚沾面，喜極而泣，也讓肅文帝多了幾分感慨。

齊獻王被肅文帝這番讚賞過後喜意甚濃，心中那一點兒彆扭勁兒也煙消雲散。

喝了肅文帝賞賜的酒後，齊獻王便回王府，秦素雲笑著看那新生的嬰兒，待齊獻王進門時，她便上前行禮。

齊獻王很開心，一把拽過秦素雲摟在懷裡，酒氣很重地道：「本王得了皇上的稱讚，如若大功告成，本王為皇妳為后，本王一定不虧待妳！」

「王爺，」秦素雲輕推，「您怎麼處置林側妃的喪禮？」

齊獻王的笑臉瞬間沉了下去，甚是掃興，「妳就不能讓本王高興一下？提那個女人作甚？」

「可她是您的側妃。」

「側妃也是死了。」齊獻王皺緊眉頭，隨後擺手道：「看在她是本王孩子的生母分上，大禮厚葬。此事交由妳來辦，本王屆時會邀眾官來參加。」

秦素雲漠然點了點頭，齊獻王也無心再與她溫存下去，轉身便出了門。

「王妃，您何必提林側妃惹王爺不悅呢？」一旁的嬤嬤忍不住上前勸慰，「如若王爺能有那一日的榮耀，您便是一人之下，萬人之上……」

「看夠了這些爾虞我詐，心累了，可累了還要跟隨著他們裝大度裝恭順裝賢良，本妃真的累了。」秦素雲苦笑，再看著那個不知名的孩子，「也不知你來到這個家中是你的福氣，還是你的不幸了。」

「王妃能得多少人豔羨還說不定，您應當開心才對。」

「是啊，本妃應當開心，應當高興，可本妃就是笑不出。」秦素雲忽然想起林夕落，「我真羨慕忠郡王妃的性子，她是個敢愛敢恨的，過得多瀟灑……」

一旁的嬤嬤不再接話，而秦素雲則道：「給忠郡王妃去一封信，畢竟她與林側妃都是林家姊妹，她的喪事，忠郡王妃也應當到場。」

林夕落接到林綺蘭的死訊時，說不清心中是何感想。

是因為林芳懿曾經給她通了這個消息，故而沒有意外？

那個孩子到底是不是齊獻王的親生兒子，已經不重要了，重要的是朝堂的變動，會否對魏青岩有影響。

林夕落正準備讓人給齊獻王府回悼信，薛一正巧送來一封信，卻是福陵王傳來的消息：「引聶家至西北，履靈素之婚約……」

林夕落琢磨著福陵王傳來的這個消息，心中有些打鼓。

如若是單純地拉攏聶家，她還是心中有數的，因為之前魏青岩曾說過聶家是大族，他也曾動過與聶家相交的心思，可如今聶家破敗了，而福陵王所用的這一個「引」字，讓她有些不知該如何是好。

引？難道單純的以婚約為引嗎？

林夕落不願把事情往這上頭想，聶靈素是個好女子，若跟福陵王這種人能過得什麼好日子？

但人各有心，福陵王會傳信給她，想必也與魏青岩商議過，這件事她還是要去做，卻不知林綺蘭的大葬之禮，聶家是否會有人去了，不如藉著這個機會先試探一二。

林夕落這心思還未等撂下，門外又有人來傳信，「奶奶，您快去看看，林家的大夫人找上門，正與三奶奶周旋著，三奶奶有些頂不住了，讓奴婢快點兒來找您。」

「許氏？」林夕落心底一股火竄了上來，林綺蘭死了，她跑到自己這兒來鬧個什麼勁？

顧不得多尋思，林夕落披上大氅往外趕去。

許氏此時正哭坐在地上，連連嚷道：「郡王妃與我的女兒是姊妹，她怎能不管她姊姊的死，難道露個面都這樣難？我可是她的大伯母，是她的長輩，她姊姊死得冤枉啊，她要為綺蘭出頭，否則就枉費了她忠郡王妃的名號！」

許氏披頭散髮，臉上蠟黃不說，褶皺層層，若非有林家的下人跟隨，她這瘋癲模樣就像是街上的瘋婦，誰能想到是林綺蘭的母親？是林家的嫡長夫人？

許氏所受的苦也不少，兒子沒了、男人瘋了、女兒死了，讓她孤零零的一個人怎麼過活？可同情歸同情，憐憫歸憐憫，可憐之人必有可恨之處，她在宣陽侯府斥罵林夕落，這就純屬於自討無趣，惹人厭煩了。

姜氏著實束手無策，只等著林夕落快些過來，她是上前攙扶許氏也不成，搭兩句話也不對，這種難纏的角色讓人頭疼。

林夕落趕來時，正聽著許氏在斥罵著她：「林夕落，妳個丫頭就是膽小鬼，妳姊姊就是妳害死的，妳不要臉，妳個賤人……」

罵得越發過分，不堪入耳，姜氏心驚之餘，回頭看到林夕落往此走來，連忙快步過去道：「這怎麼辦？進門便開始哭，誰上前她都扭打撕扯的，剛剛想讓兩個小丫鬟過去攙扶，其中一個臉還被撓出了血印子。」

「這還容她做什麼？打出去！」林夕落怒喊，把姜氏嚇了一跳，瞪大眼睛道：「打出去？」

林夕落不等姜氏下令，直接吩咐秋翠道：「把她的嘴堵上，然後捆上扔回林家，告訴林政辛，再敢讓她出門胡言亂語，就把她的腿打折！」

秋翠領命立即上前，跟著許氏的丫鬟婆子們驚了，她們今兒來是為了讓林夕落出面到齊獻王府給林綺蘭找些公道和賠償，孰料大夫人到此就開始呼號，嚇得她們都不知如何是好了。

「郡王妃，九姑奶奶，您手下留情啊！」許嬤嬤忍不住跪行到林夕落身邊，「大夫人要去齊獻王府見一見已過世的側妃，孰料齊獻王府的人卻不肯讓大夫人見，連林側妃的遺子都不肯讓看，所以大夫人才來求您……您行行好，為大夫人出頭，為林家出頭吧！」

「來求我就求成這個模樣嗎？她在此地張口怒罵的時候妳怎麼不上前勸著？怎麼不上前攔著？我可以為林家出頭，那就讓你們的十三爺來求我，她算個什麼東西，還不給我滾！」林夕落許久沒有發火，而這一次卻讓所有人都跟著心顫起來。

將林家大夫人給綁了不說，還下令再出來鬧事就打折腿？

這也是忠郡王妃，除她之外，還有誰敢？

秋翠上前塞住許氏的嘴，許氏雖瘋卻不傻，指著林夕落就要罵，可還沒等開口就被秋翠按住，隨即喚了婆子們上前給綁了起來。

林夕落走到她跟前道：「裝瘋賣傻？撒潑子打滾兒？知道妳現在為何這樣慘嗎？那是因為妳惡事做得太多，老天爺早晚會報應在妳身上！我不想再看到妳，否則下一次就不是將妳捆起來這麼簡單！」

林夕落說罷便擺手，侯府的侍衛將林家的下人們全都攆走，秋翠親自押著許氏上馬車。

「薛一，你與冬荷也跟著去一趟，順便再打探一下林家是怎麼回事，誰出的餿主意，敢找上我這兒來！」林夕落說完，薛一與冬荷便跟著前去。

姜氏看著眾人離去，又回頭勸著林夕落道：「弟妹，這也是沒法子的事，妳可消消氣，也怪我沒處理好。」

姜氏許久沒見過林夕落動這般大的氣，林夕落對待她向來溫和，從來沒有過怒容冷色，今兒姜氏是見識到了，在她的心裡，不能總拿著親眷說事。

林夕落也看出姜氏的驚疑，舒緩了幾口氣才道：「三嫂，這事兒不怪您，她終歸是齊獻王的岳母，又是林家的大夫人，您就是顧忌著別人挑唆咱們之間的關係才不敢下狠手，這我都明白。」

姜氏有些動容，「弟妹是明白人，嫂子就放心了，什麼都不用多說。」

「咱們之間何必想這麼多？侯爺如今病重不起，三哥與三嫂忙裡忙外都快累成了什麼樣，誰敢在這個時候還胡亂挑唆，我就割了他的舌頭。惡人不好做就我來當，三嫂不必掛念我這裡，三哥與五爺的兄弟情分，還用得著顧慮什麼？」

林夕落這話讓姜氏將心落了肚子裡了。

她明白林夕落話中之意，他們雖不顧忌什麼親眷不親眷的，但要的是真情。

姜氏想到此，不知心中是喜是憂，自從三爺繼了世子之位，他們的心裡也難免會對魏青岩與林夕落有多計量，可如今看來，還有何可計量的？

一個侯府的世子能跟郡王比？

兄弟情分好、妯娌之間親，這恐怕就是他們最需要的了……

「弟妹有這份心思，嫂子就不多說什麼了。林家的事妳雖然厭煩，可該管也得管，剛剛我也聽說了，好似是齊獻王不允妳這位大伯母見那個孩子，這才惹出一堆事來。」

林夕落點頭，「齊獻王府的帖子我已經收到了，在這之前他們之間發生了一些不愉快的事，我會處理好。」

「妳心中有數，嫂子就不多說了。」姜氏說完，便把剛剛在此地候著的所有丫鬟婆子叫至一起，明確告知了此事不許任何人露出口風。

林夕落沒有在此停留太久便回到了郁林閣，而冬荷與薛一也歸來得很快。

「我們去時，十三爺不在林府，是林三夫人出來接的，待聽到了您傳的話便嚇了一跳，隨後問詢這件事您打算怎麼辦。奴婢只說請她親自來問一問您，可林三夫人卻推辭不來，而後等到了十三爺，將您的話傳到，奴婢眾人便回來了。」

「薛一，你聽到了什麼消息？」林夕落沒有多說，而是直接看向薛一。

薛一漫不經心地道：「這還有得說嗎？明擺著是林政齊與林政肅不希望齊獻王在此時風頭太過，否則他們這太子麾下的人如何自處？也聽了點兒齊獻王之子非親生子的訛傳，所以才有這樣一齣戲演了您這兒來。」

林夕落自也是想到此，嘀咕著：「都想拿我來當耍混的，可他們就不尋思尋思，鬧騰得越煩，皇上心中就越膈應？訛傳都能傳入眾人耳中，連林家的三老爺、六老爺都能知道，皇上能不知道？」

「都是傻子罷了……」

林夕落感慨之餘，肅文帝正聽著陸公公回稟的話。

「齊獻王與齊獻王妃已經下令厚葬林側妃，但今日林側妃之母前去王府要求探望卻被阻了，隨後鬧到了忠郡王妃面前，斥罵的話語很難聽，讓……讓忠郡王妃下令堵上嘴給捆回林府了。」

肅文帝呵呵一笑，「這小妮子還真是潑辣，什麼都做得出來。」

「能在未出嫁就跟著忠郡王去過軍營的女子，怎能是膽小的？」陸公公附和著吹捧一句，肅文帝則搖了搖頭，逕自感慨：「魏青岩膽子大，對朕卻忠心得很，知無不言。這丫頭膽子也大，可她心裡沒那等小九九的計較，朕也樂意護著，不像有些人的膽子，大得出格了，連朕都開始糊弄，想要朕的這個位子就那麼容易？」

肅文帝的話讓陸公公不敢接，而肅文帝也無讓他接話之意，沉了半晌便是道：「給朕盯著太子，看看他近日來都做了什麼，即便是喝了什麼粥都要給朕問清楚！」

「是。」陸公公剛應話，門外有人進門稟告：「啟稟皇上，太子殿下求見。」

肅文帝心中起疑，說曹操曹操到，他這時候來做什麼？

周青揚來求見肅文帝是為了齊獻王誕下子嗣之事。

他儘管心中怨恨，恨不得齊獻王和其子嗣一家子全都死掉，可他明白，他要開始動手了。

而周青揚來見肅文帝，便是以兄長的身分，要求登門祝賀，更問起了林側妃的死。

「……雖然誕下子嗣是喜，可兒臣覺得林側妃出身於林家大族，如若紋絲不提，難免讓朝官們心寒，何況這一次厚葬也可看得出皇弟對她的疼愛，兒臣想要藉此機會去表達心意，也讓皇弟知曉父皇對他的關心……兒臣還想與皇弟親近一二，之前兒臣有錯，傷了與皇弟的情分，希望父皇能給兒臣一個機會。」

周青揚說得誠懇，臉上也現出幾分愧疚之色，前些時日皇后特意來找肅文帝為太子求情，話語中流露幾分可憐之意，讓肅文帝也有些動容。

「難得你有這份心，那這次你便去齊獻王府撫恤一番，另外告訴他們，過了滿月，把孩子抱來給朕瞧瞧。」肅文帝的臉上沒有任何表情，無喜無悲，讓周青揚有些遲疑起來。

可周青揚已經是打好了算盤才來求見肅文帝，儘管心有憂慮卻依舊接著話道：「兒臣懇請父皇讓陸公公隨同兒臣前往，也單獨表示下父皇對皇弟的厚愛。」

「哦？讓你出宮一趟，朕還得搭個人陪著？」肅文帝的眉頭微皺，周青揚連忙道：「並非是兒臣所需，而是……而是兒臣覺得皇弟見到陸公公，才更能體會到父皇對他的重視，而非是兒臣口傳……」

周青揚的話語苦澀得很，肅文帝沉了半天才點頭道：「那就這麼辦吧，朕累了，下去吧。」

「兒臣告退。」

周青揚離去之時特意對陸公公頷首微笑，可他目光中無意透露出來的光芒讓陸公公心中一凜，只覺得背脊滲出了一層冷汗，而此時肅文帝開口道：「他要是早有這番禮讓之心，朕就不必這般錘煉苛待他了，依舊給朕盯著他。」

陸公公點頭，心中則想：太子這番作為真的是禮讓嗎？

林綺蘭的死對於林夕落而言，難說悲喜。

說喜？她笑不出來；說悲？她又覺得這個女人早該死，可林綺蘭畢竟姓林，她也只得先撂下無意義的情緒，先與林政辛等人商定好大殯之時林府的態度和行儀。

林府是林綺蘭的娘家，多少要有一些表示，搭建靈棚、請和尚做法事，大大小小的事交代完畢，林夕落才說起前去齊獻王府奔喪的人來：「帖子我接了，林府他們也下了帖子，按說應該是大伯母出面，可此時依著我來看，她還是不要出頭，如若不是你，便請三叔父去，你覺得呢？」

林政辛見林夕落可謂是縮頭縮腦，明擺著有些心虛。

冬荷傳話給他時，他已經能夠明顯地感覺到林夕落的怒意，今兒前來商議林綺蘭大殯之事又不能如以往那般嬉皮笑臉地圓場，故而一張臉甚是僵硬，抽搐不停，好似中風一樣。

面對林夕落的提問，林政辛只得拍拍自己的臉，回答道：「我也是這個意思，我想把這件事讓出來，無論是三哥還是六哥，誰願意去誰去，如若他們都不去，反正七哥也要與妳同去，過完年我還要離開幽州城，不想在此時被別人盯上。」

林夕落輕扯嘴角，「你倒是還多了點兒心眼，不用我費嘴皮了。」

「我這麼大個人了，而且還長妳一輩兒，整天被妳吆三喝四的，我這張臉也是臊得慌！」林政辛撇嘴扭頭，大冬天的還搧著扇子，「去火，這心裡就是躁得慌。」

林夕落不搭理他這模樣，囑咐道：「你雖然不去，可也要表現出點兒家主的顏面來，這事兒你自己張羅著辦，我就不管了，免得你嫌我干涉太多。」

林政辛點了頭，兩人又說了幾句細節上的事，林政辛便先回去了。

「奶奶，豎賢先生回了信，稱後日的大殯之禮他與您同去。」秋翠從外回來，她剛被林夕落派去給林豎賢送消息。

林夕落點頭，「他可是在景蘇苑？」

「是，豎賢先生昨日去了便沒有走，」秋翠說著林豎賢，又忽然說起了李泊言的妻子唐鳳蘭：「奴婢去的時候，這位奶奶也在，她好似也要跟著同去。」

「她也要去……」林夕落遲疑了下，「跟著也好，她畢竟是唐家大戶出來的，而義兄如今也是戰之將領，她出面也合時機。」

秋翠笑了，「奶奶，您想多了，是唐夫人想藉此機會見一見唐家奶奶，所以她才會去。」

林夕落怔住，「平時到景蘇苑去見就是了，怎麼還要摻和到葬禮中？」

「唐家奶奶特遵規矩，唐夫人平時都不登門的。」秋翠嘟著嘴，「連咱們老夫人說了幾次，她都只笑不語，還是這樣做。」

一家有一家的規矩，這恐怕也不是短時間內能改得過來的。

不過這唐鳳蘭與李泊言還真是天生一對，當初李泊言不就想找這樣循規蹈矩的媳婦兒嗎？

林夕落的心思又轉回林綺蘭的葬禮上來，無奈地感慨道：「這葬禮都快成了聚會了……」

三日後的清晨時分，天邊剛露出一截橙色的光芒，幽州城內各個府邸的官員夫人們已經乘馬車前往齊獻王府送葬。

即便是沒有前去送葬的人家，也都在稍後送葬所行的路上擺了靈棚，表悼念之意。

林夕落今日沒有帶孩子同去，喜事帶著無妨，可喪事她略有忌諱，便將孩子交給曹嬤嬤和冬荷看護，薛一也留在家中護佑這小傢伙，林夕落只與魏青羽、姜氏一同朝齊獻王府行去。

齊獻王府正門已是車水馬龍，人群熙攘，有宣陽侯府牌子的車駕前來，眾府的馬車自當要靠路邊兒讓道。

林夕落沒有撩開簾子，故而外人也不知她坐在車上，只以為是宣陽侯府的車駕，不免湧起諸多議論之聲。

「宣陽侯不知什麼樣了，聽說病得很重。」

「那還有心思出來參加旁人的葬禮？而且出行還率如此多的侍衛陪護，也就是仗著有行衍公，不，已經是忠郡王的名號耀武揚威了，宣陽侯他們是指望不上了。」

「早就指望不上了，如若忠郡王戰勝歸來，誰還記得宣陽侯是何人？可瞧著他們家如今還這般排場，也不怕被人笑話……」

林夕落聽得有些火，看著姜氏在一旁咬唇苦笑，林夕落撩開簾子道：「停車。」

車駕停下，林夕落從上面下來，瞧著剛剛敘話的人群方向道：「誰在那裡嚼舌頭根子的，給我站出來！」

林夕落這一出現，讓很多人都驚了。

原本以為這車駕上是宣陽侯府的人，可忠郡王妃在馬車上怎麼沒掛忠郡王的牌子？

「給郡王妃請安。」

周圍的人紛紛往兩側退開，剛剛嚼舌頭的幾位夫人正膽怯地看向林夕落，臉上諂媚的笑也透著股子怯意，連忙道：「給郡王妃請安，不知道您在車駕上，所以這……」

「我在不在車駕上妳們就如此胡言亂語？嘴巴都快說開了花兒了，是來參加喪事的還是跑這裡閒聊的？膽子都大上了天，連宣陽侯在妳們口中都一無是處，妳們是幹什麼的？男人是什麼官兒？都說出來讓我聽聽。」

林夕落挨個指著罵，原本就堵塞的街路此時更是連人都走不過去。

幾人嚇得連連躬身道歉，不過是幾個禮部和太常寺、鴻臚寺的家眷，品階在也不過是清水衙門，沒什麼實缺的位子。

這會兒湊一起嚼兩句閒話發洩心中妒恨罷了，孰料卻被郡王妃聽見了，而且聽見歸聽見，這位郡王妃還不領情。

誰不知道這位郡王妃是什麼脾氣？還未嫁人就打過幽州城尹……

想至此時，有人心中更害怕，渾身打起了哆嗦。

林夕落未等再繼續斥罵，後方傳來了喧鬧的聲音，轉頭一看，卻是皇衛在清理人群，而從中出來一人，卻是陸公公。

「陸公公，您怎麼來了？」

林夕落略有驚訝，尋常陸公公出行都有皇衛開道，怎麼今兒還夾在人群當中了？

陸公公笑道：「咱家今日跟著太子殿下一同出行，太子殿下不願聲張，孰料車駕卻無法過來，遠遠看到忠郡王妃在此，咱家擔心就跑過來了。」陸公公說罷便冷了臉看向那幾個夫人，直接吩咐身後的皇衛道：「將這些人全部帶走，宣陽侯乃是國之重臣，豈容妳們幾個女眷在此用言語糟蹋？

稍後請太子殿下親自發落。」

陸公公話畢，皇衛即刻將幾人押了下去，林夕落與陸公公笑言之間不由向遠處望去，儘管人群重重，可她依舊感覺到遠處的車駕之中有一道目光朝向她這方投來，且目光極冷，透著一股猛烈的殺意……

這股殺意轉瞬即逝，林夕落沒有轉頭，人群被疏散開來，周青揚的車駕從遠處行至。

林夕落所感覺到的殺意正是馬車中之人所有，此人就是周青揚。

林夕落早就知道周青揚巴不得自己死，上前福身行禮，眾人接連跪拜，周青揚從馬車上下來，連忙上前道：「快快起身，今日本宮是為皇弟側妃大殯而來，眾人不必過於拘束了。」

「謝殿下。」

眾人叩拜完畢，周青揚看著林夕落，又轉頭問向陸公公事情始末，而後皺眉道：「此事定要好生懲戒，這等時候還口無遮攔，想必那幾位大人也是驕傲之輩，一併移交吏部待查，此事本宮會與父皇稟報，為宣陽侯與忠郡王妃討回公道。」

「臣妾謝殿下體恤，齊獻王側妃乃臣妾的姊姊，今日本就心情不佳，在馬車上聽到如此說辭不免生氣，下來便斥罵眾人也不雅，臣妾會自罰抄經，望殿下能代為向皇上請罪。」

林夕落自罰，讓周青揚的目光緊瞇半分，這個女人倒是聰明，還懂得以自罰來消弭今日之事，否則因她幾句話便將人罷了官，這風頭著實太過了。

周青揚心中腹誹，卻笑著點頭，陸公公當即道：「殿下，路已經通了。」

「好。」周青揚上了馬車，眾人恭送。

林夕落見旁人看向她的目光各異，不多搭理，也上了馬車。

姜氏早已下來等在車旁，兩人上車之後，姜氏便道：「弟妹這又是何必，已經不是第一次聽到這種說辭，若妳不在，我們也就是忍忍罷了。」

「忍什麼忍？若不是陸公公出現，我定要好好賞她們幾巴掌，敢跟我講道理我就拽著她們進王府去打。青岩終究姓魏，豈容這些人胡言亂語，吃不著葡萄便喊葡萄酸，芝麻大的小破官兒敢如此腹誹侯爺，打得他們滿地找牙！」

林夕落氣盛，她終於明白為何前些時日姜氏做事畏首畏尾，合著是這些謠言聽得太多……

姜氏被她這模樣逗得直笑，「行了，三嫂知道妳，也是三嫂自己胡亂尋思，讓弟妹委屈了。」

「咱們進去吧。」林夕落不再多說，吩咐侍衛繼續前行，而經過剛剛這番鬧騰，擁擠的街路上居然一個說話的人都沒有，全都作了啞巴，直到齊獻王府的門口，王府的下人來迎，才算是聽到幾句人聲。

因林綺蘭為側妃，故而齊獻王也穿戴了白色的袍子，秦素雲見到林夕落下了馬車，臉上是說不出的複雜。周圍夫人眾多，林夕落依著規矩上前說上幾句安撫之語，便去林綺蘭的靈堂叩拜。

燃了三炷香，林夕落緩緩走上前。

香案上是林綺蘭的靈牌，一旁是她的棺木，棺木上由一層輕紗遮掩，隱隱約約還能夠看到她的面容。

林夕落沒有上前去看，只繞著她的棺木行步一圈，跪地上香，此時雖應該說一些挽詞，可林夕落一個字都沒說，只在心中默念：林綺蘭，妳走好吧，姊妹的恩恩怨怨就此一筆勾銷，我不記妳的仇，妳也莫再記我的怨，此果必有因，今日之果也是妳一手種下，至於那個孩子是否是妳的親骨肉我會派人查明。若為真，自會派人保下來，若為假，恕我不會干涉，既然妳也曾有易子之心，就莫怪這個孩子記於妳的名下，安心地走吧，別帶著什麼怨恨……」

林夕落將香插至香爐之中，恭恭敬敬地朝著林綺蘭的牌位磕了三個頭。

一股無名風起，燃燒的香好似被吹了口氣一般，讓周圍守靈的婆子嚇了一跳。

林夕落並不害怕，由婆子們扶著起身，接著便是姜氏行禮，林夕落便到一旁與秦素雲敘話。

「那個孩子呢？我能否見一見？」

林夕落沒有與秦素雲寒暄，而是直接提了要見林綺蘭所生之子，可她說此話時卻緊緊盯著秦素雲臉色的變化。秦素雲似早知林夕落會有這樣的打算，輕輕點頭，吩咐身旁的人道：「本妃與郡王妃去探望小王爺，妳們在此候著，如若有事，及時去告知本妃。」

下人們應下，秦素雲與林夕落便一前一後地上了王府的軟輦，往院子中而行。

小院甚是靜謐，沒有任何的嘈雜聲響，只有幾個丫鬟婆子在此掃雪，屋中有兩個奶娘、兩個嬤嬤在照應著。

秦素雲與林夕落挽著手臂往裡走，路上也能說兩句體己話：「我已經與王爺談好，為綺蘭請一個封號，讓她能安心歸土……」

「人都沒了，留什麼封號有用？」林夕落嘴角揚起嘲諷，「不允林家大夫人見這孩子是為何？林家的事，我不得不出頭問上兩句。」

秦素雲自也知道許氏找上宣陽侯府的事，即刻道：「她惹了王爺，林綺蘭人都已經沒了，這種舊事不提也罷了。」

「不就是想為王爺弄幾個備用替換的男嬰嘛。」林夕落說得漫不經心，目光投向正在沉睡中的嬰兒，看著那小嘴嘟著，極是平和，「這種事已經鬧開了，何必再遮遮掩掩的？」

秦素雲一怔，「這話可不能亂說。」

「我何時顧忌過有什麼話不當講？這事兒我也可以不提，但林家妳得給一個交代，讓我的顏面過得去，不然我可不依。」林夕落的神情甚是認真，儘管這種逼迫的口吻讓秦素雲不喜，可她知道林夕落的厲害，只得點頭應下，「惹不起妳，這件事我答應了就是。」

林夕落微微一笑，從懷中取出一個小葉檀的佛珠放在這孩子的身邊，「願上一輩兒的恩怨別降在孩子身上，你們想要爭的想要奪的，這孩子又能懂什麼？生下來就成了工具，也是個可憐兒。」

「哎喲，妳這是存心來添堵的！」秦素雲帶了點兒怨氣，林夕落點頭，「就是來添堵的，又怎麼著？」

秦素雲無奈苦笑，「惹不起妳，都依著妳還不成？」

「都依著我？妳可敢肯定？」林夕落的反問讓秦素雲埋怨地看她一眼沒有回答，兩人對視之餘都看出對方目光中的深意，而她們也知道，這種時候說什麼都是多餘，女人的關係再近都要看男人們的決斷。

當初齊獻王千方百計地要拉攏魏青岩，而如今他已有子嗣，誰知道會否有變？

這時候秦素雲不敢再承諾，也是她不願與林夕落有這等寒暄虛偽之詞，林夕落自也不會逼迫秦素雲表態，因為她已經感覺出魏青岩支持的是福陵王，而福陵王如今要娶聶靈素，顯然也已有打算了。

兩人沒能敘話太久，便有人來尋秦素雲，是齊獻王找她。

秦素雲致歉後離去，林夕落也沒有多停留，往招待眾女眷的白席而去。

眾位夫人都在議論著今日林夕落在齊獻王府門口發生的事，這其中豎著耳朵聽的人自然也有聶夫人與聶靈素。

前些時日，聶靈素收到了福陵王的一封信，信件中沒有提及婚約二字，而是把兩人自幼相識以來的多次相見都以文字記述出來。這一個相見的日程表讓聶靈素不知哭了多久，哭過之後，她便回了聶府，正式與父母談起婚約之事來。

聶大人與聶夫人此時自然也想讓女兒嫁給福陵王，可人家福陵王如今在西北，他們還追到西北去不成？商議來商議去，便商議出今日再尋這位忠郡王妃探個話。

聶夫人自來到齊獻王府就聽到了忠郡王妃在路上斥罵了幾位官夫人，而這幾位夫人連帶著家中的男人恐怕都要遭遇不測。聶夫人心裡有些苦，當初惹誰不好，偏偏惹了林夕落，如今讓她再怎麼開口相問？

上一次她不是沒有捨出來顏面，可人家壓根兒都不搭理……

正在琢磨之間，就見到周圍有人小聲道：「別說了，郡王妃來了！」

聶夫人下意識地朝遠處看去，看到林夕落正朝此處走來。

聶靈素有意上前相迎，卻被聶夫人拽住，可聶靈素不理，她早已不是過去的她，她不再是那個聽之順之，儘管心中怨懟也要從之的聶靈素……

「給郡王妃請安。」聶靈素上前行了禮，林夕落早已看到她與聶夫人，見遠處聶夫人臉色尷尬地擠著笑，林夕落笑著看向聶靈素道：「妳今兒會出現我倒是很意外，回了聶家？」

聶靈素點了點頭，正欲開口再說，卻被林夕落阻止，開口道：「今兒不是敘舊的時候。」

聶靈素的眼中略有失望，「民女願陪在郡王妃左右，等您休好、歇好之後再聆聽民女之言。」

「那就要看妳母親是否同意了。」林夕落若有所指地看著聶夫人，聶靈素望向聶夫人的目光更多了幾分堅定。

聶夫人心裡可謂五味雜陳，雖早已打定主意，待林夕落出現時上前寒暄幾句，可真遇上這等時候，她的腳就是邁不開步子。再看到聶靈素投來的目光，聶夫人心裡冰涼，只得擠著笑上前道：「見過郡王妃。」

「許久不見，聶夫人近日可好？」林夕落這般問讓聶夫人的臉上頓時火辣滾燙。

聶方啟被留職於家中，哪裡還有什麼好？這一次得了帖子也是厚著臉皮求的，可聶夫人是點頭稱好也不合適，搖頭訴苦更不對，猶猶豫豫之間，腦袋快抽搐了。

聶靈素見聶夫人略有尷尬，連忙出言道：「女兒欲陪在郡王妃身邊，跟隨王妃習接人待物之禮，還望母親應允。」

聶夫人的腦子好像被石頭狠狠地撞了一下，跟隨林夕落習接人待物之禮？這話怎麼說出口的，她是夫人圈裡最無規矩的一個，自家這女兒是故意的吧？

聶夫人心中打鼓，臉上卻仍得擠出笑來道：「如若郡王妃肯帶著妳，那妳便跟著，莫要多言亂語失了分寸。」

「女兒省得了！」聶靈素規規矩矩地行了禮便跟著林夕落離開，聶夫人雖有心跟著，可見林夕落壓根兒不理她，她這張臉再豁得出去也覺得臊得慌。周圍投來目光的夫人不少，聶夫人只得屁股一沉坐在位子上，心裡只期盼著聶靈素能與林夕落談出個好結果。

林夕落如今是忠郡王妃，又是林家之人，故而齊獻王府為其準備的席位很靠前，聶靈素跟在她身邊自是受了多人的注意。聶靈素獨居許久，忽然被人盯著，渾身有些不自在起來。

「這些瞧著妳的人中，有豔羨的，有嫉恨的，也有在揣測我與你們聶家之間是否有什麼勾搭的，依照妳來看，妳更希望是哪一種？」林夕落這般問話讓聶靈素沉默半晌，隨後道：「我希望是最後一種。」

「哦？」林夕落挑眉看她，聶靈素道：「我想見福陵王，也想嫁他，我已經說服父親與母親了，此事還希望郡王妃能夠幫忙。」

林夕落對聶靈素的直白很是讚賞，她餘光看向聶夫人那方，又轉過頭來道：「福陵王如今身在西北，妳父母怎肯放妳離去？妳是個聰明人，妳父母的目的妳不可能不知道，原本便是以妳與福陵王的婚約來牽動著妳父親是否能再官位復職，可妳若遠嫁，幽州城內依舊沒有聶家的靠山，西北行宮未修建成，皇上恐怕也不會放福陵王歸來，妳怎麼辦？」

林夕落見聶靈素的目光垂下，繼續道：「妳對福陵王之情，我甚是同情，可妳身後也有一大家子，這是妳無法選擇的，靈素，妳想好我剛剛所說的問題再來尋我談此事可好？妳的年紀也不小了……」

聶靈素的眼圈兒裡水潤成珠，被她硬憋住沒掉下來。

林夕落所言她怎能沒有體會？想起福陵王給她的信上之言，她根本難以決斷。

一方是與她有婚約的王爺，一方是她的家族利益，聶靈素搖了搖頭，她就不能捨棄掉這些去追求自己的幸福嗎？

「我願意遠嫁。」聶靈素忽然道出四字：「即便家人不肯，我也願意遠嫁。」

林夕落看著她，「不要輕易下決斷，妳要顧好妳自己，有些事或許不是妳眼前這般……」

「我心甘情願。」聶靈素斬釘截鐵，林夕落心裡犯起了嘀咕，只想著福陵王，他對聶靈素不可能無利用之意，但聶靈素這一份心讓她不忍拒絕。

「我不會馬上答應幫妳，妳還是要回去與妳的父母商談，之後再來找我。」林夕落將此事打住，聶靈素輕咬著嘴唇，儘管心中有千言萬語也得暫時憋在心中。

轉頭看向聶夫人，聶靈素的目光中除卻怨懟之外，還有一絲乞求，聶夫人的心咯噔一下，這孩子不會做出什麼傻事吧？

此時胡氏與林三夫人一同前來，見到林夕落在此，自是同坐一席，只等著稍後葬禮的儀程。

有聶靈素在，胡氏只問一問小外孫，沒有說其他私密的話。唐鳳蘭來到此地打個招呼，便跟著唐夫人至一旁敘話。

「這個丫頭，嫁來如此之久還守著唐家的那些規矩，讓我看在眼裡不知說何為好，娘也是被妳給攪和的，如今看這等規矩也不順眼了。」胡氏看著唐鳳蘭，忍不住嘀咕幾句。

林夕落笑著道：「不是一家人，不進一家門，好歹有道牆隔著，您也甭去看。」

「這倒是。」胡氏有心提李泊言，可三夫人在，本欲出口的話便嚥回了肚子裡。

儘管她與林政孝已經認李泊言為義子，但他之前終究與林夕落有過婚約，在外人面前提起還是不妥。

外人？胡氏想到這兩個字，心裡感慨，她何時開始已經把三夫人當成了外人呢？

林家是真的散了嗎？

席面上只有一杯白水、一盤白豆腐，還有一杯酒。

用酒淨手，白豆腐食用，白水淨口，待這些事全部做完之後，林綺蘭的棺材起，齊獻王府眾人跟隨，而前來此地的賓客們便要停留。

「郡王妃，稍後前去墓地下葬，請問林府何人跟隨？」齊獻王府的總管前來探尋，林夕落看向胡氏，胡氏道：「已經商議好，由妳代表林家。」

「如若齊獻王與王妃不覺得我隻身前去失禮的話，那便只備我一人的車駕即可。」林夕落說罷，總管立即陪笑道：「哪裡哪裡，您能去便是最大的榮耀了，想必林側妃也是心安。」

林夕落點了點頭，王府總管便離去。

聶靈素也知把握時機上前道：「改日再去向郡王妃討教。」

「等著妳的消息。」林夕落起了身，先送胡氏與三夫人離去，才上了馬車。

浩浩蕩蕩的喪葬隊伍出了齊獻王府大門，林夕落此次行坐的馬車是齊獻王府特意準備，她臨上馬車時，看到其上懸掛的牌子已刻好「忠郡王府」四字。

秦素雲的心思著實細密……

林夕落未再過多感慨，上了馬車，跟著到墓地代表娘家確定棺材擺放的方位，齊獻王府的人才讓棺材落地。

手捧了一把土，林夕落率先撒在了棺材上，齊獻王府的下人們將陪葬之物一一擺入棺柩周圍之後，便開始用土掩埋。

七七四十九名和尚在此超渡念經，林夕落站在一旁聽著看著，想著曾經與林綺蘭的嬉笑怒罵，想著兩人吵嘴動手的情景就好似昨日發生。

一鏟一鏟土揮在棺木上，林夕落的心平靜下來。

秦素雲也親自來墓地看林綺蘭下葬，可謂是給了林綺蘭相當大的臉面……

「這人說沒就沒了，看著也挺心酸的。」秦素雲的臉色甚是複雜，她是知道真相的，如今親眼看林綺蘭下葬，她的心裡說不出的憋悶。

「心酸也不過是此時罷了，待離開這墓地，看不到墓碑，誰還想得起她？」林夕落話語雖刺兒，卻是實話。

秦素雲微微搖頭，只靜默地看著……

齊獻王此時正送周青揚與陸公公離去，陸公公能夠來此讓齊獻王極是高興，他的心中自沒有對林綺蘭過世的悲哀，只有陸公公親自到場的興奮。

陸公公能親自來，看來父皇對自己很看好……

齊獻王正興奮之餘，已經行至一半的太子車駕忽然停下。

「陸公公，請上馬車。」周青揚開口，陸公公怔住，「奴才怎敢沾殿下的車駕，不妥……」

「本宮讓你上來有何不可？」

「奴才一個廢人，汙了殿下……」

「本宮要你上來！難道本宮的話陸公公如今已不當回事，不從了嗎？」周青揚的話語有些嚴厲，讓陸公公的心中一顫，大感不妙，他多年的經驗告知他，這個車駕他必須登上。

陸公公磕頭之後才邁步上了太子的車輦，跪在一旁侍候。

「陸公公侍奉父皇已經多少年了？」

「三十多年。」

「都三十多年了，怪不得如今本宮看你已經有些力不從心了，你不如多讓下面的小太監做事，你也該多多休養，本宮是體恤你啊……」周青揚的話陰陽怪氣，陸公公心裡哆嗦，笑著道：「奴才能得殿下體恤實在是天大的榮幸。」

「來，陪本宮喝一杯。」周青揚將一杯酒遞到陸公公面前，陸公公眼中露出驚恐，周青揚又遞前一分，「怎麼？怕本宮下毒害你嗎？」

今日太子威逼飲酒的一幕始終在陸公公的腦中揮之不去。

儘管那杯酒入腹暫且沒有不適，但這股陰霾讓陸公公心中明白，太子容不下他。

可他跟隨肅文帝三十多年，也已年邁，太子這番待他又是為何？

陸公公不敢猜度太子的用意，而當他回宮更衣準備去服侍肅文帝時，卻見太子在與肅文帝敘話：「父皇，兒臣有一事要向父皇稟告，還望父皇應允。」

「何事？」肅文帝輕挑眉頭，目光充滿了審度。

周青揚拱手道：「今日陸公公與兒臣一同出行，兒臣看出陸公公幾次不適，卻仍在堅持著，父皇，陸公公年事已高，兒臣想不如請陸公公調教兩個小公公來侍奉您，讓他也歇一歇。」

肅文帝沒想到太子居然會說這個，驚訝之色於眼中一閃而逝，隨即漫不經心地擺手道：「朕心中有數。」

「那兒臣告退。」

周青揚退去，陸公公的心裡五味雜陳，太子這是要攆走他，要攆走他了！

陸公公平復好心緒便出現在肅文帝身邊，依舊是一杯茶入肅文帝之口便被他察覺到，淡笑道：「朕喝了你三十多年的茶了，若換掉的話還真是不習慣。」

「老奴願永遠追隨皇上。」陸公公回了話，肅文帝才初次仔仔細細地端詳他，「朕老了，你也老了。」陸公公未等回話，肅文帝又道：「晚上換那個小春子來為朕守夜吧。」

「皇上……」

「去吧去吧，你也多休息，朕還想繼續喝你的茶。」

肅文帝不願再說，陸公公只得離去，可他心底湧起一股不祥的預感，太子是不是忍不住了？

林夕落沒想到林綺蘭葬禮過後的第二天，聶夫人與聶靈素便找上了門。

丫鬟們上了茶，林夕落摟著暖手爐，逗著兒子，對聶夫人到此略漫不經心，讓聶靈素急了。有父母在，她這個做女兒的不能自議婚事，而且昨日歸家，她已與父母說起婚事。

聶方啟自是有幾分眼界，聽得聶靈素轉述林夕落的話後，他第一個反應便是福陵王有意讓他去西北。

聶方啟猶豫了，可搖擺不定之時，總會有一個契機讓人迅速做出選擇，而這個契機便是聶方啟的兩位弟弟到來，所提之事還是聶家過年祭祖的事。

聶方啟是家中嫡長子，往年祭祖都是由他出面，而這次兩位弟弟卻說要由他們一同主持，爭辯過後，他們還露出分家之意，讓聶方啟大惱。

嫡長子終歸是嫡長子，聶方啟仍然有他的霸氣在，斥得兩個族弟回去，隨後他便叫來聶夫人與聶靈素，只要福陵王能將他調去西北並娶他的女兒為妻，他聶方啟就認了。

故而今日聶夫人與聶靈素前來，也沒什麼再與林夕落周旋的了。

「郡王妃向來看好我們靈素，昨日靈素與我說起她與福陵王的婚事，我們這些做父母的也急，靈素的年紀不小了，福陵王遲遲未履行婚約，這件事我們卻不知該如何開口了，故而才想請郡王妃出面，不知郡王妃能否賞臉？」

聶夫人這話說得甚是客氣，還做出乞求之態，林夕落並沒有如以往那樣存心刁難，而是認認真真地說起此事來。

「聶夫人這是抬舉我了，福陵王雖然向來與郡王交好，可我這身分也不適合出面為福陵王作主不是？」林夕落緩緩開口，聶夫人急忙道：「哪怕是郡王妃肯為此事向福陵王去信一封……」

「這事兒我卻做不得的，如今郡王在外征戰，以命搏命，我還在這裡操心旁人家的婚事，這可不妥。我倒覺得這件事不如請聶大人自己出面，婚約是皇上定的，福陵王是否履行也應該你們之間去談，怎能讓我再插一手？不妥不妥！」

林夕落直接提了聶方啟，聶夫人嘆了口氣，餘光瞥向聶靈素，顯然聶靈素也聽出她的婚事是建立在父親與福陵王的交涉成功之後，若父親不肯答應福陵王的條件，她……就是孤老一生，福陵王也不會娶。

聶靈素快把嘴唇咬碎，林夕落使了眼色給冬荷，冬荷立即倒水送至聶靈素嘴邊：「聶大小姐，這是郡王妃最喜歡的暖茶，您也嘗一嘗。」

聶靈素一怔，察覺到自己的失態，連忙福身道謝，隨即坐於一旁不聲不響。

聶夫人自將這些動作都看入眼中，只得道：「我家老爺親自去談也不是不可以，但還是希望郡王妃能先幫著問一問，我家老爺畢竟不止是靈素的父親，其背後牽扯的關係也繁雜，若被福陵王給駁了，難免……會引出許多事來。」

聶夫人這是在為聶家加籌碼，林夕落又怎會不懂？

「還有這等事？我倒是聽說聶大人一直都閒在家中，許久沒有出去應酬了。」林夕落一針見血，「難不成是我聽了旁人傳的謠言？嗯……這也有可能，如今的人最喜歡亂說說。」

聶夫人的臉如火燒，尷尬地回道：「也偶爾與家人相聚，老爺雖然不再入職，但聶家的其他幾位老爺都還任職，故而也聽到、看到些消息來與老爺回報。」

「這般說聶大人可謂是高才了，我要好好地與福陵王說說了，這等人才還是留於幽州城為好，哪怕是留於家中也能為聶家其他子弟指點迷津，莫跟著去西北修那個行宮，豈不是屈才了？」

林夕落陰陽怪氣，聶夫人連忙道：「行宮乃是皇上最重視之事，哪裡談『屈才』二字？為皇上效力是聶家祖訓，想必我家老爺也會樂意前去……」

聶夫人心急之餘有些慌亂，她本想多說兩句自家老爺的本事，從林夕落這一方向福陵王傳個消息，孰料……她怎麼還犯了低估這位忠郡王妃的錯兒？

早些時候她們不就是聽聞她跋扈囂張的「匠女」之名才有今日的下場？

聶夫人心裡感嘆，這個女人可不是個省油的燈！

林夕落忍不住笑了，望向聶靈素，口中道：「既然聶家如此上心，我與靈素向來交好也樂於為她牽這條線，但我有言在先，聶家如若出爾反爾，莫怪我不客氣了。」

「不會不會，再也不會犯那等錯誤！」

聶夫人只差立毒誓了，林夕落也沒讓她說下去，這等人即便說了「天打五雷轟」又如何？還真能下一道霹靂不成？

誓言二字在仁義之人口中是誓言，在這等小人口中就是狗屁。

林夕落不再多說聶靈素與福陵王的婚事，而是問起聶家過年的族禮，從言談之中，林夕落已琢磨出聶方啟如今的窘迫，看來他是真有心去西北了，可福陵王他把聶家拽去西北又為何事？

聶靈素這事兒應該如何與他說呢？

聶家母女在此用過午飯之後便回了府，初次在林夕落這裡待這麼久，聶夫人除了渾身冒汗之外，心中也有刻意的成分。

如今忠郡王的名號還有何人比得上？能與郡王妃攀談如此之久可不是一般人能辦得到的。

她可不單單是要與林夕落交好，也要讓外面的人看一看，他們聶家長房不是那麼容易就會被人踩在腳下。

聶靈素隨同母親上了馬車，卻又忽然喊停要下去。

聶夫人驚了，即刻問道：「靈素，妳這是要做什麼？」

「母親，女兒還是回遠郊的小院兒去等候消息，那裡靜，我的心也能靜下來。」聶靈素的眼中帶了苦澀，「你們把婚事掰開了、揉碎了往裡面夾雜聶家利益權爭，女兒不願入耳，也不想自汙，我已經配不上福陵王了，望母親允女兒平靜幾日，以清心中積怨。」

「靈素……」聶夫人不等下了馬車，聶靈素已經吩咐聶家的人啟程。

聶夫人忍不住閉上了眼，她本是應該將聶靈素給拽回馬車硬拖回家中，那才是對聶家最好的安排，可是她看到聶靈素清秀臉上的悲傷失落，不知為何，就是下不去這雙手。

早晚都要嫁人的，而聶家或許還要靠她……就允她輕鬆幾天吧。

林夕落聽了侍衛的回稟不由得搖頭，聶靈素這丫頭還在跟自己較勁，拐不過來這個彎兒，可這樣也是好事，感情的事又怎能細細拆算？

越拆越冷，越算越淡，這便不是幸事，而是哀事了……

林夕落即刻行書一封，用雕字細細地將聶家的近況和事情全部表述明白，雕了一下午，才交給薛一道：「一共兩份，一份傳去給福陵王，另外一份給咱們爺，我也要聽一聽咱們爺是何意見。」

薛一離去，林夕落拋開這等繁雜之事，腦中湧現出魏青岩的身影：青岩，你何時能歸呢？

聶家的事情辦得極迅速，未過多少時日，聶靈素便派人送來了消息，稱信件已經送過去，福陵王也已有回音，會派人前來商談此事，還備了年禮送給林夕落聊表謝意。

林夕落此時正在看魏青岩讓李泊言雕字傳回的信，其上只標了一行字：聶家大族。

聶家大族又如何？林夕落沉思許久，難道福陵王有意借用聶家之勢做一些其他的事？

此事顯然魏青岩也知道，林夕落便不再多想，如今也就能有私下傳信這個方式，否則消息會有多麼閉塞？言行恐怕都要受很大的牽絆。

手裡轉著雕刀，小肉滾兒顛兒顛兒地跑過來搶。

「喊一句娘就給你玩。」

林夕落晃悠著手中之物，引誘小傢伙開口。

按說九個多月的孩子也應該能吐個字了，可這小子除了哈哈大笑、嗷嗷亂喊之外，一個字都不肯說。

「呃……」小傢伙滴溜著大眼睛，委屈地看著林夕落，那可憐狀好像受了多大的欺負，只差快掉淚兒了。

「不許哭，哭就揍你！」林夕落猛然冷臉，小傢伙立馬咧嘴，曹嬤嬤在一旁忍不住嘆了口氣，這是什麼娘啊？孩子還不到一歲呢……

看著小傢伙樂，林夕落才把他抱了懷裡玩。小傢伙對雕刀有興興，攥在手裡就比劃著，好在林夕落提前準備了個蘿蔔塊兒，握著他的小手一二三四地劃著，蘿蔔塊成了蘿蔔碎末子，小傢伙才肯甘休。

此時姜氏正好從外進門，看著小傢伙在鬧，連忙上前道：「哎喲，這小子從現在開始就玩刀，長大了還得了！」

「三奶奶，您得勸勸，昨兒玩的時候，小主子的手就被劃破個小口子呢！」曹嬤嬤算是尋得了機會，連忙上前告狀。

林夕落笑瞪她一眼，拍著兒子的肉屁股道：「一個臭小子，那麼寵著作甚？這院子裡全是大丫頭小姑娘，可不能讓他養嬌了性子，那我寧可把他塞回肚子裡！」

「得了得了，這話是越說越不對勁兒。」姜氏把話題揭過，又道：「明兒就年夜了，晚間你們母子能不能跟著大席？」

宣陽侯儘管病得不能起身，可侯府的年還是要過，即便這些當主子的沒什麼心思，可幾百口下人的眼睛都在看著……

林夕落尋思一二，點了頭，「侯夫人會出席？」

「就是她讓我來問的。」姜氏也沒有隱瞞，皺眉道：「總覺得她這幾天有點兒奇怪。」

「事必躬親，什麼事都要插嘴問一問再吩咐幾句，怎能不怪？」林夕落冷笑，姜氏搖頭，「不是這個，而是她時常面對著牆絮叨個不停，也不知她說的是什麼……」

「還有這事？」林夕落驚訝，姜氏點頭，「的確如此，我上次有意尋花嬤嬤問一問，孰料她卻不肯說。」

「那找個機會我來問問她，花嬤嬤跟在侯夫人身邊一輩子，早就了解侯夫人的性子，所以有些事她不願意開口，以免招惹了錯兒。」林夕落想著花嬤嬤最初還做過她的教習，不由對其有幾分好感。

姜氏笑道：「就是要妳去問，妳這性子也開得了口，我與妳三哥這身分如今是上不去下不來，尷尬得很。」

「我省得了。」林夕落將話題拋開，兩人說了明晚年夜大席時的準備，姜氏很快又被管事們請走，一堆瑣事等著她吩咐，還有一些是侯夫人吩咐下來的苛刻之事，管事們也是要過年的，根本做不得……

林夕落看著姜氏一臉哀苦地離去，也無奈一嘆，這哪裡有過年的氣氛了？

下晌，林夕落帶著兒子正在午睡，冬荷湊來在其耳邊道：「十三爺來了，您見一見嗎？好似還帶了豎賢先生的信。」

林夕落當即起身，「給他倒上茶，讓他等我。」

冬荷應下便去，林夕落將兒子帶去給曹嬤嬤，淨面之後才出了屋子，奔向前廳去見林政辛。

林政辛的神色也有些焦急，一杯杯茶牛飲般的下肚，秋翠就在一旁忍不住看著，一杯一杯地牛飲，她心裡的那點兒小情愫也被引了出來，望向林政辛的眼睛裡都快滴出了水兒了。

「十三叔來了。」林夕落率先開口，林政辛立即轉身，驚慌之餘連茶杯都碰倒了，茶汁灑了一身卻也不顧，客套話一句沒有，直接把林豎賢的信遞到林夕落手中，「豎賢先生送去我那裡，讓我轉交給妳，妳看看吧。」

林夕落見他這模樣便皺了眉，快速將信拆開，林豎賢筆跡潦草，寫的是林芳懿的事。

林芳懿這段時日可沒有消停，自那一日與她相見之後，太子的四子養在她身邊，而太子妃所生的兒子則養在另外一個和嬪的院子裡，再加上和嬪自己的孩子，那一方的勢頭很強，林芳懿沒有上位的把握。

可如今林芳懿身邊的四子重病，太子妃所生之子也是重病，而林芳懿不知用了什麼法子嫁禍給和嬪。和嬪被汙，一氣之下便鬧到了皇后那裡，皇后大怒，接連查問了東宮中的人。

原本勢頭對林芳懿不好，可林芳懿喊出了「忠郡王」的名號，稱她若死得冤，她的妹妹會為其討回公道。

皇后顧忌著林芳懿與林夕落的姊妹關係，怕皇上對此事不悅便按下了。

這件事林豎賢如此焦急地告訴林夕落，也是讓林夕落心中有個底，莫因此事被太子等人利用，反而對魏青岩不利。

林夕落反反覆覆地將這封信看了好幾遍，心裡想著林芳懿上一次的話，她的膽子真大，居然敢做出這等事來，想必她上一次前來與自己敘談那麼久也是早有謀劃。

與當朝風頭正盛的忠郡王一家有姊妹親情，皇后這時候對她下手若傳了出來，必會被人添油加醋，或許會被德貴妃與齊獻王利用，對太子來說不是好事。

林夕落揉了揉額頭，林芳懿會把她攪和進來她並不意外，因為上一次她雖說如若不成就是個死，可林夕落才不信她做出的那副委屈之狀，她當時並沒有開口反駁，是因為她即便把林芳懿罵出了個花，她回到宮中該如何做還是會如何做。

不過，這件事不單單牽扯到周青揚，還有一個更重要的人，那便是皇后。

想起上一次進宮被皇后召見，她便對這位母儀天下的女人有了戒心，看來這件事她也要提早做好打算，以免惹出什麼是非了……

將此事暫且擱下，林夕落與林政辛詳談起來，而林政辛擔心的是這件事被鬧開的話，他欲年後帶全家離去的計畫會否被破壞掉。

「如若我們不被允離開可怎麼辦？」林政辛看著林夕落，「總要再想出個法子來。我今日來找妳之時，三哥便將我堵在門口，讓我為此事來尋妳拿主意，更是說了我是林家家主等一堆屁話，無非還是希望我能將林芳懿給保住，我怕他不依不饒。」

林夕落心中的冷意更深，「這時候想起你是家主了？早幹什麼了！這件事你自放心，如若他問起，你便說這件事我也知道了，而我對於這位康嬪將忠郡王三個字給攪和進來很不滿，讓他先想辦法安撫安撫我這位忠郡王妃，否則我就進宮去見皇后娘娘，主動提議將康嬪嚴懲，莫汙我忠郡王妃之名！」

林政辛聽後目瞪口呆，半晌才猛一拍手，「好，就這麼辦，看他還有什麼說辭！我陪著媳婦兒一家子回去修祖墳，他若敢攔著我，我就把紙錢都撒到他的院子裡去！」

一提這等事，林政辛便能舉一反三，腦子動得很快。林夕落見他這副模樣，只得又囑咐道：「年後你離開之後安定下來，我會派人將物件一一送了你那裡去，還額外送你那裡一百個民丁，他們都是曾跟隨過我們爺的，你也要小心，知道嗎？」

林政辛鄭重地點頭，拍著胸脯道：「妳放心，一定萬無一失，待聯繫上姑爺，我便會派人來告訴妳。」

林夕落點頭，林政辛也沒再多停留，急急離去。

看著林豎賢的這封信，林夕落忽然想到他，他該怎麼辦？他會答應跟著魏青岩走嗎？

皇宮，祈仁宮。

林芳懿跪在地上發抖，周青揚站於一旁不知所措，他心中甚是疑惑，不知誰真誰假，更不知誰對誰錯，那個和嬪被他斥責兩句，居然忍不住苦，一條白綾把自己給吊死了。之前指認林芳懿有錯的，如今有的改了口，和嬪都死了，誰還做這等惡人？可皇后並不罷手，死死地盯著林芳懿，「妳還不肯認罪？」

林芳懿儘管在發抖，卻依舊不肯認。

那個賤人已經死了，皇后又有何證據不肯饒她？何況她有林夕落這位忠郡王妃在背後撐著，她不信皇后敢置她於死地。

林芳懿很了解林夕落，縱使她恨自己、討厭自己，但是涉及到忠郡王三個字，林夕落是絕不會坐視不管。

周青揚見林芳懿不肯開口，心中也有一些猶豫，轉身看向氣惱不休的皇后，婉言道：「母后，此事或許康嬪也不知詳情，不如……不如就這麼算了吧。」

「混帳！」皇后猛拍鳳案，「那是你的兒子！」

「可他們無事，和嬪又已經身故，她也是，事情都未弄明，何必……」周青揚有些煩躁，而且看向皇后的目光中有些門道，意欲私談。

皇后不肯答應，看向林芳懿道：「就憑妳那點兒心思還想瞞過本宮？老老實實說了，或許看在忠郡王妃的顏面上，本宮饒妳不死。」

「臣妾沒有做過那等惡事，是和嬪嫁禍於臣妾，望皇后娘娘明察。」林芳懿柔弱的辯解卻讓皇后大怒，「打她二十板子，看她到底肯不肯說，就在這裡打！」

「打！」

「皇后饒命……」

「母后！」周青揚沒有顧忌林芳懿被拖走，上前與皇后道：「饒過她，這件事或許可以賣魏青岩一個人情，他不收都不行。」

「本宮絕對不會放過這等惡毒的女人！」皇后看向太子，冷冷地道：「你還想護著她？」

周青揚嘆了口氣，「兒臣只想藉此與魏青岩……」

「不要說了，本宮不會答應你抬這等女人的位分！」皇后撂狠話，眉頭皺緊地盯著正在挨板子的林芳懿，卻見她咬緊了嘴，硬是一聲都不肯叫出來。

這股子韌勁兒讓皇后更是心煩，待二十板子打完，便厭惡地擺手道：「下去下去，本宮不要再看到她，讓她往後不允踏出東宮一步，若讓本宮看到她，就地杖斃！」

林芳懿被抬走，周青揚跟著離去，他的心中也有點兒厭煩，他沒想到一個和嬪的死會讓皇后如此動怒，藉著林芳懿的事牽扯住魏青岩也是幕僚為他所出的主意，畢竟齊獻王已有子嗣，他的太子之位岌岌可危。

如今再毆打林芳懿，顯然是在他的身上雪上加霜，他若能藉此拉攏魏青岩，不正是好事？

儘管他痛恨魏青岩，恨不得他馬上就死，但一想到他還需要時間來完成他的籌謀，他要的是穩住自己的太子位，可……可周青揚沒想到皇后會不答應，反而變本加厲地禁了林芳懿的足。

周青揚糊裡糊塗地回了東宮，更是糊裡糊塗地走到林芳懿的房間，看見宮嬤為其塗藥，那血肉一片不如她的臉色蒼白，更不如她將自己的嘴唇咬出一道道裂紋滲出的鮮血刺眼。

「妳好好靜養，此事想必忠郡王妃已經知道，如若她進宮來探妳……」周青揚之意還未等說出，便聽到林芳懿虛弱地說道：「殿下放心，臣妾不會有半句怪罪的……」

「那就好，本宮也是無奈。」周青揚說完，正欲轉身離去，卻聽林芳懿的聲音在其背後響起：「殿下，您凡事都聽皇后娘娘的，這是應該的，臣妾……臣妾認命了……」

林芳懿這話讓周青揚渾身一震，像是有根鋒銳無比的刺狠狠地穿透了他的心。

他自幼到大，凡事都聽從皇后的話，可如今……如今他還要聽，而且還是從林芳懿的口中聽到這樣的話，這不是同情，這是諷刺，這是嘲笑，讓周青揚從未有過的恥辱湧上心頭。

周青揚猛然回頭，冷冷地盯著林芳懿的臉，可看到她臉上露出的苦澀同情笑容，不由猛然嚷道：「本宮會有獨立的一天，也會讓妳看到，本宮絕對會讓妳看到！」

說罷，周青揚憤然離去，林芳懿閉上了眼，昏過去之前，她的心中只有一句話：我活下來了！

大年三十，林夕落一早就讓院子裡的丫鬟婆子們全都換上了新裝，她自己也尋了一身湘色軟緞琵琶襖，臉上輕撲了點兒脂粉，髮髻上依舊是與魏青岩一人一半的銀針素簪。

別在髮髻上，好似能夠感受到他就在身邊，林夕落很想他，如今沒有這孩子的爹在身邊，她只能抱著小傢伙過年了。

林夕落穿戴完畢，便前去側間看曹嬤嬤為兒子打扮。

這小子已經能站在地上顛兒兩步，羊皮小靴子、裘皮的小帽子，一身亮藍的小襖外，裹了一層狐狸毛披肩，本就肥胖的小身子如此裝扮更像個球了。

看到林夕落進來，小傢伙咧開嘴伸手要抱，林夕落蹲下將其抱在懷裡，「你這小子越來越沉，再大點兒娘就抱不動了！」

吧嗒地親了一口，口水沾了林夕落滿臉，剛塗好的脂粉被抹去了一片，林夕落喚來冬荷道：「取個濕棉巾來吧，有這小子在，什麼塗了臉上都白搭。」

擦拭過臉，林夕落便抱著小傢伙往侯府的主廳而去，臨去之前，林夕落已告知秋翠給下人們發了賞錢，而且比去年多一倍。

故而林夕落抱著小傢伙一出門，院中的丫鬟婆子立即跪地拜年，「郡王妃大年吉祥，小主子日夜平安！」

「賞！」林夕落一句話把秋翠給說愣了，剛剛已經發過賞銀，怎麼還賞？

「去拿吧，這是幫著咱們小肉滾兒賞了。」林夕落吩咐完秋翠，又轉身看向眾人道：「有能回家過年的，就好生過個年。在此地留職守夜的，也好生吃一頓年夜飯，人最重的就是團聚、和氣，和氣生財，都散了吧。」

「謝郡王妃。」眾人齊拜完畢，便各自領了賞錢，笑得合不攏嘴地跑開了。

秋翠猶豫，林夕落道：「晚間帶著秋紅，跟妳爹娘和兄弟一同過年去，我身邊有冬荷即可。」

「奴婢不離開……」秋翠有些捨不得，林夕落瞪她一眼，「再猶猶豫豫的，我可真不讓妳走了，賞錢也扣掉！」

秋翠一怔，冬荷笑著推她，「快走吧，小心我怕寂寞，真把妳留下陪我！」

「妳怎會寂寞？妳身邊還有薛一。」秋翠回逗了一句，讓冬荷瞪了眼睛，咬唇嗔怒，真的不搭理她了。

秋翠這般說辭卻讓林夕落愣了，合著薛一還真與冬荷有來往？

這小子哪兒去了？

林夕落左顧右盼地尋著，冬荷忍不住道：「薛一……薛一說他今天出侯府辦事，下晌會回來守著您。」

「往後他就跟妳請假便是，不用問我了。」林夕落這話說完，冬荷點頭，而後才反應過來林夕落是在逗她，原本就通紅的小臉更是燙得發紫，羞得快滴出淚兒來。

林夕落拽著她道：「這是幹麼？一個男人罷了，看不上他再選別人。走了走了，大過年的不許哭鼻子，咱們得樂呵著。」

冬荷扭扭捏捏地跟著離去，秋翠則帶著秋紅將院子裡的人安頓好，隨後與陳嬤嬤等人一同回家過年。

林夕落一行人到了侯府的主廳，魏青羽、魏青山早已在此，姜氏來回忙碌著，齊氏則管著所有的孩子，大大小小也有六七個，而剛生了的還在一旁睡著。

看到林夕落帶著兒子進門，眾人的臉上都露出了喜意，「五弟妹這般早。」

「三哥、四哥過年吉祥。」林夕落故意行了禮，隨後轉身看到齊氏，「四嫂看著孩子們夠累的，我來幫妳。」

齊氏站在那裡猶豫著是否要向林夕落行禮請安，可見她給孩子們分著壓歲銀子，依舊把自己當成老五家的媳婦兒，沒有端著忠郡王妃的架子，不由鬆了口氣，笑著一同張羅著孩子們的事。

魏青羽與魏青山互看一眼，都放下了心，也上前看顧著孩子們，氣氛慢慢熱鬧起來。

侯夫人正在宣陽侯床邊，看著床上這個躺著的鬚髯滿面的病人，臉上毫無表情。

她已經在此坐了兩個時辰，一動也不動，更是一言不發，就這樣看著他。

花嬤嬤在一旁陪著，她的心裡除卻無奈之外，不知道用什麼樣的言語來形容他們的狀況。

侯夫人忽然開了口：「他到底是誰的孩子，您為何不能告訴我？您醒來告訴我，他到底是誰的孩子？那個謠言到底是不是真的？如若是真的，您為何不告訴我？為何？」

聲音不大，可花嬤嬤卻是聽清了侯夫人的話語，震驚之餘，卻又聽侯夫人道：「這等事情您如若告訴我，我怎麼會那般待他？我怎麼會任自己兩個兒子與其相爭而死？青石與青煥都是你害死的，都是你！」

「夫人！」花嬤嬤忍不住出口想阻攔，可侯夫人卻癲狂得大哭不止。

外面原本熱鬧非凡喜氣洋洋的喧鬧聲頓時停了下來，只聽著這哭聲傳至遠方……

宣陽侯府的年夜飯吃得如同嚼蠟一般，雖然侯夫人出席時重新淨了面更了衣，可她蒼腫的眼睛和其中布滿的紅色血絲都顯露著她的哀傷。

若不是花嬤嬤稱侯爺還在，眾人還以為侯爺已經沒了……

侯夫人沒什麼興致，可依著規矩也要與眾人用飯過後看花燈焰火，而後等著吃年夜餃子。她在此地一坐，其他人沒什麼交流外，連孩子那一席也都悶聲不語，分毫沒有過年的喜慶。

旁人顧忌著侯夫人的情緒，林夕落也不多話，可這屋中卻有一個人不賣侯夫人的面子，那就是小肉滾兒。

這小子已能慢慢地顛兒幾步，吃用過後便想下地亂竄，但林夕落此時在席上，自不能帶著他到處玩，只得抱著他在桌上把玩小物件。

可玩歸玩，這小子天生就有破壞力，什麼東西到他手裡都能給磨壞。

物件一壞，稀里嘩啦的聲響，緊接著就是丫鬟婆子們收拾，還未等收拾完，又壞一件……

林夕落翻了白眼，這小子到底繼承了他們倆誰的性子啊？整個敗家子啊！

這方忙碌不堪，其他人是呆若木雞。侯夫人的眉頭緊鎖，可大過年的她也不好翻臉，何況她如今對魏青岩的身世不清不楚，斥責的話到嘴邊就是說不出來。

這股子悶氣只能憋在心裡不能發散，讓她原本就哀傷的臉再掛上一層怨氣，難看得不得了。

「咯咯咯……啪！」

笑聲夾雜著碎碗的聲音，林夕落忍不住揪著他的小手拍幾巴掌，「臭小子！」

「碎碎平安！」姜氏立即在一旁念了吉祥話，婆子們立即將碗收走，侯夫人忍不住道：「飯用得差不多了，就帶著他出去看放煙花炮竹吧。」

儘管侯夫人是在攆人，可眾人無不鬆了一口氣，林夕落當即帶著兒子便往外走。侯夫人想要喝暖茶，花嬤嬤正欲回筱福居去取，行至門口時卻被林夕落給堵在中途，只得笑著請安：「郡王妃。」

「花嬤嬤何必這樣客氣，妳我之間的情分，我可還都記在心裡。」林夕落把兒子交給曹嬤嬤，她則與花嬤嬤到一旁私談。

花嬤嬤腳步頓了下，跟著林夕落同行，她知道林夕落有事相問，而她也有事要稟。

「聽三嫂說起近日裡侯夫人的身子不太好？」林夕落率先開了口，花嬤嬤半晌才點頭，「侯爺重病，夫人傷心是在所難免，而之前她的身子便不好，如今雪上加霜，卻又不肯就醫。」

「她終究是侯府的夫人，她口中絮絮叨叨，這模樣若被外人看到，對侯府的名聲也不佳，花嬤嬤沒有勸一勸她？我也可以親自去請幾位太醫來為她診病。」

林夕落的話並非客套，花嬤嬤自是看得出來，可她依然搖頭，「侯夫人心中已經沒有奔頭了，老奴說過多次，她依然不肯請大夫來瞧病。」

「有一句話我不知當問不當問。」林夕落看著花嬤嬤，「今日開席之前，聽說侯夫人在侯爺的院子裡大哭一場，而飯食之間，我總覺得侯夫人看我們母子的目光甚是奇怪，這又是為何？」

花嬤嬤不想說，林夕落又道：「侯府都是一家人，妳不說，不但對侯夫人不利，對三爺和三奶奶也不利，妳可要好生地想一想，三爺已是世子，侯爺臥病在床，已多次有人提議讓三爺現在就承繼了爵位，可三爺顧忌的就是侯夫人，所以才推辭至今。侯夫人如今的狀態只會讓侯府走下坡路，花嬤嬤，妳也不想看到外人戳著侯夫人脊樑骨指指點點的吧？」

花嬤嬤面露難色，終究說道：「侯夫人沉於過往無法自拔，而她……她憎恨侯爺的是，是她沒有感覺到夫妻間的信任。」說到此不由得嘆氣，「五奶奶，老奴再這般稱呼您一次，懇請您與三爺、三奶奶說，請三奶奶凡事硬氣一些，不必再顧忌侯夫人的感受，侯爺打下的一片天地總不能因這樣的日子苦熬沒了。侯夫人如今的狀態很不好，她不能平下心來為當家作主了。」

「這是妳想說的？」林夕落看著花嬤嬤，花嬤嬤點頭道：「這也是老奴想與您說的。」

「我會轉達的。」林夕落說罷，則是道：「花嬤嬤勞苦功高，我都記在心中，我一定為妳安置妥當。」

花嬤嬤當即答：「老奴就孤身一人，何處都可安家。」

林夕落拍著她的手搖了搖頭，「妳的苦我心中明白，這等話語不再多說了。」

「老奴要快去為侯夫人取她的暖茶來……」花嬤嬤不敢耽擱太久，福身過後匆匆離開。

林夕落看著她蹣跚的背影，花嬤嬤能有讓三爺與三奶奶挺身的建言的確讓她很驚訝。

想起花嬤嬤剛剛說的侯夫人覺得侯爺對她沒有信任，她不由得搖了搖頭，她其實已經聽到丫鬟們的回稟，是侯夫人聽到了魏青岩的身世謠傳，因此憎恨侯爺……

可她知道了就會對魏青岩另眼看待嗎？

或許會，可侯夫人也會讓魏青岩成為讓她兒子升官進爵的工具，哪裡會容魏青岩有如現在這般的榮耀？

怪侯爺倒不如怪她自己，若不是她對魏青岩如此狠心，挑撥兄弟之情，侯府怎麼會有今日的慘狀？她的兒子都死了，孫子也沒了，這就是報應嗎？

林夕落默然，看向遠處正在看著焰火炮竹的兒子，不由得露了笑。

焰火綻放於夜空的瞬間，她想起遠處的他：青岩，你何時能歸呢？

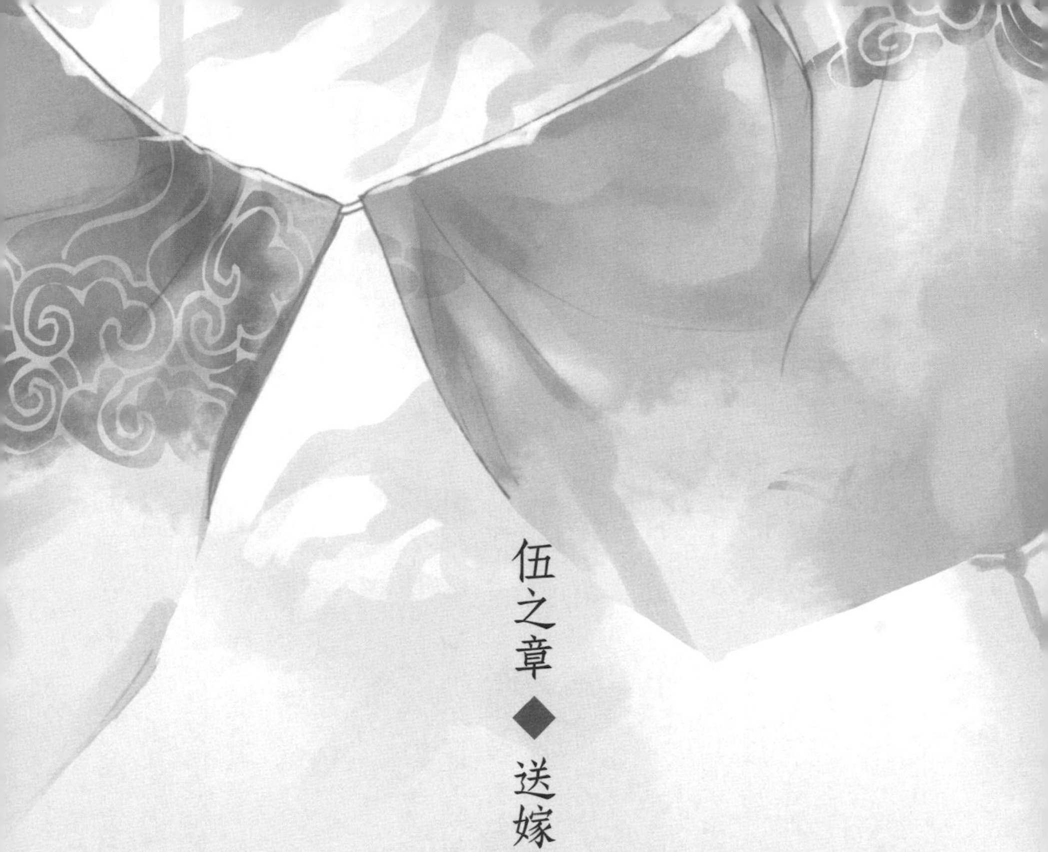

伍之章◆送嫁脫身彌罅漏

與此同時，皇宮之中，肅文帝大宴諸妃嬪諸皇子，太子與齊獻王率先就座，其他人也一個不落。唯獨少了福陵王，他向來自由慣了，不在此地過年也不稀奇。

可皇后看得出來，肅文帝不高興，儘管德貴妃笑語頻頻，肅文帝也只是淡笑，並沒有上心。

德貴妃很受傷，皇后只作壁上觀。歌舞昇平，美女如雲，皇子們接二連三地上前叩拜，肅文帝不過是一句「賞」就打發了，與以往相差甚遠。

德貴妃與齊獻王對視一眼，齊獻王起身道：「父皇，兒臣帶著您的皇孫向您敬酒，願父皇萬壽無疆！」

肅文帝看向他，再看著他懷中的嬰兒，「這麼小的傢伙敬什麼酒？坐下吧，別折騰他了。」

齊獻王這步子沒邁出去，尷尬地站在原地，腳卻不知該怎麼收回了……

「皇弟，皇兄敬你一杯！」周青揚起身，看著齊獻王道：「你我兄弟多年，皇兄一直都羨慕你善騎射，如今又有了子嗣，本宮甚是替你高興！」

周青揚這番做派儘管讓齊獻王不喜，可當著肅文帝的面，他只得端杯找臺階道：「謝皇兄，這杯酒皇弟乾了！」

齊獻王一飲而盡，周青揚的大度讓肅文帝點了點頭，「關起門來就是一家人，舌頭也沒有不碰牙的，昨日朕的嘴裡就掉了一顆牙，朕就在想，最親近的東西丟了才想得起它的重要，如國境被小國侵擾，朕才想得起派兵討伐，卻沒有早早料到百姓之憂，這是朕的過錯。」

肅文帝頓了下，看向眾人，「國之大勢，還都得由你們來承擔，文也好，武也好，這才是大周萬民之興！」

「吾皇萬歲萬歲萬萬歲！」周青揚與齊獻王齊齊跪地稱頌，皇后的眉頭忽然皺起，隨後舒展開與肅文帝道：「皇上如此一說，倒讓臣妾想起如今在邊境的忠郡王了，皇上與臣妾、諸妃、諸子在此飲酒，他們卻在冰天雪地之中為百姓打仗，這卻讓臣妾有些心中難安了。」

「皇后所想正是朕所想！」肅文帝提了精神，「皇后大義，朕敬妳！」

皇后福身飲下，餘光瞥到德貴妃臉上的怨恨，又開口道：「既然如此，皇上不如下令讓忠郡王的王妃與其子進宮可好？臣妾親自向這位英雄之妻敬酒，當作撫慰眾官兵了！」

「好！」肅文帝大喜，「傳，忠郡王妃攜其子覲見！」

宣陽侯府的焰火還未綻放一半，年夜餃子剛擺上桌席，正等著時辰一到，鞭炮開響，下筷慶歲，門外有人匆匆跑來：「各位主子，宮裡來人了！」

「嗯？何事？」侯夫人即刻相問，下人答道：「是皇上傳召郡王妃與小主子進宮的！」

林夕落瞪眼，侯夫人筷子落地，呢喃道：「不是這家的人就吃不上這家的飯，即便飯已至嘴邊都不容嚥下，這可是老天爺的懲罰？」

林夕落意外過後便是慎重以待，大過年的被召進宮中能有什麼好事？

宮中想必皇后諸妃俱在，眾位王爺皇子也都在，她帶著兒子就這樣堂而皇之地進去？肅文帝這是明擺著把刀刃指向他們母子，縱使他是真慈愛，可其他人呢？巴不得他們母子死了吧？

林夕落暗自抱怨肅文帝心血來潮，急急忙忙帶著兒子回郁林閣去更換衣裳，便出門上了馬車，往皇宮而去。

原本以為是陸公公前來，可今日總管太監卻換了個人。

「陸公公今日歇了？」林夕落故作隨意問起，此太監連忙道：「陸公公在皇上身邊，皇后娘娘派奴才來迎郡王妃。」

皇后？林夕落閉嘴沒有再問，只使了個眼色給冬荷，冬荷忙掏出一包銀子塞入此人手中。

太監笑著道謝，隨即吩咐侍衛快著些，更送來了毯子和熱茶，連燒著的暖爐中都添了銀炭。

林夕落看著陪在一旁的冬荷，「稍後我帶著孩子進宮，妳就在馬車裡等著，吃的喝的別虧了自個兒，大過年的還讓妳跟著跑出來……」儘管林夕落坐了宮中派來的馬車，但她臨走時還是吩咐侯府侍衛再跟來一輛。

冬荷點了點頭，「您放心，奴婢不會虧著自己的。」

林夕落微微一笑，看著冬荷身上的狐皮大衣，調侃道：「這衣裳可看著眼熟。」

冬荷臉色刷的便紅了，「都是那個薛一……」

「有人疼妳還不好，我也能放心了。」林夕落說罷便靜下心來想進殿後可能見到的人、可能發生的事，她必須做好準備，否則說不準一腳就踩進何人挖的坑中，想再脫身可沒那麼容易。

皇衛的行進速度很快，沿途焰火綻放夜空中，絢麗至極。到了皇宮後，林夕落將兒子抱在懷裡，快步跟著往後殿行去，小傢伙此時正醒著，大眼睛朝著天空亂看，時而伸出小手指來指去，口中嘰哩咕嚕的也不知說的是什麼。

後殿之中熱鬧非凡，酒樂歡歌，太監向肅文帝通傳後，肅文帝當即道：「先停了，讓那娘倆兒進來吧。」

「是。」太監躬身退後，朝門口擺手，門口的太監宣道：「忠郡王妃到！」

皇后與德貴妃等眾人的目光齊齊投向門口，她們儘管沒有見過林夕落幾次，可對她的所做所為卻耳聞不少。

德貴妃看向正走進來的林夕落，目光中帶有幾分玩味兒和不喜。德貴妃對她的不喜完全是基於林綺蘭，德貴妃對此女甚是厭惡，故而連林夕落母子她也沒有好感。更何況此女是皇后召進宮的，合了皇上之意，皇上還誇讚了皇后，讓諸妃嬪要習學皇后之德，這讓德貴妃心裡一百個不舒坦，故而對著林夕落也沒了什麼好眼色。

但肅文帝的心情甚佳，德貴妃自不敢在這時候胡亂開口，除卻眼神不喜之外，她的臉上依然掛著笑，這股子神態可不是一般人能做得出來的。

林夕落低頭緩步地帶著兒子往裡走，身邊有無數的目光朝向他們投來，目光雖火熱，卻讓披著大氅的林夕落毛骨悚然，因這些眼神沒有一個是善意的……

「臣妾拜見皇上，皇上鴻福齊天！拜見皇后娘娘，皇后娘娘千歲！」

林夕落拜完起身，德貴妃未等肅文帝與皇后開口，搶先道：「本宮還是初次見到忠郡王妃，抬起頭來讓本宮看一看是何樣的美人？」

德貴妃的聲音天生柔嗲，這「美人」二字一說出口，讓林夕落頓時起了一身雞皮疙瘩。

林夕落並不認得德貴妃，雖然知道此人，但這時候未有人引見，她不能隨意行禮。

皇后看出了林夕落的尷尬，便開口道：「這位是德貴妃。」

「臣妾拜見德貴妃娘娘，未能識得貴妃娘娘，還望您恕罪。」林夕落福身，德貴妃輕笑，隨口道：「妳當然認不出來，本宮又沒有見過妳，如若未曾相見就能認得，妳豈不是成了能掐會算的術士了？」

「行了。」肅文帝的臉色略有不喜，淡淡的兩字便打斷了德貴妃的話。

德貴妃驚了一下，連忙閉嘴退後。肅文帝向來不理她們這些宮妃的鬥嘴，更喜歡她的直率性子，想什麼說什麼，可她只說了這忠郡王妃一句就被打斷？

未等德貴妃緩過神來，皇后笑著擺手喚林夕落道：「快把懷中的小傢伙放下來吧，他如今也是個胖小子，抱了這麼久，妳不累他都累了！」

「謝皇后娘娘。」林夕落謝過後便將兒子放下。小傢伙站著揪著林夕落的衣角四處看，顯然是被宮中的富麗晃得眼花繚亂，而且又有許多陌生人，讓他一時沒有動作，只慢慢看過去，好似在辨認哪個才是他熟識之人。

林夕落要說話，肅文帝卻擺手不允任何人開口，就這樣喜孜孜地看著小胖娃，想要看他做出什麼反應。

小傢伙終於看到肅文帝那裡，腦袋轉過去又轉了回來，這衣裳的顏色他認得，這個面孔他也認得。小傢伙立即咧嘴笑，指著肅文帝就要往那裡跑。

「呃……咕……耶……爺……」

嘰哩咕嚕的喃喃自語，最後二字卻讓眾人驚了。

爺爺？這小子看到皇上居然會說出這樣的字眼兒來，這是他們故意教的嗎？

皇后也驚了，瞬間看向林夕落。林夕落目瞪口呆地看著這小傢伙不停地拽她往肅文帝的方向去，可即使感受到氣氛詭異，她也只能裝作不知道。

德貴妃的諷刺她已經聽在耳中，如若此時刻意解釋小傢伙指著肅文帝喊「爺爺」，那豈不是成了她居心叵測？

林夕落拽著小傢伙轉身，小傢伙看向其他人，又看到齊獻王，似也覺得面熟，小手一伸，口中又道：「耶……」

齊獻王滿臉抽搐，指著自己的鼻子，「本王還成了爺爺了！」

「我呢我呢？」旁邊一個年紀很小的皇子指著自己問。

「耶耶耶！」小傢伙這話一出，眾人皆鬆了口氣，隨即哈哈大笑起來。

「這小子，逮誰都喊爺爺，這是討壓歲銀子呢！你們都別太摳門了，還不快把好東西掏出來賞了他？」肅文帝喜笑之餘便指著眾人掏腰包，齊獻王是不悅地搖頭，「魏青岩就是個混不吝，他這兒子到處喊爺爺要賞，這爺倆兒沒一個省油的燈啊！」
秦素雲此時也在，可是在齊獻王的後席之中，輕輕一碰齊獻王，便遞上了一塊羊脂美玉。
齊獻王瞪了眼，秦素雲便悄悄地擺了擺手指，示意他在此事上不要摳門。
「來，這是你齊獻王爺爺賞的！」齊獻王將物件扔過去，嘴上也得討兩句便宜。
肅文帝讓陸公公跟著接賞，林夕落帶著兒子硬著頭皮把這正殿內所有人的賞賜接下，這些可都是皇親，而且肅文帝也說了不許摳門，哪一個物件不是好東西？
這小子……這小子什麼時候會喊「爺爺」的呢？
物件收完，陸公公派人將東西拿下去收好。皇后好人做到底，看著小傢伙道：「皇上，臣妾上一次見他還是個嬰兒，如今都會走了。」
「帶他過來給朕看看。」肅文帝一擺手，自有太監領著小傢伙上前。
小傢伙倒是不怯場，被外人領著就奔著肅文帝而去。
吭哧吭哧爬上肅文帝的身上，隨即揪了皇上鬍子一把……
「哎喲！」肅文帝疼痛之餘不由大笑，「這小子，過年也不忘朕的鬍子！」
一老一少的嬉鬧讓眾人心裡極不是滋味，而周青揚看了許久卻一句話都未說。
不是他不想說，而是他不知該如何開口。皇后今日要將好人做到底，他開口自不能是頂撞，而是要附和，可周青揚發自內心不想誇讚這個小傢伙。而且看著他，便會想起太子妃當初說的那顆與自己一模一樣的黑痣，他的脖頸處便火辣辣地疼。
皇后逗著小傢伙，見林夕落獨自站在那裡，便喚人在近旁擺設了桌席，「來本宮身旁坐著，也看著點兒這小傢伙。當初還是個只知吃奶的小傢伙，如今都能叫出話了，膽子也夠大，不愧是忠郡王之子，將來定能成為一國大將，承繼其父親的威名！」

皇后這話看似誇讚魏青岩與魏文擎，可她在說此話的同時，餘光掃了兩眼德貴妃。

德貴妃的娘家也是武將出身，皇后越是誇讚魏青岩，便越是擠兌德貴妃與齊獻王。

林夕落只覺得氣氛不對，卻還未想到事情的關鍵，可不容她細想，有人已反擊了……

「大周國開疆擴土，怎能是一人之功？讓臣妾來說，但凡是軍將良兵都是英雄！」

德貴妃這話算是徹底與皇后槓上了，說罷此言，德貴妃又看向林夕落道：「聽說忠郡王妃喜好雕藝，今兒是大年夜，妳總不好空著手來吧？可是準備了什麼物件孝敬皇上？不如讓本宮也跟著開開眼。」

德貴妃的陰陽怪氣讓肅文帝沉下了臉，可他依舊端坐在那裡哄逗著小傢伙，好似沒有聽見德貴妃的話一樣。

皇后皺了眉，她自知德貴妃此舉是頂撞於她，但事涉皇上，皇后只得看向林夕落……

「臣妾之前因犯錯被皇上懲罰，每日雕佛珠一顆，今日便全部帶來獻給皇上。」林夕落早有準備，她倒沒想到今日德貴妃會衝著她來，只想著把這些物件送給肅文帝聊表敬意。

可既是德貴妃開了口，她便趁著這個時機把物件奉上。

肅文帝抬了頭，「哦？那便取來給朕看一看，朕也要比一比，看這些佛珠與妳送給陸公公的有何不同。」

林夕落立即從隨身帶來的箱子裡捧出了一個水晶甕。這是由麒麟樓的匠師們將紫晶原石打磨成的一尊甕罈，晶亮中透著紫晶的紋路，光彩耀眼。

甕中是林夕落所雕刻的佛珠，拇指大小一顆，都是笑佛的面容，栩栩如生，特別是林夕落盤養的工藝讓這佛珠的光芒盡顯，又有紫晶甕襯托，更顯得莊嚴。

每一顆佛珠由絲線串好，而每顆之間還有象牙的牙片間隔，牙片的正面上密密麻麻的小字是

《般若波羅蜜多心經》的經文，而另外一面則是肅文帝自登基以來的功績。

修水利、降賦稅、滅奸臣、開疆擴土等等的大事小情，每一大事件都刻在牙片的背面，七十八顆珠子，七十八件事。林夕落呈上道出後，整個殿中靜謐無聲。

林夕落繼續道：「皇上要臣妾雕刻佛珠至忠郡王戰勝歸來，時至今日才刻了七十八顆珠子，還會刻下去。今日獻與皇上，願皇上壽與天齊，也佑將士們早日安穩歸來，闔家團聚。」

「好！」肅文帝的情緒很激動。

大周國的文臣們對肅文帝有褒有貶，有人認為他冷酷無情，有人認為他王者霸氣，可史書上無論如何留墨，都比不得林夕落所雕刻的這一串佛珠。

肅文帝自登基以來做過多少事他自己或許都記不得，更有文臣不認同。

青史留名，哪位萬人之上的皇帝不怕留下惡名？又有誰不願所做之事能傳於後世？

文臣的作用就是一張嘴，而這一張嘴也是皇上最頭疼的事。

林夕落一個女人，能夠默默地做出這樣的壯舉，這實在是讓肅文帝出乎意料，更讓他重新審度林夕落：這個女子……不得了啊，難怪那個小子會看上她！

肅文帝的喜悅溢於言表，所有人都能夠感受到肅文帝的激動，可他們臉上的笑容並非是對林夕落這做法的欣賞，更多的是妒恨。

皇后儘管心中驚駭，卻依舊笑著與肅文帝共賞這串佛珠的精美。德貴妃在一旁咬著嘴唇，笑也不是，氣也不是，只恨自己這個惡人當得不爽利。這一會兒她才發現上了皇后的當，她推舉忠郡王不就是為了惹怒她？

齊獻王只盯著肅文帝懷中的小傢伙看個不停，他自己也生了兒子，可他的兒子卻比不上魏青岩的兒子受寵，他的心底怎能沒氣？

可想到他的兒子還允上殿過年，而太子與太子妃所生的兒子壓根兒沒允上殿，只有幾個庶子在後方悶聲不語，他的心裡又平衡了些。他的兒子起碼還得了皇上看兩眼，比上不足比下有餘，但他好歹是個王爺，魏青岩是個什麼東西？

齊獻王連嘆幾口氣，秦素雲卻沒有這種嫉恨的心態。

她向來是懂林夕落的，這個女人看似潑辣，其實心細無比，絕對不會做出任人宰割之事，即便之前沒有準備，也會想出辦法來搪塞。

不過德貴妃對林夕落不喜倒讓秦素雲略有無奈，她一直都在德貴妃面前說林夕落的好，可惜德貴妃時常為此斥責她，說她不顧大局，此等人只能利用不能深交。可秦素雲卻知道林夕落這種人怎能是被人利用的？即便想與她深交，她也不見得願意。

身在高處太久，已經忘卻了人與人之間還有「喜」，還有「情」，這或許就是宮中人的悲哀？

周青揚在一旁面沉如墨，他的心中已經複雜到了極致。

他是太子，可如今皇上與皇后正笑著對待的孩子並非他的兒子，或許……或許還是皇上在外生的野種的兒子。

所有的功勞、所有的成就都由這個野種領受，誰才是皇上的嫡子？誰才是承繼皇位的太子？如若之前只有肅文帝一人如此還罷，可如今他的母后居然也……

周青揚承認是他自己對今日的狀況鑽進了一個無法拔出的漩渦，可頭腦中的理智與情感相互碰撞的慘狀讓他無法承受，只能呆若木雞、啞口無言地看著，看著這貌似溫馨的場面在不停地吞噬他的心。

周青揚的手攥得很緊，關節所發出的聲響讓周圍的人都聽入耳中……

林夕落平靜地跪在地上等候肅文帝開口，儘管她知道這一舉措或許會招惹更大的麻煩，而這個麻煩便是肅文帝的誇讚。可她即便退讓，旁人會放過她嗎？即便她以禮相待，旁人就不找她麻煩嗎？

不會，絕對不會！所以她就要高調到極致，高調到除了肅文帝之外，無人敢招惹他們母子！這就是她的策略，也是她自保的方法。

儘管這個方法有很多漏洞，可她也不得不選擇它，因為這是最有效的，只要肅文帝不死，她母子二人便能平安無事地等到魏青岩回來。

肅文帝上下打量著林夕落，言道：「妳的雕藝朕欣賞，妳的這份心朕更欣賞！」

「謝皇上。」林夕落再次拜謝，肅文帝擺手道：「起來吧。」

林夕落起身，皇后喚她到剛剛的位子就座，「坐下吧，這一晚上可把妳累壞了。來，給忠郡王妃上幾道補品，在本宮的側殿內收拾出一間屋子來，太晚了，他們母子不能連夜歸府，就住在本宮的祈仁宮。」

「還是住臣妾的宮中更好，臣妾喜好雕品，也正好藉此機會讓忠郡王妃為臣妾選幾件合適的佩品。她與齊獻王妃又是老相識，在臣妾那裡也能敘敘舊，免得被規禮束縛，這哪是來過年的，不成了來受罪的？」德貴妃忽然插嘴搶人，讓皇后一怔，剛想出口說林芳懿，卻猛然想到林芳懿還傷重臥床，不提為好。

肅文帝看向齊獻王身後的秦素雲，隨即道：「那就去德貴妃宮中歇著吧，朕先帶著這小傢伙去看焰火，看看他的膽子到底有多大！」

說罷，肅文帝起了身，陸公公接過了小肉滾兒跟在肅文帝的身後直奔外殿而去。

皇后忙起身隨駕，可起身之餘與周青揚四目相對，看到了周青揚目光中的不解。

「隨著你父皇去。」皇后輕聲囑咐，周青揚的腳步遲疑，卻被齊獻王搶了先，率先上前連說帶笑，讓肅文帝笑語連連。

皇后對周青揚的遲鈍有些失望，只得隻身前去與皇上同樂。今日她是主張讓林夕落帶著魏青岩的兒子一同與皇上過年的，那這個好事她就要辦到底，否則被德貴妃搶了去，她豈不是前功盡棄了？

眾人各有各的心思，待焰火放完，肅文帝便先回宮。

林夕落帶著兒子跟著德貴妃一行人去了西宮，這時也才能與秦素雲說上兩句話。

德貴妃吩咐宮嬤為林夕落與秦素雲準備了寢間，便只找了齊獻王私談。她讓林夕落來西宮就是為了與皇后較勁，根本不想與林夕落套什麼親近。

秦素雲陪著林夕落在屋中敘體己話，而德貴妃則與齊獻王對今日之事洩憤地道：「瞧瞧今日皇后的傲氣，你怎麼不藉著這個機會向你父皇請戰，將魏青岩給替換回來？好好的功勞全都讓他一個人給得了，軍權他握於手中，你還有何用處？連連給你使眼色，你都沒有看到嗎？」

「母妃，今日實在不是時候！」齊獻王也有些懊惱，「何況上一次兒臣已經與父皇說過此事，卻被父皇給駁了回來，兒臣還能怎麼開口？」

「你不說，本宮去說！」德貴妃吩咐身旁的太監去問皇上歇在何處，未過多久，太監戰戰兢兢地歸來道：「回德貴妃娘娘，皇上今日歇在了祈仁宮。」

德貴妃猛地一摔杯子，「又讓她贏了！」

林夕落與秦素雲在屋中喝茶，宮女們對秦素雲早已熟悉，可對這位忠郡王妃從未有過接觸，便帶了幾分傲慢和不屑，連倒上一杯水都漫不經心，讓林夕落的臉色沉了下來。

德貴妃宮中的奴才都要高三分，這也是能夠預見的事，但林夕落不喜退讓，掏出箱籠中的兩個金元寶便扔了過去，「別在我眼前站著了，也不知我喜好什麼，反倒是礙事，都下去吧。」

金元寶噹啷地扔在地上，敲在青石磚地的聲音清脆，這一巴掌抽得可謂是又酸又疼，讓站於秦素雲一旁的宮嬤忍不住輕咳兩聲。

秦素雲也掛了不喜的神色道：「還不謝過忠郡王妃的賞？別在這裡丟貴妃娘娘的臉了！」

眾人見齊獻王妃也惱了，這才連忙跪地謝恩，拿了金元寶便匆匆退了下去。

林夕落看眾人都走了，才翻了個白眼，滿是不屑，秦素雲笑著道：「妳這一巴掌可夠狠的！」

「娘娘是請我來西宮，不是押了我們母子來西宮問罪的，我為何不擺擺主子派頭，還得受她們的白眼兒？」林夕落冷笑，秦素雲道：「那妳這手筆可真大，兩個金元寶呢，妳這裡是解氣了，這些宮中的奴才早回去偷著樂了！」

「那也是被臊著拿的銀子，自個兒不覺得丟人也是丟後輩兒的人。人這輩子行善行惡，這銀子該不該到手裡都是老天爺註定的，有的報應不是不報，而是時候未到。」

林夕落話中有話，秦素雲默然不語，看著睡在榻上的嬰兒，多了幾分惆悵，半晌才開了口：「不是所有人都能活得如妳這般自在，如今我才明白高低貴賤之分根本就是荒唐，這孩子雖然來到王府，卻沒了生母，也不見得他就是個好命的。人各有幾張臉，可對著他的，永遠不可能是笑臉。」

林夕落看著秦素雲，「妳一直都在躲我，是怕我問起林綺蘭？」林夕落直視秦素雲，秦素雲則苦笑道：「我是怕妳，行了嗎？」

「怕我作甚？林綺蘭有了報應，別人的報應不知何時來呢！」林夕落說這話倒不是故意擠兌秦素雲，而是想起了宣陽侯，他如今的下場不就是老天爺給的懲罰？

秦素雲看著她若有所思的模樣，開口道：「林綺蘭雖沒了，可我會好好照料這個孩子……」

「你們自當要照料，因為這是齊獻王的命根子，他到底是不是王爺的種，誰又知道？」林夕落絲毫不顧忌秦素雲是否會惱，而這句試探讓秦素雲的臉上初次出現嗔怒之色：「不許胡說！」

「妳心知肚明。」林夕落得到了答案也不再針對這個話題說個沒完，「累了，不想與妳爭論。妳是大度的，能為王爺鋪展全局，我小肚雞腸，做不得這等事，只想踏踏實實過日子。」

林夕落摘下了手上戴的一個珠串掛在了那小嬰兒身上，「護佑他吧，不管是不是我的外甥，他都是個小生命。」

說罷，林夕落便起身喚宮女們去淨面，睡上半晌，明日好早早離開這個鬼地方。

秦素雲沒有動，看著那孩子的眉眼兒，心中感慨萬分，真的會有報應嗎？那又會是什麼呢？

林夕落睡下時已經天色微亮，也不過是小寐片刻便起了身。

小肉滾兒昨日似是玩過了頭，從昨日回來就一直睡，連林夕落為他擦面穿衣都沒有醒。

抱著兒子與秦素雲一同去向德貴妃請安，德貴妃也一臉倦色，顯然昨晚也沒能休歇好，見到林夕落與秦素雲來，便吩咐道：「再備上兩個早膳的席，忠郡王妃這一晚也累了，用過早膳本宮也不留妳，帶著孩子回去吧。」

「謝貴妃娘娘。」林夕落行了禮便站於一旁，而德貴妃好似忘了要去看秦素雲懷中的孩子，一旁的嬤嬤連忙上前小聲提醒，德貴妃恍然道：「把本宮的小孫子抱來看看。」

秦素雲笑著上前，德貴妃從額頭、眉眼、鼻子、小嘴好一通誇讚，又吩咐宮嬤準備賞賜的物件，待早膳全部上了席才算了事。

林夕落只笑著不語，她看得出德貴妃發自內心對這孩子的不喜和厭惡。

即便是再好的演員也演繹不出真切的情分，德貴妃便是這樣一個例子。

眾人正準備用早膳時，殿外忽然宣道：「皇上駕到！」

皇上來了？德貴妃大喜，匆匆前去殿外相迎，按說這大年初一的早膳皇上向來是與皇后一同用的，卻不料到她這裡來了，這可是齊獻王能出頭的預兆？

德貴妃欣喜之餘不由暗暗思量，連稍後是否要與肅文帝為齊獻王請戰的說辭都想好了。

林夕落與秦素雲自是也要跟著出去迎接，林夕落抱著兒子的胳膊已經開始發酸，這小子幹麼還不醒？沉死了……

不容林夕落腹誹太久，肅文帝便笑著進來。

「臣妾給皇上請安，皇上萬福！」德貴妃滿臉笑意，隨即道：「不知皇上來，沒有為皇上準備早膳是臣妾的罪過，臣妾這就讓他們去準備……」

「朕已經用過早膳，聽說這小傢伙還沒走，過來看一看。」

肅文帝話一出，德貴妃愣了，轉頭跟著肅文帝望去，只見皇上看的不是齊獻王的孩子，而是林夕落懷中的小傢伙。

林夕落也有些驚了，忙福身行禮道：「給皇上請安，這小子還睡著。」

「睡著好！」肅文帝心情似乎很好，隨後只朝齊獻王的孩子掃了一眼便轉過頭來道：「朕一早便收到了邊境之地發來的戰報，魏青岩為朕打下了第一個烏梁國的城池，莫看只是一個城池，這可是烏梁國最重要之地！」

肅文帝滿面笑容，轉身看向遠處，揮手道：「朕的大周國土拓地數百里，這是大周的榮耀，是朕的榮耀！此消息又是在大年之初送到，魏青岩做得好！」

肅文帝心情好，林夕落卻嘆氣。

魏青岩攻下一座城池，難怪肅文帝一早便來此地探望小肉滾兒。想著他，林夕落不免開始擔憂他是否有受傷、是否疲憊，又因思念，眼眶不由得濕潤起來，連忙低下頭去偷偷擦掉。

德貴妃即刻上前福身，「臣妾恭喜皇上賀喜皇上，如今忠郡王可謂是大周的功臣，立下了汗馬功勞。臣妾昨日就看忠郡王的這個孩子可愛得很，虎父無犬子，將來這個孩子定也是為大周國立功的苗子。」

德貴妃把小肉滾兒誇成了花兒，卻忘了昨日她還在諷刺沒有英雄一說。

林夕落見肅文帝和德貴妃都投目過來，只得行禮道：「為皇上立功乃是忠郡王的榮耀，也是有皇上賞他這一個機會。」

「是啊，他沉了許久才終於為朕出征，」肅文帝端詳著林夕落與小肉滾兒，「他不愧朕賜他的郡王名號……」

這話一出，讓林夕落心抖了一下。德貴妃在尋思如何能為齊獻王請戰，故而沒揪著此事不放，有意即刻將林夕落母子送走，「這娘倆兒也累了，臣妾剛剛還說要讓他們用過早膳便回府去休歇，儘管臣妾這裡招待得好，可他們還要守著禮，累得慌，不如家中舒坦。」

「陸公公，你送她母子回吧。」肅文帝喚來了陸公公，而此時小肉滾兒忽然打了個噴嚏，吧嗒兩下嘴又睡了。

肅文帝瞧著他笑了笑，「把朕的那件紫裘拿上，別把這小傢伙凍著了！」

陸公公應下，德貴妃抑制不住眼中的驚駭，卻依然強作笑顏，直到二人上了馬車離開，德貴妃才尋了機會向肅文帝道：「皇上，如今忠郡王已經建功，您還答應要賞賜其一半城池作為封地，依照臣妾來看，他若打下烏梁國，您還要賞他半個小國不成？不如……不如讓齊獻王前去接替他？皇兒也許久沒有出征了，您不妨賞他一個機會……」

肅文帝當即擺手，「不行。」

「皇上可是擔心皇兒的能力？」德貴妃已露出委屈的模樣，肅文帝轉頭看她，「朕答應了賞他封地自是一言九鼎，這時讓他歸來，哪隻眼睛看不出朕是為了城池封地？朕的話豈不是成了放屁？」

德貴妃初次聽到肅文帝這般嚴詞斥責，當即賠罪道：「是臣妾狹隘了，請皇上恕罪。」

「行了，養好你們那個孩子，留在幽州城不見得是壞事。」肅文帝撂下這一句便離去，德貴妃恭送之餘卻遲遲沒有起身，喊過秦素雲，瞪眼問道：「皇上、皇上剛剛的話是不是讓皇兒去爭？」

秦素雲呆滯半晌，「或許是吧……」

德貴妃長嘆一聲，「終於等到這天了！」

陸公公送林夕落回府，林夕落沒有讓陸公公騎馬，而是讓他乘了侯府的那輛馬車。

半路上，林夕落換了馬車，與陸公公同行……

陸公公沒想到林夕落會突然與他同乘，驚慌之餘被林夕落按住，「公公不要慌，咱們又不是外人，同乘一輛馬車有何礙？」

「郡王妃還是如此以誠待人啊。」陸公公的話略有感慨，林夕落問道：「您有何心事？瞧著您的臉色不佳，可是身體不舒服？」

「郡王妃是專程來問老奴的？」陸公公有些動容，林夕落點頭，「尋常我們進宮都是您來接，可昨兒忽然換了人，之後又瞧見您神色不寧，不知您這是出了什麼事？如若身體不好，我可前去找喬醫正為您診治一下。」

林夕落的誠意讓陸公公半晌都說不出話來，沉寂片刻才開口道：「老奴的確是近期身子有事，宮中的太醫已經幫著瞧過了，老了，服侍不動了。」

陸公心口不一，林夕落也知道沒有辦法再問下去，只是道：「不管怎樣，如若公公有需要我們幫忙的，儘管開口。郡王雖不在，但我能辦到的事也不少，即便辦不成，也能幫著您出出主意。」

「老奴謝過郡王妃。」陸公公在馬車上向林夕落磕了頭，笑著道：「老奴只盼著有朝一日能夠出宮還鄉，看一看少小離開的家鄉是什麼模樣，可不知是否有這個機會了。」

林夕落笑著道：「不能請皇上允兩天假？」

「老奴這等閹人在外人眼中是瞧不起的，回鄉也不敢大張旗鼓，只敢在祖墳前偷偷磕兩個頭罷了，哪裡敢為此事向皇上請假？」陸公公不再多敘自己的私事，而將話題引到魏青岩身上：「忠郡王是有才有德之人，皇上對他甚是賞識，可郡王妃也要多多注意自己，畢竟郡王不在。」

「我也在等，就等著他回來了。」林夕落感慨之餘沒有看到陸公公意欲開口卻又將話語吞回腹中的模樣，只是默然聽著馬蹄聲，直到宣陽侯府才就此告別。

魏青羽與魏青山也已知曉魏青岩大戰告捷一事，林夕落歸來時，兄弟二人都在門口相迎。

姜氏連忙幫著把孩子抱了過去，「宮中過年可好？」

「好什麼？我現在是又累又餓，不允有丫鬟跟隨，這胳膊抱著兒子抱到都疼得發僵了。」林夕落笑著道：「任何地方都沒有家好！」

「弟妹好好歇一歇，隨後再與妳商議下五弟戰後的事。」魏青羽笑著說道，林夕落便應道：「三哥還是此時說吧，不然我心裡不踏實。」

魏青山嘴是最快的：「五弟要求兵部加派兵將，還推舉了我。」

「四哥要去？」林夕落很驚訝，之前魏青岩不希望魏青山出頭，如今卻主動點了魏青山，他可是有什麼其他打算？

魏青羽見魏青山興致勃勃，忍不住潑了一盆涼水，「這前提是宮裡的允五弟繼續征討烏梁國，即便征討，也不知是否會換人……」

林夕落恍然，這兩人是怕皇上臨陣換將。

林夕落不知自己走後肅文帝與德貴妃之間的對話，只想著肅文帝與高采烈的樣子，便開口道：「是否換將誰都不敢作準，但皇上一早得到消息，特意到德貴妃宮中探望文擎，還賞了一件紫裘，我估量皇上不會有此意，但其他人是否贊成就不好說了，四哥要有心理準備。」

魏青羽點了點頭，「有五弟妹這番話，我們便心中有底了。」

「還是讓夕落快進屋歇一歇，歇夠了再談也不遲，這也不是多急的事。」姜氏開了口，魏青羽與魏青山忙致歉，林夕落笑著寒暄幾句便先回了郁林閣，而冬荷卻在外一直沒有進來。

「這丫頭在外守了一宿，可是累著了？」林夕落問向一旁的秋翠，秋翠道：「奴婢也不知，沒有看到她。」

「哪兒去了？」林夕落本還想叫她一同用飯，孰料卻沒了人影，這對冬荷來說可是奇事，她向來是與自己形影不離的。

林夕落滿心疲憊，顧不得許多，用過飯後便帶著兒子歇下。

這一覺睡去再醒來時已經太陽西下，林夕落只覺得渾身疲累痠軟，即便睜開眼也不想起身。曹嬤嬤早已將孩子抱走，外面嘻嘻哈哈的聲音傳入，冬荷也出現在林夕落的視線之內。

「妳可歇好了？」林夕落起身看著冬荷，冬荷一驚，連忙從小凳子上起身到林夕落床邊，「您醒啦？奴婢這就去為您準備淨面的溫水。」

「不急。」林夕落喊住她：「回來時沒瞧見妳的影兒，可累壞了？用過飯食了嗎？」

冬荷搖頭卻又連忙點頭，「奴婢用過了！」可又覺得有些話不說不妥，便補了一句道：「奴婢白天不在，是……是被那個薛一給拽去接信件了。」

「哦。」林夕落隨意應了一聲，隨即看著冬荷，把冬荷看得臉色通紅，咬著嘴唇，不知該如何開口。

「妳覺得他合適？」林夕落翻個身看著她，冬荷嘆氣，也說了心底的話：「奴婢怕他。」

「他那個人……」林夕落想著薛一，「只怕他無法給妳穩定的生活。」

冬荷點了點頭，林夕落笑著道：「妳明白我的意思？」

「奴婢懂，奴婢……奴婢見過他那個樣子。」冬荷的手比劃地遮住了臉，「很嚇人。」

林夕落甚是驚訝，這丫頭居然見過薛一當殺手的模樣？

冬荷即刻道：「奴婢也是無意間看到的，他正在與您敘話，奴婢不敢聽，就躲開了。」

林夕落拍了拍她，「苦了妳了，把妳嫁他，我捨不得。」

冬荷不願再說，起身就跑，「奴婢去為您打水。」

林夕落看著她匆匆跑開，不由得嘆氣：薛一，他會過日子嗎？

皇宮之中，皇后與周青揚談魏青岩戰場告捷一事，「皇上有意應讓魏青岩再戰，這個事必須要阻止，絕對不能繼續下去，否則魏青岩控制兵權的時間越久越容易生變。」

「齊獻王如今有了子嗣，他定是野心不小，想奪軍功，可今日兒臣也聽說了，德貴妃為齊獻王請戰被父皇駁回，」周青揚嘆了口氣，「父皇依舊要讓魏青岩掌控兵權，兒臣也與幾位大臣商討，他們不再是以前那副斬釘截鐵的反對姿態，反而有些搖擺了。」

「此事怎能搖擺？這些個人實在荒唐！」皇后面色帶了惱意，周青揚的心底卻在腹誹皇后昨日還對魏青岩之子那番關愛，今日……

「母后，兒臣最擔心的還是齊獻王出征，不如派兩個人與他的人交涉，他既然未被父皇應允出征，想必他也不願魏青岩的軍權再握於手，定會希望他撤兵歸來。若他能與兒臣站於同一條線上，此事即便父皇執意要戰，也不會輕易下結論了。」

周青揚提了建議，皇后點頭道：「就這麼辦吧，但莫要重臣出面，只尋不起眼的人過去探問一二便可。」

「兒臣這就去辦。」周青揚欲走，皇后又叫住了他：「你那位康嬪的傷勢養得如何了？」

「已經能夠起身，但還需調養一段時日。」周青揚沒想到皇后會問起林芳懿，可一想到那一日發生的事和林芳懿的話，周青揚的心裡便竄起一股無名的怨懟。

皇后看向一旁的嬤嬤，吩咐道：「拿著本宮的燕窩粥去探望一二，也告知康嬪，本宮是對事不對人，如若她康癒之後能夠全心侍奉太子，本宮便不會再怪罪於她。」

宮嬤應下，皇后便道：「不如就派林家的人去試探吧，齊獻王側妃的遺腹子，他們也應該有所表示。」

周青揚沒想到皇后也逕自挑了人，只得咬牙應道：「兒臣遵命。」

離開祈仁宮，周青揚仰頭深吸口氣，看著繁星點點，他捫心自問：我還是太子嗎？

一連多日，朝堂之中大臣紛紛進言，請求休戰，莫要殺戮過重，莫要血洗烏梁國，以免青史留惡名，甚至還有文官為此誓死上奏，肅文帝剛有駁斥之意，此人便一頭撞了宮中的柱子上。

事情越發複雜起來，肅文帝原本的喜意早已蕩然無存。

周青揚與齊獻王兩人初次站了一條線上，儘管兩人沒有開口上奏，也沒有斥責某些官員太保守，可他們麾下之人早已得了吩咐，一而再再而三地抗議。

本要下發的戰書一直被扣押未發，林夕落這幾日聽著魏青羽與魏青山傳回的朝堂狀況，也去信告知魏青岩。

而就在這僵持無解的狀態下，有一封信從遙遠的西北飄至宮中，在僵硬的氣氛中給予一重拳，信件是福陵王送來的，內容是他要遵父皇之命，與聶家之女聶靈素大婚了。

福陵王大婚的消息不同於其他皇子成婚，這個賜婚是早早就定下的，可福陵王在外風花雪月，與聶家更是從未靠近一步，這不免被人想成他與聶家無緣了。

聶家向來是跟隨於太子麾下，如今福陵王橫插一槓，這豈不是從太子身邊挖一塊肉走？

齊獻王剛剛有子，氣勢正盛，太子退讓一步，與齊獻王一同要脅魏青岩率軍歸來，但福陵王的出現打破了這個平衡，讓太子慌亂起來。

周青揚聽肅文帝讓人當堂宣讀信件，便壓下心中的驚愕，轉頭看向後方的聶家官員，似在詢問此事是福陵王自作主張，還是與聶家早已達成協定。

可這位在朝的聶家人並不是聶方啟，而是聶方啟的弟弟，也是自聶方啟被留職之後與其掰了親情之人，他又怎會知曉聶方啟私下是否與福陵王有接觸？

「……兒臣雖頑劣多年，但心中仍敬重父皇，父皇之命兒臣儘管不願也要遵從，因父皇高瞻遠矚，所看之遠之寬闊非兒臣這等目光短淺之人能比之，兒臣早晚都能得父皇賜婚以福報……」

福陵王這一封「拍馬屁」的請婚摺子甚是冗長，其實說白了就幾句話，「父皇說東兒臣不往西走，父皇說南兒臣不往北去，讓殺雞絕對不去攆狗，謹遵聖旨。」

肅文帝聽得心花怒放，他要魏青岩繼續征戰烏梁國，可這些大臣小官們齊齊反對，而太子與齊獻王也站了同一條線上來與他對抗，這豈不是笑話？

肅文帝心中怒惱之餘，福陵王來這樣一封摺子完全地打破了朝堂平衡，也讓肅文帝得了一個伸手的機會。

「這小子，無論何時都還能想著朕是其父皇，朕之言大於天，實在是不易啊！」

肅文帝忽然說了這樣一句，周青揚的額頭冒出了汗，勉強笑著上前道：「父皇英名，皇弟能感受到父皇對他的關愛也著實不易，那便召他回來完婚……」

「他必須要在西北幫著朕修建行宮。」肅文帝打斷周青揚的話，朝向一旁宗人府與禮部眾官道：「傳朕旨意，讓他們於西北完婚。聶方啟也別閒著了，去西北任湖靈州知府，也幫朕把行宮之事抓緊辦好，順便把他的閨女嫁了朕的兒子，朕等著這個好消息！」

肅文帝的旨意頒下，還未等眾官對聶方啟又得一肥缺驚駭完，就聽肅文帝又開了口：「朕是大周天子，朕想要為大周開疆擴土，你們這些人卻要朕減少殺戮，讓朕以民為本，莫被蒼生恥笑，簡直就是笑話！」肅文帝的聲音乍然一冷，看向了周青揚道：「朕就要繼續征討烏梁國，太子點不點頭？」

肅文帝的一雙銳眸緊盯著周青揚，嚇得周青揚不敢再有遲疑，他剛剛已經被福陵王與聶家大婚之事鬧得心慌，此時肅文帝又當廷質問他是否點頭，他哪裡還敢有反駁之心？

這目光好似是在質問他是否還要這個太子之位……

「父皇之意便是兒臣之意，兒臣願大周疆土延擴，這才是萬民之福。」周青揚昧著心說出此話，太子一系的官員們頓時垂頭喪氣，無人再有話說。

齊獻王這一方，除卻恥笑之外，自是沒有其他心思。

當初上門找齊獻王一同抵抗，不讓魏青岩繼續征戰的是太子，如今率先倒戈的也是太子，齊獻王臉上的肥肉顫了幾分，也沒了硬氣。

肅文帝挨個地看了眾官的神色，仰頭暢笑，起身揮手道：「傳旨，繼續征討烏梁國，此國但凡還剩一寸土地，都要給朕打下來！」

肅文帝的旨意傳出，林夕落聽著林豎賢的細述，也是連連嘆氣。

「皇上恐是沒想到他繼續征討烏梁國會有這麼多人反對，可反對的真正目的並非是憐憫蒼生，而是為了爭權。」林豎賢說至此，嘆道：「如今這朝堂之上好似一窩蒼蠅，嗡嗡嗡嗡的。」

林夕落本是情緒不佳，可被林豎賢的模樣給逗樂了，「先生還是初次有這種形容，怎不想那些人都是詩書禮義張口成誦的聖人了？」

林豎賢臉色泛苦，「妳又在挖苦我。」

魏青羽看這師徒二人如此對話也忍不住搖頭，林豎賢每一次登門都要他來陪襯，可他坐在此地無論說什麼不都尷尬得很。

但想到魏青岩還不能回來，魏青羽便勸慰道：「既然五弟還要在外征戰，弟妹也做好打算。皇上已下令派人加快整修郡王府，妳與小侄兒恐怕在此住不了多久。」這話不乏有試探之意，林夕落嘆氣：「三哥也不必太掛懷，即便修整好，我也不會就那麼過去的。青岩還沒有回來，沒有正式過禮，應有的規矩都未完成，我們母子這就搬進去，豈能名正言順？」

林夕落頓了下，又道：「如今要忙碌的是福陵王大婚的事，想必也要有一些事要插手幫襯著管一管。」

「弟妹自有籌謀，我等就放心了。」魏青羽說完，林夕落想到魏青山，「四哥準備好了？」

「是，他已經準備隨軍離去，弟妹可有東西要他帶給五弟？」魏青羽對魏青岩能夠想著侯府甚是開心，如今的宣陽侯府也就剩他們兄弟三人，儘管魏青岩的身分不明，可於情於禮都還是他們的弟弟，他能夠帶著魏青山讓魏青羽很是意外，但意外之後也有驚喜。

這個弟弟還是重情分之人……

林夕落一時還想不出有什麼欲帶給魏青岩的物件，「待我想好再去尋四哥說此事。」

魏青羽點了點頭，見林豎賢欲言又止，顯然是他在此處並不合適，便起身行至一旁，「我去讓人叫他來，中午一同用飯，林大人也莫走，留此地敘敘舊。」

林豎賢連忙起身拱手道謝，魏青羽便緩緩往門口走去。

林夕落看著他，「先生是要問十三叔準備離開的事？」

「是。」林豎賢答應乾脆，「我聽表叔父稱妳也有意讓他們都走，這是為何？」

林夕落道：「先生比我聰明，難道想不通其中關鍵？走了，可以再回來，可就怕走不成。」

林豎賢沉默了，半晌才開口：「皇上的身體的確不佳。」

「先生有何打算？」林夕落看著他，「即便您不想，您也已經被劃歸在青岩與福陵王這一條線上了。」

林豎賢淡笑，「可妳也要想一想，他們兩人之間會否有爭執。」

「這我不知，不過就眼前之事來看，應該還不至於鬧得很僵，各取所需，各取所得，怕就怕他們不求自保，也不能滿足現狀。」林夕落說得很真切，「青岩的心裡如何想我能知道，但福陵王那一方……我不知。」

「我不急，再等一等，其實也是等皇上之命。」林豎賢起身望向遠處堆疊的皚皚白雪，「我只一人自是輕鬆，說留就留，說走就走，只有一馬一箱書一兩銀即可。」

「說得那般可憐，您如今可是都察院的魁首，皇上跟前的紅人，還一兩銀？何必說得這般可悲！」林夕落對他的感慨連連搖頭，林豎賢轉身看著她，半晌才道：「越是得皇寵越遭他人記恨，這個道理我懂，郡王也懂，妳也要懂。」

林夕落怔住，想到兒子，「這個道理先生不說我也明瞭，如今這日子過得就是在等待，可我最想等的是他回來。」

「做好他不回來的準備吧。」林豎賢話畢，林夕落還未等再問下去就見魏青羽已經歸來，眾人拋開朝事，敘起福陵王大婚的事宜。

即便是去西北完婚，也有不少人要跟隨前去觀禮，而這個人選皇上還未定下，但這禮卻要提前備好。

聶方啟此時正率領聶家眾人迎接聖旨。

待得知皇上為此賜他為知府一職時，聶方啟差點兒高興得蹦起來。

從有至無，從無至有，這一番經歷讓聶方啟明白一個道理，那便是這天下是皇上的，不是他們這些自以為是的臣子的。

聶靈素此時也在後方跪地聽宣，聽到讓她於西北與福陵王完婚，聶靈素的心裡直覺想起要感激林夕落。如非沒有這位忠郡王妃，她還不知要何時才能夠圓了心中夢想。

聶家眾人各有所思，各有所念，但有高興的，自也有不開心的，譬如聶方啟的其他兄弟。如今眼見聶方啟重獲啟用，反而比以前更為榮耀，心中酸澀，卻仍要登門道喜的感覺不是一般人能夠受得了的。

而聶方啟也再次顯露出他的傲氣，那便是誰都不見，一心都待籌備好聶靈素婚禮大事之後再向眾人拜謝。

來拜訪聶靈素的人不少，可此時的聶靈素已從聶家的角門離開，直奔宣陽侯府尋林夕落。

林夕落剛送林豎賢離去，姜氏和孩子們都還聚在郁林閣玩樂，門外的侍衛便來回稟，稱聶家大小姐來訪。

聶靈素這麼快就來了，林夕落很意外。

姜氏與齊氏欲帶著孩子們離去，林夕落攔阻道：「走什麼，她估計也待不久。」

姜氏沒再客套，林夕落留她們在此，想必也是不願多與聶家有關連。

吩咐侍衛將聶靈素請進來，眾人一同前去相迎，如今聶靈素正與福陵王議親事，按禮來說已是準王妃，她們自是要遵禮，但林夕落則純屬親近，沒有那麼大張旗鼓，只與姜氏等人到門口等著她的轎子進門。

聶靈素只帶了個丫鬟和婆子，林夕落見她下了轎便笑道：「如今都是準親王妃了，怎麼還不多帶點兒人在旁護著，這麼大膽就偷跑出來了？」

聶靈素一怔，即刻問道：「您怎知我是偷跑出來的？」

「妳如今都是準親王妃了，若是與聶大人和聶夫人打了招呼，怎能會讓妳簡便出門？定是要提前遞了帖子，還有隨從的丫鬟四名、婆子四名、小廝六名，護送的僕從若干……」

林夕落邊說邊笑，聶靈素吐了舌頭道：「這確是讓您給發現了，我也是嫌麻煩，著急。」

眾人也笑，林夕落讓侍衛去聶府知會聶靈素在此處，才引著眾人與聶靈素相見。

聶靈素沒把自己當成親王妃，還是尋常的模樣。

「今兒前來是要謝謝郡王妃的大恩，若非有您在，恐怕……」聶靈素沒有往下說，而是提點到家人身上，「如今父親也好似明白些道理，閉門謝客，卻不知這種狀態會持續多久。過些時日就要開始學禮，不能來見郡王妃，所以今天才偷跑出來。」

林夕落看出聶靈素有話欲私下說，便與姜氏和齊氏道：「三嫂、四嫂和孩子們在此歇著，我稍後就來。」

姜氏點了頭，林夕落便帶著聶靈素進了屋中。

「今兒偷跑出來不單單是為了謝我吧？」林夕落看著聶靈素，「其實妳應該在家中好生歇著，只等著嫁人才好。」

聶靈素悶頭半晌才問道：「盼了這麼多年，如今得到這樣一個消息讓我覺得不真實。我雖然心中歡喜，可笑得卻不如我想像中的那麼歡欣，您是最懂的……」

「何必想這麼多？妳就是為家中的事煩的。」林夕落看她一眼，繼續道：「妳如今就是準福陵王妃，無論何人來妳這裡逢迎，妳不如都推到王爺那裡，他才是王爺，妳作不得主。」

「可父母兄弟一開口，我就不知該如何回絕。」聶靈素看著林夕落，「所以特來請教您。」

「還是那句話，都看王爺的。」林夕落笑了，「說起這件事，我從來沒有操心過。」魏青岩的確已經把林家的事都安頓好，根本不用林夕落自己開口……

聶靈素點頭，「我懂了。」

「懂什麼？」林夕落調侃，聶靈素羞笑，「我的心裡只放著他就足夠了。」

林夕落拍了拍聶靈素，可心底卻在想著福陵王會否讓這個丫頭傷心，那個人……他可不是魏青岩這種男人，風花雪月打滾了不知多久，也不知傷過多少女人的心。

而聶靈素……跟了他真有些可惜了。

林夕落心中腹誹，卻不敢表現出來。肅文帝能夠在福陵王請婚之後特賜聶方啟為知府，這擺明了是把聶家歸給了福陵王。

魏青岩還要繼續征戰烏梁國，而林夕落今日從林豎賢的話語中也得到了一個訊息，那便是魏青岩的目的並非是要將烏梁國踏平，他在爭取的是時間。

魏青岩尚未將具體的安排告知她，只說要爭取撤離幽州城，看來可藉福陵王大婚運作一二了。

兩人又敘了大婚之事，林夕落也有意試探聶家的動態，看能否跟著大婚的隊伍送走一批人，但肅文帝剛頒布旨意，禮部也沒來得及籌畫好，故而林夕落也未能得到太多的訊息。

派去聶家傳信的侍衛回來，同來的還有聶夫人。

聶夫人帶了許多禮來，又與林夕落寒暄半晌才帶了聶靈素回聶府，稱是聶家人全都在，只等著聶靈素回去，改日再來拜訪云云。

林夕落也未出門，讓侯府的侍衛護送，聶夫人甚是感激，畢竟今時不同往日，聶靈素的安危格外重要，若真遇上些亂事，可不是聶家的家僕能撐得住的。

福陵王要大婚的消息震動幽州城，成為繼魏青岩出征之後的首要大事，連茶館兒裡的百姓們都在津津樂道地敘說某家閨女得知此消息後哭瞎雙眼，或春香樓中的姑娘們哀嘆許久等八卦之事。

但有人歡喜有人愁，愁中更愁的便是皇后與周青揚。

與齊獻王聯合想要壓制魏青岩再掌軍權，可未想到肅文帝如今已不顧眾人之意，藉著福陵王大婚剜掉周青揚的一塊肉不提，更是連批了魏青岩點將的幾個奏摺。

如今太子這一系被肅文帝用力打壓，讓太子身後的官員們都開始自我掂量，會否下一個倒楣的就是他們。

周青揚這些日子實在難過，難過到已經對自己的前途迷茫，儘管多年來他一直隱忍，卻沒有如今的彷徨恐懼。這一種恐懼是肅文帝直接賞的，其實也是他自己找的。

皇后仍是淡定，看著周青揚失魂落魄的模樣則道：「你放心，有母后在的一天，你就無事，除非母后沒了。」

「母后，不得妄言，兒臣寧可不坐這個位子，也要您長命千歲！」周青揚隨口所出的話，讓皇后欣慰，「好孩子，母后沒有白疼你……」

「母后，兒臣接下來要怎麼辦？去尋父皇認錯？還是……還是就這樣的任憑宰割？兒臣下朝之後讓人去聯繫齊獻王，可他卻不肯見，這是對兒臣莫大的侮辱，可朝堂之上，父皇點名問兒臣，兒臣又能如何回答？」周青揚傾訴著心中的抑鬱，這些話他憋悶得難受。

「你現在要做的有兩件事。」皇后開口，周青揚立即上前認真地聽。

皇后看他半晌，將周圍的人都打發下去後才道：「第一件事，把陸公公換走。」

「可父皇任用陸公公多年，儘管現在已經有小太監去侍奉父皇，可父皇還是偶爾提點陸公公近身，這……」周青揚未等說完，皇后便擺手，「這件事母后自有辦法，你只需盯著第二件事。」

「何事？」周青揚眼神中的迫切極盛。

皇后用手指輕輕點了他的臉，「你要盯住陳林道。」

「盯住他？他雖有搖擺，可如今齊獻王風頭正盛，他恐怕不會歸至兒臣一方。」周青揚略有失落，皇后撇嘴冷笑，「他的野心很大，與齊獻王更是不對盤。德貴妃能操持陳家一代人，卻管不了下一代人，何況她位居本宮之後？」

皇后頓了下，目光中湧起幾分狠意，「你只管盯著他，總能尋到對齊獻王一擊斃命的時機。」

周青揚對皇后道出的話極為震驚，她能夠說出「斃命」二字，這……豈不是要讓齊獻王死？

周青揚心中驚駭，隱忍的兩個極端表現，一是就此消沉萎靡，二便是厚積薄發，一狠再狠，而皇后顯然就是後者。

母子二人談完，周青揚離開了祈仁宮，皇后斟酌片刻，吩咐門口的皇衛道：「去將陸公公請來，就稱本宮想要問一問皇上的身子。」

皇衛前去，而皇后給一旁的宮嬤使了眼色，宮嬤從一個極小的櫃子中取出來幾個藥包，將其中的粉末撒在了幾個杯子之中……

一連過了多日，幽州城對福陵王大婚的議論沒有消淡下去，反而越發熱烈起來。

林夕落這一日要送林政辛等人離開幽州城，故而清晨時分就帶著兒子去了林府。

這一次林政辛離去的藉口更為充足了一些，除卻陪著喬家人回去修建祖墳之外，更多了另外一個任務，那便是去給福陵王送大婚之禮。

數車的禮品，還有侯府的侍衛護送，其中自也夾雜了不少林夕落要讓他帶走到外地變賣的物件。其中一大部分是林政辛當初捐給糧倉的，這回有了堂而皇之的藉口了……

林夕落讓冬荷給喬錦娘的馬車中填了幾件長絨毛的毯子，「天涼了，可不能凍著妳和孩子。」

喬錦娘畢竟是年輕生子，身子還是柔弱的，本要向林夕落行禮，卻被林政辛按住道：「不用客套了，咱們九姑奶奶不計較這些。」

「行了，這就去吧，隨時派人傳消息給我。」林夕落看向後方跟隨的喬高升，喬高升如今是喜上眉梢，樂不思蜀，摳門了大半輩子，死了個兒子卻沾了女兒的光，這事讓他睡著都會笑醒。

不等林夕落開口，喬高升已恭敬地磕了三個頭，「我不跟去西北，郡王妃若有事即刻趕回。」

林夕落笑著擺了手，而此時，遠處有個小叫花子跑了過來，秋翠攔過去，匆匆趕回，在林夕落耳邊道：「奶奶，有人要見您。」

看到秋翠手中拿過來的物件，林夕落驚了，陸公公！

秋翠拿過來的物件是林夕落當初送陸公公的那一串佛珠。

這等物件會被陸公公拿出來，顯然是有急事。

林夕落心驚之餘不敢有太多耽擱，即刻叫過秋翠道：「妳跟著這個小叫花子過去看陸公公在何處，然後帶其去景蘇苑的後院，我會在那裡等他。」

秋翠應下後迅速離去，林夕落仍一門心思送林政辛出城，只當做是偶遇一件小事，打發了丫鬟去處置一般。

林政辛見林夕落的臉色不是很好，便沒有耽擱太久便張羅著一家人出了城，因有林家和宣陽侯、忠郡王的三塊牌子，故而林政辛的馬車隊伍很快便通過了城檢離去。

林夕落上了馬車便吩咐侍衛往景蘇苑而去，又讓侍衛去侯府回稟一聲：「今兒送走了林家人，我回娘家一晚，晚間或許不會回去了，去告訴三爺、三奶奶一聲。」

侍衛應下之後便離開，林夕落奔向景蘇苑，陸公公突然找她顯然不是小事，她不由得心慌起來，不會是魏青岩有什麼重要的事吧？

林夕落急急忙忙趕到景蘇苑，顧不得先去與父親與母親打招呼，直接找到秋翠，秋翠帶著林夕落朝向後院行去，一個身著便衣的老年人正在後院中漫步，賞著牆角的梅花。

花枝上還沾有幾縷雪痕，陽光照耀下的盈白更襯托出梅花的豔麗，極是賞心悅目。

林夕落看到那略微駝背的身影便知是陸公公，見他閒庭信步的背影，心緒平緩了下來，自己這是慌什麼呢？還不知具體何事就如此驚惶……

深吸了幾口氣，林夕落才行步過來，「陸公公，您以這種方式約見，實在是嚇到我了。」

林夕落話語說出，陸公公轉過身來看她，可這一轉身卻讓林夕落的心跳到了嗓子眼兒，「您這是怎麼了？才多久未見，這臉色怎如此蒼白？」

面黃肌瘦，臉色泛青，那骨瘦如柴的手在不停顫抖著……

「是誰？是誰要害您？」林夕落有些急，也抑制不住心底的火，當即喊了出來。

陸公公神色平淡，見林夕落如此慌張，便安撫著道：「沒人要害咱家，這都是咱家自找的。」

「您這是怎麼了？」林夕落要拽陸公公進屋去談，「外面太涼了，您這身子可不成。秋翠，快去屋中燒上炭盆，點上暖爐給陸公公。」

「郡王妃不必這般惦記咱家，咱家無礙的。」陸公公架不住林夕落的拖拽，只得跟著她進了屋，冬荷倒上了熱水，陸公公端起抿了一口才開口道：「咱家今日前來卻不知往後是否還有機會與郡王妃見面了，這心裡放不下些事，特意尋個由頭來與郡王妃說一說，不敢待太久便得回宮，郡王妃好生地聽咱家把事情說完，不必再為咱家忙東忙西，您的恩德咱家都記在心裡了。」

林夕落心裡湧起一股酸楚，想開口，可陸公公不讓她多問，只得閉上嘴，「您說。」

陸公公點頭，聲音平淡，可說出的事情卻讓人震驚。

「咱家恐怕不能再繼續侍奉皇上了，咱家已得皇上與皇后之命，過幾日送福陵王的大婚之禮前去西北，可咱家知道自己是走不出這幽州城的。」

陸公公說到此，見林夕落欲開口問，抬手制止，笑著道：「郡王妃，宮中的事您插不得手，咱家今日前來只告訴您，一定要轉告郡王，讓他無論如何都不要回幽州城來，皇上……皇上撐不了太久了。」

林夕落瞪大的眼睛中湧起了濕潤，「這話怎講？我不問，您仔細說。」

「郡王的身世想必郡王妃已經聽到傳聞，咱家可以告訴您這謠言是真的，他……他真是皇上之子，可惜皇上之前並不知曉。」陸公公看著林夕落，卻沒有看到她吃驚的神情，不由得驚訝起來，「難不成……難不成您已經知道了？」

「郡王已與我說過，沒想到如今會聽您開口講起。」林夕落也不知該如何說下去，「可如今這好似也不是祕密了。」

「郡王如何得知的？」陸公公極為驚愕。

「他也是自己猜的。」林夕落說完，陸公公長嘆口氣，「如此說來咱家更放心了，郡王居然連這事都說給您聽，咱家放心了……」

「公公，您為何說自己走不出幽州城？」林夕落忍不住探問，陸公公可是魏青岩與她在皇上身邊聯繫最緊密的人，何況陸公公也稱皇上的身子撐不了多久，這又是怎麼回事？

陸公公頓了下，開口道：「之前知曉忠郡王身世之人，除卻宣陽侯與皇上之外，只有咱家一人，如今宣陽侯身患重病，宛如廢人，咱家……咱家也該閉上這張嘴了。」

林夕落道：「皇上向來重視您的……」

「如今皇上身子不佳，喜怒無常，這一次他居然聽了皇后的建言，讓咱家離開幽州城去西北送婚禮，可咱家離開，皇上的身邊必定要換上其他太監，而就在剛剛咱家離宮趕來之前，皇后已經把咱家為皇上安頓好的小太監給杖斃了，換上了兩個新人，而這兩人咱家連名字都叫不出來。」

陸公公說到此，看向林夕落，「皇上功業彪柄，乃是大周國歷來最英名的君主，可英名一世，或許會敗於一時。皇上向來最遺憾的便是他的皇子之中沒有一人能夠承繼他的偉業，直至忠郡王的出現。」

「可忠郡王的身世畢竟不能揭開來，皇上甚是在意被文官填上骯髒的筆墨，所以……所以他儘管籌畫許久，卻不敢認忠郡王，可他的心中卻對忠郡王極是看重。」

「但皇上畢竟不止這個兒子，皇后與太子近來在宮中的動作頻繁，咱家曾有提醒，皇上卻絲毫不在意，直至如今咱家這一條命恐怕難以保全，這才不得不尋個機會出宮與郡王妃您見面，只求您千萬要告知忠郡王莫回幽州城，而你們……也能走儘快走吧。」

林夕落被這一連串的訊息撞擊得腦子混亂，「那您稍後還要回宮中去？」

「回，必須回。」陸公公斬釘截鐵，「咱家領了前去為福陵王送婚禮的令，就要將此事做完，即便不知何時會丟了這條命……」

「我可以即刻派人送您走，不要再回去。」林夕落想到薛一，想到魏青岩的暗衛，她雖然不清楚，可她知道有這樣一批人的存在，藏起個人來應該不難。

陸公公搖頭，「牽一髮而動全身，咱家這條命不值得讓您如此費心。」

「陸公公，您這是用刀子戳我的心，我一定保您平安無事！」林夕落一把抓住了他，卻反被陸公公推開，「此事都不過是咱家的推斷，作不得準。如若推斷有誤，那是咱家多心，如若推斷正確，那是咱家的命。咱家生來便是服侍皇上，死也要死在皇上跟前，不願苟且偷生。」

「活著比什麼不強？」林夕落眼中滿是乞求之色，陸公公淡笑道：「那不是咱家所願，咱家即便是死，也要死得堂堂正正，也要有人叩拜，有碑墓入土，至地下再等著侍奉皇上，何況咱家問郡王妃，宣陽侯有如今的下場，您以為只是宣陽侯自己造成的嗎？」

林夕落倒吸一口涼氣，「您是說……」

「半輩子的榮華富貴都是皇上賞的，皇上是最明白的人，他要走了，想帶著誰走，誰都留不下這條命……」陸公公說著便站起了身，緩緩走出門外，口中道：「咱家只願大周安穩，莫毀了糟粕手中，莫汙了皇上的偉業，否則咱家入土難眠啊！」

陸公公的腳步沒有半點兒遲疑，顯示著他來此見林夕落是真為魏青岩著想。

林夕落看著他離去的背影，酸楚湧上心頭，她很想衝上前去將陸公公拽回，可她知道她必須尊重陸公公自己的選擇，因為這世上並非所有人都如她一般只想活著……

陸公公走後，林夕落呆坐在屋中半晌，滿心迷茫。

這個時代不是她所想的那樣，即便覺得撞死朝堂以求皇上收兵不戰是荒唐，即便覺得陸公公想著堂堂正正地死去，也要等著侍奉皇上是愚忠，可這些確是他們做出的選擇。

引以為傲、引以為榮的選擇！

是苟且偷生？還是榮耀地死去？這個時代的人或許選擇後者的更多。

名譽就真的那麼重要嗎？比命還重要嗎？林夕落之前會斬釘截鐵地選擇活著，可如今她迷茫了，她覺得自己的想法不能強加於身邊之人，那魏青岩會選擇哪一個？

林夕落就這樣呆呆坐著，坐了許久許久……

陸公公歿了。

原因是為福陵王籌備大婚之禮時意外受傷，臥床不起，未能醫治得當。肅文帝大怒，砍了兩個太醫的腦袋，下令將陸公公厚葬，而他自己的身子也因怒急攻心，一連多日無法上朝。

但陸公公的逝去好似風中的柳絮，一陣微風便能吹散。這股微風是魏青岩傳來的，烏梁國三戰大捷，這一消息讓肅文帝好似得了救命的良藥，再次出現於眾官面前。

下朝之後，林豎賢匆匆趕到麒麟樓欲見林夕落。

林夕落正準備前去祭拜陸公公，見林豎賢如此焦急，便吩咐人再備一輛馬車：「先生也與陸公公相識許久，不如一起同前去吧。」

林豎賢點了點頭，兩人便往城郊之地的墓葬處而去。

在陸公公的墓前撒了花兒，林夕落端出一罈酒獻上。許多話語都訴於心中，即便是在墓碑前，她也不能暢所欲言，這是何其悲哀？

林豎賢恭敬地行了禮，兩人祭拜完後往回走，林夕落才開了口：「先生此次前來所為何事？」

林豎賢取了一封密詔，「皇上要我擔任這次前去西北為福陵王主持大婚的司儀，我或許很快要離開幽州城了。」

說完，林豎賢似是賞景般的看向左右，待確定無外人之後，才紅著臉湊近林夕落一步，低聲道：「今日朝堂之上，皇上昏睡過去兩次，醒來才再聽臣子們商議朝事。說句不恭敬的話，皇上的身子撐不了多久了，要儘快告訴郡王，如若皇上通傳你們母子進宮，妳也要想方設法推掉。」

林夕落驚愕地看著林豎賢，他眼神中的毅然讓她的心一下子沉了，「怎麼……怎麼這麼快？過年時他還不是如此。」

「宮中的事難以揣測，皇上即便威震天下，可也是年邁之人了。」

林夕落苦笑，肅文帝年事已高，曾經忠於他的臣子也都要為自己鋪後路。肅文帝高高在上，沒有人憐惜他的年邁，沒有人期盼他長命，或許盼他早日歸天的還是他的子孫，何其悲哀？

林豎賢看出林夕落的失落，可他沒有開口勸慰，而是默然站立一旁。

「先生，能不能說幾件高興的事讓我換換心情？」林夕落看著他，林豎賢一怔，「忠郡王三戰告捷，還有一戰便能定乾坤，又或許不用半年便能勝戰歸來。」

「這是高興的事？」林夕落抽搐著嘴角，林豎賢道：「這難道不是樂事嗎？皇上已經下令待那一日來臨，舉國同慶，免大周賦稅。」

「這才是真正的舉國同慶，肅文帝英明一世，可惜老了，而且今日朝堂之上都能感覺到太子與齊獻王劍拔弩張之態……」

林夕落望向了天，她終於知道李泊言能大婚育子，而林豎賢這位先生至今孤家寡人且身無益友為何故了。

對於他這等呆板的人來說，父母之命媒妁之言更是好事吧？

兩人一同離開了墓地，林豎賢回了自己的府宅，林夕落則去了麒麟樓。

今天林豎賢所說的事情極是重要，她要給魏青岩去信，更要安排好糧行的事。麒麟樓是個幌子，其中許多珍貴物件必須送走，可做這些事情的前提是魏青岩早日給她一封回信，讓她知道該怎麼辦。

讓侍衛們去請來嚴老頭和方一柱，林夕落在心中斟酌許久這些話該如何說，可嚴老頭進門的第一句就讓林夕落驚了。

「郡王妃，咱們的兄弟什麼時候走？別留在這裡等死了吧？」嚴老頭說罷，見林夕落瞪大眼睛看著他，便擺手道：「我們雖然是殘了瘸了，可都不是瞎子，這些時日有多少人盯著糧倉還是能看得出來的。」

「有人盯著你們？」林夕落看向方一柱，方一柱點頭道：「的確是有，也就是這兩三天格外頻繁，正想找時間向郡王妃稟告。」

林夕落沉嘆口氣，如今看來不止是他們想要動，而是已經有人怕他們動，而能夠有膽子來盯著魏青岩一系的人，不是太子就是齊獻王，可這對齊獻王沒什麼益處，那最大的可能性便是太子。

看來林豎賢猜測的宮中有變的確是真的了……

「既是如此，那也不必怕，咱們就以糧倉的名義來送禮。也不必遮遮掩掩的，大張旗鼓地送，誰膽敢在此時找上門，就讓他們來找我。忠郡王與福陵王的關係好，送什麼禮福陵王能不接著？所以在這上面他們挑不出毛病來，即便挑事，也有我與忠郡王擋著，嚴師傅，您帶隊吧。」

林夕落說罷看向了嚴老頭，嚴老頭擺手，「老骨頭了，不想走了，讓方大管事帶隊吧。」

「那您這是……」林夕落見他這態度，有些猶豫，嚴老頭苦笑一聲，「我老了，有一天沒一天地活著了，只求在偏遠的村子蓋幾間大瓦房，有兒孫伺候著就知足了。」

「那這件事就交給方大管事，為嚴師傅尋一塊僻靜之地，山水景色要美，起一座三進的宅院，在有不願離開幽州的人家裡找幾個丫鬟伺候著，銀子都由糧行出。」

林夕落說完，嚴老頭也沒有拒絕，只是拱手道謝，「老頭子現在不會離開的，為郡王與郡王妃守至最後一刻。」

「您多辛苦了。」林夕落安慰著，可也發現了一件忽略的事情。

對於離開幽州城，不見得所有人都會願意，這件事她一直都沒有上心，可這次連嚴老頭都提出來，這便不是小事了。

如若欲留下的人多，那麼如何安置就成為一個大問題。

林夕落看向方一柱，「方大管事對以後的日子可有自己的打算？」

「我跟著郡王和郡王妃走。」方一柱笑道：「都是跟著郡王生殺場上活下來的，那這條命也是郡王的，何況說句小心眼兒的，跟著郡王有飯吃，去哪兒不一樣？留這城裡頭餓死嗎？」

「這話也不能如此說，」林夕落很認真，「還是要一個個問清楚，畢竟家中有老有少的人數不少，若有不願走的，就立即安置。這件事輕忽不得，如今的狀況你們想必也都有耳聞，得格外重視。」

方一柱點頭，「郡王妃放心，這件事包在我身上，保證萬無一失。」

嚴老頭在一旁道：「出不了什麼大事，這城裡頭需要的是穩定，怕的是鬧事。若真有那麼一天，幽州城也就不再是幽州城了……」

林夕落聽著此言，不由得沉默，會有那麼一天嗎？

從麒麟樓離開返回宣陽侯府，林夕落這一路上都在想著林豎賢與嚴老頭的話。

林豎賢被皇上下令前去西北，這是否也有著什麼其他的安置？或是對外界放出的什麼信號？

莫看林豎賢的官職不高，他身上牽扯的人不少。

他是林家人，又是林夕落的先生，這種關係誰都知道……難道說，這是皇上做給誰看的？會是要告誡魏青岩與福陵王什麼消息嗎？

林夕落只覺得一個頭兩個大，如若能進宮去看一看就好了，可惜……現在那裡恐怕是最不安全的地方了吧？

皇宮之中，德貴妃正在與齊獻王私談。

「……母妃，這般做會不會太冒險了？」齊獻王聽著德貴妃的話，猶豫起來，雖然齊獻王看似粗狂，可內心卻極其細膩，凡是都要前思後想，未有九成把握絕不動手，可如今莫說九成把握，恐怕五成都是多說。

德貴妃瞪他一眼，冷笑道：「他們能夠下得了這個狠心，還當本宮不知道？這些時日伺候在皇上身邊的那幾個太監幹了什麼噁心事本宮都一清二楚，惡人讓她去做，這個成果還得由你來收！」

「可……」齊獻王撓頭，「宮中九衛都在陳林道手中，就怕他不肯。」

「他有什麼不肯的？這件事你放心，本宮自會與他商議妥當。」德貴妃舒了口氣，自言自語地道：「如若讓太子登基上位，就沒有咱們的活路了。」

「兒臣這就去籌備，母妃多保重，莫讓他們在此時占了便宜。」齊獻王破天荒地吐出擔心之言，讓德貴妃動容一笑，「放心，母妃心中有數。」

齊獻王離去，德貴妃派人為自己收攏衣飾髮鬢，「換最素淡的裝扮，本宮要去為皇上侍疾，寸步不離。」

陳林道從德貴妃的宮中離開，心中憂慮重重。

德貴妃算起來是他的妹妹，可陳林道對這位妹妹沒有好感，反而極度厭惡。

因為她，他們陳家的確是得到了許多恩賞，可也因為她，陳家處處都要小心翼翼，甚至連陳家的子孫能從軍的名額都要有所限制。

陳林道自己的幾個兒子如今只有一個入伍，當個不起眼兒的七品主事，其餘幾個都賦閒在家，整日抱怨。

而齊獻王這位外甥對陳林道沒有分毫的敬畏，頤指氣使，好似他這位舅父是他的奴才一般。陳林道想著剛剛德貴妃所言，不由得冷笑，即便是齊獻王真的篡位成功，他陳林道能得到什麼？恐怕是被逼著交出軍權，能保住這一條命就不錯了。

再說了，一個玩慣了兔爺的王爺榮登九五至尊？那大周國還不被天下之人笑死！

陳林道一邊往外走一邊腹誹，但腹誹歸腹誹，抱怨歸抱怨，這件事既然德貴妃已經提出，他還真要好生尋思一番，怎麼做才能讓陳家得到最大的利益。

他不想再這樣的悶沉下去，這就像一隻被捆綁翅膀的鷹，即便不被人殺死，也會自沉消亡，生不如死。

陳林道正在思忖之餘，遠處忽然走來了幾名皇衛，為首的是名太監。

「陳大人請留步。」

陳林道看向那名太監，淡然地道：「不知這是哪位公公？尋本官何事？」

那名太監沒有開口，而是遞上了帖子，「陳大人請過目。」

陳林道猶豫之間接過一看，登時嚇了一跳。

皇后……

陳林道略有猶豫，但不過片刻，便轉身看向那名太監，拱手道：「請這位公公引路。」

「陳大人請隨咱家來。」

四目相對之間，兩人都看出對方神情中的合作意圖，臉上的笑容無論再如何燦爛，都透著股子奸詐。

陸之章◆深夜纏綿話恆久

與此同時，肅文帝的床邊，德貴妃恭恭敬敬地服侍著。

皇后在門外掃看一眼，身邊的郭公公道：「德貴妃娘娘今兒見完陳大人便不肯走。」

「陳林道給本宮攔住了嗎？」皇后反問一句，沒有對德貴妃在此不走有所抱怨，可侍奉過皇后的人都明瞭，這才是皇后最惱怒的狀態。

「陳大人已在祈仁宮等候您的召見。」

皇后的臉上露出幾分滿意之色，「咱們走吧。」

「那這裡？」郭公公掃了一眼德貴妃，皇后隨意擺手，「她有這份心就讓她在此侍奉著，這也是她的福分，最好她能一直陪著皇上，哪怕是賓天，她也陪著……」

皇后的最後一句話，聲音如蚊吟般輕柔，彷彿自言自語，可依然落入了郭公公的耳中。郭公公巴結諂媚的笑容揚起，躬身扶著皇后上轎離去。

皇后的目光掃過周圍單調的宮牆碧瓦，心中道：誰能成為最後的勝利者，或許就在今日的談判之中了！

林夕落這幾日都在忙碌著糧行的事。

幸虧她讓方一柱統計了下糧行能夠離開幽州城的人有多少，這一圈探問之後，幾乎有三成的人想留在幽州城。或許是因家眷在，或許是對此地有所留戀，她不願多問，她今兒是要去糧行與眾人喝上一杯散席酒，而後分發銀兩給眾人置產，送他們各自歸家。

這件事情雖然不小，但卻做得很隱蔽，對外自是打著為福陵王大婚賀禮的旗號，即便有人想探尋其中隱祕，也會被糧行的人發現。

儘管這些糧行的雜役不再於魏青岩麾下賣命，卻仍舊有護主的心，這讓林夕落甚是欣慰。

離開宣陽侯府，林夕落抱著小肉滾兒坐在馬車上，這小傢伙如今能自己走路，便閒不下來，喜歡亂爬亂走，扭著個小屁股格外討喜。

「文擎。」林夕落喊他一聲，他正趴在羊毛毯子上撅著屁股揪羊毛，聽見林夕落喊他，扭過頭來道：「耶，爺耶。」

林夕落苦笑，雖然會走了，可還是看什麼東西都喊「爺」。

「娘，你應該喊我娘，臭小子！」林夕落朝著他的屁股輕拍一下，小傢伙便吭哧吭哧往前爬，還回頭看著林夕落笑。

林夕落無奈地搖頭，什麼時候這小子才能會開口說話呢？

整日裡爺長爺短的，聽得她都有點兒煩了。

難不成是因為她與冬荷、薛一等人談話時總稱魏青岩個「爺」字被他給學會了？林夕落還沒等想個明白，薛一忽然從外靠近車窗，「有人跟著咱們，好似是奔著您來的，不是跟蹤。」

「嗯？」林夕落皺了眉，「能不能馬上趕去糧行，莫讓他們追上？」

「來不及，已經到了。」薛一說罷，林夕落便聽得後方一陣急促的馬蹄聲，臨近她的馬車時才停下。

「卑職九衛統領焦元和拜見忠郡王妃。」

拜見是有，語氣卻甚是強硬。林夕落也沒有撩開車簾探看此人，只開口道：「原來是焦大人，攔下我的馬車，不知我是犯了這幽州城的什麼錯兒了，還要九衛統領出面。」

九衛其中五衛是護衛皇宮內院，另外四衛分管幽州城的動亂。

如若是尋常百姓之事，自是有幽州城尹掌管，九衛只管叛民和軍中異端，故而他們找上來，也讓林夕落有些奇怪。

「恕卑職冒昧，近些時日，糧行中有許多人離鄉歸家，據卑職查問，全都是忠郡王之人，而且還有大批量的糧草準備運出城，卑職冒昧請問，忠郡王妃這是有何打算？」焦元和的口氣很重，顯然是有備而來。

薛一扮成小廝，沒有辦法直接提醒林夕落，便躡手躡腳來到冬荷身後，湊其耳邊道：「陳林道是管九衛的……」

冬荷被他的氣息弄得臉色通紅，可聽此言連忙鑽進馬車，告知林夕落。

陳林道？那不是襄勇公的嫡長子？是齊獻王一系的人，怎麼會忽然來攔截自己呢？

林夕落躊躇之間，嘴上則道：「你的身上可帶有審問我的文書？或欲查探忠郡王的文令？」

焦元和一怔，「卑職沒有。」

「那你可是奉了皇上或太子的口諭來查問我？」林夕落的話語更重，焦元和頓了下，依舊道：「沒有。」

「既然你身上沒有這些文令文書，你憑什麼攔截我的馬車問我這等問題？」林夕落猛然撩開車簾，「你不過是九衛統領，你覺得你夠資格嗎？」

「卑職也是奉命前來……」

「奉誰的命？」林夕落一句重問，焦元和忙道：「是陳大人……」

「陳大人，那你就回去告訴陳林道，我就在此地等著他，派個手下隨隨便便地攔截我的馬車，質問我的作為，他到底是想幹什麼？是懷疑忠郡王的忠心，還是……要跟我過不去？」

林夕落說罷，吩咐侍衛道：「這件事要有個了斷，你先去告訴嚴師傅和方大管事一聲，就說我為兄弟們送行的計畫恐怕要被打消了，陳大人……懷疑忠郡王與我做些隱祕的私事，就讓他們二人代我向大家敬酒吧。」

侍衛點了頭，駕馬離去，焦元和此時才覺得事情略為棘手。

都說這位忠郡王妃性格潑辣，可他覺得不過是個女人罷了，再潑辣又能如何？若是心虛的話，面對質問還能不露馬腳？

可焦元和發現這位郡王妃的臉上除了冷意之外沒有其他表情，而她盯著自己的目光更為冷漠，讓焦元和有些不知所措。

「是卑職不敬，求郡王妃恕罪。」焦元和有意把事情圓下來，林夕落笑道：「我為什麼要寬恕你的罪？」

焦元和呆滯，「是卑職無禮了，還望郡王妃寬宏大量。」

「寬宏大量也要分是對誰，對你這種不知禮儀尊卑的人，我為何要寬宏大量？」林夕落看著他，「你怎麼還不去請陳大人？我就在此等著他。」

焦元和啞口無言，只覺得怎麼開口都會被這位郡王妃給頂回來。

一拳頭砸在棉花上，怎麼都覺得不合適，而且侯府侍衛前去糧行通稟，說不準稍後會出現什麼樣的亂子。

焦元和朝向身邊的人吩咐幾句，那人立即去向陳林道回報。

林夕落坐在馬車當中，看著兒子好奇地瞪著一雙大眼睛，瞧著外面一匹又一匹的馬，時而伸出小手去指著笑，咯咯的聲音與僵硬的氣氛極不協調，卻讓林夕落的心逐漸平靜下來。

陳林道忽然插手，這會是齊獻王的意圖？

可她怎麼想都覺得怪，儘管前些時日齊獻王也跟太子聯手要讓魏青岩率兵歸來，可齊獻王也知道這個糧行在為軍中送糧，不會觀察得這麼仔細。

怎麼會在這時候讓陳林道插一槓子？這其中有什麼是她沒有想明白的呢？

焦元和派人前去通稟陳林道時，陳林道笑了笑，隨手道：「凡事都要勞煩本官，整日裡替你們這些人賠罪就要累斷了腿了！」

說罷，陳林道起身吩咐備馬：「那咱們就去看一看，忠郡王乃是大周的功臣，惹了他們家這位姑奶奶，你們九衛統領的頭銜恐怕是保不住了！」

陳林道說罷便騎馬而去，這件事的確就是他設計的。

如今的九衛統領焦元和並非是陳林道的親信，而是齊獻王派給他安置的人。

堂堂的親王開了口，陳林道自然要給焦元和安置一個最佳的位子，何況焦元和年紀輕輕，雖是武職將領，可在陳林道的心中，但凡是齊獻王沾了邊兒的都不是好鳥，全是兔爺。

故而陳林道對此人甚是不喜，何況……前一陣子被皇后召去密談許久，陳林道雖暫時還沒有下定決心偏向哪一方，可他卻已經開始安排自己的人手。

對於焦元和這種人，他必須要想辦法將重要位置的人替換掉。

那什麼辦法最好？自是如今風頭最盛的忠郡王。

而林夕落那個女人又是個潑辣的性子，讓焦元和去碰壁最好不過……

陳林道騎著馬慢悠悠地往林夕落所在之地行去，而此時林夕落也在打量焦元和，他雖然身著盔甲，可看去就是個小白臉，跟陳林道有關？不會他們襄勇公府的人都好男風這一口吧？那可是出了一窩子的奇葩了……

焦元和自是不知道這位郡王妃把他想成是個兔爺，他只著急地等著陳林道到來。

這件事可是陳林道親口吩咐讓他查的，可誰想到忠郡王妃是這般強硬的死面孔，分毫心虛的神色都看不出，而且還揪住不放了。

其實焦元和的心裡也奇怪，陳林道要他來查忠郡王的糧行，這豈不是等同於直接找忠郡王的麻煩？誰不知道魏青岩現在是大周的頭一號英雄人物，單單他這一個糧行有什麼可查的？

焦元和想不明白向陳林道請示，陳林道卻還不肯說明白，只含糊其辭，再問便被斥沒有腦子，故而焦元和只得在此地等，可人在臨近遇難之前總會有點兒感應，焦元和也不例外。

他前思後想，再反覆推敲今日發生的所有事，猛然冒出一個念頭：這不會是陳大人故意讓他來找忠郡王妃的麻煩吧？

這念頭在焦元和的心裡出現，把他自己也嚇了一跳。

焦元和嘆了口氣，不再多想，朝遠方看去，卻見陳林道正騎馬往此地行來。

林夕落看到陳林道閒庭信步的模樣，心中又多了幾分疑惑，斟酌一二，她依舊沒有下馬車，而是等著陳林道行至一旁率先行禮開口道：「卑職給郡王妃請安了，卑職之人多有得罪，還望郡王妃不要見怪，我一定會好生處置他，絕對不讓郡王妃受這等窩囊氣。」

陳林道說罷，看向焦元和。焦元和的臉色很難看，他什麼都不必問就知道陳林道是準備拿他當替死鬼了。

林夕落讓冬荷抱著孩子，自己下了馬車，「且慢。」

「郡王妃，九衛終歸也是為皇上辦事的，您也知道他們尋常跋扈慣了的，若您覺得洩不了這口氣，本官立即下令撤掉他的統領之職，您看可好？」陳林道說著又看向焦元和，「你還不向郡王妃賠禮？忠郡王是何人？那是大周的英雄，他的家眷輪得到你這等小人物當街阻攔？你有什麼資格質疑郡王妃？膽子太大了！」

「陳大人，你這話是罵焦統領呢？還是罵你自個兒呢？」林夕落語似調侃，卻直揭了陳林道的短兒，抓到了關鍵。

陳林道轉過身來道：「郡王妃這話從何說起？這是在怪我治理屬下不嚴了？」

「那是當然，你也說了，我們家忠郡王是大周的英雄，輪不到他這等小人物阻攔，那他吃飽了撐的跑這兒來管我的閒事？沒有你陳大人的吩咐，他敢嗎？」

林夕落上下打量著陳林道，之前去襄勇公府賀壽當日，她曾經見過陳林道，對此人沒什麼好感。而今日之事，她本以為是陳林道故意找麻煩，可沒想到他來到此地便直接痛斥下屬，讓她捕捉到點兒異樣的苗頭。

如若陳林道真是找麻煩，那憑藉襄勇公世子的名號，他與自己也能對上幾句，或揪著糧行的事不放，怎麼會直斥下屬讓她消氣呢？

何況她剛剛也打量半晌焦元和，從他的言行做派來看，他顯然是奉命行事，並非是擅自找麻煩，如此說來，這個搞怪的人就是陳林道了。

陳林道的眉頭微皺，「九衛掌管皇宮大內與幽州城內各個角落，本官當然是對此有過吩咐。」

「那便是陳大人對郡王的糧行有所不滿了，你不如直說，莫把這種爛攤子推給下屬。你今兒不說清楚，莫說是把個統領革職，你就是打死了他我也不依。」林夕落揚頭看著陳林道。

陳林道皺了眉，「郡王妃，莫要對此不依不饒吧？您的糧行說起來這陣子動作也不小，本官怕外界有人藉此機會鬧事，不得不來盯著些。」

「那你盯出些什麼了？」林夕落看著他，陳林道即刻問：「近期忠郡王征戰在即，幽州城內沒有再用民夫送糧的事，您這糧行中的人動作可不小。」

「我是給福陵王送大婚之禮。」林夕落說著，陳林道笑個不停，「大婚之禮送糧食？您別開玩笑了！」

「我就送糧食了，你管得著嗎？」林夕落臉色猛然冷了下來，上前一步道：「今兒我把糧行所有的人都叫來，陳大人挨個地看，若你挑出錯來，我就認，若挑不出來，我倒要去皇上面前問一問，怎麼忠郡王還在沙場上豁出命打仗，這城內便開始查起我們的家底兒來了！」

「不給我個清楚的答覆，我不依！」林夕落說罷，立刻朝向薛一道：「給陳大人尋把椅子來，請陳大人坐下來等！」

陳林道一慌，連連往後退，心中正尋思要怎麼把這個難纏的女人給打發了，卻見遠處已經有浩浩蕩蕩的一批民夫快步走來，而瞧著身上的衣著和行態，全都是林夕落要去的那家糧行的人。

陳林道心中焦慮，轉身朝向焦元和便是狠抽了一個嘴巴子，斥罵道：「與你說了多少次，是讓你來護衛忠郡王妃的安全，而不是要查糧行的事，你怎麼做事的？」

焦元和捂著臉，目光驚愕地看著陳林道，左右探看如今的事態，只得咬牙忍下這口氣，「是卑職的錯！」

「既然知道錯了，還不給忠郡王妃磕頭認錯？」

陳林道一指，焦元和便要跪地，林夕落當即給薛一使了眼色，薛一迅速上前攔住他。

林夕落看向陳林道，冷笑著道：「陳大人不必演這等好戲，人都快到齊了，你一一審問吧。」

林夕落看向嚴老頭與方一柱，顯然他們已經得到侍衛的消息，這些時日正想著怎麼處置那些上門盯梢的人呢，林夕落如今要殺雞儆猴，他們怎能不配合？

眾人當即老老實實地站好，可他們都是戰場血肉堆裡滾出來的，平時還罷，這般冷面肅立，身上不自覺便釋放出一股殺氣，讓焦元和與陳林道等人心中湧起恐懼感。

陳林道只覺得此事棘手，眼珠子一轉，即刻與身邊的人吩咐道：「去請齊獻王來！」

身邊的人悄悄跑走，林夕落看到也沒有阻攔，指著眾人道：「陳大人，你請吧！」

陳林道沒轍，即便是等齊獻王到此也需要時間，這段時間他只得面對著如此眾多的雜役……可陳林道看向眾人充滿殺意的目光，有些心驚膽戰，餘光一瞥焦元和道：「焦統領，這是你惹出來的事，你來吧！」

焦元和狠狠地啐了一口唾沫，隻身上前……

林夕落看著陳林道，心中則在盤算著稍後會有誰出現。

除此之外，林夕落也明白一個道理，她就是魏青岩的影子，誰都能離開幽州城，就她離不開，或者她是最後能走的人……

青岩，你在何處？

齊獻王聽到九衛中人前來講了陳林道、焦元和與林夕落之間發生的事，當即跳腳大怒，猛斥道：「這時候招惹那個女人做什麼？她明明就是個瘋子，這不是給老子惹麻煩嗎？」

「王爺，您看這件事……」

齊獻王冷哼一聲，也明白這件事若沒有他出面，林夕落那個女人是不會罷休的。

「陳林道，你跟本王作對，這種時候倒知道找上本王，本王就好好地看你出醜！」

齊獻王行出王府，與此同時，一身著便服、背跨弓箭、手持長槊的冷面男子駕著駿馬在遼闊的草原上飛馳，朝向幽州城疾速奔來。

目的地：宣陽侯府！

幽州城南市最繁華的街道被浩浩蕩蕩的人群堵滿。

此時不單是九衛的人，連帶著宣陽侯府、幽州城衙役也全都出面在此維持秩序，生怕此時鬧出什麼事來。

不單是林夕落麾下的糧行眾人聚集在此，圍觀的百姓也不少。

九衛對上了忠郡王妃，而且還是揪著郡王妃的糧行說事，這豈不是天大的笑話？幽州城的百姓誰不知道這糧行除卻對百姓賣糧之外，還是供給在邊境的軍隊。這位陳大人可是一腳踢了釘板上，讓這位忠郡王妃又撒潑了。

不過在百姓看來，這件事也的確是九衛不對，忠郡王如今正在邊境爭戰，而且屢屢告捷，那些文官卻滿口殺戮嗜血，什麼為民為蒼生，那都是揪著烏龜尾巴扯王八蛋。

烏梁國與咸池國騷擾邊境百姓時怎麼不顧這些仁義道德了？

這就等同於被人睡了閨女還得幫著擦屁股，荒唐，荒唐至極！

百姓們的需求簡單，支持也更簡單，對著官員大臣他們伸不上手，可還有這張嘴啊。

這一會兒議論紛飛，嘲笑漫天，讓焦元和恨不得尋個地縫兒鑽進去，而看著林夕落在一旁優哉游哉地看著，陳林道的牙都快咬碎了，只恨這齊獻王怎麼還不來接爛攤子？

其實齊獻王並非沒有來，他只是在遠觀態勢，覺得此事棘手，故而派人前去尋找林夕落，想要私談此事。

林夕落看著齊獻王派來的人，笑著聽他說明齊獻王之意：「……此地人多，不方便郡王妃與小主子在此，王爺請郡王妃到前方的茶樓相談。」

「我不去。」林夕落待他最後一個字說完立即拒絕，「就這兒挺好，何況我還要聽著陳大人與焦大人怎麼查驗我糧行的人，我若是走了，把他們給晾在此地算什麼？王爺有什麼吩咐直接傳話就是了。」

林夕落說完，看向一旁的陳林道，「陳大人，連齊獻王都請來了，你還真是看得起我。」

陳林道臉色僵硬，他本以為齊獻王到，林夕落這女人應該會賣個面子，跟著前去把事情撇清，可她居然連齊獻王都敢拒絕？陳林道嘴角抽搐，心中另有了一番想法。

沒有回答林夕落的問話，陳林道走到一旁與齊獻王派來的人道：「這個女人很難纏，請王爺來此地。」

「這不合適吧？」此人略有猶豫，那位是親王，這不過是郡王妃……

陳林道冷哼地道：「輪不到你插話，快去！」

看著那人迅速去向齊獻王回稟，陳林道的目光露出幾分狡黠之色，可猛地一怔，卻發現林夕落在盯著他。

「陳大人這心裡又在想什麼好事呢？看你的神色沒有愁，倒是笑。」林夕落誇張地試探一句，陳林道只撇了下嘴，「郡王妃，那位可是堂堂的親王，您如此大張旗鼓地鬧事，就不怕皇上怪罪？不怕皇后娘娘對您責罰？」

「你們要查，我就明明白白地把人都帶來讓你們查個遍，我何罪之有？齊獻王為人大度，自當不會為這等小事與我一個女人計較。如若依照陳大人這番言辭，可把齊獻王給想成鼠肚雞腸的小人了，他好歹也是跟你沾了親的，哪能如此排擠？」林夕落漫不經心地說著，眼睛更盯著已滿頭冒汗的焦元和。

遇上這種事怕的就是沒有經驗，縱使掛了九衛統領的名頭，可吃的米沒有嚴老頭這些人嚥的鹽多，只有少許人作出鬧事之態就已經讓焦元和頭疼了，可這些事他們九衛卻也挑不出毛病來……

林夕落只笑不語，陳林道的心底開始犯了嘀咕，這個女人可不是簡單的人物，莫尋思藉著她的名頭耍一把手段最後再被她獅子大開口給吞了，那可就是自作孽了！

陳林道心裡想著，可他也知道這件事已經沒有收回的餘地，只等著齊獻王那方有什麼反應。

齊獻王聽得屬下的回報，登時大怒，可待聽得屬下說起陳林道時，齊獻王又道：「停，你給本王好生講講陳林道是什麼反應？」

屬下一愣，隨即道：「陳大人……陳大人他讓屬下來請王爺前去，稱忠郡王妃太難纏。」

「他什麼神色？」齊獻王問得很細。

「屬下愚鈍，看不出來……」

此人回稟完畢，齊獻王冷哼一聲，心中把陳林道罵了不知多少遍，可這件事既然扯到了他的頭上，就這麼走了，他這王爺豈不是丟人丟大了？

林夕落這個臭娘們兒果真難纏！

齊獻王派侍衛在前開路，心中一邊罵著林夕落，一邊往那方走。

齊獻王的衛隊將此地團團包圍住，熙攘的百姓人群也慢慢退散開來。

對其他王爺不知或許有可能，但這位性情暴戾的齊獻王無人不知，故而不等護衛推搡，自都跑到兩旁，安靜無聲地靜候，待齊獻王出來時跪地請安。

「行了，都起來吧。」齊獻王大手一揮，隨即站在那裡等著林夕落與陳林道前來請安。

林夕落緩步行去，只福了福身，「給齊獻王請安了。」

「給本王請安？妳是想氣死本王吧？妳說妳個女人，不好好地在家裡養妳的兒子，跑出來幹什麼？」齊獻王劈頭蓋臉便是先訓斥林夕落幾句，林夕落的神色也冷了下來，即刻頂回去道：「家中沒有男人管事，女人不出面能怎麼辦？本就是女眷出府，還被陳大人給派人攔截馬車，這個理我找誰說去？」

「妳……」齊獻王嘆口氣，他也知道這女人是個硬碴子，犯起倔來，跟魏青岩一樣軟硬不吃。

齊獻王看向陳林道，眉頭皺得更緊，「這怎麼回事？」

陳林道上前，湊其耳邊道：「是焦元和攔了忠郡王妃的馬車……」

「焦元……」齊獻王剛說到一半，即刻瞪向陳林道，目光中的狠戾不言而喻，焦元和沒有他陳林道的吩咐，怎麼會幹出這種蠢事來？

可這話齊獻王自不能當著眾人的面兒斥責，只得將氣先嚥下，朝向遠處嚷道：「查什麼查，忠郡王的事有什麼好查的，還不都散了！」

「不行！」不等齊獻王將事攪和散了，林夕落當即便阻攔。

「妳還想怎麼著？」齊獻王滿臉不悅，林夕落卻是不怕，天知道陳林道與齊獻王之間玩什麼貓膩兒，但她是絕對不能糊裡糊塗地讓他們當猴耍，這筆債總得要點兒報酬才行。

「這事兒就這麼算了，我們母子倆的臉還要不要了？忠郡王的名聲還要不要了？當街攔下馬車，又查我們糧行的人，不給說法，這口悶氣我嚥不下去。」

林夕落完，看了陳林道一眼，「既然陳大人請了王爺前來，那就請王爺做主吧！」

齊獻王被林夕落這模樣氣得腦仁生疼，雙拳攥得緊緊的，如若不是還有一絲理智在，他早就對林夕落揮拳頭了。

可周圍如此多人盯著，除非他齊獻王想徹底不要這張臉了，否則不會動她一絲一毫。

齊獻王長舒一口氣，「那妳提條件吧，要多少銀子？」

林夕落挑眉，「王爺怎知我想要銀子？」

「少廢話，不要銀子妳還能要什麼？」齊獻王極是不耐煩，可林夕落卻沒有因他怒惱而驚慌，只在心中盤算該要多少東西合適的時候，薛一忽然給她使了眼色。

林夕落退後幾步，薛一立即將手中紙條塞給了冬荷，由冬荷交給林夕落。

看著手中的物件，林夕落微微一怔，打開一看，不由得瞪了眼。

林夕落走到齊獻王的面前道：「不要銀子，我要馬匹，就是王爺在西郊那個馬場中的所有馬，王爺肯給嗎？」

「妳瘋了！」齊獻王也被嚇了一跳，這娘們兒怎麼會開口要這等物事？是誰教她的？

林夕落不等齊獻王反應過來，句句相逼，「如若王爺不肯給，那這件事我就要進宮去請皇上評理，皇上如若不能評理，我縱使被皇后斥責，也要讓皇后娘娘為我做主，王爺看著辦吧！」

「妳個死娘們兒……」齊獻王咬著牙，「一百匹，多一匹都沒有！」

「一百匹外加一萬兩銀子壓驚！」林夕落提完，齊獻王當即道：「給！老天爺都奇了怪了，怎麼生出妳這麼個奇葩的女人！」

說罷，齊獻王吩咐身邊的人處置此事，林夕落叫來方一柱與嚴老頭：「一人跟著去馬場，一人取銀兩，辛苦你二人了！」

「郡王妃現在去何處？」方一柱見林夕落要上馬車，著急地問道。

林夕落斟酌了下，「我有點兒事，明日再來送行。」

說罷，林夕落吩咐馬車往宣陽侯府趕回，捏著手中的字條，看著上面熟悉的字跡，心好似著了火一般。

青岩，是你嗎？

皇宮中。

一道黑影避開皇衛查巡，悄無聲息地潛入皇上的寢宮。

黑色的裝扮，只露出一雙冷漠的眼睛，其腰間佩刀則泛著清冷的銳芒。

躲開大殿前的守衛，可殿內侍奉的太監卻是陌生的面孔，他的眉頭微皺，反而淡定下來，直接走了進去。

小太監忽見此人，登時瞪大眼睛，嚇得張口欲喊，可還未等出聲，只覺得脖頸一涼，便倒於血泊之中。

皇上看到此等景象沒有任何反應，反而露出笑笑，「進來看望朕，卻還要送這份血禮，你是越發心狠了。」

「微臣得皇上密詔進宮，叩見皇上。」

黑衣人扯掉臉上的遮蓋，若林夕落在，定會大吃一驚又心疼不已，因為那冷漠的臉上多了一道傷疤，從其耳根直至下顎。

肅文帝看到也不由得一怔，隨後嘆息一聲，「你辛苦了。」

「為皇上開疆擴土是微臣的使命，不敢擔辛苦二字。」魏青岩儘管語氣有幾分疏離，可眼中的複雜之色卻無法遮掩。

他這是第一次見到如此脆弱的肅文帝，在他的印象中，肅文帝向來叱吒風雲，翻手為雲覆手為雨，那是他年幼時的第一印象，而這印象也深深地扎在他的心中。

可眼前這位年邁滄桑的肅文帝，看著卻那般的陌生，可這種陌生，反而讓他多了幾分親近。

「扶朕起來。」肅文帝看著魏青岩，魏青岩立即上前。

「筆墨伺候。」肅文帝的聲音沙啞，輕咳幾聲。魏青岩沒有耽擱，迅速取來筆墨。肅文帝鋪開紙張，揮毫於上，親筆寫了多封詔令，魏青岩在一旁心驚如潮。

他在沙場上接到肅文帝的密詔便覺得事有蹊蹺，連夜趕回，見此情狀更是愕然。可肅文帝親筆所寫的詔令解開了謎團，讓魏青岩糾結於心頭的疑惑全部得到了答案。

肅文帝手中的筆忽然停下，看著魏青岩道：「你想要什麼？」

「要我的女人和兒子。」魏青岩說完，肅文帝輕笑，可輕笑過後卻呆滯半晌，筆落於地上，輕嘆道：「你在怪朕。」

「微臣不敢。」魏青岩這話說出時有些哽咽。

肅文帝擺了擺手，「把這些都拿走吧，何時能用上就用，朕只能做這些了。」

魏青岩將肅文帝所寫的密旨收好，又看向肅文帝，問道：「皇上還有何吩咐？」

肅文帝搖了搖頭，魏青岩緩緩退步，轉身欲離去。

「青岩。」肅文帝忽然叫住他，魏青岩猛然停步，轉身看向肅文帝，目光中有難言的期盼。

肅文帝看著他，微微點頭，「朕對你很滿意，很滿意……」

魏青岩深吸一口氣，跪在地上朝著肅文帝磕了三個頭，一個字都沒有再說便離開了皇宮。

林夕落回到宣陽侯府便衝去了郁林閣，可屋中只有丫鬟婆子們在收攏衣物，沒有別人。

林夕落驚愕半晌，自己連是誰送的字條都沒問，在這裡亂走什麼？

「薛一呢？」林夕落轉身看向冬荷，冬荷搖頭，「他護送您和小主子回來就沒影了。」

「你可知道他得到的字條是誰給的？」林夕落揪住冬荷，那急切的模樣把冬荷嚇到了，「奴婢不知道。」

林夕落嘆口氣，坐在那裡苦笑著搖頭，他不會回來的，否則怎麼連個招呼都不打呢？

不！這字條上的字跡就是他的！

薛一，這個該死的薛一，什麼時候消失不行，偏偏選在這個時候！

林夕落思緒有些雜亂，開始胡亂地埋怨。冬荷不敢打擾，小心翼翼地去倒了杯水遞來，便在一旁守著。

「咱們去麒麟樓！」林夕落忽然起身，「馬上備車！」

冬荷怔愣，連忙跑到門口傳話，待車馬備好，她便抱著兒子離去。

如若是他回來，一定會去麒麟樓的，一定會……

回到宣陽侯府沒有看到他的身影，林夕落很失望，但在麒麟樓中依舊沒有看到他，林夕落反而平靜下來。

看著字條上的字跡，林夕落不知攥成團多少次，又小心翼翼地打開多少次。

太陽垂落，圓月升空，繁星在夜幕上閃耀著。

林夕落抱著兒子在湖心島靜靜地坐著，小傢伙在地上扶著東西亂走，偶爾磕絆一下摔倒也沒有哭，站起來自己拍拍屁股，繼續玩鬧。

冬荷時而看看林夕落，時而盯著小肉滾兒，湖心島上除了她一人之外，林夕落沒有允許其他人跟著上來。

從踏上湖心島之後，林夕落便坐在窗前盯著外面，許久都沒有動一下，如若不是她還眨著眼睛，冬荷都會覺得自家這位主子是否出了什麼毛病。

該死的薛一，怎麼還不回來通個消息？冬荷除卻薛一之外，也無人能怪。

念頭剛落下，就覺得外面忽然閃進來一個人影。

林夕落起身衝過去揪住此人，可看清這人的臉，立即又鬆開。

薛一站在原地一動也不動，原本以為郡王妃會追著他問個沒完，卻沒想到她一句話都沒有，只回到窗前去坐著。

冬荷狠狠地瞪他幾眼，薛一很無辜，走到冬荷身邊，不顧冬荷的抗拒，直接將她拽走。

「別碰我！」冬荷低聲掙扎，她不敢大喊，怕驚擾到林夕落。

薛一用手示意她閉嘴，往外方指了指。冬荷眨了眨眼，突然看到一個熟悉的面孔，驚喜之餘沒有任何反應，傻呆地站在原地，被薛一扛起來給帶走。

冬荷羞惱得使勁兒打他，又不敢喊出聲來，怕壞了主子的興致。

兩人退去，林夕落也沒有任何感覺，依舊看著窗外的月光星斗，其實她的腦中空白，沒有在想任何事。

「耶。」小傢伙看到有一個人站在門口看他。

待過半晌，好似覺得這人有點兒面熟，卻又陌生，嘟著嘴站在原地，見到那人手中舉起的玩物，咧開嘴，蹬蹬蹬地跑了過去，「爺……咯咯……」

林夕落不知這孩子鬧什麼，轉頭看去，瞧見小肉滾兒落入那人的懷中。

熟悉的面孔上多了一道陌生的疤痕，而那雙炙熱的眼睛正笑著看她。

林夕落看著他，僵了半晌，屋中除卻小傢伙咯咯的笑聲外，便只有四目相對的無聲勝有聲。

「還不過來。」

有了這一聲輕喚，林夕落風般衝了過去，不顧他懷中還有個小傢伙，將爺倆兒猛撲在地。

魏青岩驚訝她的爆發力如此大，倒地時，連忙一手護著兒子，一手摟著他的女人。溫潤的身子入懷，讓他空冷許久的心被填滿，正欲親吻，卻聽林夕落坐在他的身上仰頭大喊：「啊！」

這一叫喊不僅把魏青岩嚇了一跳，小傢伙也「哇」的大哭起來。

魏青岩忙將她緊緊摟住，哄道：「怎麼了？寶貝兒，是我，真的是我……啊！」

沒等他安撫的話說完，就覺得自己的肩膀狠狠地被咬了一口，林夕落看著那泛起的紅印，眼中湧起了濕潤，輕斥道：「討厭！」

摸著他臉上留下的疤痕，她的唇吻了上去，他也下意識地回應。

小傢伙乾嚎半天卻爹娘都不管，扁了扁嘴，停止哭聲，歪著腦袋，瞪著一雙大眼睛看著兩個大人，露出無辜之色。

冬荷在門外忍不住悄悄進門將小傢伙抱走，薛一看著這小傢伙撲在冬荷的懷裡亂蹭，心中道：這臭小子到哪兒都是個礙事的！

齊獻王府之中。

齊獻王糊裡糊塗地賠掉馬場中的一百匹駿馬，還搭上了一萬兩銀子，心裡憋屈至極。若非此時正趕上肅文帝病重不起，朝堂混亂一片，他寧可把馬場燒了，也不會讓林夕落這小娘們兒占了便宜。

可他斥罵林夕落的同時，對陳林道更是憤恨，他這明擺著是給自己找事，襄勇公府的胳膊肘卻不知要往何處伸了。

陳林道此時正在齊獻王府中講著今日的事，儘管齊獻王的神色不佳，還是數著焦元和的罪過：「焦統領做事沒有輕重，本是讓他跟著林夕落那個女人查探動向，孰知他居然直接去攔截，革掉他的職位也並非我願，原本刑部之人還欲加二十杖棍的刑罰，我耗費了一下午的唾沫星子才把杖刑給消了。」

齊獻王聽著陳林道這番話，忍不住重哼一聲，「這事兒全都是你搗的鬼，休當本王不知！」

「王爺，那不過是個不知羞恥的小倌兒罷了，您要自重！」陳林道的眼睛微瞇，他早已料到齊獻王會有這樣的舉動，而他也就要趁著這個機會擺脫德貴妃的把持，做他陳林道自己的主了。

深夜，月光鋪灑，湖面上水紋波動，暗合著湖心島泛起的韻律。

微光穿過屋內的黑暗，照著癡纏的兩人，身上的汗珠兒滑下，滴落在床單上。

小別勝新婚不足以訴清她心中的思念，他的回歸好似是劫後餘生，讓她摟緊的雙手不願再放開，生怕他會瞬間消失，睜眼又是浮夢一場。

他看得到她眼中的渴望，並非只是情慾，還有訴不盡的千言萬語。

身下人兒的肌膚白嫩如雪，豐腴柔滑，他雖小心翼翼地呵護，卻難以抑制心中的慾望，反覆吸吮，留下點點紅色的吻痕，彷彿要在她的身上烙下只屬於他的花瓣。

滿足、幸福、歡愉、渴望，這些詞彙都不足以形容林夕落此刻的心，她的雙腿雙臂緊緊地纏在他的身上，隨著他的起伏一張一弛、一鬆一合，嬌媚的呻吟聲猶如催情的曲子，讓他忘情得銷魂其中。

一次又一次，沒有休止的癡纏著，連圓月都羞澀得淡去光芒。

林夕落趴在他的胸前微喘，可依舊不肯閉上眼，生怕再睜開他便不在。

他沒有開口說話，就這樣摟著她，輕柔地撫摸她蓮藕般的柔嫩香肩，生怕粗糙的手掌劃破她嬌嫩的肌膚。

「要走嗎？」林夕落終究沒有忍住，問出了她不想知道答案的話。

「皇上密詔傳我歸來。」魏青岩沒有直接回答，更不敢看她傷心的容顏。

「皇上？」林夕落有些驚訝，抬頭看他，卻發現他就像個孩子，想看卻又不敢看自己。

扳過他的面頰與自己對視，林夕落撫摸著他臉上的傷疤，他的身上多了許多傷痕，她不願去想這些傷疤所代表的生死一瞬的驚心，閉上眼半晌才睜開，直問道：「有什麼要交代的？」

他攥著她的手，無奈地望向天空泛起的白，只得轉回正題道：「皇上堅持不了多久，要即刻離開此地。」

「所有人都要離開？」林夕落問道，魏青岩微微頷首，「我會給妳一份名單，幫我安排他們離開。福陵王大婚是個非常好的藉口，趁著皇上沒出事，自可明目張膽地打著他的旗號。」

「福陵王靠得住嗎？」林夕落問出心中懷疑已久的事。

魏青岩肯定地點了頭，「他比其他人多一份值得信任的地方。」

「我會安排好，你自可放心地離去。」林夕落說完，魏青岩則道：「妳離開之日，我會在城外接妳。」

「我會想辦法脫身。」林夕落將後半句欲說之言嚥回腹中，而是道：「暫且讓你所需之人離開，我不急。」

「別人都不重要，妳才是最重要的！」魏青岩話語堅定，讓她的心裡湧起一股暖流，「放心，我無事的。」說到此，林夕落忽然想起了陸公公，「……他走得可惜了。」

「妳的信我已經看到，陸公公所料無錯，皇上……真的身不由己了。」魏青岩說著神情不由得多了一分落寞，「可他明知是誰在背後動手腳，卻依然放縱，他的心實在讓人難懂。」

林夕落眉頭微皺，悵然道：「無論下什麼手，都是他的子孫，為你們留了後路，不也是在太子與齊獻王的脖頸上橫了一把刀？只不過這個劊子手，皇上不想自己去做。」

魏青岩一怔，長嘆口氣，他剛剛的確是鑽了死角，看著皇上親筆寫下的詔書，好似一切都在他的掌握之中，可他卻捨棄自己的性命，這始終不能讓魏青岩釋然，而林夕落的話卻給了他答案……

功績卓越、開疆擴土、百姓富足，可皇上卻對自己的子孫不滿，故而才寧願撒手離去，將問題留給他們自己。

魏青岩突然醒悟，在皇宮中，肅文帝看著他說的「滿意」為何意。

可他要為了這位帝王的一句「滿意」去拚搏一條血路嗎？魏青岩迷惑了，他得不到答案，或許這個答案是他在逃避，不願去揣度的。

林夕落看出他神色中的異樣，他則拍拍她圓潤的屁股，「丫頭，妳想要什麼樣的生活？」

「只要你和孩子。」林夕落回答得很乾脆，「我要簡單的生活。」

「那……我就給妳最簡單的快樂。」

馬車悄悄從麒麟樓的角門處離開，馬車內，魏青岩正摟著自己的女人在陪著兒子玩。

父子真情，小傢伙樂於與魏青岩玩在一起，不過是幾句哄逗而已，小傢伙就與自己的爹熟稔起來，在魏青岩的身上爬來爬去，屁股坐在他的臉上，吃著林夕落餵的水果，玩得不亦樂乎。

魏青岩對孩子的寵溺讓林夕落搖頭，他之前還說待兒子會走就要開始讓他習武，可如今都已經騎在他的臉上玩了，他卻還樂得歡。

林夕落心中明白，魏青岩是把他的遺憾彌補給了下一代。

踢踏的馬蹄聲，好似是敲著他們即將分別的鐘聲，讓林夕落的心忍不住煩躁起來，抱住魏青岩的胳膊不肯放開。

「你覺得還有多久我們能夠見面？」

「很快。」

「十天？一個月？兩個月？不會是半年吧，那我會想死的……」

「……」

林夕落在這裡不停地問，而齊獻王這一宿也沒有睡著，只瞪著布滿血絲的雙眼在書房中等待屬下回報。

他算是徹底與陳林道鬧翻了。

陳林道！齊獻王想到他便手腳發癢，他明明是有另投之心，卻還咬著焦元和來跟他討價還價，如若沒有自己的支撐，他陳林道一個狗屁不是的東西怎麼可能有今日的榮華富貴？居然還在自己的面前端著舅父的架子，狗屁！

想以手握重權來要脅自己，沒門！

看著滿地狼藉的杯碗碎木，齊獻王手上犯了疼，剛剛與陳林道爭執之間，沒忍住自己的火爆脾氣，將陳林道好一通打。

陳林道一來比齊獻王年長二十來歲，二來齊獻王終究是皇子，而他是臣子，齊獻王可以打他，他卻不能還手，但躲避之餘，卻也將齊獻王的手給傷了，陳林道得到的則是重拳相擊，險些把他的骨頭給打折。

派侍衛將陳林道抬回襄勇公府之後，齊獻王腦中忽然冒了一個奇怪的念頭：林夕落那個娘們兒怎麼會忽然想起要他的駿馬，而不是要銀子了？

讓齊獻王越想越奇怪，派了手下去查探，卻得知林夕落回到侯府又匆匆奔向了麒麟樓，之後就再也沒有出來。

邪門了！齊獻王忍著心中的古怪，派人繼續去打探，可他心中所想的事更多，連秦素雲來找他報說孩子生病，他都不願去看上兩眼，一門心思在書房等著手下的消息。

「王爺，皇宮出事了！」沒有等到來人回稟林夕落的事，反而是宮中的人傳來了消息。

「又怎麼了？」齊獻王略有不耐，來人是宮中之人，更是德貴妃身邊的人，想必是得知他打了陳林道來訓斥他的，否則還能有什麼事？

「皇上跟前的小太監被皇上給殺了。」

「什麼？」齊獻王從椅子上跳了起來，「什麼時候的事？」

「昨晚發生的，但今早皇上才召人去收拾屍體，稱是那個奴才燙了皇上的手，皇上大怒之下一刀給殺了。那太監是皇后娘娘為皇上所選的，皇后娘娘此時正在請罪，德貴妃娘娘特意讓奴才來通稟王爺。」

來人未等說完，齊獻王登時便嚷道：「他媽的，這人怎麼可能是父皇殺的？一定是魏崽子，一定是他回來了！給本王備馬，派人去城外將他攔住，林夕落那個娘們兒的馬車也給本王攔住！」

齊獻王說罷便衝出了齊獻王府，秦素雲正欲來此地再讓他去探望幾眼孩子，可齊獻王一句話都不提便離去，好似對那孩子極是厭煩一般。

秦素雲心中苦澀難言，終歸不是親生的，只當他是個上位的工具嗎？人在做，天在看，老天爺容得下嗎？

齊獻王派人追來時，林夕落正與魏青岩在幽州城外二十多里之地傾訴離別之情。短暫相聚後便又要分別，這就像將她的心填滿後又瞬間掏空，她連眼淚兒都掉不下一顆了，只緊緊地握著他的手。

魏青岩看著她不語，這是他的女人，他的孩子，怎能輕易放手？

依依惜別的眼神都在訴著兩人的情愫，可有人受不了這酸掉牙的場面，在一旁提醒道：「大人，時間不早了！」

林夕落瞪了一眼出聲的薛一，薛一臉皮很厚，沒有分毫的愧疚感。

魏青岩點了點頭，就在此時，遠處傳來急促的馬蹄聲，薛一伏地聽後，起身催促道：「有人來了，不少於三十人，恐怕是來追您的。」

「快走！」林夕落催促他上馬，魏青岩容不得再多說，即刻翻身上馬離去，瞬間便只剩下一道黑影消失在遠方。

林夕落站在原地才半刻鐘，便見到齊獻王率眾趕來，扯著脖子喊道：「魏崽子，你給老子滾回來，不然老子要你女人的狗命！」

「夠了！」一聲怒喝，讓齊獻王轉頭，因這聲音不是旁人發出的，而是林夕落。

林夕落抱著兒子看著他，緊蹙的眉頭隱忍著強烈的厭惡和不悅，「王爺，您這一大早上就追著我等出城，還真顧忌著我母子的安危，可你口口聲聲地亂喊胡叫，不覺得有失身分？」

齊獻王冷哼轉頭，「是不是魏青岩回來了？莫當本王是傻子！」

「王爺，您做夢呢！」林夕落嘲諷道：「邊境正打仗呢，您說我們爺回來了，這什麼意思？想給我們爺扣個腐將逃兵的罪名？還是省省吧！」

「少跟本王胡扯，旁人不知道妳，本王清楚得很，不是魏青岩歸來，妳大早上帶著孩子跑到荒郊野外，妳吃飽了撐的？」齊獻王向身邊的人擺手，眾人立即駕馬追去。林夕落沒有阻攔，冷掃一眼齊獻王便往馬車處行去，「我就是撐的，望一望我們爺歸來的路，這會兒更是撐著了，準備遞牌子進宮替我們爺探望皇上安危……」

「不許走！」齊獻王喝道：「昨兒妳仗著人多勢眾勒索了本王一百匹馬和一萬兩銀子，今兒妳還想玩這把戲？沒門！」

「昨日是昨日，今兒是今兒，怎麼著？王爺想趁這時候要了我們娘倆兒的命不成？」林夕落看著他，「縱使您有這份心，也有人不容您下這個手，您盯著我們，不代表沒人盯著您。」

林夕落越過齊獻王看向他的身後，另有一撥人正朝此處駕馬趕來。

齊獻王順著她的目光轉身看去，臉色登時落了下來，是太子的人。

「卑職參見王爺，參見郡王妃。」一批皇衛趕到，為首之人下馬向兩人見禮。

林夕落笑著點了點頭，齊獻王卻冷哼道：「怎麼著？今兒一早全都吃多了，都跑到荒郊野外來溜達不成？」

「卑職是奉殿下之命前來請王爺與郡王妃回城。」

此人剛說完，齊獻王登時大怒，「放屁，居然敢跟蹤本王？太子又如何，本王這就去找他理論個清楚。」

「王爺，」皇衛統領面現為難，「皇上一早已經下旨由殿下監國。」

齊獻王怔住，「什麼？」

「便是早朝之時的事。」

齊獻王憤恨地跺腳上馬，朝向城內奔去。

林夕落看向那個人，那人側身引林夕落上馬，口中道：「請郡王妃上馬車。」

「殿下還真是好心呢，派專人來接我們母子歸去。」林夕落話語中的刺兒極是明顯。

「殿下吩咐，郡王戰歸之前，郡王妃還是莫離開幽州城，以免出現不測，請郡王妃體諒。」

林夕落沒有回答，只看著懷中的小傢伙摟著自己的脖子向四處探望，那稚嫩的手臂貼在她的臉上，讓她將本欲出口的話全部嚥了回去。

她要忍住心中這口氣，依照如今的態勢，她離不開幽州城多遠就會被盯上，故而剛剛心中湧起欲跟他離去的想法只能是心中的泡影，不過是想想罷了。

何況她若跟著魏青岩離去，她的親人、朋友，周青揚不會留下任何活口。

她林夕落做不得這樣的人，她要將親眷全都安安穩穩地送離此地，再跟他們算清楚這筆帳。

上了馬車，林夕落再次看著幽州城的城門，心中只有一個念頭：這座繁華的都城恐怕要上演一場血的洗禮了！

周青揚聽得回報，對於沒有捕捉到魏青岩的影蹤也甚是遺憾。

他心中有十成的把握，昨晚魏青岩肯定見過父皇，可談過什麼、做過什麼，一無所知。

清晨便被皇后叫去一同為那個小太監向皇上請罪，可肅文帝不過是下達了由他監國的旨意，他只看與魏青岩和福陵王有關的消息，其餘之事都由太子操辦，隨後便一語不發。

皇后甚是欣喜，可周青揚隨即就聽到齊獻王追著林夕落出了城，當即派皇衛追兩人回來。

周青揚並不想捉到魏青岩，因為他此時還沒有十成的把握能安安穩穩地坐上這個位子，他何必給自己找麻煩？可肅文帝稱只要與魏青岩有關的消息，卻沒說不允他派人將林夕落母子看管起來，他做一做又何妨？

父皇老了……

周青揚今日看著肅文帝滄桑的臉色，不由得感慨著，他沒有去追問皇后是否在肅文帝的身體上做了什麼手腳，他要的就是肅文帝嚥氣的那一天，也是他血洗幽州城的一天。

林夕落由太子派的人送回宣陽侯府之後，吩咐薛一：「去查看有多少人盯著咱們。」

薛一沒有動，當即回道：「不用再去看了，送您回來之後，那些皇衛根本沒走。」

林夕落的嘴唇微微動了兩下，是一句沒有罵出聲的話語，讓曹嬤嬤等人帶著孩子先去睡，她則坐在桌前靜思許久，隨即喊來了秋翠：「中午辦一桌席面，去請三爺與三奶奶，就說我有事要談。」

秋翠應下便去，林夕落來到書桌前，取出魏青岩掛在她脖子上的一塊木牌，這上面都是他指定的要送離幽州城的人，對著晶片看去，上頭寫著的第一個便是她的父母林政孝與胡氏。

林夕落的手一顫，心中的暖意包圍全身，不管他是為了與林政孝和胡氏的情分，或是她對父母的看重，這一份真情卻是實實在在的，讓她心存感激。
林夕落攥了攥拳頭，將所有的人名看了一遍，便開始琢磨這件事該如何實施了。時間拖不了太久，因魏青岩已經說了肅文帝堅持不了多長的時間，那她就要儘快有動作，否則就來不及了。
午間時分，郁林閣擺好了席面，姜氏與魏青羽得到林夕落的邀請便提前到來。因林夕落沒有提到魏青山，故而夫妻兩人商議半晌，便沒有擅自告知魏青山，而是獨自前來。
飯席之間，孩子們一桌熱熱鬧鬧的，林夕落的目光投去，轉頭卻說起了魏青岩傳信之事。
「……今日一早皇上下旨由太子監國，咱們府恐怕已經被監控起來了。」林夕落看到魏青羽似有所知的神色，補言道：「前些時日，豎賢先生特意來此告訴我，皇上的身體不佳。」
前一句魏青羽已知，後一句卻讓他愣住。姜氏也嚇了一跳，立即看向四周的人，起身前去將她覺得不妥的人遣離，容魏青羽與林夕落私談。
「五弟是不是已經有什麼想法了？弟妹不妨直說。」魏青羽雖於武不成，但他這點謀略還是有的。林夕落雖隻字不提魏青岩，但他已經想到這件事定有魏青岩傳信，但他無論再怎麼聰明，都想不到魏青岩昨晚歸來。
林夕落微微點頭，沒有說出魏青岩歸來的事情，而是道：「他有意想讓你們儘早離開，而且還有另外的一批人。」
魏青羽沉默了，沒有提走或不走，反而說起現狀：「如今侯府已被盯上，想必弟妹往後的行蹤也都有人關注，與妳有聯繫的人，也會被盯住，這卻是個難題了。」
「三哥可有什麼好主意？」林夕落問他，其實她心中已經想了一個辦法，但她更想知道魏青羽是否有更妥當的方式。

魏青羽沉了許久，半晌才開口道：「恐怕只能藉福陵王大婚一事脫身，雖然仍漏洞百出，可福陵王在這時候請旨，想必也是提前為五弟做準備，他們兩人之間的關係很親近……」魏青羽說到此頓了下，「不亞於我等的兄弟之情。」

後一句說出自然帶了點兒酸澀，林夕落只當不知道，認同地點了點頭，「我也是這般想，但藉由福陵王大婚脫身，就脫離不開聶家，我對聶家心中無底。」

提及聶家，魏青羽倒是釋然地笑了，「他們不敢不同意。」

林夕落投來不解之色，「三哥不如細講一番，我腦子已經渾了，什麼都想不出來了。」

「聶家四分五裂，聶方啟是被綁在了福陵王一系上，縱使他現在倒戈，但身無一職又有何用？可別忘了，雖然太子如今的動作很大，可宮中的鳴鐘還未響起。」

魏青羽說完，林夕落點頭，「是啊，只要皇上還有一口氣在，這件事就好辦得很了。」

與魏青羽又商議了許久，林夕落要做的便是再去找聶靈素，既然是要藉福陵王大婚脫身，那就要打著聶家的名義，也只有聶靈素親自給魏青岩指定的人下了帖子，才能在大婚之前得以見面。

商定好退路，如今只看如何做了。

林夕落用過午飯，直接吩咐備車：「去聶府！」

聶靈素對林夕落的突然到來又驚又喜。

這些時日她跟著宮嬤習學規矩，儘管聶靈素性子溫婉，可這番折騰下來，她也有些吃不消。林夕落的到來，讓她好似得了一條救命的繩索，即刻便換好衣裝去前廳迎候。

可聶靈素還沒等邁出去幾步，就被宮嬤跟著在一旁輕咳提點著：「行步要慢，身形不可亂動，腳步不可邁得太大，否則耳墜子是要打臉的。」

聶靈素被這麼一說，立即放緩速度，按照宮嬤的要求一步一步地往前廳走去，而這一路上，宮嬤沒有停歇地在她耳邊左一句提醒右一句提醒，聶靈素心裡頭壓抑，可想到林夕落在，不由得起了壞心眼兒：不知稍後忠郡王妃見了這些宮嬤會什麼反應？

聶靈素沒有想錯，林夕落一見到她這柔弱體態，再看她身邊那一臉橫肉的宮嬤就明白聶靈素近期的日子不好過。

那位宮嬤向林夕落行了禮，便站於一旁，眼觀鼻鼻觀心，就像一根木頭立在那裡，雖然規矩，卻無活氣。

「這些時日可還好？昨晚想起妳就快離開了，就先過來看望一下，免得往後再想與妳相聚便沒那麼容易了。」林夕落態度親切，聶靈素聽著格外舒心，「我也很想您，今兒得了您來的消息，著實樂壞了呢。本是應該早些過來，可是……」

聶靈素說著，聶夫人在一旁面現苦笑，她剛剛陪同林夕落在此喝茶時已經說了聶靈素近期的狀況，其實聶夫人也不喜這些教規矩的宮嬤。

整日打著皇后的旗號呼來喝去，什麼人都管，什麼規矩都要教，架子大得很。連她這母親想要與聶靈素親近一二都會被頂回來，讓聶夫人心裡頭憋了好大的氣。

林夕落怎能不知聶靈素話裡的意思？

「是啊，還在琢磨平時妳聽得我來都即時出現，今兒卻這麼遲，若非聶夫人在此陪著，我還以為妳這是架子大了，不肯來見我了。」林夕落說這話時，眼睛看的不是聶靈素，而是她身旁的宮嬤。

被一雙冷冽的目光盯著，這位宮嬤自是有感覺，可她未被提及名字，自然不會抬頭，只作不知，繼續站著當木頭。

聶靈素輕笑地吐了下舌頭，聶夫人知道今日林夕落忽然到來定然有事，既然聶靈素已經到了，她便起身欲離開道：「郡王妃晚間就在此用飯，我這就去吩咐大廚為您準備著。」

「勞煩聶夫人了。」林夕落客套一句，聶夫人便福身離去。

聶靈素輕咳一聲，與一旁的宮嬤道：「嬤嬤先去歇了，由我陪著郡王妃即可。」

「老奴是奉皇后之命在此教習聶小姐，不敢有半刻耽擱，還望聶小姐恕罪。」宮嬤的聲音也如同一潭死水般讓人煩躁，不等聶靈素再開口，林夕落已經皺了眉，「下去。」

「郡王妃……」

「滾下去！」林夕落一聲厲喝，那宮嬤微愣，隨後氣惱不已，開口道：「郡王妃自重。」

「輪得到妳一個無名無姓的老奴才在此提醒我自重？皇后疼惜福陵王，派妳來伺候準王妃，可瞧瞧妳現在的德性？不是滿嘴的規矩嗎？聶夫人剛剛離去時妳怎麼不行禮？見到我來妳怎麼不磕頭？拿著規矩在聶府裡橫行，妳這顆腦袋不想要了吧？」

林夕落與冬荷道：「去讓侍衛把她帶走，送到九衛那裡，就說是我來探望聶小姐，看到她橫行不妥，讓宮中的司儀監看著辦吧！」

林夕落這話一說出，把宮嬤嚇壞了，她顫了幾下便跪地道：「郡王妃恕罪，老奴是來教習準王妃規矩的，這是皇后娘娘的叮囑，故而不敢耽擱……」

「少在這裡跟我扯什麼狗屁規矩，妳們怎麼不去教烏梁國的人規矩？不去教咸池國的人規矩？他們嗜殺邊境百姓，妳們倒是用規矩去打仗啊？倒是用規矩去殺敵啊？妳再敢多說一句，我就把妳送去邊境沙場，妳信不信？」

宮嬤顫抖不已，緊緊地閉上了嘴，儘管一肚子委屈和話，卻都不敢說。

她是深宮中人，對林夕落的行事也只聽說過罷了，沒有親眼見識過，如今看來，這位忠郡王妃是真的不容小覷，整個……整個一混不吝啊！

聶靈素知道林夕落是在嚇唬宮嬤，當即賣了個情面，開口道：「郡王妃息怒，這位宮嬤雖然偶爾嚴厲了些，苛刻了些，可也還算過得去，就別讓她回去了。終歸也沒有幾日我就要離開幽州城了，留給眾人一個好念想吧，就算是我開口為她求情了。」

林夕落冷哼一聲，「不在此處了，換個地兒吧。」

「郡王妃請隨我來。」聶靈素壓根兒不理在地上跪著的宮嬤，引著林夕落便往一雅間行去。宮嬤在地上不知該起身還是該繼續跪著，剛一抬頭，就見秋翠在看她，顯然是不允她亂動，她只得繼續跪地等候……

兩人進了雅間，聶靈素長嘆了好幾口氣，「也就是您來才為我說兩句話，不然這日子過得苦悶死了。」

「妳不是最會掉淚兒的，怎麼沒哭死她？」林夕落調侃著，之前她對福陵王總是擺出幽怨的模樣，至今仍記憶猶新。

聶靈素一怔，隨即想明白林夕落話語中的含義，不由得臉色通紅，嗔怪地嘟著嘴。

「行了，今兒來找妳也是有事要辦，妳必須得答應。」林夕落這般開口，聶靈素也認真起來，「不知是何事？只要我能辦成，定不負郡王妃所託。」

「這事兒說起來與福陵王也有關，但妳要想個好的說辭與妳父母圓過去。」林夕落取出一份名單來，「我要見這些人，就在你們聶府，而且要在妳離開幽州之前辦一次茶會或小宴。」

聶靈素打開看了一遍，斟酌道：「我正在琢磨辦一次謝宴，不如就藉這個機會？」

「可以，那一日我也會到。」林夕落想到此，依舊叮囑她：「要與妳父親說清楚，我請了誰、我要見誰，他不能透露半句，否則不僅是你們走不成，連福陵王都有危險。」

聶靈素咬著唇點頭，「您放心，我一定辦得妥當。如若您擔憂此事，我自己發請帖便罷，終歸那一日來得多，父親如今正想再揚眉吐氣一把，巴不得把全幽州城的官宦人家都請了來，也不會過問太多。」

「那都是文官，這其上有不少武將家眷。」林夕落早已對眾人是什麼背景打探得清楚，「所以我才會擔心，若都是文臣，即便我不說，妳父親也不會放過他們。」

聶靈素慎重地點頭，「放心，我自會想出一個妥當的說辭來。」

「那就交給妳了，此事要快。」林夕落說完，又聽著聶靈素嘮叨著這一陣子的窩火之事。

聶靈素好不容易尋到發洩的管道，立即喋喋不休起來。

林夕落事情辦成，便當一次傾聽者。

聶夫人在外早已準備了桌席，卻也不知道該不該進來請，看著主廳跪著的宮嬤，心裡也在打鼓，這終究是皇后派來的人，林夕落能把她折磨成這樣，這她走了，宮嬤會不會去向皇后告狀，對她們家不利啊？

秋翠在一旁守著，自也看出聶夫人的擔憂，可聶夫人不來問，她也不多說，只在一旁緊盯著宮嬤，不允她起來。

聶靈素嘮叨累了，屋中的茶也被潤嗓子喝光了，一問丫鬟，竟然已經過去一個半時辰了。

「哎呀，我這是否打擾了郡王妃的時間？」聶靈素甚是愧咎，「都是我的錯。」

「別這副小模樣，福陵王不會喜歡一個只會認錯的王妃。妳要讓他疼惜妳，就要時而帶給他一些快樂和新奇感，宮中教出來的只會過死日子，而不是活著的日子。」

聶靈素點頭，「可惜往後不能與郡王妃一同敘話了，著實可惜。」

「也說不準。」林夕落不能直言，卻也留了一句道：「誰知道未來的日子會怎樣呢？」

在聶府用了飯，林夕落便回去了，事情既然已經交給了聶靈素，她也沒什麼可擔憂的。

而那一位宮嬤因跪地時間太久，膝蓋已經青腫，下肢動彈不得。

聶夫人請了大夫為其診治，正欲說兩句客套話時，卻被聶靈素給攔住了，她上前與宮嬤道：「嬤嬤就好生休息幾日，這些日子會派人來侍奉您，規矩就不用教了，我嫁的是王爺，不是進宮當奴才。」

說罷，聶靈素便帶著聶夫人離開。聶夫人驚愕之餘，聶靈素則道：「母親，我要籌辦一個大婚之前的答謝宴，您與父親有什麼親友要請，不如遞了名單來，這一次，女兒要自己作主一回。」

林夕落出了聶府，將名單遞給了秋翠，「去挨個府邸通知一聲，若聶家有請，他們必到！」

儘管聶靈素藉著林夕落的勢頭把身邊教習規矩的宮嬤給按在屋中休養身體，但皇后依然知道了林夕落前去聶府之事，更知道了她把自己派去的宮嬤給罰跪至不能起身。

皇后很生氣，但卻沒有即時發落，因為此時的肅文帝雖然病重臥床，可他幾乎每日睜眼就問魏青岩的戰況，同時也會召集幾位重臣在此商議，還不時派人去賞賜林夕落與其子。

肅文帝的這種方式已經表明，他只要活著的一天，就不允許有人擅自動魏青岩的家人，故而皇后再不滿，都只得將此事暫時擱置心底。

但皇后的這種做法周青揚卻不能認同，更是懷疑林夕落去聶家是否有什麼別的動作，「母后，林夕落那個女人心眼很多，是否要派人去問一問，或是盯住聶家？」

周青揚是個嚴重的陰謀論者，他對任何人的親近都不信是偶然或情分。

皇后皺了眉，叮囑道：「此時不可輕舉妄動，牽一髮而動全身。你父皇雖不能起身，但他身邊之人每日回報什麼你怎能得知？該忍就要忍，不能在這時候再鬧出事端，影響了之前的鋪陳。」

周青揚似是早知皇后會說出這番話，即刻接話道：「就怕到時晚了。」

「再晚她也離不開幽州城，你還怕魏青岩不回來？只要你能堂堂正正地承繼皇位，你便是一言九鼎的天子，一道旨意頒下，他若不肯率軍歸城交出兵權便是叛逆。魏青岩這個人做不出拋妻棄子之事，如若真做得出來，他就是個逆賊，這等人還有誰會跟隨？」

皇后說到此不由得停頓一下，看著周青揚道：「太子要顧忌全局，不可逞一時之勇啊！」

周青揚見皇后如此說辭，心中再不願也只得點頭，「母后教訓的是。」

「那便專心去處理朝事，做足一個賢良君主的姿態，對魏青岩征戰一事也要全力支持。宮中之事有母后在，定能保你平安無事，兒子，時間不會太久了……」

皇后的苦口婆心，周青揚卻一句都沒有聽進去，只敷衍幾句就離開了祈仁宮。

離開此地後，周青揚仰頭長呼一口氣，什麼時候他才能作得了他自己的主呢？

聶靈素很快便給林夕落答覆，她二十日後便離開幽州前往西北婚嫁，故而五日後先備好答謝宴，由她親自出面主持，林夕落所提到的人她全部發了請柬。

林夕落舒了一口氣，許多事情都要在那一日才能商議。

魏青岩留下的事情是否能辦得順利，就看那一日了……

青岩……林夕落無聲輕喃，想著那一晚他忽然歸來，想起那一晚的溫存纏綿，她的心底似喜似苦，若不是手中還有魏青岩留下的名單，她恐怕都覺得只是美夢一場。

還有什麼需要做的呢？林夕落前思後想，覺得所有的事都已經籌備完畢，唯獨一件事她或許要用心些，那便是胡氏，她的娘親。

之前與林政孝相談時，他便已說了，不會拋下她母子二人離開此地，可如今魏青岩已經有了明確的表示，看來她仍需親自與父親母親談一談。

翌日清早，林夕落便帶著兒子去了景蘇苑。

胡氏抱著小傢伙歡喜得不得了，如今這小子是能走能蹦能跑了，不喜歡在人懷裡扎太久，胡氏抱著他還不足一會兒的功夫就累得渾身是汗，坐在一旁喝著水，感慨道：「老了，連孩子都哄不動了！」

「娘年輕著呢，怎能說老？這小子莫說是您了，在侯府多少個丫鬟嬤嬤陪著他都能累得一身汗，淘得很！」林夕落看著林政孝拿了一本書，欲給小傢伙說故事。可剛遞過去，小傢伙就笑著把書給撕了。

林夕落忍不住笑，連胡氏探頭望去也笑著搖頭，「妳父親這心比我還急，一歲的孩子，哪裡聽得懂他說的之乎者也。」

「可惜了父親的書了，那可都是他珍藏的寶貝。」林夕落說話間，就見林政孝苦著臉過來，「好好的一本書就這樣撕掉，唉，這孩子看來是個武將之才，不是文人的胚子啊！」

林夕落即刻讓冬荷把書拿去黏合，口中道：「他這還差點兒才一歲，父親也太急了。」

「哪裡哪裡，天詡還不會走路時，就特喜歡聽我拿著書講故事，而妳……」林政孝停頓了下，「倒是在幼時沒看出這一份……豁達的性子。」

說是「豁達」，其實就是「潑辣」，林政孝這當父親的自不好用貶詞來形容自己的女兒，那為難的模樣讓胡氏忍不住埋怨地瞪了一眼，隨即問起林天詡：「他不知道怎樣了？可有消息傳來？」

提及林天詡，林夕落沉下心來，欲把話往正題上引……

將屋中的丫鬟們全都打發下去陪著小傢伙玩，屋中只有林政孝、胡氏與林夕落三人，胡氏心中略急，忙問道：「可是出了什麼事？」

林夕落搖頭，「天詡無事，而是青岩這方有消息傳來。」

她沉了片刻，才開口道：「前些日子，他被皇上密詔回幽州城，與我只是匆匆一見便離開了，也幸好他走得及時，齊獻王不足半刻鐘就追來了，青岩欲讓你們儘快離開幽州城，因為……因為皇上的身子快不成了。」

林夕落說完，看了看兩人的神色，林政孝似早有心理準備，胡氏滿臉擔憂，「可也不見得皇上不行了，我們就會出事吧？那妳怎麼辦？」

「這也是以防萬一，如今誰都不知是太子承位還是齊獻王篡權，不管是誰，這城裡恐怕都要有一陣子動亂。」林政孝接過話，也看向林夕落，「這件事我早已想過，可我們就是擔心妳。」

「是啊，雖說妳不在眼前，可都在一個地兒，我這心裡也踏實些，若離開了，心裡就會懸著。」胡氏看著林夕落的眼神全是慈愛，「可妳父親也說過，我們若不走，就會給你們添麻煩，娘這心裡頭可不知該怎麼是好了。」

「娘！」林夕落忍不住撲了胡氏懷裡，胡氏怕她傷感，笑著拍她，「娘都聽妳的，都聽妳的還不成。」

林政孝沒有繼續這個話題，而是問起其他人：「姑爺還有什麼打算？他是否欲帶走一批人？」

「是。」林夕落應道：「還有其他人我準備在聶靈素邀宴之時詳談。如今盯著我的人多，我也不敢大張旗鼓地到各家去拜訪，有一些人是定會跟著青岩走的，還有一些要說合一二。」

林政孝沒有接話，而是獨自沉思，胡氏則問起瑣事，像是聶靈素大婚，以及魏青岩那日歸來的狀況。

林夕落知道她是惦記，也如實與胡氏詳說那日的情形，林政孝半晌便感慨一句：「大周國恐怕會四分五裂了。」

「會嗎？」林夕落對父親的推斷雖有驚訝，可仔細一想這種安排，不得不承認確是如此。與父母說好，他們藉著聶靈素大婚之際，悄悄離開幽州城，而林夕落只要與魏青岩通好了信，讓他派親兵來接便可。

對於忙碌的林夕落來說，時間過得很快，轉眼就到了聶靈素邀宴之日。她這一日得精心準備，要與眾人周旋一番。

林夕落帶著眾人離開宣陽侯府，可一旁卻還有一頂小轎停在角落當中，其內的人是侯夫人。

花嬤嬤在旁邊道：「五奶奶已經走了。」

「她這陣子上躥下跳的，也不知在忙乎什麼？」侯夫人似是在嘀咕，可花嬤嬤卻知道，侯夫人心底的怒氣很盛。

「似是去聶府參加準王妃的謝宴。」花嬤嬤剛說完，侯夫人便問：「三奶奶與四奶奶沒去？」

花嬤嬤搖頭，侯夫人臉色更沉，「她可是帶孩子走了？咱們去看一看那小傢伙……」

「應該是帶著走了。」花嬤嬤心驚，卻壓抑住想要敷衍過去。

侯夫人冷道：「妳都沒去問怎麼就知道她帶了孩子走？怎麼，如今連妳也心向她，不顧我這個老婆子的死活了？」

花嬤嬤低頭，連稱不敢。

侯夫人沉了片刻，開口道：「算了，回吧！」

花嬤嬤命婆子們起轎，卻故意走慢了點兒，與她的貼身丫鬟低聲道：「去尋五奶奶，如若小主子在府裡，讓她必須帶在身旁，要快！」

儘管林夕落沒有把兒子單獨留在侯府中，可花嬤嬤派人去傳消息，林夕落依然心存感激。

花嬤嬤是個精明之人，儘管在侯夫人身邊，可她做事向來甚有分寸。起碼，對待他們這房的人格外關照，或許是她不能認同侯夫人的尖酸刻薄所做出的彌補吧。

花嬤嬤這番做法也沒有料錯，侯夫人回了屋中，另外派了其他下人去郁林閣看孩子是否在，但下人們回稟已跟隨五奶奶一同出府，侯夫人才作罷。

但花嬤嬤也明白，侯夫人已經開始不再信任她，留了另外一條心了。

林夕落中途聽完侍衛送來花嬤嬤的口信，淡笑地撇了下嘴角，將心思收回，只想著稍後聶靈素的謝宴。這是如今最重要之事，一定不能有半分疏忽。

聶府今日熱鬧非凡，有人前來拜見，聶方啟都以忙碌為由推辭，而這一次聶靈素親自出面邀宴，自是有樂意前來恭賀的。而其中又有林夕落邀約之人，故而車水馬龍，人聲鼎沸，離開席的時間還有近兩個時辰，就有不少人已登門，林夕落到此地之時，聶府的庭院中早有不少夫人們聚集。

聶靈素親自前來相迎，兩人寒暄幾句，聶靈素尋機會湊其耳邊道：「您名單上的都發了帖子，如今來了大半兒，稍後會尋個機會給您私談的時間，可就怕有人趁機插進去。」

「我自有辦法，妳忙好妳的事即可。」林夕落拍拍她的手，兩人心照不宣地相視而笑，聶靈素便由聶府的人陪著去迎客，林夕落至一旁的大書房休歇，冬荷與秋翠等人就在門口守著。

如今她就要在此地等，聶靈素的帖子發給她們，林夕落也尋機會告訴這些人要今日前來，若真有心的話，自會在此時上來尋她，而不是她要一一尋來相談。

有心之人自會聽從魏青岩的話，三心二意之人，恐怕會瞻前顧後，不會立即前來。

儘管魏青岩把名單給了她，但她卻沒打算一次全都說服。願意走的，她自然會客客氣氣地與她們商議對策；不願意的，她綁也要將這些人綁了去，至於他們離開之後是生是死，她則管不著。

儘管魏青岩沒有多說，可林夕落能感覺出這些人能夠發揮的用處很大，若不能成為福陵王與魏青岩的正能量，那便死不足惜。

林夕落於紙上寫下一個「噬」字，並非是她心狠，而是她不得不這樣做。

她若不狠下這心，死的或許便是自己。在生與死的之前，誰還會在意「良善」二字？

林夕落正在心中感慨著，冬荷敲門回稟：「郡王妃，有人來訪。」

林夕落露出笑意，她所料不錯，果真有人主動前來找她。

「請進來吧。」林夕落擱下筆，看著門口進來的幾位夫人，全都是名單上的官員家眷。林夕落請眾人就坐，吃茶閒聊，卻一直都沒有說出正題，而眾人神色各異，都瞧著林夕落。

林夕落甚是淡然，可她越是這副模樣，旁人越是緊張，自家老爺都多少露了些風聲給她們，讓她們聽從這位忠郡王妃是如何個安排，可這位壓根兒一句不說，她們也不敢擅自問出口。

這就像嘴裡含了一口黃連湯，吐也吐不得，嚥也嚥不下去，著實憋得難受。

陸續又有夫人前來此地，待時辰差不太多，林夕落看向冬荷道：「還有哪幾位沒到？」

冬荷將名單上劃下的名字指了指，起碼有六七位沒到場，「聶小姐說這些人沒來聶府。」

林夕落微微頷首示意心中有數，便擱下茶杯，看向屋中眾人，笑著道：「接下來咱們就談一談正事。」

眾人齊齊看向林夕落，林夕落道：「福陵王大婚在即，自是要有朝官前去恭賀，依著忠郡王之意，他有心請諸位官眷及大人前往西北，不知諸位何意？」

這話說得很明，眾人不是傻子，自是聽得懂。林夕落說完便看著眾人的神態，有當即點頭的，有神情迷惑的，也有猶豫不決的，林夕落停頓片刻，又開口道：「這事兒只看你們自己的意願，不過我這手中也有林豎賢林大人留下的信件，不知是該交給誰了，讓我很是為難。」

林夕落朝冬荷看去，冬荷立即讓小丫鬟們依照諸位夫人的名號送去。

握於手中，眾人皆傻。這……這其上全都是林豎賢所書的彈劾摺子，其上條條罪名詳盡，單看這些事，就讓人冷汗直冒。

這些都是官場中人，鮮少有人身上沒有汙穢的。即便是清官，娶親了，有親戚吧？一連二、二連三的，怎麼都逃不開有幾個紈褲惡子敗壞名聲，可這些事對他們是否有影響？自是有。

但說大不大，說小不小，就要看背後是否有能靠得住的人給撐著。

可如今福陵王在西北，魏青岩於戰場上，朝中被太子與齊獻王折騰得烏煙瘴氣，這些時日已經有不少官員因兩人奪位的爭鬥掉了烏紗帽，沒了腦袋，他們還能不清楚？

離開此地，是最明智的選擇……

這一點想透徹之後，便有人出面應承林夕落的話，「咱們一家都依照忠郡王的提點才有這日子，忠郡王的囑咐怎能不聽？自是全家至西北向福陵王拜賀。」

「可我們想去，就怕宮中不批？」

「能全家都走嗎？」

問題陸續提出，林夕落便挨個地答，而那些畏畏縮縮的，她則一一記下，只待稍後要緊盯著些，如若不成便要當即下手。

沒有太充裕的時間，未過多久，便有聶靈素派的丫鬟前來請眾人去席位上就坐。

林夕落起了身，眾夫人跟隨在後，而林夕落藉口去淨房之時，便點了名單上的幾人，與秋翠道：「這幾個人讓薛一派人盯一下，其餘未到場的摺子，讓豎賢先生即刻上奏，不容耽擱。」

秋翠連忙離去，冬荷陪同林夕落往席位行去。

林夕落這次帶著兒子，小傢伙能在地上自己走，夫人們瞧他這胖乎乎的傻模樣更是喜歡，左摸一把，右摸一下，小傢伙倒不怕生，衝著好看的夫人就撲過去，嬉笑片刻，便能得著禮件。

林夕落是忠郡王妃，也是這次聶靈素相邀之中位分最高的，便由聶夫人親自作陪。

看著眾人齊賀，林夕落笑著問道：「這一次聶夫人心滿意足了？」

「都是忠郡王與郡王妃的提拔，之前做了些糊塗事，郡王妃千萬不要介意。」聶夫人諂媚地笑著，林夕落點頭，「往後您與聶大人就享福吧，有靈素作主，也虧不著她的幾個兄弟，但遇事莫急，福陵王的脾性你們知道的，他可是容不下別人的威脅逼迫，無論是誰都不行。」

聶夫人面現尷尬，林夕落這話可是戳了她的心窩子裡。

她還有兒子想要藉著機會上位，可林夕落的提點雖不中聽，卻也讓聶夫人往心裡去了。

這一次終歸靠著福陵王崛，自家老爺之前的野心太重，險些一無所有，那種日子她不想過了。

聶夫人有意再多說，林夕落卻閉口不言，只哄逗著兒子吃東西，與前來拜見的夫人們寒暄，未過多久，林夕落便吩咐人備好馬車，她要先行離開。

眾人恭送她上了馬車，馬車離開聶府，林夕落便吩咐前往麒麟樓，更是直接問秋翠的動向：「可是尋到豎賢先生了？」

「豎賢先生已經得到了您的消息，進宮去了。」

林夕落的心總算踏實下來……

林豎賢正遞了牌子覲見皇上，而此時，他也聽到身後有聲音傳來，轉頭一看卻是齊獻王。

林豎賢怔愣之餘即刻閃避，不料齊獻王行步到他面前，上下打量一番，調侃道：「怎麼著？林大人怕本王？不過本王依舊對你有心，卻不知你是何意？不如本王請求父皇換掉前去為福陵王主持婚儀的人選，把你留下？」

「王爺請自重。」林豎賢皺眉退後，齊獻王冷哼地落下臉色，「莫敬酒不吃吃罰酒！」

「林大人，皇上宣您進去。」太監匆匆趕來通稟，林豎賢朝齊獻王拱手後便快步進門。

待肅文帝得知林豎賢的來意時，沉了片刻，才問道：「這些人可是魏青岩指使你彈劾的？」

林豎賢一怔，額頭冒起了一層汗，回道：「是微臣早已有意彈劾，忠郡王壓後的。」

「他……」肅文帝提及魏青岩時，滿臉的滄桑盡顯，隨後吩咐道：「讓太子與齊獻王一同審理此事，至於你，幫好魏青岩，他是個忠義之人，無狠戾之心，擔不起大業啊……」

林豎賢離開皇宮，一路上心裡都在納悶肅文帝所謂的「大業」。

如若這四個字是與眾位親王有關也說得過去，可卻是對魏青岩的評價……

林豎賢實在難以解釋得清楚皇上此言的深意，可又無人能夠給他答案。

行步出宮門之地，林豎賢轉過頭來看著恢宏的宮殿，心中泛起一股澀意：此地他恐是最後一次踏入，若離開前去西北，還有回來的可能嗎？

林豎賢去麒麟樓尋人將消息傳給林夕落，而此時林夕落已回到侯府，在雕字寫信，把今日的狀況寫下來告訴魏青岩。

薛一從外進門，遞來了林豎賢送來的消息。

林夕落打開紙張，看著其上簡單的兩行字不由得苦笑，字跡依舊工整，但落筆時墨漬略重，顯然他寫這封信時甚是猶豫。

明明心中有難以解惑的問題，卻不登門來問，只等著看答案會否自動出現。

林豎賢就是林豎賢，他骨子裡的文人之氣何時能消些下去？

讓薛一送走傳給魏青岩的木條，林夕落便告訴自己安心等待。

等待著太子與齊獻王二人的較量，也等待著聶靈素出嫁之日的來臨。

柒之章◆朝堂驚變鎖勁秋

周青揚與齊獻王雙雙得到聖旨來查探林豎賢所彈劾的官員，這件事震驚朝野，被眾大臣看作是肅文帝對兩名皇子的考驗。

拿官員的命作考驗，還是讓兩人一同審理，沒有分主次、沒有分先後，平平淡淡的一句話是壓制了太子崛起的勢頭，也在齊獻王的屁股後面燒了一把火，逼著他來做這個敵對之人。

眾人演戲，皇上看戲，苦的卻是這些被彈劾的官員，接二連三地在爭鬥中喪命，能期盼的不過是罷官貶為庶民，莫要牽涉九族親眷便是燒高香了。

接連收拾了幾位官員之後，其中有不少人明白點兒事了。

雖說這一次審理此事的是太子與齊獻王，但這些人說起來都在聶靈素的謝宴之日見過面，更有一些是那一日沒來聶府的人家，這不明擺著是福陵王不喜，忠郡王妃也出了手嗎？

他們才是幕後之人，而想保住官位，想保住這顆腦袋，還得是來求聶府與忠郡王妃。

聶府自那一日謝宴之後便一門心思準備離開幽州城之事，沒心思搭理這些再次登門繞著彎子說事的人，又得聶府之人提點，眾人便一窩蜂地來找林夕落。

林夕落這次是徹底下了狠手，無論是誰，只要那一日沒有點頭答應的人，她是一概不理，即便有心再來投奔魏青岩或福陵王，她也不管。

這種人沒有忠心，只要刀架到了脖子上，他們能夠做出任何事來。

這種人不如就讓太子與齊獻王一刀給砍了，也算為大周國的百姓造福了。

事情越鬧越大，而時間卻不等人，林夕落這一早便要前去聶府，為聶靈素的大婚送行。

福陵王接親的隊伍已到，按照時辰，喜禮備妥，新娘子上花轎，送行之人陸續插入隊伍之中，跟隨這三千親衛一同奔赴西北。

林豎賢一身官袍加身，因是司儀官，故而他的馬上還繫上了條紅綾，看起來甚是可笑。

林夕落站在那裡遠遠望著他，這一方則在安撫著即將離去的胡氏，他們也於今日跟著離城，名義上是送親出城，可真的出了城便不會再回來。

「娘，咱們很快就會再見的。」林夕落摟著她，口中安撫的話或許連她自己都覺得心虛。

胡氏沒有多說，只含著淚鑽進了馬車，而林政孝則拍了拍林夕落的肩膀，又摸了摸小外孫的腦袋，隨後長嘆一聲上了馬。

林夕落顧不得與父母惜別，行至後方看著糧行的人，自是方一柱帶隊，見林夕落行來，連忙下馬拱手道：「郡王妃。」

「照應好我的父母，交給你們了。」林夕落發自內心的請求，讓方一柱不敢疏忽，「郡王妃放心，除非我方一柱這條命沒了，否則一定安穩護送好老太爺和老夫人到西北。」

「說得這般慘作甚，這是喜事。」林夕落雖埋怨，可眼中卻帶著笑意。

方一柱拍著肥胖的肚子嘿嘿一笑，吉時已到，林夕落也上了馬車，跟隨送親的隊伍一直到幽州城門。

城門處有大批的皇衛在此，這並不是查驗聶府的親友，而是皇上下旨頒賞送行。

一連多少賞賜的物件跟著搬上了車，城門大開，眾人離去，而林夕落本想送到城門外，不料她還未等走，便已有皇衛上前攔截，「郡王妃請留步。」

馬車停下，林夕落撩開了簾子，皺眉道：「何事？」

「郡王妃，皇上召您與小郡王進宮。」

林夕落一怔，「這是何時的事？為何早不提？」

「卑職乃奉旨行事。」

林夕落沒有再多說，吩咐侍衛立即掉頭，跟著皇衛往皇宮行去。

這一路上，林夕落的心中都在思忖，皇上此時要見她所為何事？會否與魏青岩有關？或是與近期裡朝堂動盪的官員有關？各種念頭在林夕落的腦中一一閃過，未過多久，便已來到皇宮門口。

下了馬車，林夕落本應換上宮中的小轎，可小太監趕了一輛馬車前來，「給郡王妃請安，皇上吩咐奴才特意在此迎郡王妃和小郡王，請郡王妃上車。」

林夕落看了遞來的牌子，明顯是皇上親自下旨安排的。

她鬆了一口氣，領著兒子往馬車走去。

肅文帝此時正在玄德殿中靜修，此地乃是皇宮中大佛堂的內殿，其正殿是皇親禮佛之地，後方便是玄德殿，也是肅文帝指定要在此靜養的地方，可誰都知，肅文帝這是在乞求菩薩保佑，讓他能夠安穩地度過這一場病災，或是……延長他的壽命。

林夕落帶著兒子在門口等候，很快便有人來傳她覲見。

林夕落抱起兒子匆匆進殿，迎面出來的卻是德貴妃。

「給貴妃娘娘請安。」林夕落側身行禮，德貴妃停住腳步，打量著林夕落以及魏文擎。

林夕落儘管沒有抬頭，仍能感覺出德貴妃目光中所露出的殺意。

至於是何種原因導致她的仇視，林夕落始終不知，也不想知道，她只想逃離。

「皇上身體不佳，妳帶著孩子來此莫耽擱久了惹得皇上勞累，妳這條小命還擔負不起這麼大的罪過。」德貴妃陰陽怪氣，再看著小傢伙，「也莫再讓這孩子與皇上糾纏個沒完，都會走了，也該學一學禮規了，否則不成了個野孩子？」

德貴妃的話語甚是難聽，小傢伙似也感覺到眼前這個女人對他的不喜，只抓著林夕落的衣襟站在原地仰頭看著，一動也不動。

林夕落心底很憋悶，野孩子？德貴妃諷刺的可不只是他，還有他的父親魏青岩！

「勞德貴妃娘娘掛心，皇上疼愛文擎是文擎的福分，有皇上撐腰，不管學不學禮規，即便是野孩子也無人敢斥罵。臣妾雖是孩子的娘，當著皇上的面前也不敢叱喝，否則會被責罰，不似齊獻王之子，不管是何人所生，掛了名分便是小王爺。」

林夕落不再低頭，而是抬頭看著德貴妃，「皇上召見得急，臣妾先帶著文擎覲見皇上，稍後再向貴妃娘娘請安。」說罷，林夕落福了福身，帶著兒子往殿內行去。

德貴妃被氣得滿臉赤紅，咬牙切齒，可心中的驚駭卻不容她再揪著此事不放。

因為……因為她對齊獻王之子的確心虛，可這一口氣就要這樣嚥下不成？

德貴妃冷哼一聲，轉身便走，為了齊獻王的大業，她只得忍耐一時，她就不信沒有收拾這個女人和她那個孩子的時候。

林夕落並不願在此時與德貴妃結仇，可面對這樣的諷刺，她心中忍耐不下這口氣。

不管是為了魏文擎，還是為了魏青岩，這親生的不能認，外面找個頂替皇孫的孩子還好意思與她提「野孩子」三個字？

林夕落一邊走一邊平緩著心頭的怨氣，這種事自不能讓皇上看到，以免招惹出事端。

肅文帝正躺在床上看著門口，林夕落上前要請安，肅文帝隨意地擺了擺手，召喚道：「讓小傢伙過來。」

小子顛兒顛兒地跑過去便往床上蹦，肅文帝拽不動他，一旁的小太監連忙幫著扶上去……

林夕落跪拜請安，肅文帝看著小傢伙笑，可口中卻是道：「朝堂眾官死的死、駁的駁，妳可滿意了？」

林夕落沒敢直接回答肅文帝的話，無論她如何解釋都是錯，肅文帝欣賞魏青岩的除卻是他的才能，還有他的真實。

林夕落不願滿口胡話來打破肅文帝的認知，若說了實話，她才是不想要這顆腦袋，所以林夕落悶頭不語，反倒是兒子在那裡咿咿呀呀個沒完，拽著肅文帝又去揪了他的鬍子。

肅文帝被分散了注意力，也不再逼問林夕落，看著小傢伙胖乎乎的圓臉，只道：「妳這個女人雖然懂點兒雕字，創了一種新的傳信方式，可這功績不是妳的，妳也不是個能幫助忠郡王成大業的女人。」

肅文帝見林夕落依舊不開口，便繼續道：「朕在的一天，你們就莫離開幽州城去擾亂他，至於他是否有心救你們出去……」說著神情變得甚是複雜，「就看他是否能有成就天下的野心了！朕雖捨不得這小傢伙，卻更希望他將妳換掉，朕一直都不喜歡妳，因為妳這個女人難以讓人看透，著實讓朕難以心安啊！」

林夕落一驚，顧不得禮規直視肅文帝，而肅文帝也正看著她，眼中露出的光芒甚是刺人。

肅文帝居然會說出這等話？

難道他是在縱容眾人爭位，也將魏青岩劃歸其中之一嗎？

林夕落心中連連搖頭，面對著高高在上、君臨天下的寶座，誰能不動心？肅文帝之意林夕落很明白，她與小肉滾兒母子就是導火線，開啟魏青岩野心的導火線。

若魏青岩肯為他們母子放棄這高位，那他所面臨的也是一場巨大的非難。

太子、齊獻王、福陵王的爭鬥之中，他必須要擇一而從，儘管他最大的可能性是選擇福陵王，可自己與孩子在幽州城內的境況會不容他這般做。

肅文帝在給魏青岩出難題，而這難題便是「情分」二字。

父子之情要顧，夫妻之情難言……

林夕落神色變化自然被肅文帝看在眼中，或許是正合他意，肅文帝臉上的笑容很深，撫摸著小傢伙的頭，喃喃道：「朕也是最後一次看他了，走吧，朕要歇了。」
太監將孩子抱開，林夕落連忙接入懷中。
小傢伙不懂這些，可他忽然被抱開，忍不住朝著床上看去……
林夕落隨同他一起看去，心中卻道：一個滄桑的年邁之人，一個陰狠喜歡將所有人玩弄於手掌中的帝王，你到底要的是什麼？
林夕落帶著兒子離開皇宮，返回宣陽侯府，皇后與德貴妃各自聽著安插在宮中的眼線回稟今日的情況，之後便悄無聲息地潛伏著，只等著那計時的燃香不斷燃燒，好似掉落的香灰便是肅文帝的生命，而她們全都在等待著終結的那一刻。
日起月落，轉眼便是一個多月的時間過去，幽州城內依舊是那番熱絡的景象。
林夕落一直都在宣陽侯府中靜靜地過著日子，沒有再出門。
看著手中的書信，是林政辛與父親母親各自送來的，林政辛已經帶著家眷奔赴西北，胡氏與林政孝夫妻也已在西北安居下來，院落是魏青岩早已安排好的，聶靈素婚禮也已完成。
也許是過得太輕鬆，林夕落忽然覺得這日子安靜得可怕。
薛一幾次查探，盯著林夕落的人都已撤離，可越是如此，她越不敢出門。
天色暗了下來，好像扣上了一個灰濛濛的罩子，讓人心中憋得透不過氣來。
林夕落長舒了一口氣，門外有了聲響，本以為是冬荷帶著小肉滾兒玩樂回來，孰知是三奶奶姜氏匆匆趕來。
「三嫂，怎麼了，這般焦急？」林夕落迎上前，姜氏連忙道：「侯爺出事了！」
「怎麼回事？」林夕落也驚了，宣陽侯一直中風癱臥在床，怎麼會出問題。
姜氏顧不得多說，拽著林夕落往外走，「快去看看吧，忽然清醒了一樣，只是還沉著，誰都不理。侯夫人在他身邊守著，被他問的幾個問題嚇得昏過去幾次。花嬤嬤尋了三爺，侯爺要大家全都過去，我聽了消息，連忙過來找妳。」

林夕落跟著跑了幾步又掙脫開姜氏的手。

「怎麼？弟妹不去？」姜氏有些驚愕，林夕落道：「我帶著孩子！」

姜氏一拍腦門，等著林夕落去抱了孩子出來，兩人先後上了轎往宣陽侯的書房而去。這一路上林夕落都在琢磨著這事，本是煩躁不安的心沉了下來。

宣陽侯已骨瘦如柴，原本偉岸的身材早已不在，除卻那雙睜開的眼睛能看出之前留下的鋒銳之外，如今的宣陽侯根本像換了個人似的。

疾病是最大的敵人，無人能夠抗拒它的折磨，何況宣陽侯所遭受的更多是心病，徹底掏空了他的一切。

眾人齊聚，侯夫人此時也已醒來，看到林夕落抱著孩子往書房中走，侯夫人微怔一刻，推開眾人，坐在宣陽侯的床旁。

一雙銳眸在所有人的臉上掃過，最終停留在林夕落與孩子身上許久。

「青、岩……戰……」

宣陽侯艱難地吐出了三個字，魏青羽即刻上前，「父親，您醒來之前剛有戰報入宮，五弟成功地攻下烏梁國，已納入大周國之領土，戰功顯赫，無人能敵！」

魏青羽見到林夕落神色的震驚，補言道：「也是剛剛送來的消息，弟妹且看。」

林夕落看著魏青羽遞過來的戰報，其上字跡潦草，卻是魏青岩的手書，林夕落不知是該笑還是該哭，她所想的根本不是什麼戰功顯赫，而是他何時能夠回來？

宣陽侯聽得此消息，臉上毫無表情，又呆呆地看向穹頂，眼睛猛然發直，可他沒有閉上眼，也沒有讓眾人離開，故而所有人全都等候在此。侯夫人在一旁落淚，不敢發出聲音。

忽然，一陣悶沉的鐘聲響起，好似衝開陰霾天氣的勁風，讓所有人豎起耳朵。

這……這是宮中所傳的喪鐘嗎？

林夕落的心停了一拍，隨即猛烈跳動起來，第一個衝到外面，吩咐侍衛立即去打探消息，而她的話還未等開口，薛一已經跑來，湊其耳邊道：「皇上駕崩！」

皇上駕崩了！

林夕落踉蹌一步，冬荷上前扶住，魏青羽匆匆走出來，看向薛一道：「是怎麼回事？」

薛一看了一眼林夕落，如實回報：「郡王的捷報傳入宮中，皇上聽後便開懷大笑，孰料笑聲不止，嘔吐鮮血，就……」

林夕落聽後抱緊懷中的小肉滾兒，魏青羽的眉頭皺了起來，屋中忽然傳出一陣歇斯底里的大笑聲，卻是宣陽侯發出的。

「死了，終於死了，我解脫了，解脫了，哈哈哈哈！」

宣陽侯的聲音沙啞，話語含糊不清，侯夫人嚇得連忙上前扶著，卻被宣陽侯瞪著血紅的雙眼，一手掐住她的脖子道：「賤女人，妳個賤女人，妳居然背叛本侯誕下逆子，更害得本侯日夜膽戰心驚，被皇上記恨，被孩子怨恨，被人汙衊我靠命博得的爵位，我恨妳，我殺了妳……」

「侯爺，我是您的夫人，不是，咳咳，不是那個賤人……」侯夫人叫喊著向眾人擺手，還不停地朝著宣陽侯打去，可她越是還手，宣陽侯越是暴躁，瘦骨嶙峋的雙手狠狠地掐住侯夫人的脖子，將其按在床上。花嬤嬤上前阻攔，卻被宣陽侯踹開。

魏青羽眼見此狀，心知侯爺已瘋癲，六親不認，即刻上前想拽開，卻無法讓宣陽侯鬆手。

林夕落嚇壞了，讓姜氏將屋中的孩子全都帶走，又到門口吩咐侍衛道：「快進去幫三爺！」

宣陽侯的胡言亂語地口吼，姜氏恐懼之餘看向林夕落，若依照侯爺所說，魏青岩豈不是……

林夕落甚是鎮定，宣陽侯壓抑多年的怨氣在肅文帝駕崩時終於還是爆發了。

書房內的怒吼聲、雜物掉落聲，嚇得孩子們有的哭有的呆傻，林夕落抱著也害怕流淚的兒子看著書房門口，她要等著最終結果……

魏青羽從屋中出來，他的臉上多了幾道血痕，是阻攔宣陽侯與侯夫人之時被傷的，姜氏即刻上前幫著擦拭，吩咐丫鬟們去拿藥。

魏青羽目光複雜地看著林夕落，口中道：「侯爺歿了，侯夫人……跟著離去，夫妻爭鬥了一輩子，合葬吧。」

林夕落頓時腿腳一鬆，抱著兒子跌坐在雪地上，這個債要所有人用命來還，冤孽啊！

喪鐘敲響了九九八十一下，每一聲都好似上天引路的號角，在空中盤旋片刻才消失。

而此時宮中肅文帝的駕崩引來的並非是眾人跪地哀悼，而是接二連三的陪葬。

皇后跪於肅文帝的棺柩前抹著淚，吩咐皇衛道：「德貴妃禁於西宮了？」

「回皇后娘娘，已經封禁。」

「宮門關上，讓太子下令封城，將莊妃、元妃全部送去西宮……」皇后淡淡地下令：「與德貴妃一同為皇上殉葬！」

一聲令下，皇衛匆匆離去。

皇后看著躺在棺柩中的肅文帝，他似是熟睡一般，嘴角揚著笑意。

皇上是高興得駕崩，也算死得圓滿，而他冷落自己多年，讓她擔心太子之位不保這麼多年，她的日子是多麼的艱難？如今也該輪到她這位未來的太后出手了吧？

未過多久，西宮竄起漫天大火，即便有人趕去救火，也未能保住任何一位嬪妃的性命。

街道上，一匹疾馳的駿馬上，九衛統領奔向齊獻王府。

正準備集結軍隊衝進宮中奪權的齊獻王站立原地，他正在等著陳林道從宮內傳回消息，九衛中已有七衛站在此地等候他的差遣，故而齊獻王也不覺得陳林道還能耍出什麼花招。

不就是想要握權？齊獻王不屑冷笑，不管陳林道要什麼他都會答應，皇位在手，以後還怕沒有時間收拾他？

「回稟王爺，陳大人稱萬事俱備！」

「王爺，不如卑職替您前去？您在此等候，以免有危險！」齊獻王的親衛提醒，齊獻王冷笑，「諒那陳林道也沒這個膽子，本王還怕了他？」

長劍一指，齊獻王道：「出兵！」

宣陽侯過世對於肅文帝駕崩來說，好像清水，讓人涼到了地，卻也品不出任何滋味兒。

侯夫人死得很冤，她的眼睛被血淹沒，甚是駭人。

姜氏嚇得發顫，魏青羽也有些難以承受這沉痛的打擊。

林夕落雖也怕，可強撐著吩咐下人們準備白事，還所有人召集起來嚴厲告誡：「侯夫人因侯爺過世，傷心過度昏過去便未再醒來，他們夫妻伉儷情深，自要一同安葬，如若被我聽到半句流言蜚語……」說著目光掃過眾人，「你們自己想想會是什麼下場。」

眾人連忙點頭，各個驚恐。即便是有所懷疑的，此時也不敢多嘴。

侯夫人都已經走了，他們往後不是跟著三爺便是跟著這位忠郡王妃，誰會在這種時候與自己過不去？她們在意的是眼前的飯碗，誰死誰活的與他們何干？

林夕落沒有馬上讓下人們離去，而是讓他們在此聽侯花嬤嬤的吩咐。宣陽侯的事由魏青羽親自操持，姜氏暈眩不適，還有那麼多孩子要照應著，林夕落壓根兒就不想插手，故而侯夫人這裡全權交由花嬤嬤來負責。

「多謝五奶奶。」花嬤嬤還沒從侯夫人突然過世中緩過來，可她是個明白人，知道這件事由她來為侯夫人置辦最妥當。

林夕落安撫道：「都待事情處理完咱們再細聊。」

花嬤嬤福了身，便匆匆去忙白事。林夕落到一旁的屋子，曹嬤嬤和玉棠正照料著小肉滾兒，她便去探望姜氏，「三嫂沒事吧？」

「太嚇人了！」姜氏說出這四個字時，嘴唇慘白得還在哆嗦，「太……太嚇人了！」

「三嫂回去歇著，此地有三哥，我也會幫忙，您帶好孩子們。」林夕落提及孩子，姜氏連連點頭，「我知道，我知道……」

姜氏站起身，又轉了好幾個圈，才慌忙地帶著孩子們回院子。

林夕落看著小肉滾兒什麼都不懂地又開始咧嘴笑，吩咐曹嬤嬤道：「他年歲小，就不避諱這些事了。你們去侯府的正堂側廳歇著，我稍後也會過去，不單是侯府有事，宮中……也會有事！」

「郡王妃放心，都聽您的吩咐。」曹嬤嬤知道此時她只能聽林夕落的，雪上加霜，喪事全都堆到一起，不給人喘息的機會。肅文帝過世，宣陽侯過世，侯夫人也沒了，這是怎麼著了？

曹嬤嬤心裡嘀咕，帶著玉棠護著小肉滾兒往正堂而去。林夕落顧不得多想，連忙召來薛一，「外面是什麼情形？」

「城門關閉，宮門關閉，齊獻王正率九衛進宮，但宮中剛剛失火，不知現在是何情況。」薛一說完，顧不得林夕落思忖之後再下令，又道：「護好家中為重，無論是誰奪權，都不會在此時動宣陽侯府，我們不如趁此時機離開。」

「城門已關，怎能尋到脫身之道？」林夕落有些動心，先離開，待幽州城無事再歸來也可。

薛一斟酌道：「不能以宣陽侯歿的消息離去？」

「不可。」林夕落搖頭，「齊獻王與太子在爭位，如若城外也有布署，我們豈不是自找死路？你先去查探一下，回來後咱們再議。雖然此時離去是最好的時機，可也要謹慎而行。」

薛一拱手道：「是！」

說罷，薛一迅速離去。林夕落看著魏青羽在下令，溫文爾雅的姿態早已不在，而是果斷地喝道：「侍衛全部出動護衛侯府安全，若有不明來人，就地格殺。」

林夕落心中輕鬆些許，看來魏青羽也知道外方動亂不安，此時以保侯府安危為上。

「弟妹，外面是何情形？」魏青羽見侍衛們離去，便來尋林夕落商議。

儘管他從來沒開口問過，可魏青羽看得出薛一不是個單純的小廝，應該是魏青岩留下護衛他妻兒之人。

林夕落將薛一剛剛的回話說了一遍，「……已經派人去看是否能趁此時出城。」

「如若能走，那是最好不過，就怕城外更亂。」魏青羽的想法與林夕落不謀而合，見林夕落點頭，他不由露出苦澀之笑，「四弟走得及時，否則他眼中的這個家……」說著抬頭轉身看了侯府一圈，「早已不是個家的模樣了。」

「三哥不如去看看三嫂，此時先準備好，若能離城，咱們全都走。」林夕落鼓動，魏青羽卻搖頭，「侯爺與侯夫人過世，我走不得。」

「三哥，此時哪是顧忌孝道的時候？您也要為三嫂和侄子、侄女們想一想。」林夕落沒想到魏青羽會如此堅決，魏青羽悵然笑了笑，「這家中還有我這個男人在，就要護好所有的事。五弟妹安心地回去帶著侄兒，不必操心，若有宮內的消息便派人告訴我一聲，三哥挺得住。」

魏青羽不再與林夕落多談離去之事，叫來侍衛護送林夕落回去。

林夕落一顆心沉了下來，若她走，把魏青羽與姜氏留下，他們豈不是成了魚肉靶子？

猶豫半晌，林夕落去了正堂，此時顧不得想太多，等薛一傳回消息才能做決斷。

齊獻王率眾奔向皇宮，可宮門緊閉，外面一個皇衛都沒有，齊獻王有些奇怪，只看著宮裡冒出的黑煙，聽著喧囂熙攘的叫喊聲傳出，心急如焚。

「去，將宮門撞開，陳林道呢？把他給本王找出來！」齊獻王一聲下令，九衛上前撞門，還未等行進，便見右方跑來一隊皇衛，連忙道：「王爺，陳大人稱請側門入宮。」

「他媽的，這老混蛋搞什麼鬼？」齊獻王駕馬而去，直奔向側門，可他行不多時，突然發現後方的九衛根本沒有跟上來，正待轉身斥問，便見宮門內又湧出一隊皇衛將其困住。

陳林道出現，齊獻王指著罵道：「混蛋，你這是要殺本王？」

「德貴妃娘娘已經為皇上陪葬，齊獻王也安心去吧。」陳林道的笑容詭異，齊獻王震驚之餘破口大罵：「你個王八犢子，居然做這等下三濫之事！」

「嗖」的一聲，利箭刺入齊獻王的胸膛，他看著箭上的羽毛，停滯半晌，猛然從馬上倒地。

「齊獻王已死，伏地投降歸順便饒爾等一命，若有違抗，格殺勿論！」陳林道大喝，齊獻王親衛中有些人拔刀自盡，跟著齊獻王而去，但更的人是放下武器，選擇投降。

林夕落正在侯府中等待，可她沒有等來薛一，卻反而等來了秦素雲。

林夕落趕到後宅的角門處，一個抱著孩子的農婦正被侍衛們圍住，這個農婦就是秦素雲。

林夕落左右探瞧，朝侍衛擺了手，侍衛撤去刀槍，秦素雲感激地看著林夕落，抱著孩子匆匆地進去。

腳上一雙破爛的布鞋露出襪邊兒，臉上特意抹了灰土，可儘管如此，秦素雲身上與生俱來的端莊貴氣依舊遮掩不住。雖然一身農婦的粗布衣裳，可眼睛毒一點兒的人還是能夠認出她來。

林夕落讓人抬了兩頂小轎子，冬荷抱著孩子坐另一轎，她則與秦素雲同乘一轎，這也是避免讓太多的人瞧見，儘管是在侯府，還是越少人知道越好。

秦素雲上了小轎便低頭流淚，不再遮掩心中的恐懼，放肆地哭了起來。

林夕落有太多的猜測，卻不知該如何開口，直至回了郁林閣，帶著秦素雲到內間坐下，秦素雲才開口：「王爺……王爺被害了！」

「什麼？」林夕落瞪了眼，這才多大會兒功夫，齊獻王居然……居然就被殺了？

秦素雲道：「一早王爺便率九衛中的七衛入宮，我在王府等候，襄勇公府的舅母忽然來訪，說是來接我與孩子到襄勇公府，老爺子想見。可自這孩子生下，襄勇公從來沒有特意來過，怎麼會在這時來？我心中打鼓，稱要換裝，等孩子醒了再帶著走，便換上了這一身衣裳，裝作是王府的下人從後門離開。」

秦素雲哽咽幾聲，「一路走來，我躲在角落中看到皇衛直奔王府，而且還是那個陳林道帶隊，來勢洶洶，明顯是王爺……王爺被害了，我無處可去，便來尋妳，給妳添麻煩了。」

林夕落沉了半晌，看著秦素雲，「說這些客套話已經無用，妳來宣陽侯府便已經是想捆我們一起，妳有什麼打算？」

秦素雲怔了下，臉色微紅，輕咬幾下嘴唇，「王爺已遭不測，我們母子若被發現，死也是白死，若妳能送我們出城，投奔福陵王與忠郡王，將來他們若有意奪位，我們母子也是能當討伐太子屠殺親弟的藉口……」

秦素雲的臉越說越紅，顯然她自己也覺得這種拿自個兒當靶子的主意難以出口……

林夕落撇嘴，「那孩子根本就不是齊獻王親生的！」

「其生母不在，王爺……也不在了，哪還有人能說得了他是不是親子？」秦素雲的嘴唇都快咬出了血，林夕落看著她，「妳就不尋思福陵王會把你們全殺了，再隨便找一個孩子來當成齊獻王之子？要妳這位知道真相的人又有何用？就好像在身上捆一根刺，不知何時會被刺到。」

「我不是那樣的女人……」秦素雲欲反駁，林夕落的神色偏冷，「如若福陵王有爭位的野心，妳覺得這樣的人會尋一個他無法掌控的女人在身邊嗎？妳自己想一想，如若換作是妳，妳會怎麼辦？」

林夕落的話語雖然苛刻，但秦素雲明白這是實話。

若有心爭位，捏造一份征討的藉口便罷，何必費勁救他們？

秦素雲有些慌了，她之前所想的自身的價值，如今看來一無是處。

「妳先在此歇一歇，我會找專門的丫鬟在這裡護著妳。」林夕落站起身，「宣陽侯府如今也是亂成一團，侯爺與侯夫人在皇上駕崩之時也歿了，而且剛剛派人前去查探，城門已關，即便想出去都不是容易的事。」

秦素雲點了點頭，可她對林夕落的冷漠略有難堪，「對不起……」

「這種事何來誰對誰錯？都是想好好地活著罷了。妳就不想獨自出去隱居生活？何必還要摻和進亂世之中？」林夕落問出心頭疑問，秦素雲看著她，「我要為王爺報仇！」

「何必呢？」

「他是我的男人！」

秦素雲有些激動，林夕落安撫地拍了拍她。冬荷進來，湊其耳邊道：「薛一回來了。」

林夕落點頭，喊來秋翠照應秦素雲，她急步出門，薛一上前回稟：「城門外有官兵，大概不足萬人，城內陳林道把守，他反叛投向太子麾下，齊獻王已死，此時出城很危險。」

薛一的話並沒有讓林夕落太驚訝，因已有秦素雲提前來通過消息。

「若我不走，送一兩個人出去能行嗎？」林夕落看著薛一，薛一眉頭微皺，「可以試試，沒有把握。」

林夕落長吸口氣，「送信的話可有把握？」

「有！」薛一道：「人出不去，管得了人，他們還管得了鳥？」

林夕落翻了個白眼，薛一才覺出自己的不妥，站在一旁只看著冬荷，悶聲不吭。

斟酌片刻，林夕落轉身進屋中雕字，她要傳一封信問一問魏青岩如何對待秦素雲，儘管她對秦素雲的到來略有些不喜，可她也做不出把秦素雲性命交出去的事來……

皇上駕崩，宣陽侯與侯夫人已歿，城門關閉、宮中失火，德貴妃與齊獻王已死、秦素雲投奔，這一片小小的木條上雕了大量的訊息，可事情越繁雜，林夕落反而越平靜。

雕完木條，交由薛一去傳，看著鳥兒翱翔於空中，林夕落默默祈禱，這封信帶去的或許不單單是一條又一條的消息，還有眾多人的性命……

皇宮中。

周青揚看著皇衛送上齊獻王的屍首，眼中流出了幾滴淚，可臉上卻是在笑。

這一個他自幼就想殺死的人終於橫屍在面前，多年夙願成真的時刻，讓他興奮，興奮到流淚，興奮到心跳加速，更促使他越發猖狂。他即將登基稱帝，他是太子，是正統繼承人，是大周國的至尊。

腦中遐想，周青揚狂笑之後，忽然想到了一個人——皇后。

皇后把持後宮，將德貴妃及德貴妃身後的幾名嬪妃處死，這的確是幫了他很大的忙，可他這位母后向來頤指氣使，這種感覺讓他正在燃燒的內心好似潑了一層冰水，瞬間冷了下來。

「殿下。」皇衛回報：「皇后娘娘請您過去一趟。」

「何事？」周青揚的神色很冷，看不出任何表情。

「卑職不知，但皇后娘娘已經召集大學士和兩位首輔入宮商議皇上駕崩之事。」

皇衛回稟完畢，周青揚沒有遮掩地冷哼一聲，沉默片刻，吩咐道：「告訴母后，本宮正在處理齊獻王造反之事，暫無空閒去祈仁宮，再將康嬪給本宮找來！」

「是。」皇衛退下，周青揚神色淡漠，可他雙拳卻攥得極緊，「母后……不要怪兒臣，父皇會想念您的……」

皇后對林芳懿忽然求見感到十分意外，而宮女回稟是太子派康嬪前來。皇后儘管不滿，卻也擺手讓她進來，心中卻在想著是否要為太子立正妃，且這個康嬪要想辦法處置掉，但她卻還代表著林家大族。

儘管林家現在四分五裂，可還有一層百年世家的外衣，是否要留她一陣，卻要看林芳懿的表現了。皇后正在琢磨著，林芳懿已經從外進來。

「臣妾給皇后娘娘請安。」

「起來吧，太子讓妳來有何事？」皇后沒什麼好態度，林芳懿躬身後道：「殿下有密事讓臣妾來告知皇后娘娘……」說罷，看向周圍的宮女宮嬤，「妳們先退下吧。」

眾人自當不會聽林芳懿的吩咐，而是看向皇后……

皇后的眉頭皺得很緊，可見林芳懿平靜地看著她，斟酌片刻，便讓眾人下去，「在門口等候本宮傳召。」

「是。」眾人離去，林芳懿笑著福了福身，「皇后娘娘疲累，臣妾願為皇后娘娘舒展筋骨，這是殿下的吩咐。」

「過來吧。」皇后隨意應了一聲，林芳懿緩步上前，跪在地上，為皇后捶腿，口中道：「殿下稱剛剛處理完齊獻王之事，陳林道陳大人的九衛之權已經上交，殿下用人不疑，交還給陳大人四衛，獨占五衛，此時正在與宗人府的宗正商議皇上大葬以及殿下繼位之禮，請皇后娘娘放心。」

「這麼急就商議繼位之事怎行？」皇后甚是不滿，「做事要一步一穩，控制住城內九衛又有何用？外人兵權在握，皇上大葬之禮行畢再繼位也不遲。」

皇后看著林芳懿，「他居然讓妳來傳這等消息，對妳倒是信任……」

林芳懿故作驚慌，連忙道：「殿下信任臣妾，是臣妾的福分。」

皇后冷哼，「去讓太子與宗正來祈仁宮。」

「皇后娘娘三思。」林芳懿看著她，「殿下即將稱帝，後宮不可干政。」

「放肆！」皇后驚怒，可後續話語還未等說出，林芳懿忽然撲上前來捏住她的脖頸，狠言道：「皇后娘娘恕罪，這是殿下的吩咐，他已能掌管全局，請皇后娘娘放心，為陛下殉葬……」

皇后瞬間驚呆，林芳懿更下了狠勁兒。

皇后眼中流淌出滾熱的淚珠，掙扎的雙手慢慢垂了下去……

皇后因肅文帝駕崩，感傷過度而薨了。周青揚一連七日在靈堂哭泣，朝中諸事全部交由新任首輔梁志先掌管。

有朝臣連著多日上奏，期望殿下早日撫平哀傷，以大局為重，操持國業。周青揚推辭兩次，稱自己重情，需要緩和一段時日，有勞大臣們掛心。

好聽的話誰都會說，而林夕落這些時日卻發現街上監管森嚴，出入幽州城的人查得極嚴，戴了帽子的要摘下，馬車、貨車都要打開查看，沒有半分遺漏。還有不少人在宣陽侯府周圍潛伏，更有九衛官兵來往探查。

林夕落心中明白，這是周青揚發現了秦素雲與齊獻王所謂的兒子失蹤，正四處搜尋。短短的時間之內，他不信秦素雲會離開幽州城，那就只能藏在城內。

為了平緩幽州城的安穩，大肆搜查是不可能的，只能以百姓安危為重，私自查找，宣陽侯府被盯緊，也在情理之中。

城內恢復了以往的熱鬧，可夾雜的陰謀卻無法讓知情的人平靜下來。

這其中就包括周青揚，他為皇后流的眼淚也是發自真心。

他是真的感激皇后，這麼多年來，每當肅文帝有意廢太子，都是皇后出面把事情圓下來；每當肅文帝對他發怒，也是皇后跪地求情，憑藉她與肅文帝的微薄情分，挽回對周青揚不利的局面。

周青揚是真的傷心，可他也只是傷心，並沒有後悔讓皇后陪葬。

因為他是未來的皇帝，是九五至尊，他不要再被掌控於皇后麾下，那種感覺他厭惡透了。

「殿下，還是沒能找到齊獻王妃與其子。」親衛的回稟讓周青揚深吸了一口氣，「宣陽侯府有什麼動作？」

「在安置宣陽侯與侯夫人的喪禮。」親衛頓了下，「忠郡王妃近日也在忙碌此事，沒有出過侯府一步。」

周青揚的眼角抽搐一分，「下旨，讓福陵王與忠郡王一同歸來送父皇與母后出殯，宣陽侯與侯夫人的喪事忠郡王也要參加，莫因國事違了孝道，本宮不願讓他背負惡名。」

「是！」

周青揚起身淨了手，朝向皇后的棺木又次叩拜，口中喃喃地道：「母后，您放心，我一定會成就大周霸業，讓您安穩地去陪父皇，您等著！」

林夕落正在聽薛一的回報。

「侯府周圍盯著的人不少於三十人，太子已經下旨，讓福陵王與忠郡王回幽州城。」

「宮中有何變動？還在四處搜索齊獻王妃的下落？」林夕落對此甚是上心，秦素雲與其子幾乎就在郁林閣的小屋中沒有出去，連那院子裡的下人都不知有外人存在。

薛一點了頭，「還在查，但送她們出城您或許可以利用一個人。」

「誰？」林夕落急切，薛一道：「叫碧波娘子的那個戲子。」

「他？」林夕落有些躊躇，「他曾經跟隨過齊獻王……」

「陳林道被齊獻王壓制久了，所以他如今在城內甚是囂張，幾乎所有的事情都要做得比齊獻王更跋扈，且他身為九衛統領，又有擁立之功，無人敢管，碧波娘子如今也被他收入麾下，極是受寵。」

薛一說到此，補言道：「前一陣子，陳林道因為一個女人跟壽永伯世子爭執，將世子打傷，太子居然沒管，還下令讓壽永伯管好門風。」

林夕落微微點頭，如若是薛一所說的這種情形，那的確是可以借用陳林道如今的風勢做一個套子，把秦素雲母子送走，但……碧波娘子此人信得過嗎？

皇上駕崩，幽州城內雖仍熱鬧，但四處掛白，茶館酒肆、戲樓妓院等地都不再有絲竹樂音，故而林夕落派人尋碧波娘子，讓碧波娘子甚是驚詫。

林夕落送的帖子，乃是為宣陽侯與侯夫人喪禮發的邀帖，可碧波娘子知道，這個帖子的背後定有別的意思，否則他不過一個戲子罷了，哪裡入得了侯府大門？

「明日便去宣陽侯府向侯爺與侯夫人行白禮，大殯之日也定會到場。」碧波娘子這般回了話，林夕落派來的侍衛領命而去。

碧波娘子正自斟酌，欲派人詢問下近期侯府有什麼事，門外有人來報：「陳大人來了。」

「今日身體不適，不能相陪。」碧波娘子的眉頭皺得很緊，也無臺上那綽約風姿，可話語剛出，便又改口道：「算了，我稍後就去。」

門外的人鬆了口氣，連忙笑著退下。碧波娘子對著鏡子梳攏髮髻，他不妨與陳林道周旋一二，也許能知曉些宣陽侯府的訊息……

翌日上午，林夕落便等到了碧波娘子。

她身分低微，堅持從側門入內，林夕落帶他去向宣陽侯與侯夫人上香，隨即到郁林閣敘話。

「……齊獻王爺罹難，還以為你會受牽連，卻聽聞你被陳大人扶持，是幽州城內的不倒新寵，卻是讓我刮目相看了。」林夕落話語有些刺耳，也無非是在試探。

碧波娘子搖頭，「身分低微，也只求有容身之地，身不由己。」話語停頓一下，「郡王妃召奴家前來，不知有何事？如若能幫得上忙，定兩肋插刀，義不容辭。」

「我與你之間恐怕還無這般大的交情。」林夕落說罷，碧波娘子當即道：「郡王妃曾為奴家與奴家父親解圍，或許在郡王妃心中這等事不過一兩句話，但在奴家心中卻是大恩。」

「如若這般事情你都銘記在心，那你對齊獻王……可有報恩之心？」林夕落的話語問出，碧波娘子不由得呆滯，微翕幾下嘴唇，才道：「奴家之前只是個無人理睬的雜役，若非有齊獻王提攜，如今還不知在何處受苦。儘管齊獻王霸氣……可奴家也感激他的恩德。昨日陳大人說起還未有齊獻王妃與齊獻王之子的下落，奴家也著實心急。」

「你倒是個聰明的。」林夕落沒有說明，但碧波娘子已心中有數，不再開口，靜靜地等著林夕落的安排。

林夕落沉了片刻，出言道：「宣陽侯與侯夫人大葬之日就在後日，但墓葬之地卻在城外，你跟隨陳大人也應該知道，如今為了齊獻王妃，城門處查得極嚴，聽說連有出外送葬的百姓人家棺材都給撬開了。」

「宣陽侯乃大周國功臣，他們自當不敢……」碧波娘子還未說完，林夕落搖了搖頭，「這可說不定，宣陽侯與陳林道大人可有過私怨，他心胸沒這般寬。」

「郡王妃是要奴家說上幾句好話？」碧波娘子試探，林夕落搖頭，「你還沒那麼大的本事。」碧波娘子並未因而覺尷尬，而是點了頭，「確實如此，奴家雖得陳大人賞識，卻還搆不上這等身分。」

「大葬之日，只求碧波娘子你能夠跟著一同出城，不多求，只求莫把宣陽侯與侯夫人的棺材掀了，我便心滿意足。」林夕落看著他，碧波娘子沒有細問，「一定！」

兩人四目相對，都看到對方眼中之意，林夕落對碧波娘子的表現也甚是滿意。

他沒有開口問齊獻王妃的下落，更沒有大義報恩之態，這除卻他有自保之心外，也知道林夕落此次動作或許與齊獻王妃有關。

沒有刨根問底應該是沒有異心，林夕落又與他說了幾句，正欲帶碧波娘子出府至麒麟樓，門外有侯府侍衛來報：「郡王妃，陳大人來了。」

「他消息倒是快。」林夕落看向碧波娘子，碧波娘子臉上多了幾分無奈，「奴家先告退了。」

林夕落點頭讓丫鬟送他離去，而陳林道只在門口，接得碧波娘子之後便離去，沒有踏入侯府一步。事情已經暫時有了眉目，林夕落準備去與秦素雲好生地敘談一次。

回了郁林閣寢間，角落有一個白衫女子蜷縮在地上，看著熟睡的孩子。

聽到外面有聲響，投目過去，看到是林夕落，她便站起身，苦笑道：「妳來了。」

這些時日，林夕落的寢間由秦素雲帶孩子居住，她也沒有離開，而是睡在外間。

林夕落走過去看著那孩子，「也不是妳的親兒子，妳對他還挺看重的。」

「終歸是一條命，生下被帶到我這裡，也是老天爺註定的了。」秦素雲沒有繼續這個話題，看向林夕落道：「可是有什麼新的消息？」

「都死得差不多了，還能有什麼？」林夕落感慨，口中則道：「就快要送妳走了，有什麼想說的就別窩了肚子裡，該說的全都說個痛快吧，免得這一離開，能不能有機會見面都不一定了……」

秦素雲沉默許久，只說了兩個字：「謝謝。」

話語簡短，林夕落卻覺得這兩個字比一長串的話更貼心，便點了點頭，沒有再多言。

秦素雲與她不同，除卻性格之外，她們生下來的所經歷的事、接觸的人截然不同，故而秦素雲所顧的是大局，她不是一個能安居鄉野度過一生的女人，離開豪門宅院，離開這個環境，她便不會生活。

可看她這副模樣，林夕落沒有多說，人各有命，她就莫把自己的想法強加於秦素雲身上吧。

宣陽侯與侯夫人出殯，幽州城內的官員們都知曉，但肅文帝駕崩，他們做臣子的自是要顧那位主子，即便有心送宣陽侯一程，也都只能走個過場，匆匆地來，匆匆地走，魏青羽則堅持以侯爵禮儀為兩人操辦。

即便沒有太多親朋好友隨同，單是侯府的下人在，隊伍也已浩浩蕩蕩。

林夕落也跟在隊伍之中，她一直都透過馬車簾子看向外邊，今兒不僅要送宣陽侯與侯夫人下葬，還要安安穩穩地把秦素雲帶出城……

儘管周青揚這些時日來沒有直接登門，可侯府周圍布署的官兵越來越多，魏青羽幾次請旨，稱若再不下葬，宣陽侯與侯夫人的屍首便要臭了，為國立下戰功之人要落得如此下場，太子豈不是太過狠心？

周青揚終究沒有壓制住朝臣們的非議，同意宣陽侯在今日下葬，可一路上跟隨的九衛快比得上送葬的家眷，行至幽州城門，自是有人找了侯府的麻煩。

一隊九衛站立於靈隊的正面阻攔，其中一人上前，乃是新任的九衛統領，張新江。

「向宣陽侯行禮！」一聲令下，九衛眾人齊齊單膝跪地，魏青羽看著他，淡言道：「謝過張統領，拜過之後便放行吧。」

「爺，太子殿下及首輔大人下令，要查驗出入幽州城的人、物，若有半分差池，卑職這腦袋就不用要了。」張新江剛說完，魏青羽當即冷斥：「放肆！這是宣陽侯府的靈隊，難不成你要一一查驗不成？你好大的狗膽！」

「卑職也是不得已……」張清江說著，打量起周圍的人，這隊伍實在是太龐大了，這般出城的話，若真讓齊獻王妃夾逃，豈不是鬧出事了？

而且，這也是陳林道陳大人吩咐下來的，定要查看宣陽侯的靈隊。張新江也知道，這種事他是兩邊不討好，陳大人吩咐下來卻不在場，若出了事，那是他張新江無能，他是替死鬼。

張新江的心裡早已謾罵半晌，可仍得執行此令，只得硬著頭皮與魏青羽敘話。

魏青羽一身白孝，臉色因近期事雜略顯蒼白，可目光中的犀利，卻讓張新江有些膽怯，還未等再開口，便聽得魏青羽道：「不得已？敢攔截宣陽侯之靈，你便是死，用不著不得已！」

說罷，魏青羽朝向一旁的侍衛使個眼色，侍衛拔刀，隨行之人全部湧上前來，將此地圍住。

刀劍紛紛出鞘，張新江也有些懼怕了。

「卑職即便是死，也要聽令行事，世子爺莫為難卑職！」張新江剛說完，魏青羽的目光便盯上了他的脖頸。

張新江一個哆嗦，連忙道：「卑職只派人查明沒有混入行靈隊伍中的惡人便可，還望世子爺行個方便。」

「你想怎麼查？」魏青羽略有讓步，張新江即刻道：「侯府的親眷可出城送侯爺與侯夫人下葬，其餘的小廝、丫鬟便不必帶上許多吧？」

「笑話！」魏青羽看著張新江，「難道你來為侯爺搬靈入土？你來為侯爺超渡安魂？你來？」

「卑職不敢！」張新江咬了牙，「那女眷留下！」

「由不得你！」魏青羽未開口，便見後方有一個女人走來，正是林夕落。

看到忠郡王妃出現，張新江心中咯噔一下。

誰都知道這位郡王妃不是好惹的，他接了陳林道命令時，連陳大人都特意囑咐他，不要被林夕落這個女人拿捏住，她若撒起潑來毫無顧忌，不似他們這些人顧忌官位、顧忌前程。

魏青羽看到林夕落，側讓一步，他們在臨行之前，已經商議出今日出城或許會被攔截，魏青羽早已有了心理準備，但事情真的發生，他只想仰頭狂吼幾聲，發洩幾口胸中怨氣。

宣陽侯如若得知這等場景，他當初還會為大周國拚殺一生嗎？

魏青羽心中難言，林夕落上前看著張新江，「你是什麼官職？」

「卑職乃九衛統領。」

「那你知道焦元和是怎麼個下場？」林夕落提起上一次被陳林道給耍弄的焦元和，張新江的臉色甚是難堪。

如今的焦元和早已被陳林道給折騰得生不如死，讓人渾身上下的毛孔都透著恐懼。

張新江抽搐著嘴角，不知該如何說話，林夕落冷哼地道：「讓侯府的女眷留下，你也得有這麼大的本事！」

「這是陳大人吩咐的。」

「那你就去將陳大人請來，我就在此等著他！」林夕落不依不饒，張新江有些遲疑，「陳大人忙碌……」

「少廢話！你去不去？我只等半個時辰，若半個時辰陳大人未到，就莫怪我無禮了！」林夕落威逼的目光極狠，「你若不去，我就硬闖幽州城門，到時候若出了事，你可小心自己的腦袋。你也不往身後瞧瞧，有多少人巴著你這九衛的位子，恨不得你早點死……」

林夕落說完，張新江下意識地回頭，而九衛眾人臉色都很難看，倒不是對林夕落的仇視，而是在擔憂他們的前程。但凡是惹了這位郡王妃的，沒一個能得好下場……他們可有老有小，不想沾染這個麻煩啊！

張新江無奈，只得吩咐身邊的侍衛道：「去請陳大人，就說郡王妃要硬闖城門，抵擋不住。」

「是。」傳信之人即刻駕馬離去，林夕落安撫了魏青羽幾句，便回了馬車當中，靜候陳林道的到來。

陳林道聽得此話顧不得多想，立即穿衣上馬，朝幽州城門奔去。

半個時辰，他縱使有十六條腿也趕不到城門，宣陽侯府的送葬隊伍當中顯然有秦素雲隱藏其中，而林夕落這個女人敢撂下如此話語，明擺著就是要硬闖。

陳林道想著，不由得用盡力氣，朝著馬屁股後面狠狠地抽了兩鞭子，駿馬狂嘶幾聲，加快疾馳的速度。

張新江站在原地等候，他早已召集了九衛，一個不敢少，與宣陽侯府的侍衛對峙，生怕一聲令下，侯府之人要硬闖城門，那他就可以自刎謝罪了……

就在這時，城門側方的一個角門處，碧波娘子正在與守門之人敘話。

「……中門走不了了，要從此處過，還望您能行個方便。」碧波娘子中規中矩地下了小轎，而她的身後乃是戲班子的人，回頭望了一眼，開口道：「城內要禁一年，總要有餬口的日子……」

士兵側目看看，也就是三五輛馬車，其上都是戲班子的鑼鼓衣裝和雜物。

此人也知道碧波娘子與陳林道的關係，不由得問道：「難道您也要離開幽州？」

碧波娘子搖頭，「還有少許積蓄，足夠在幽州度日，待時日過了，再召戲班子回來。」

他如此開口，士兵不敢怠慢，碧波娘子雖然如此說，可誰能不知他還要跟著陳大人？

「好說好說，那您悄悄地走，那方宣陽侯府在鬧事，若這邊被發現了，小的擔待不起。」

士兵話畢，碧波娘子手一伸一收，士兵的兜裡多了幾個沉重的銀兩。

相視一笑，士兵吩咐開城門，碧波娘子轉身點了點頭，與他的父親使了個眼色，戲班子的眾人接連離去，而士兵一一盯過，沒有發現這隊伍中夾雜著一名青衣女眷，還有她扶著馬車上的籃子中，有一個正在熟睡的嬰兒。

眾人離去，悄悄地朝著城外走，碧波娘子目送他們離開，這顆心才踏踏實實地撂下，又與士兵寒暄兩句，便轉身上了轎，吩咐起轎回去。

陳林道剛趕到城門，就聽到林夕落下令，「衝過去！」

「慢！」陳林道恨不得下了馬直接飛過來，「誰敢動，格殺勿論！」

「陳大人好大的口氣，格殺勿論？那我就要動一動，看看您敢不敢下這個刀子！」林夕落一步一步地往前走，陳林道被嚇得連忙後退，「郡王妃自重！」

「陳大人，聽說您要給侯爺開棺？聽說您不允宣陽侯府的人出城送葬？您倒是說一說，這是不是您下的命令？」林夕落看著陳林道，而魏青羽也抬頭看他，眾人全都在看他，反倒是讓陳林道毛骨悚然，急久了才覺出有點兒不對勁兒來，可是哪兒不對勁兒他一時又反應不過來。

「即刻封城，所有守衛全部給我叫來！」陳林道忽然跳腳喊道，讓所有人都驚了。

而他看向林夕落，卻見林夕落的嘴角扯出嘲諷的笑意，這讓陳林道恨不得氣昏過去，他一定是上了這個女人的當了。

若是齊獻王妃在送葬的隊伍當中，她林夕落哪裡還能等著自己來？早他娘的下令硬闖了！而張新江這個王八蛋也是個扶不起的阿斗，連這等手段都沒想出就派人通知他。

陳林道也是聽林夕落魯莽行事的傳言太多，根本沒尋思其他的，直接便駕馬跑來。可來到此處，林夕落居然還有心思跟他在這裡糾纏，明擺著是在拖延時間，更是要纏住他，齊獻王妃或許此時已經走了。

林夕落沒想到陳林道會這麼快就反應過來，但已過去許久，想必碧波娘子那方也應該送秦素雲母子離去了吧？雖然這件事她心中有意把碧波娘子拉下水來堵陳林道的嘴，可這樣做無疑是讓碧波娘子來承擔風險。

她不習慣陰人，那一日她與碧波娘子也將話講明，這件事若碧波娘子伸手，或許陳林道會殺了他，但碧波娘子不知是還齊獻王的情，還是應她林夕落的請，依然毫不猶豫地點頭，而且自己出了主意，要送他的父親和戲班等人離去。

林夕落撂下心中所想的雜事，看向魏青羽，魏青羽微微點頭，朝向陳林道冷言：「攔截侯府送葬隊伍，你可還要這個腦袋？」

「世子爺膽敢硬闖，您心裡可要掂量掂量！」陳林道頂回，魏青羽朝後掃了一眼，儒雅的臉上湧上的是一股無法阻擋的狠意，「一命抵一命，看是你的命大，還是我的人多！」

陳林道朝己方掃了一眼，又與宣陽侯府的人對比來看，自己這一方儘管都是九衛之人，可架不住宣陽侯府人多，何況若鬧出事來，無論孰對孰錯，有宣陽侯下葬一事擺在這裡，他陳林道都要被文官們戳碎脊樑骨。

如今，他把持著九衛，掌管內城安穩，太子可沒那麼信任他……

陳林道憤恨地瞪了林夕落一眼，啞聲道：「本人向來敬仰宣陽侯，此次雖太子有令，但此事比不得尋常之事，便由九衛親自陪護出城送葬！」

「開城門！」陳林道這最後一句，嗓子沙啞得好像被踩了脖子的公雞一般難聽。魏青羽冷哼一聲，林夕落則轉身回馬車。侯府的隊伍大張旗鼓地出城，侯府侍衛周邊又多了一層九衛。

陳林道揪過張新江的衣領，「給我都盯住了，膽敢少一個，我要你的腦袋！」

張新江沒等回話，被陳林道一把推走，踉蹌幾步才站穩，儘管他一肚子怨氣，卻也只得整理一下衣襟，帶著九衛跟隨出城。

陳林道看著林夕落的馬車從眼前行過，而此時城門處各地的士兵已經跑來，見陳林道一臉的凶意，都嚇了一哆嗦。

「剛剛可有人離城？是何人？都給本大人如實報來！」陳林道這一問，接連有人稟報：「沒有離城之人！」

一個接一個的回報，卻讓收了碧波娘子銀兩的士兵心中發慌。

這件事他是說還是不說？碧波娘子可是跟陳大人不清不楚的……而且自己還收了他的好處！若不說？看到他放走碧波娘子的兄弟也有不少人，他可沒分這些人好處，若被他們暗自裡告了狀，他這顆腦袋就甭要了。

心中猶疑不定，卻已經輪到此人該開口。

話至嘴邊支支吾吾，而陳林道也看出他有問題，當即快步走來，指著問道：「結巴個屁，快說，你是不是放了人出去？」

「是……」士兵剛露一個字，便見陳林道抽了刀，嚇得立即跪地求饒道：「大人，可小的放走的是碧波娘子的戲班子，還挨個都看了，而且這是陳大人您的面子，小的不敢不給……」

刷的一刀刺入其胸口，這名士兵瞪大眼睛，聲音哽咽在喉嚨裡，一口血噴出，倒地斃命。

陳林道氣怒得暴跳如雷，碧波娘子、碧波娘子，他前幾天就知道他跟林夕落有聯繫，卻沒有仔細盯著，孰料這個女人真敢藉著他的人來下手。

他媽的，婊子無情戲子無義，這個人難不成還真記著齊獻王的好？

陳林道的怒氣湧上心頭，即刻下令道：「出城去追，務必給老子追上那個戲班子，一個不留，格殺勿論！」

陳林道在這裡的暴跳如雷，林夕落並不知道，但收到了薛一傳來的消息，齊獻王妃與其子已經被福陵王派來的人祕密接走，連帶著那個戲班子的人也分散消失得無影無蹤。

林夕落心中踏實了許多，看著宣陽侯與侯夫人的棺木下葬，一鍬一鍬的土掩蓋其上，魏青羽忍不住跪在地上痛哭。這是她第一次看到魏青羽這模樣。

儘管魏青羽是侯府中唯一一個不曾習武之人，但他始終袒護魏青岩這個弟弟。

魏青羽是個很有理智的人，此時看到他痛哭，林夕落驚訝過後卻是憐憫，魏青羽身上的壓力或許比任何一個人都大。儘管他不是威武強壯的人，不是能揮刀殺敵的人，可他卻在撐著宣陽侯府的一片天，儘管這一片天已經陰霾晦澀，他仍然堅挺地撐著……

姜氏見到自己的男人這般心傷，忍不住也流了淚，孩子們也跟著跪在地上哭泣，只有林夕落一個人沒有掉一滴眼淚。並不是她對宣陽侯與侯夫人的死沒有哀意，而是心中的感覺已無法用言語形容，只能跪在墓碑前，看著灰土蓋在棺木之上，好像一把錘子，不停地敲擊著自己的心。

曾經擁有的種種糾葛，隨著一層又一層的土掩蓋地下，還有什麼可計較的？

宣陽侯的過錯，或許就是恨錯了人，他不該把對肅文帝的恨放置在魏青岩這個無辜的人身上，有如今這樣的結果，他恐怕始料未及。

手捧一把黃土，灑落在棺木上，林夕落向宣陽侯磕了頭，小肉滾兒也由曹嬤嬤在一旁教習著磕頭，算是送這位名義上的祖父一程。

死者為大，入土為安，一路走好！

「我殺了你！」陳林道衝至碧波娘子跟前橫刀對著他，可碧波娘子卻分毫驚恐都沒有，只淡笑地看著他。

「人是不是你放走的？」陳林道對他的表現略有驚訝，可依舊忍不住問出心中的話。

「什麼放走不放走？陳大人若想要我的命，何必問出這般多話來？」碧波娘子站起身，「殺了奴家便是。」

「你……」陳林道扔下了刀，「你想害死我不成？」

「不知陳大人此言何意？」碧波娘子看向他的目光甚是鎮定，陳林道皺了眉，「齊獻王妃和他的孩子不是你放的？」

「奴家已經許久沒得齊獻王妃點戲。」碧波娘子話畢，陳林道冷哼：「今兒你為何放走戲班子的人？」

「送他們出城賺活命錢。」碧波娘子答完，反問道：「怎麼？難不成陳大人覺得是奴家將齊獻王妃送走的？如今想殺了奴家，去向太子殿下請罪嗎？」

陳林道一怔，「你……你在威脅我？」

「奴家不敢，奴家不過就事論事而已。」碧波娘子說完，被陳林道狠狠地甩了一巴掌。

「你個臭戲子，在這裡跟本大人耍嘴皮子，你當本大人不敢殺你？」陳林道瘋了般的狠揍碧波娘子，碧波娘子卻連一個「疼」字都不喊。

陳林道打累了，罵累了，癱在地上一動也不動地喘著粗氣。

林夕落，妳個臭娘們兒，妳讓碧波娘子送走齊獻王妃，可害死老子了！

這件事如若傳出去，他就甭要腦袋了。

他是德貴妃的娘家人，又是齊獻王的舅父，若說他故意裝作大義滅親放走了齊獻王妃和他的兒子，誰能不信？

看著碧波娘子在地上癱倒不起，這個人他還殺不得，畢竟認識他的人太多，盯著他的人也太多，若他就這樣死了，太子那個陰險的人定會拿此事做文章，他還是脫不開干係。

「林夕落，老子跟妳沒完！」陳林道怒吼一聲，跳起來離開此地。

碧波娘子聽著關門的聲音，臉上露出解脫的笑容。

忠郡王妃教的話果然是有作用的，齊獻王的人情，他還了，終於能解脫了……

黃昏時刻，宣陽侯與侯夫人已下葬，林夕落與魏青羽、姜氏談論起日後的打算：「三哥與三嫂藉著為侯爺與侯夫人守靈丁憂，不要回城了。」

對於林夕落的提議，魏青羽與姜氏並未驚訝。

或許兩人也曾經想過這件事情，只是從林夕落的口中說出來，讓他們更有愧疚之感。

因為他們若留下為宣陽侯與侯夫人守靈，那宣陽侯府可就只剩下了林夕落母子二人了。

見魏青羽的臉上流露出些許猶豫之色，林夕落則道：「三哥，一切以大局為重。青岩如今還沒有消息傳回，侯府就不能沒有人，說句您或許不喜聽的，盯著我的人比盯著您的還多，我理應最後一個走。」

林夕落說完，姜氏連忙上前，「事雖是這麼個事，可就是放心不下你們。」

「三嫂且放心，青岩一日不回，周青揚便奈何不了我。」林夕落低頭看著兒子，「想必青岩也快有消息了，過不了多久，就能團聚了。」

姜氏看向魏青羽，她的心裡比魏青羽更放不下林夕落母子……

「要不然，我帶著小妞子陪五弟妹回去……」姜氏忍不住開了口，不等魏青羽回答，林夕落搖搖頭，「絕對不可，如今多回去一個，就多一分危險，知道您是心疼我。」

姜氏沉嘆一聲，退後兩步，林夕落也不再多說，只想等寒暄幾句就帶著兒子回去，因為九衛眾人都在盯著她。

低頭想要抱起小傢伙，小傢伙見林夕落低下頭，便伸出小手摟向她的脖頸。林夕落只覺得眼前一黑，差點栽倒在地上，隨即作嘔。

姜氏急忙上前，扶著林夕落道：「這怎麼回事？」

「沒事沒事，或許是折騰了這些時日不舒服了。」林夕落停歇片刻才起了身，魏青羽與姜氏極是擔憂，當即送林夕落早早回去，而九衛之人得知魏青羽一家子要在此地守靈也不敢多說，只得留下數人在此守著，向陳林道回稟之後再做行動。

林夕落上了馬車，再次準備回到城裡時，這一顆心說不出的平靜。

說是平靜，其實還是有些許抗拒，可她知道，她必須帶著孩子回來，魏青岩沒有做出最後的打算，她就要堅守到最後一刻……

摸著已經睡著的小肉滾兒的臉頰，林夕落心中道：青岩，我們就等著你了……

周青揚得知林夕落回到宣陽侯府的消息時，冷哼一聲。

魏青羽回與不回或許在別人眼中算不得什麼，可周青揚卻能夠感覺到魏青岩的步伐在悄悄地移動，好在有九衛和皇衛盯著宣陽侯的陵墓，若魏青羽有了變動，他就會知道。

「忠郡王一行人已經往幽州城趕回，再有三四日的時間便可到。雖然只帶了親衛軍返回，大軍押後，可依照距離與時間上來看，忠郡王並沒有拖延時間的動向，看來是真的要回城。」新任兵部右侍郎姜忠如實回稟，周青揚冷扯了下嘴角，「福陵王呢？他有什麼動作？」

「暫時未有消息。」

「混帳！」周青揚拍案大怒，「沒有消息？那就是他根本不打算動！立即給朕去查，如若三天沒有消息，朕就砍了你們的腦袋！」

姜忠低頭認罪，儘管他對周青揚還未正式登基就已經自稱為「朕」甚是不滿，可周青揚臨近登基之日不遠，這位無論如何的暴戾昏庸，也是未來的聖上，大周的國主。

心中忽然蹦出的「暴戾」二字，讓姜忠自己都嚇了一跳，可他不敢再多想，告罪之後便被周青揚攆了出去，即刻派人去查福陵王的動向。

夜晚星空閃耀，幽州城的鄰城小鎮上忽然迎來一隊騎馬的兵將，小鎮上最大的一家客棧被士兵包下，連客棧的掌櫃和夥計都被暫時請離了此地。

二百兩銀子一晚，對於掌櫃來說，猶如天上掉下來的一般，莫說讓他離開客棧，就是把整間客棧交出去也樂意。

捲著包袱離去，士兵們才迎來最重要的主將進門，一身紫色郡王蟒袍外披一件黑色大氅披風，髮髻高高豎起，由一根木條銀簪別著。進門之前目光掃過眾人，他身邊的小傢伙率先跑進去，大喊著：「累死小爺了！姊夫，咱們今晚就在此歇了？」

說話的是林天詡，一身小軍裝，一場戰役下來，他個子高了，身子也壯了，可這性格卻越來越不著調了，能躺著就不坐著，能坐著就不站著，活脫脫一個小懶包。

這也怪不得林天詡，實在是每日的操練得太辛苦了。

儘管他沒有跟隨魏青岩上陣殺敵，可他這顆心卻一直懸著，懸久了，膽子也練出來了，但從戰勝之後，他便渾身骨頭開始發軟，懶得出圈兒了。

魏青岩點頭，卻沒有進屋，走到後方叫過來李泊言：「福陵王那方已經傳信過來了？」

李泊言上前道：「福陵王請郡王定下一個日子，您這方將郡王妃和小郡王接出，他那方要趕在皇上下葬之前宣布遺詔。如若周青揚動作太早，他再公布遺詔就太晚了。」

「明日可到……」魏青岩低聲估算著：「後日接她們母子，大後日吧，往後拖延一日，與福陵王定下三日後可動。」

「卑職這就去傳信。」李泊言話畢，即刻轉身去雕字傳信。

魏青岩看著他的背影，臉上露出淡淡的微笑：夕落、兒子，就快能見到你們了……

空蕩蕩的宣陽侯府看起來就好像一座鬼宅般難以讓人心安。

林夕落沒有在此停留，帶著兒子和郁林閣的丫鬟婆子們全都去了麒麟樓。

一路坐著馬車回來，林夕落就覺得渾身不舒坦，小睡片刻，冬荷行步過來請她吃點兒晚飯，「都已經上了桌，您還是用一點兒。」

「守喪時日，莫加葷食。小肉滾兒那裡給適當的調配一些，正是長個兒的時候，食素三年，他還不成了小矮人了。」林夕落吩咐完，冬荷忍不住笑，「奴婢心中有數。」

林夕落起身下床便去桌前準備用飯，小傢伙已經乖乖地坐在那裡，見林夕落出來，咧開小嘴張開雙手道：「爺……娘兒……」

「乖寶貝兒！」林夕落親他一口，如今兒子已能喊一聲「娘」，她樂得合不攏嘴。

被林夕落親了一口，小傢伙回親了一下，隨後便張開嘴等著吃飯。

林夕落親自餵著，小傢伙也邊吃邊玩，吃不了多少便跑下地去玩，林夕落才自己開始用。

沒用幾口，那股子酸酸的反胃勁兒又開始了……

冬荷和秋翠嚇得又備盆備水，林夕落自己也納悶地揉額，「這是怎麼了？沒歇好？」

「是不是太淡了？要不要吃點兒甜的？」秋翠指著清粥淡菜，林夕落搖了搖頭，「就是反胃，不想用。」

「要不……奴婢去請個大夫來？」秋翠提議，林夕落又是搖頭，外面有那麼多人盯著此地，喬高升又不在，請個大夫來，誰知是不是被周青揚給收買了？

若下的不是藥，而是毒……

「奶奶。」冬荷忽然臉色略紅地輕聲喚道，林夕落有些奇怪地看著她，「怎麼？」

冬荷咬唇半晌，擠眉又弄眼，林夕落看得糊塗，這丫頭是怎麼著了？

見林夕落不明白自己的意思，冬荷只得湊林夕落耳邊輕聲道：「您……您不會是有喜了吧？」

「啊？」林夕落瞪大眼睛，可剛喊出一聲，忙又捂住了嘴。

知道魏青岩回來的人不多，怪不得冬荷剛剛那副表情……

「沒事，休息幾日就好了。」林夕落鎮定下來，「冬荷，扶我回房休息，兒子今晚也跟我睡，嬤嬤也去歇了吧。」

林夕落打發走眾人，冬荷抱著小傢伙跟著林夕落回了寢間。

「不會……這麼巧吧？」林夕落回了房間便忍不住嘀咕：「這個月的小日子沒來？」

冬荷搖頭，「沒有。」

「忽視了。」林夕落捂著肚子，小日子沒來，自己這反應也的確是妊娠時的會有的感覺。已經生過一次，林夕落還是有些經驗的。

「這可怎麼辦？」林夕落有些糊塗了，這小生命來得實在不巧，而跟魏青岩就那麼一晚……就懷了，這也實在是……唉！

林夕落的腦子混沌了，驚喜過後便又撓頭，在外人眼中，魏青岩征戰沙場從未歸來，如今她卻懷了孩子，若傳出去消息，這豈不是她又要惹來一盆髒水？

看著冬荷，林夕落滿臉苦澀，「這可怎麼辦？」

冬荷也手足無措，她剛剛只覺得這件事不應該告訴別人，所以才悄悄在林夕落耳邊說，如今見林夕落煩憂，才恍然大悟。

這種事若傳出去，誰能信是自家郡王偷偷回來的？

而且……而且就那一次，郡王可真厲害……

冬荷越想越臉紅，林夕落越想越頭疼，看著熟睡的小傢伙，心中感慨地念叨著：「青岩，你可要早點兒回來，不然這日子我可沒法過了啊！」

林夕落這兩天都以身體不適為由在屋中歇息，只由冬荷一人照顧。

菜也多備了幾道，能用的就往嘴裡塞，不能用的就讓冬荷與薛一吃。

妊娠反應是其一，心情焦慮為二，短短兩天的時間，林夕落的身子便力乏得很，冬荷看在眼中心裡焦急，忙讓薛一去傳信給魏青岩，更讓他去別的地方買幾隻牲畜殺了，把血帶回來。

林夕落沒有小日子，這件事連秋翠都不知道，冬荷得要做出假象，以免惹人懷疑。

好在麒麟樓中侍衛廣布，眾人也不敢隨意亂走動，秋翠這幾日都在碌著打發宣陽侯府的下人，回家的回家，守侯府的給加了月例銀子留下，幾經折騰，她也沒能注意到林夕落這方的不妥。

林夕落在等待魏青岩的消息，可還有一個人在整日盯著林夕落，那便是陳林道。

陳林道自那一日被林夕落給耍了一次之後便懷恨在心。陳林道殺一警十，無人敢對外說在那時碧波娘子送了戲班子出城，故而這件事周青揚不知道，但仍痛斥了陳林道無能。

陳林道與周青揚也並非一條心，但周青揚是皇位繼承人，他是擁立的功臣，兩人對外還是要口徑一致，故而周青揚給陳林道下了令，讓他盯著林夕落，一旦這個女人有了動靜兒，當即抓起來。

可陳林道怎會目光如此狹隘？他不僅是盯著林夕落，還盯著城外的魏青羽。周青揚以為派了姜忠就可以不用他陳林道？這怎麼可能？

陳林道坐在麒麟樓對面的茶樓上緊緊盯著此地，他一定要找出這個女人的把柄，否則心中憋的那一口氣實在難洩。

一口茶灌入口中，陳林道如今只想著如何甕中捉鱉，他不僅要讓林夕落這個女人沒有好果子吃，也要等著看魏青岩的下場。他一定要將軍權牢牢握於手中，襄勇公的位子他坐定了，周青揚老老實實便罷，否則……

陳林道心中冷笑，而此時，九衛兵士前來回報：「大人，忠郡王妃這幾日都沒有動作，這麒麟樓跟個鬼屋似的，連伸頭探個消息都探不著，也沒有外出採買的下人，難不成他們都不吃飯？」

士兵納罕撓頭，陳林道狠踹一腳，「當此地是你們這些破落門戶沒有半點兒積糧不成？所有的門都給老子盯住了，敢放走半個人，老子拿你償命！」

士兵被踹倒在地，起身之後忙爬起，朝著茶樓下跑去。

陳林道轉回心思繼續盯著……

「大人，有狀況！」來人這一句話，好似為陳林道打了一劑強心針，「快說！」

「宣陽侯的墓地來了一個陌生人，魏青羽見到他便要將他攆走，兩人爭執半晌，那人才離去。兄弟們悄悄跟著，卻被他發現給跑了，但探聽到隔壁鎮子來了一隊人，已經在此停留三天了。」

「他媽的，是魏青岩！」陳林道心中突然湧起了這個念頭，「馬上去查封麒麟樓，務必抓到忠郡王妃！」

「大人，太子未下令……」

「等他下令就遲了，快去！」陳林道匆匆離去，親自衝到麒麟樓前率眾圍攻，而此時姜忠也在向周青揚回稟：「福陵王仍在西北沒有動靜，魏青岩大軍昨日來報稱還要五日才到，可探子們發現，宣陽侯陵墓之處，魏青羽一家有不明的舉動，想必不是那麼簡單。」

「立即去抓林夕落和魏青岩之子。」周青揚剛下令，外方侍衛來報：「稟殿下，陳大人率九衛將麒麟樓圍了起來。」

「速去，一定要搶在陳林道之前，將林夕落與魏文擎帶到宮中來！」周青揚厲喝，姜忠立即領命而去。

周青揚的心跳加速，他有種逮到魏青岩把柄的興奮，這是前所未有的感覺，好似大權在握，他便是大周國的主宰，任何人都逃不開他的眼睛……

回望著高高在上的龍椅，周青揚放聲狂笑，而這笑聲在外人耳中聽來卻是那般讓人發怵，一個小太監悄悄跑開，來到後宮尋林芳懿，「康嬪娘娘，太子殿下要抓忠郡王妃了！」

「全體集合，前去幽州城內搶忠郡王妃和小郡王出來，不能有片刻耽擱！」

李泊言下令，眾兵出發，而此時魏青山正跪在地上抱著魏青岩的腿認錯，「五弟，哥給你跪下了，哥真沒想到會出現這樣的事！我……我只是知道不能前去拜父親，想要趁著無人之時，單獨去磕幾個頭，可……可真沒想到會被人盯上！」

魏青山此時已經腸子都悔得青了，他不過是想去磕兩個頭，可見到魏青羽，不但被自己這三哥斥罵，更是將他給攆回。可這一路回來，他也在查看是否有人盯著他，繞了多個圈子回來，孰料還是被人發現了。

原本定好的計畫，全因他這個舉動給破壞。魏青岩得知他去拜過宣陽侯之後，當即下令衝去幽州城。李泊言也立即離信傳給福陵王，讓他延遲宣布密詔的時間。

每個人看向魏青山的目光都透露著埋怨，可因他姓「魏」，因魏青岩還稱呼他一聲四哥，故而這種埋怨只能用眼神來表達，如若可以隨意洩恨，或許魏青山已經身中數刀了。

魏青岩聽著他的話，攥緊雙拳終究沒有揮下。

他這一輩子最重要的就是他的女人、他的兒子，除此之外，沒有別人！

可魏青山這個意外，讓他顧不上情分二字，他恨不得提刀殺了他……

「滾！」魏青岩沉喝，魏青山呆滯得鬆開了手。魏青岩闊步離去，上馬疾馳。

「我……我這是做什麼孽啊！」魏青山狠狠地抽了自己一巴掌，看著魏青岩率親衛離去，只有他一人獨自留在這裡。馬兒遠眺著離去的眾人嘶鳴幾聲，可見自己的主人沒有分毫的動作，只得低頭啃草。

魏青山跪地，抱頭痛哭……

終之章◆攜手天涯任遨遊

林夕落此時已經得知陳林道率兵包圍的消息，顧不得身子不適，仔細聽著侍衛和薛一回報。

「樓內所有的地方都已經被九衛封住，陳林道親自在麒麟樓的大門口處請郡王妃出去。」

「太子所派的皇衛也朝此地趕來，或許是城外出事了。」

薛一看著林夕落，「不如卑職率人帶著您和小主子跑吧。」

「容易嗎？」林夕落看著小肉滾兒，又撫摸著自己的肚子，「這城內所有人都可以走，唯獨我不能。」

薛一皺了眉，「此事太過突然，如若聯繫暗衛，恐怕也來不及了。」

林夕落揉額，看向侯府的侍衛道：「能拖延陳林道多久？」

「陳大人稱只給一炷香的時間。」

「他這是盯準我了。」林夕落看向薛一，吩咐道：「去把冬荷叫來。」

薛一一怔，林夕落催促道：「快去。」

冬荷聞訊趕來，林夕落遣走其他人，只留下她、薛一和小肉滾兒，「你們倆帶著孩子出城。」

「奶奶！」冬荷急了，「您這是……」

「我如今的身體不允許逃跑，而且我還有拖延的機會。薛一有能力，他帶著小肉滾兒走，可保萬無一失。若帶著我們母子，危險太大了，所以，冬荷，我兒子就交給妳了。」

林夕落沒有拐彎抹角，「冬荷是個好姑娘，薛一，將來你要好好待她。幫我把孩子交給郡王，你做得到嗎？」

薛一皺眉，「我做得到，除非我死，否則小郡王定能安穩無事。」

「那……那不如都留下，等著郡王來救就是了，怎能放奶奶一人……」冬荷忍不住掉了眼淚兒，林夕落如今有孕，又是危險重重，她怎能邁得動這個步子……

「如若我們母子都留下，那周青揚只留一個就足夠威脅郡王了，所以我們母子只能活一個，但無論誰死誰活，都不是爺想看到的，而我留下還有一線生機！你們不要再廢話了，立即帶著孩子走！」

薛一更為理智，當即抱起孩子，拽著冬荷便往外走。

冬荷頻頻回頭，淚眼朦朧，掙扎著想回來，薛一卻緊緊扣著她，消失在林夕落眼前。

小肉滾兒被忽然抱走，急得咿咿呀呀亂喊，林夕落最後聽到的一字是：「娘！」

「孩子……」林夕落低頭痛哭，可她咬著嘴唇，硬生生地將哭聲憋回心中。

她要活著，要度過這個危機，她要見到青岩，見到她的孩子，更要保住肚子裡這個小生命。

周青揚、陳林道，我林夕落就不信你們能耍出什麼花招來，我跟你們拚了！

老天爺似乎總是在捉弄人，就在魏青岩迎上渾身刀傷並護著小肉滾兒出城的薛一時，麒麟樓中，林夕落也正迎著前來抓她的陳林道。

四目相對，陳林道心中有怯意，林夕落卻淡定地坐在桌前，擺弄著一排大大小小、各式各樣的雕刀，她正緩緩雕刻著一尊佛像。

麒麟樓中，所有物件陳林道都敢下令砸了毀了，唯獨眼前這一人一物他不敢動。

並不是他虔誠禮佛，也不是林夕落這個女人有多大的本事，而是林夕落擺在一旁的紙張上的黑字，讓他有些腿軟。

只差半步便能成功，卻踩了一根釘子，扎得他心肺震顫，恨不得掐死眼前這個女人。

白紙黑字，一行一行條列著陳林道的罪狀，連碧波娘子送走齊獻王妃一事也列於其上……

「妳——」陳林道咬牙切齒，「妳這到底想怎麼樣？」

林夕落看著他，淡笑道：「我還沒問陳大人你這衝進來是要作何？此地乃是先帝賞賜的，難不成先皇駕崩，你就可以為所欲為了？」說著臉色猛然沉下，「我一個女人鬥不過你們所有人，可我卻能以手中之物弄死你陳大人，不信你就試試看！」

「妳這個瘋子！」陳林道大怒，下令讓人將撕掉全部的紙張，嫌眾人動作慢，自己也上前將紙頁撕得粉碎，「給我一把火燒了這裡，燒死這個女人！」

「你隨意……」林夕落一點兒恐懼之意都沒有，「我死了，你也活不成。」

陳林道看向她，林夕落不屑，「你不會覺得這些足以讓你掉腦袋的證據只有我這裡有吧？」

「瘋子！妳就是個瘋子！」

陳林道惱怒得原地亂轉，隨後逼近林夕落，直視著她，「妳想怎樣？皇衛已經朝此趕來，想讓我放妳走，那是做夢！」

「我喜歡做夢，也向來會美夢成真。」林夕落一字一頓，手中的雕刀在指間遊走，如若冬荷在，她便會知道這是林夕落緊張時的表現，可這種坦然自若的姿態反倒是讓陳林道猜不透。

不容陳林道多想，九衛前來回稟：「陳大人，皇衛來了！」

「這件事輪不到他們管！」陳林道揮手呼喝，九衛尷尬，低聲道：「太子殿下也來了！」

周青揚？陳林道很是意外，連忙將屋中的紙張全部毀去，林夕落看著他倉皇失措的模樣，笑個不停。

一前一後，陳林道剛率人將這些紙張收拾妥當，皇衛已宣道：「太子駕到！」

周青揚從外進來，看著陳林道臉上還未消去的驚慌不由得挑了眉，而後見林夕落臉上露出了微笑，便沒有細問，上前溫言道：「讓弟妹受驚了！」

周青揚這一開口，陳林道瞠目結舌，他橫刀對著林夕落，而周青揚來到此地，卻如此親和，他這是搞什麼名堂？

林夕落起身行禮，「給殿下請安，太子千歲……」

「弟妹，宣陽侯的事本宮已經聽說，他是大周國的功臣，本宮不會忘了他，可惜父皇也走了，本宮這些時日哀傷難平，未能前去送殯，實在是對不住忠郡王啊！」

周青揚故作傷感，抹了抹眼角，又道：「可本宮不能再忽視弟妹，宣陽侯府已經無人，只有弟妹與小侄在，本宮難以放心，弟妹不如跟本宮回宮去，那裡還有妳的姊姊。若攀起親來，妳還可稱本宮一聲姊夫，本宮理應將你們母子照料好。」

周青揚這一番冠冕堂皇的話說出，讓陳林道忍不住想吐。

林夕落壓抑住上湧的噁心，牽著嘴角，開口道：「那就多謝殿下了，只不過……文擎已經被送去他的外祖父、外祖母那裡，此地只有我一人了。」

周青揚眉頭緊皺，轉頭看向陳林道，卻見他也驚愕茫然，只得深吸口氣，繼續笑道：「只有弟妹一人，本宮也有責任護衛妳的安危，請吧。」

林夕落知道周青揚這是要扣押她，還要做出厚待重臣家眷的模樣來……

林夕落嘆口氣，看著手中把玩的物件，道：「不知殿下可允臣妾帶此物？」

「那裡畢竟是宮中……」周青揚面上和善，其實心裡惱怒。林夕落露出「早知如此」的神情，便起了身，「臣妾謝殿下恩典……」

「走吧。」周青揚行步在前，林夕落跟隨其後。

麒麟樓前停了一輛奢華的馬車賜予林夕落乘坐，將這虛偽的面子做到甚是圓滿。

林夕落邁步上去，沒有護著自己的肚子，以免被人發現。

踏上馬車，林夕落的心中湧起一股酸澀，「青岩，我就等著你了……」

周青揚回宮便下令將林夕落囚禁於文熹宮，那曾經是皇后的祈仁宮的偏殿。

林夕落看著偌大的空殿，一旁有四個宮嬤、四個宮女在此候著，門外則被皇衛把守得密不透風……儼然是一個大籠子。

她很累，她要好生地睡一覺。

讓宮女打水淨了面，林夕落倒頭便睡，她這模樣讓來此侍奉的宮嬤和宮女呆傻。

得知要來侍奉這位忠郡王妃，她們以為她會大哭大鬧，早已做好了各種心理準備，孰料這位郡王妃什麼反應都沒有，進門就睡，真是太奇怪了……

八個人商議了一番，都不敢對此疏忽，分好了時辰各自守著，更有人前去向太子回稟。

消息能夠傳入太子耳中，自然也會傳入其他人的耳中，譬如林芳懿。

林芳懿聽到太子將林夕落囚禁於宮中，而且只有她自己一人，沒有孩子，不由得獨自思索了很久很久……

魏青岩看到薛一抱著孩子，聽著前去探消息的人來回報：「太子親自將郡王妃請入宮中……請郡王恕罪，卑職晚了一步！」

魏青岩紋絲不動，就這樣看著孩子。薛一有些害怕，卻感覺背後有一雙手緊緊揪著他的衣裳，那是冬荷，她被嚇壞了。

薛一帶著冬荷和孩子離開麒麟樓時，被幾人追捕，可他要護孩子，又要顧女人，實是有些力不從心。好不容易將那幾人全殺了，可初次見他殺人的冬荷驚呆了，如若不是薛一給了她一巴掌，她早昏過去了。

薛一也顧不得她哭，抱著一大一小，裝作一家三口的農夫、農婦出了城。

出城時也被兵丁搜身檢查，薛一故意讓他們摸去了二兩銀子，才能順利出城離開。

「大人，我去救郡王妃出來！」薛一看著魏青岩，能夠體會到魏青岩的失落和失望，特別是他剛剛轉述了忠郡王妃的話，忠郡王聽完之後便默不作聲，比他提刀殺敵時的血腥更可怕。

「我要夕落。」魏青岩沉了許久才吐出這四個字，說完立即翻身上馬，「我要她！」

「郡王！」薛一猛地撲上前，一把揪住魏青岩的韁繩，「您不能自己去！」

「大人！」李泊言也追上來，「稍安勿躁，從長計議！」

「大人，福陵王來了消息！」親衛從遠處跑來，李泊言連忙跑過去，將鷹隼爪子上捆綁的那一根木條摘下遞給魏青岩，「大人，先看一看福陵王的信！」

魏青岩看著那木條，掏出胸前的晶片，那是林夕落親手為他打磨之物，如今用它來看福陵王的信，讓魏青岩的心甚是疼痛。

「你若不回，我不會宣遺詔！魏青岩，我知道你是我的弟弟，我知道！」

福陵王這話，刺痛了魏青岩的眼睛。

他伏在馬背上沉默了許久，忽然駕馬狂奔，朝向幽州城而去。

薛一要跟上去，李泊言拽住了他，吩咐其他人跟著魏青岩。

「郡王妃既然讓你照料孩子，那你便將此事做到底，救郡王妃有其他人，你好生養傷。」

薛一轉頭看了看冬荷，又看著她懷中眼角泛淚的小傢伙，勉強點了點頭。

魏青岩等人在臨近幽州城十里的小鎮停住。

意外中的意外，讓魏青岩暴跳如雷。

福陵王在上一封信後緊接著又急報一封：「魏仲恆失蹤了！」

「林天詡也失蹤了！」

兩個孩子突然失蹤，打亂了魏青岩的計畫，就在他下令暗衛四處搜索之時，幽州城內，一大一小兩個小叫花子正在城裡頭端著碗要飯，而要飯之時，還不忘低聲商量著：「皇宮到底在哪兒啊？」

「我怎麼知道？」

「你不知道？你在這城裡怎麼過日子的？」

「我……多少年沒出過侯府，我哪裡知道？」

「我是外來戶，我更不知道……」

「……」

「找吧！」

周青揚召見幾位大臣一同商議對福陵王與魏青岩的策略，而林夕落醒來時卻發現有一個人在她的身邊，對著自己笑。

不是別人，正是林芳懿。

「這麼快就醒了？」林芳懿臉上掛著笑，那一雙狐狸眼卻在林夕落的身上瞧了個遍，最後停留在她的肚子上。

林夕落臉色甚冷，坐起身，「妳來做什麼？」

「我？」林芳懿漫不經心，「妹妹來了宮裡，我自當要探望一下，這不是應當應分的嗎？」

「行了，看完了妳就走吧。」林夕落的冷漠讓林芳懿露出幾分苦笑，將身邊的人都打發下去，坐到林夕落身旁，低聲道：「估計妳若知道我來是為了放妳走，妳就不會這樣冷待我了吧？」

林夕落皺了眉，疑惑地看著她。林芳懿坐正身子由著她看，許久，林芳懿才開了口：「我可以放了妳，但能不能活就是妳的事，沒想到妳如今肚子裡又有了一個……」

「妳私自為我探脈？」林夕落皺了眉，林芳懿搖頭，「用得著嗎？妳在這裡睡熟的時候，手老是放在腹部上。」

林夕落沉默了，林芳懿的這種態度與以往甚是不同，可她說要放了自己？林夕落無論如何都不敢相信。可她若真的有意害自己，在一旁看熱鬧不就是了，何必再親自跑來為她挖這樣一個坑？

「妳恐怕沒這好心，妳不說出讓我放心的理由，我寧可不走。」林夕落心裡的確被她挑動得有些希冀，但林芳懿這個人的可信度太低，她不能冒險。

林芳懿沉嘆口氣，「妳知道皇后是怎麼死的？」

「怎麼？」林夕落對林芳懿提個「死」字表示驚訝，這話若從自己的口中說出或許可能，但林芳懿在宮中如此之久，居然沒有用尊稱。

「是我，是我親自餵了毒酒掐死的。」林芳懿指著自己，林夕落嚇了一跳，「妳瘋了？」

「不是我瘋了，是太子瘋了！」林芳懿抓著林夕落，像是要傾吐心事一般，「他居然連皇后都能下得了毒手，何況旁人？我一直都覺得自己心狠，可我與之相比不值一提，他太狠毒了，妳知道嗎？他如今把妳放在宮中，林家人全都死了也無所謂，因為妳不僅姓林，還能牽制住魏青岩……」

林夕落心中驚駭，她對皇后薨，的確覺得奇怪，可絕對沒想到竟是……周青揚下的令，更沒想到是林芳懿來做這件事。

「妳覺得放我走，太子會留下妳的命？」

林夕落看著她，林芳懿搖頭，「陳林道出賣了齊獻王，但他與太子並不是一心。太子如今軍權不穩，他把妳留在宮中就是要運作一段時間才動，而我們？」

林芳懿淡笑，「特別是我，死了，豈不是誰都不會再知道他的祕密？我放了妳，他不會馬上殺掉我，否則便是給了福陵王與妳男人起兵的藉口，太子……他什麼都好，但唯獨有一個缺點，因為他是太子，他自詡是最合禮法的繼承人，無論做什麼，都要去尋找一個漂亮的理由，實在可笑。這是他最大的缺陷，也是致命的缺陷。」

林芳懿頓了下，「這也是我放掉妳的原因。妳命大，妳就活著跑到妳男人身邊，而我，能晚死一日是一日，若拖到妳男人能夠成功攻城，林家或許還有再次崛起的機會。」

「這個算盤妳是打錯了，他無此心。」林夕落當即回絕，林芳懿不認同地搖頭，「我沒妳命好，但我比妳更懂男人，有些事身不由己，他沒有，福陵王也有，由不得女人插手。」

林夕落沒有回話，因為她忽然不知該如何說……

林芳懿或許沒有說錯，她的確是不懂男人，但她心底只懂魏青岩一人就足夠了。

可自己被看管得如此嚴，林芳懿又能怎樣放她離去？

「……如若能再見到妳，是否要尊妳一聲皇后娘娘了？」林夕落側頭看她，林芳懿低頭不語，很久才回道：「他已經定了由梁志先梁大人的嫡親孫女為后，我？連個妃位都不會有。」

「所以妳起了異心？」林夕落下意識地出口，林芳懿只是扯出一絲冷笑，「他如今只忙著安穩朝堂，顧不得後宮，我還不趁機在此時搏個機命……或許，還不見得誰先死呢！」

「妳這個瘋子。」林夕落如此評價，倒是讓林芳懿笑了，「妳不懂。」

「我也不想懂。」

林芳懿沒有再開口，等了一陣子，天色已晚，門外才有兩個小宮女進來。

「殿下在哪裡？」

「回康嬪娘娘，殿下仍在大書房議事。」

林芳懿微微頷首，讓小宮女遞給林夕落一身宮裝，「穿上吧，宮裡要遣出一批宮嬤，妳……聽天由命吧。」

說罷，林芳懿沒有在此處等候，起身離開了。

林夕落顧不得再思忖林芳懿的事，匆忙換好宮裝，在臉上塗了暗黃的脂粉扮老，才跟著林芳懿的貼身宮女悄悄離去。

晚上的皇宮除卻昏暗的宮燈之外，沒有分毫光亮。肅文帝駕崩、皇后薨，整個後宮的路上全都掛著的白綾，瞧著甚是讓人發怵。

林夕落的胃腹翻攪，雖然想吐，她卻必須挺直邁步，不能露出半點異樣，否則即便是裝作出宮的宮嬤，也會被外人發現。

跟著一隊宮嬤和老宮女站好，司儀監的嬤嬤前來訓話，隨後便引著她們從側宮門離開。

林夕落看著前面的宮嬤，每個人似乎都已經做好了準備，由宮嬤和侍衛檢查過後，才允踏出宮門。每個宮嬤都準備了碎銀子或手串、珠釵之類的物件，悄悄塞給驗身的宮嬤才能順順利利地走。

不過也有不懂規矩的，那自是被摸上摸下，甚至連衣裳都要被解開……不扒下一層皮來，絕對不會順利放人。

林夕落有些心驚，她因怕引人注目，身上飾物全摘了，如今一點兒物件都沒有。

林夕落摸了摸林芳懿宮女給她的包裹，裡面只有衣物，一個銅子兒都沒有。

心中怒罵一句，想必宮中角落中的腌臢事林芳懿也不見得都清楚……一個一個地離去，眼看就快輪到自己。

林夕落有些焦急，她是絕對不會捨出身子來讓這些宮嬤侮辱，何況她腹中還有孩子？

前面就只剩下一個人，林夕落手忙腳亂，摸索著身上是否有什麼東西，而這一會兒功夫，前面的宮嬤已離開，驗身的嬤嬤和侍衛全都在看著她。一股涼意從林夕落的腳趾頭竄起，抬頭對上驗身嬤嬤的目光，卻見那位嬤嬤正在看著她的頭頂。

林夕落下意識地朝髮髻上摸去……

那根木條銀針簪還在其上，她……她們不會是要這個物件吧？

林夕落有些捨不得，可那驗身嬤嬤正盯著她看。

心中一狠，咬牙將木條簪子拿下，拆下其上的銀針和紅寶，將那個木條緊緊握於手中。

驗身嬤嬤拿在手裡，目光在林夕落身上打量，見她露出膽怯之色，便朝著侍衛點了下頭，侍衛斥道：「還不快走！」

包裹被用劍挑出扔在宮門外，林夕落忙跑出去，轉頭時聽到宮嬤喊道：「下一個！」

林夕落鬆了一口氣，將僅剩的木條別在髮髻上，撿起包裹，匆匆沿著牆角往前走。

身無分文，她能夠去哪裡？

天色微亮，再過一會兒太陽就起升起，這一路林夕落走得腳酸腿疼，腹中翻滾難忍，終究沒能忍住，蹲在一旁的角落中嘔吐不止。

後面出來的宮嬤看到她，都詫異地看上幾眼，隨後便繞路走開，絲毫不搭理，孰知這樣的人是從哪個宮中出來的？

皇后薨，德貴妃娘娘、元妃娘娘和眾多妃嬪一場大火便歿了，這些地兒出來的人身上都帶著喪氣，能少沾就都躲遠點兒。

林夕落只覺得眼前發黑，想要往前走，這個腿怎麼都邁不開步子。

忍不住掉下淚，林夕落狠咬了自己的嘴唇一口，她一定要堅持住，她一定要離開這個鬼地方，去找她的男人和她的孩子。

勉強站起身，林夕落正欲邁步，剛拐進旁邊的一個小胡同中，後面忽然傳來一陣急促的腳步聲，她才剛轉頭，就覺得脖頸之處一痛，登時倒地不起。

一個人仔細地辨認了她的面貌，見四處無人，費力地背起她，便快速離開此地……

林夕落在宮中失蹤，周青揚勃然大怒，下令全城搜捕，可此時天色早已大亮，若有心隱藏起來，實在不容易尋得到。

周青揚將林芳懿被打得遍體鱗傷，卻被林芳懿的放肆大笑給嚇得未敢下殺手。

「殿下，您殺了臣妾啊！您是大義之人，可卻不知會有多少人相信您親自賜死皇后？不知有多少文臣會因臣妾之死、林家的慘狀而嚇得不敢真心投靠？」林芳懿狂笑不止，「更不知臣妾那位妹夫與福陵王會否藉著親人報仇的藉口，直接攻入幽州城？哈哈哈……」

「打，給本宮狠狠地打，留她一口氣就夠了！」

周青揚下了令，可宮中之人哪敢下死手？

不讓打死，還要狠打，實在是難為人。

可宮中的人都知道後宮當中誰最狠，除非這位康嬪娘娘死了，只要她還有一口氣在，她定會狠毒地報復。故而雷聲大雨點小，儘管林芳懿皮開肉綻，但卻都是外傷，沒有內傷出現。

林芳懿笑得恐怖，周青揚氣惱憤恨，更對這個女人發自內心的驚恐，多種心緒混雜一起，讓他更想知道林夕落的下落以及福陵王、魏青岩的動向。

周青揚匆匆離開，聽著皇衛們的回稟，怒氣難忍，而陳林道此時也忐忑不安。

林夕落這個娘們兒太厲害了，簡直就是個妖精！

皇衛以及九衛大肆搜捕全城，挨家挨戶地查探，讓全城的百姓都驚恐不安。

蹲在角落的兩個小叫花子在低聲商議。

「這麼大肆追捕，會不會是嬸娘離開皇宮了？」魏仲恆蹲得腰酸腿麻，雖然他是個苦庶子出身，可這一天當了叫花子，白眼、拳頭都沒少挨，終於明白人間險惡了。

林天詡很是認真地點了頭，「不管是不是，應該給姊夫去個消息，帶傢伙了嗎？」

「帶了！」魏仲恆當即從懷裡取出一把極細的針來，又拿了一個小木片在上面刻字，刻好之後，林天詡躲了角落之中，朝著天空吹了一聲繞三聲的口哨。

一隻飛鳥盤旋而下，魏仲恆麻利地將木片綁在鳥爪上，隨後放飛。

兩人長舒口氣，可正打算想走之時，忽然發現背後有兩名九衛緊緊地盯著他們，手中泛青的刀芒甚是刺眼，魏仲恆嚇得腿腳發軟。

林天詡的膽子大一些，看著兩人道：「兩位大哥，俺……俺沒有錢！」

「剛剛的哨音是你吹的嗎？」侍衛探問，林天詡連忙搖頭，「不是，是一個女人，放了鳥兒她就跑了！」

「女人……」九衛瞪了眼，「什麼樣的女人？」

「沒、沒太看清，臉上抹了好多泥巴。」魏仲恆膽怯地在後面補了一句，九衛打量兩人片刻，也覺得兩個小叫花子不太可能有問題，冷哼一聲便朝著林天詡所指的方向追去。

「果真、果真是追嬸娘的！」魏仲恆心裡很害怕，雖然剛剛兩人猜測是那樣，但他們倆那兩句回答也是試探。

林天詡連忙點頭，「咱們四處找，一定要找到大姊！」

林夕落再醒來時，發現這是一個只有昏暗燈光的小屋。

似是聽見她有了響動，有人匆匆跑來，林夕落看到她的容貌，驚呼：「花嬤嬤！」

花嬤嬤微微點頭，拿了一個軟軟的靠枕為林夕落墊上，隨後坐在床邊的小凳子上道：「看到五奶奶被太子請到宮中，老奴這心裡頭就犯嘀咕，跟著就去皇宮的後面想尋兩個人花銀子打探五奶奶的消息。銀子送上後，老奴就在等，可離遠了就看有個人像您，老奴也不敢冒然上去認，更怕您大喊，就把您給打昏了，幸好下手輕，否則……否則惹出大禍了！」

林夕落用手撫了下肚子，「您也瞧出來了？」

花嬤嬤點頭，「有喜了還遭這樣大的罪，苦了您了。」

「善有善報，我逃離皇宮，正尋思如何出去，就遇上了您……」林夕落有些羞赧，卻又不知該不該說腹中孩兒的事，花嬤嬤看出她神色上的複雜，安撫道：「老奴信您的。」

「花嬤嬤……」林夕落有些動容，花嬤嬤道：「官兵在四處搜查，說不定什麼時候就查到這裡來，五奶奶還是快想個辦法離開，或讓什麼人來搭救一把，再或者……您想個轍？」

林夕落點頭，她也知道即便被花嬤嬤救了，也仍處在危險當中。

「您這裡有針嗎？」林夕落輕聲探問，花嬤嬤連忙點頭，即刻跑去拿來。

林夕落拿下髮髻上的木條，緊緊地攥了攥拳頭，隨後拿起針來，在其上雕刻了一行又一行根本無法用肉眼看見的字。

花嬤嬤看得稀奇，卻悶頭不語。

林夕落雕完，針尖兒刺破了手指，一滴紅湧了出來，落在木條上。

將手放在口中含著，林夕落又拿了木條別在花嬤嬤的頭髮上，開口道：「這裡也沒有傳信的鷹隼和鳥兒，花嬤嬤最好能親自出城一趟，想必五爺此時也會在城外。如若您無法尋到，就去宣陽侯的陵墓周圍打探，您終究是侯夫人的貼身嬤嬤，被太子的人查問也不會出大事。若見到青岩，將這個木條簪子給他，他自當會看到其上的字。」

花嬤嬤摸摸髮髻上的簪子，雖不明白這是怎麼回事，但也沒有問，只點了點頭。

林夕落看出剛剛提及侯夫人時，花嬤嬤臉上的苦澀，「侯夫人去得突然，若嬤嬤不嫌棄，我也命大能夠逃出去，願供奉嬤嬤一生。」

「五奶奶不必多說，老奴什麼都在心裡裝著呢！您是好人，五爺……也是好人！」花嬤嬤說完，跑到一旁，推開箱子，後面有一個半米高的土坑。

「老奴背您回來後就在挖這個地方，怕官兵查到，您也有地方躲一躲。若老奴出去的話，就委屈您在此地躲一下，前面有雜物櫃子擋著，想必官兵也不見得會推開，若真的推開……」花嬤嬤沒往下說，林夕落也阻止了她，「您放心，我一定無事！」

花嬤嬤點了頭，也知道事情緊急，連忙換好衣裳立即出去。

林夕落休歇片刻便下了地，扶著腰身在那個角落中比量了一下，隨後拎了一把已經有些鈍了的菜刀便咬牙窩身進去，又用盡力氣將櫃子挪到前面，只留了一個縫隙用以呼吸。

等到聽到聲音之後再動，那時她恐怕已沒有了氣力。

如今她只能等待，等待著救她的人來……

林天詡和魏仲恆兩人撓破了頭，終於想了一個比較餿的主意來尋找林夕落。

那就是跟著搜查的官兵，萬一搜查的官兵遺落了哪個角落呢？官兵搜查完，兩人過半晌再去喊兩嗓子，沒有人回應再繼續跟著跑。

這樣一來，即便林夕落不幸被抓走，他們也能知道消息。就算兩個小人無法把她救走，也能給魏青岩發個訊息……
主意很餿，但卻可行。
於是，很多老百姓被官兵查完，就會發現有兩個小叫花子進門要飯，然後再喊兩句莫名其妙的話：「大姊，弟弟想妳啊，快出來揍我吧！」
「嬸娘，雕刀丟啦……」
「天詡是個小混蛋！」
「仲恆笨得只會讀《論語》……」
兩人你一言我一語，只尋思著找兩句能讓林夕落一下子就聽出是他們來的話。這話越說越難聽，兩人索性不要臉面了，若遇上好心的人家還能得一個炊餅，便繼續跟著官兵跑。

一陣稀里嘩啦的響聲在林夕落所待的屋中響起。
林夕落屏住了呼吸，一點兒聲音都不敢發出……
手中的刀握得緊緊的，只要有人挪開眼前的箱櫃，她當即就扔出刀去。
眾人你一言我一語地說著，杯碗落地碎裂音、官兵對陳林道的怒罵聲……
各種聲音交雜在一起，讓林夕落的腦袋嗡嗡作響。
一陣酸臭的味道忽然從縫隙中竄進了林夕落的鼻子裡，她捂緊了手也沒忍住地嘔出來。
屋中的聲音猛然消失，隨後便有腳步聲朝著她這裡緩緩行來。
林夕落忙用袖子擦了擦嘴，握著手中的刀，緊緊地攥著。
櫃子被人用腳狠踹，又慢慢被挪開，林夕落的身影逐漸露了出來……
「這裡有人！」有人大叫，林夕落正準備揮刀，就聽到慘叫聲，此人應聲倒地。

隨後是刀劍碰撞的聲音，一人喝道：「小崽子，不許跑！」

追逐的腳步聲遠去，一雙小手朝林夕落伸來，「孄娘！」

「仲恆？」林夕落被魏仲恆抱出了坑洞之中，還未等林夕落開口問話，就聽外面一陣叫嚷：「快來救我啊……」

林夕落拎著菜刀便跑了出去，不等她下手，魏仲恆已經搶過菜刀衝上前，一刀砍在了那個官兵的身上。

官兵倒地，鮮血汩汩滲出……

林夕落錯愕地看著魏仲恆，魏仲恆渾身顫抖，臉色慘白地看著林天詡，隨後哇的痛哭。

魏青岩看到魏仲恆傳出的消息，又見到花嬤嬤送出來的木條簪上的刻字，終究沒能忍住氣，當即朝向大軍下令道：「攻城！」

「投降不殺，抵抗格殺勿論！我——只要我的女人！」

魏仲恆不知道自己哪裡生出來的勇氣去殺人，或許是為了保護林夕落，也或許是為了救林天詡，但他的確是殺了人。那一刀砍在欲抓林天詡的官兵後腦勺，官兵的刀已經對準了林天詡，魏仲恆情急之下才一刀砍去。

本就是一把鈍鏽的刀，卻能扎進敵人的身體，顯然是用盡了全身力氣。

魏仲恆嚇傻了，怔怔地待在原地。林天詡推開那個已死的官兵，拽著魏仲恆便跑，一邊跑還一邊扶著林夕落，「大姊，咱們趕緊走吧，這裡死人了！」

林夕落點頭，心中也驚慌，她雖不是第一次看到死人，可那股血腥氣讓人作嘔，她忙捂住嘴就往外快步地走。

三個人躲躲閃閃，不知走到了哪兒，林夕落根本不知道花嬤嬤當時把她帶到何處，而林天詡和魏仲恆兩人壓根兒就不認識路，三人跌跌撞撞地亂跑，還要躲避搜查的官兵。

林夕落只盼著魏青岩能快些來救她，她真的快挺不住了。

魏青岩攻城很順利，順利到出乎他的意料。

城內的官兵不過是用刀抵擋了幾下，死了兩個人，便開城投降，放了魏青岩率親兵進城。

所有人都不想擔責任，所有人都不想作出頭鳥，所有人都怕掉腦袋讓旁人撿便宜，於是大開城門，魏青岩順順當當地進入。

進來雖是進來了，但魏青岩所過之地空無一人，連百姓的影子都沒有。

角落中有窸窸窣窣的腳步聲，魏青岩餘光瞥見，知道周圍已經布滿了官兵，只在看他會有什麼舉動。

「本王征戰沙場，為大周開疆擴土，太子卻扣留本王的家眷，本王不服！」魏青岩長槊直指蒼天，怒吼道：「我魏青岩對大周問心無愧，更無私心，只求與妻子安穩度，可你們不讓我好生過活，你們也休想過得踏實！半個時辰之內，交出我的女人來，交不出來，我就血洗官宦人家，從新任首輔梁志先梁大人家開始！計時！」

魏青岩話畢，親衛當即燃燒計時香，火苗竄起的那一刻，頓時有一陣喧囂叫嚷，更有急促的腳步聲遠離此地。

李泊言親自刻字繫於鳥爪上放飛，林夕落如若看到聽到，一定會使用吹哨，他們也可循著鳥起落的方向去找她。

魏青岩吩咐魏海道：「派人化裝成百姓去找，周青揚一定會派人抓夕落，他不會就此服軟。梁志先僅纏得住他一時半刻，咱們一定要快。」

魏海即刻去辦，魏青岩看向李泊言，「找出城中暗衛，問他們可知夕落的下落，如若有消息，當即來報，不必隱藏身分。」

李泊言領命，魏青岩駕馬四處查看……

此時，梁志先早已倉皇地跑去皇宮，家中已經大門緊閉，一家人都慌成一團。

誰都沒有想到，魏青岩這個傢伙居然進城就下令從一等首輔開始殺，這是哪兒的事啊？

梁志先的心都快跳了出來，他在成為新任首輔之前，一直都是周青揚的左膀右臂，引陳林道陷害齊獻王是他出的主意，讓太子親自去扣押林夕落引魏青岩回幽州城也是他出的主意。

可主意是他出的，但事兒也得太子點頭才行啊，他可不想一家子當了替罪羊！

魏青岩是什麼人？那可是個活閻王，什麼事都幹得出來！梁志先聽完小廝的回稟，從椅子上沒坐穩直接溜到了地上，顧不得衣襟上還有灰塵，當即便進宮見周青揚。

周青揚此時也聽到了九衛的回稟，除卻大罵陳林道之外，正焦頭爛額地發愁。

魏青岩他……他居然真做得出來這種逆天的事？

「梁大人到！」

門外有人高聲通稟，周青揚抬頭，看到梁志先顫顫巍巍地跑進來，周青揚有些失望。

這哪裡有首輔的穩重？根本是落荒而逃的粗野農夫！

周青揚皺了眉，可梁志先卻沒有上心，慌忙地道：「殿下，魏青岩已經殺入城中，還揚言要血洗老臣一家，如此猖狂跋扈之輩，殿下要治他的罪啊！」

「治他的罪？怎麼治？梁大人既然如此有主意，那此事就交由你來辦可好？」周青揚說罷冷哼一聲，梁志先登時一顫，待見到周青揚神色不豫之後，連忙改口道：「老臣之意並非是要強硬地治他罪，殿下收留其妻也是仁德之意，而他進城不稟是第一等罪，口出狂言乃第二等罪，目無君上是第三等罪，但魏青岩軍功卓越，殿下大量不會與其計較，不如行『責問書』一封，讓魏青岩早日悔過回頭，交出兵權與其妻子團聚，不知殿下覺得老臣之言可行？」

梁志先說完，周青揚猛拍桌案，怒道：「勸諫？本宮拿什麼給他團聚？你去不成？」

「他……他的妻子，那個忠郡王妃……」梁志先支支吾吾，周青揚指著他便道：「本宮如若找得著這個女人，還用得著你在此地廢話？」

梁志先一怔，不單是對林夕落失蹤感到驚訝，更對太子的態度表示震驚。

他輔佐周青揚許久，周青揚始終以禮相待，今日卻是破了戒，這尖酸刻薄之樣，讓梁志先有些不知所措。

兩人僵持半晌，梁志先動了幾下嘴，猛然想起魏青岩要血洗他家，連忙道：「殿下還是要儘快解決此事，否則……否則老臣一家性命難保，更難保魏青岩會否直衝皇宮而來……」

最後一句可是觸著了周青揚心中的害怕，即刻吩咐九衛：「加派人手全城搜捕，一定要將林夕落那個女人給本宮抓回來！梁大人去穩住魏青岩，一定要在本宮抓到他女人之前穩住他！」

梁志先點了頭，隨即又瞠目結舌，讓他去穩住魏青岩？這……這不是讓他去找死嗎？

魏青岩的親兵像是一張無形的網，在幽州城內四處尋找林夕落。

而此時，周青揚所派的九衛也已扮成平民，在城內潛伏著……

林夕落正帶著魏仲恆與林天詡躲避著抓捕他們的人，憑藉著之前的印象，林夕落帶著兩人跑到了糧行，雖然方一柱帶著大部分的人離去，但也有少數人留在此地不願遠去西北。

但人多心雜，林夕落不敢輕信任何人，雖然到了糧行，卻悄悄躲在一個廢棄的糧倉。

魏仲恆尚未從親手殺人的膽怯中緩過神來，而林天詡終歸是跟著魏青岩去過戰場的，膽子要大上許多，安頓好兩人，林天詡便又裝成小乞丐，在此地打轉，尋找是否有熟識的人。

林夕落看著魏仲恆忍著嘔吐，拍了拍他的脊背，「難為你了。」

魏仲恆擺了擺手，忽而轉頭狂嘔，好一會兒才轉過身來羞赧地道：「都是侄兒無用，讓嬸娘笑話了。」

林夕落搖頭，「嬸娘不笑話你，你救了天詡，也救了嬸娘，你是個英雄。」

魏仲恆咧嘴一笑，又怕口中的腥臭之氣熏到林夕落，連忙捂住了嘴……

林夕落看著他，心中湧起感動，這一段時日未見，魏仲恆長高了，高她半個腦袋了，可羞澀的模樣仍然能看出是那個一根筋的孩子。

林夕落忽然掉了眼淚，魏仲恆嚇了一跳，「嬸娘，您可有何處不舒服？」

「沒有，」林夕落看他道：「嬸娘是覺得你長大了。」

魏仲恆低了頭，「沒有嬸娘，侄兒也不會有今天。」

林夕落淡笑沒有回答，魏仲恆則道：「嬸娘，我的姨娘死了。」

林夕落皺了眉，「你怎麼知道？」她都忘了有那個人的存在了……

魏仲恆抿了抿嘴，「是祖母寫信到西北，讓我回來為她守靈，可我不想回來。」

林夕落咬了唇，她沒想到侯夫人居然還有過這樣的動作，可人死為大，她此時也不想再抱怨侯夫人的過往。

「她終究是給予你生命的人，還是應當敬重她。」

魏仲恆很認真地看著林夕落，「可我想叫您娘，不想叫您嬸娘了。」

「傻孩子……」林夕落拍了拍他的肩膀，魏仲恆小心翼翼地看著她，「行、行嗎？」

林夕落笑著點頭，魏仲恆抱著林夕落，輕喚道：「娘！」

這一聲輕喚，讓林夕落的心底多了幾分暖意，她不顧忌這稱呼是否合理，她記得這個孩子對他的情分。情分無價，稱呼又有何意？

兩人正敘話，外面忽然響起急促的腳步聲，林夕落欲起身去探，魏仲恆已擋在她的前面。人未到，聲先至：「大姊，是嚴師傅來了！」

嚴師傅？他不是已經去了鄉郊，怎麼又會在此地出現？

林夕落沒想到林天詡居然能把他給尋到，忙起身去迎，卻險些摔倒。魏仲恆連忙攙扶，而此時嚴老頭已快步跑了進來，看到林夕落，急道：「不知郡王妃的下落，可急死我了！」

「您是得知此事，特意從趕回來的？」林夕落甚是感動，嚴老頭點頭道：「不只是我回來了，在這裡沒跟著方一柱去西北的人都回來了。我們剛剛得到消息，已經派人去通知郡王。郡王妃快跟隨我們去另外的地方躲避，以免被官兵盯上。」

「這裡會有官兵？」林夕落有些心慌，嚴老頭則道：「放心，這裡還有一群殘瘸的老傢伙，豁出去這條命也一定護衛郡王妃的安全！」

嚴老頭聲音沙啞，林夕落卻從他布滿褶皺的眼中看到幾分興奮的精光，雖然不知這股光芒因何而起，但林夕落還是放心地應下，對於嚴老頭，她百分之百的信任。

眾人還沒有出這個門，便聽到外面一陣嘈雜的熙攘之聲。

林天詡動作最快，跑出去看個究竟又快速回來，「大姊，不好了，官兵已經將糧行給圍了，叔父爺爺們全都在外擋著，要打起來了！」

嚴老頭瞪了眼，「怎麼這麼快？」

林夕落嘆氣，「如若不成，便將我交出去吧！」

「不行！」嚴老頭有些氣，舉了自己的拐棍兒就往外走，「有一個人活著，就不能讓郡王妃受傷，老子跟他們拚了！」

林夕落沒能攔住，聽到外面嚴老頭下令嚴守，她知道，嚴老頭心急也是怕自己對他們有誤會，剛見面官兵便圍上，難免會讓人懷疑，但林夕落發自內心地相信他們，剛那一句投降不是無奈和失望，而是不願見到他們這些人為己死傷太多。

他們都是殘障之人，哪裡抵得過官兵的刀？

林夕落沒有躲避，而是帶著林天詡和魏仲恆也出去看。

或許是低估了這些人，他們終歸是從戰場上爬回來的，戰力不足便以經驗相抵，幾桶火油潑出去，就把圍上的官兵燒得慌忙逃竄。

但退後有，進攻的也有，而且聚集而來的官兵越來越多了。

林天詡人小膽子大，拿起糧行裡鏟糧的大鐵鍬便衝了上去。魏仲恆雖然害怕，卻也擋在林夕落的前面，林夕落的目光掃過這些護衛自己的人身上。

他們沒有銳利的兵器，沒有健壯的身體，但他們的堅定讓林夕落感動不已。

她不過就是個女人罷了，何德何能讓這些人為自己去拚命？

正在想著，糧行的人已經抵擋不住壓制而來的攻擊，有人躺地倒下，嚴老頭拿著搶來的刀便衝了上去。一個官兵被砍倒，他的年紀大了，儘管揮出去的刀氣勢凌厲，但力氣不足，未能抵擋得住，便被一刀砍中手臂，踹飛出去。

嚴老頭嘔出一口鮮血，林夕落急忙跑過去扶起他，「嚴師傅！」

嚴老頭咧開嘴笑，「知足啦，我知足啦！從戰場上下來的廢人，如今還能再拿刀拚殺，護衛郡王妃，老子死也滿足了！」

幾口鮮血猛咳而出，嚴老頭拚著最後一口氣朝著眾人怒喊：「打死這幫狗雜種！」

林夕落壓抑不住悲憤，爆發了。

她躲累了，藏累了。她本就是火辣的脾氣，卻要她畏畏縮縮地過活，她不要再這樣下去，這不是她想要的……

林夕落放下嚴老頭，一把握過他仍然緊攥的刀，站起身看著仍在廝殺的眾人，那股冷漠讓魏仲恆一顫，即刻上來：「嬸娘，您不能去！」

「讓開！」林夕落挽起衣袖，用刀指著剛剛殺死嚴老頭的官兵，冷道：「我要你死！」

官兵嚇了一跳，誰都知道他們來此就是為了抓這個女人，可被她持刀相向，但凡是個男人都會害怕，因為那一雙眼睛實在懾人，讓人不敢靠近。

可想著臨行之前太子許下的豐厚賞賜，想著只要抓到眼前的女人就能升官發財，他便衝了上去。太子要活的，他們不能下殺手，便想一擊將她打昏，把人擄走。

可還未等他先提刀，林夕落已經持刀衝了上去，一刀刺下，穿透官兵的肚子。官兵倒地，卻錯愕地瞪著眼睛，死不瞑目。

林夕落狠狠抽了自己一個巴掌，拔出刀，衝入了廝殺的人群之中。

魏青岩仍在城門之處等候林夕落的消息。

見李泊言匆匆趕回，魏青岩當即駕馬迎去，急問道：「可是已經有下落了？」

「有一個糧行的人來，稱不見到你不肯說。」李泊言話畢，魏青岩即刻道：「人在哪裡？」

李泊言回身看去，有一個身無雙臂之人快步跑來，見到魏青岩跪地行禮，「郡王，嚴師傅讓小的來告訴您，郡王妃在糧行，而剛剛來時，已經有官兵圍去，郡王快去救他們！」

魏青岩聽罷，駕馬疾馳，朝著糧行奔去。

李泊言忙扶起那人，皺眉道：「這等大事，怎麼不剛剛就說？」

「郡王妃之事自當要回稟給郡王，回稟給他人，誰知話語是否能夠快速傳到？」

李泊言沉了半晌，召集親兵即刻跟隨魏青岩而去……

他的心裡的確有些酸楚，可此時他更惦記林夕落的安危！

林夕落瘋狂了。

她揮刀在人群中來回地亂砍，儘管早已經筋疲力盡，可手上的刀力已經有了慣性，是刀帶著她，而非她握著刀。

受傷的官兵不少，但林夕落的刀力不足以讓他們一刀斃命，可這幕卻讓官兵們也有些惱了。

他們為了升官發財要抓她回去，而且還要抓活口，可這個女人瘋了似的揮刀不停，還有那些不死的糧行雜役不斷衝上來，實在擾人焦躁心煩。

有官兵動了心思，活口？留一口氣不也是活口？不行就砍她兩刀，只留一條命就是了……

有人躍躍欲試地趁機靠近，林天詡也一腳被人踹飛，坐在原地一動也不動。

林夕落聽到稚嫩的痛叫，心中好似被灌了火，朝著官兵便衝了上去。

有人在她的背後跟上，舉起刀，朝著她的後背意欲揮下。

林天詡大喊：「大姊小心！」

林夕落的腿已經軟得不能再軟，聽到大叫聲，回身就看到那刀朝向自己的面門砍來。

退後已經來不及了……

就在此時，她猛然被人摟起抱在懷中。嘶的一聲，她的身上沒有疼痛，而那個向襲來的官兵一刀劃在魏青岩的後背，但長槊回轉，刺穿了他的胸膛，官兵倒地不起。

熟悉的味道、熟悉的手臂、熟悉的肩膀、熟悉的姿勢……

林夕落沒有睜開眼卻已抱著他的脖頸淚如雨下，「青岩！」

他只是低頭輕輕一吻，將她抱在懷中，隨即衝入官兵群中，長槊一出，槍花的勁道讓官兵紛紛倒地，口吐鮮血。

魏青岩的憤怒盡數展現在長槊上。

他只想要安穩的生活，他只想要自己的女人和孩子，他一輩子沒有親人，這就是他魏青岩唯一的親人，可別人卻不肯放過他們。

看到林夕落險些被砍傷，魏青岩心中除卻害怕，沒有任何感覺。

他，不能沒有夕落……

魏青岩威猛的氣勢讓官兵們嚇到了，沒有人再敢上前，糧行剩餘的人則齊聲喊殺。

這些人以征戰沙場為傲，在戰場上殘了，回幽州城苟延殘喘，這不是他們想要的日子。

他們寧可轟轟烈烈死在敵人的刀下，而不是昏愚度日，更不想看著那些膽怯庸碌、奸詐無恥的朝官們爭權鬥勢。

李泊言率兵趕到，將眾人圍起，只等魏青岩一聲令下，他們便立即行動。

魏青岩已收回長槊，抱著林夕落上馬。看著懷中虛弱的她，魏青岩除了心疼，便是自責，他……沒能照顧好她。

初次眼角淌淚，林夕落為其抹去，急道：「你傷了？我們……我們又有孩子了……」

林夕落這話讓魏青岩當場呆住，她這般苦熬，居然還有了身孕，魏青岩心中無法形容自己的感覺。有愧疚，有憤恨，有說不出的自責和暴躁。

啪的一聲，魏青岩狠狠抽了自己一巴掌。林夕落沒有阻攔，看著他面頰上的紅印，輕撫道：「咱們走吧，我不想待在這裡了。」

魏青岩點頭，將林夕落擁入懷中，駕馬朝城外奔去。

李泊言將林天詡和魏仲恆兩人趕上一輛馬車，由親衛護送離去。

魏海匆匆趕回，未見到魏青岩的蹤影，「郡王呢？」

「走了。」李泊言答得平淡，魏海驚了，「就這樣走了？那城內如何處置？是攻還是退，倒是給個話兒啊！」

「撤了吧。」李泊言嘆了口氣，「他攻城是為了救郡王妃，不是為了奪位。」

魏海怔住，有些不情願。李泊言沒有理他，而是率先帶著暗衛和剩餘的糧行雜役們離去。

「能得到的不想要，得不到的以命相搏，老天爺這是玩什麼把戲……」魏海嘀咕幾句仍不甘心，可如今大軍未到，只有一千親衛想要奪位也是不可能的事，但辦大事不成，辦小事沒問題。

魏海召來幾名親衛，吩咐道：「去把梁志先家給砸了，然後撤退。」

「是……啊？」親衛是魏海多年的屬下，關係較熟，壯了膽子道：「砸他們家是為何？」

「因為他長得太醜，影響老子心情，行嗎？」魏海冷瞪一眼，親衛嚇了一跳，立即朝眾兵喝道：「前進！」

魏青岩帶林夕落出城後，便安排一輛馬車，隨後又讓人取來幾條厚羊毛毯鋪在上面，才將林夕落輕輕放下。林夕落在路上就已經昏睡在他的懷中，她太累了……

魏青岩又讓人去最近的城鎮找大夫，而此時冬荷也已經將小肉滾兒抱了來。

小傢伙不認生，但更喜熟，看到熟睡的林夕落，顛顛兒的走過去，靜靜地看著她。

魏青岩看著妻子與兒子的模樣，呆呆地坐著。

李泊言已率軍從幽州城內出來，聽親衛回稟郡王在此滯留許久，李泊言嘆了口氣，硬著頭皮到馬車前，「郡王，咱們接下來如何辦？」

馬車內沒有回聲，李泊言忍不住又問：「時間已經很緊，如若太子此時整軍，恐怕……」

「去南方。」馬車簾子掀起，魏青岩露出半張臉，「皇上之前有令，但凡打下之疆域分一半與我，咱們就要那一半兒。」

李泊言正遲疑，薛一送信而來，「西北傳來消息，福陵王已經宣讀先帝密詔，賜位於他。他已在西北行宮稱帝，同時親率大軍征討周青揚。」

李泊言嚇了一跳，連忙看向魏青岩。魏青岩的臉上沒有絲毫意外，從懷中抽出一塊權杖道：「大軍留下三萬，聽候福陵王差遣，其餘之人跟隨前往南方。」

李泊言還欲插嘴，魏青岩擺手道：「不必再說，去傳令吧。」

李泊言只得應下離去，薛一看著魏青岩，「爺，其實這個皇位您唾手可得，福陵王也知皇上其實更看好您。」

魏青岩微微搖頭，「他從沒允我稱其為父親，即便是最後一次相見也沒有這樣的要求，用這樣一個殘破的位子來填補父子情分，我——不認。」說著看向林夕落，「她也喜歡清閒的日子。」

薛一退後兩步，深深地朝魏青岩拱手行禮。

魏青岩撂下馬車簾子，起身去將林夕落抱於懷中，另一隻手則逗著小肉滾兒玩……

馬車前行，離幽州城越遠，魏青岩越覺得壓在身上的包袱越輕。

他解脫了，他的後半輩子只為她的快樂而快樂，他不要再看見她傷心惶恐的模樣。

梁志先的家被砸得稀巴爛，而梁志先本人也被魏海踹了幾腳，當即吐血倒地不起。

周青揚聽到這個消息，氣炸了。魏青岩率兵攻城，又殺傷皇衛無數，還大張旗鼓地帶著林夕落和部下離去。

來，沒有理睬他這個太子；走，更沒有理睬他這個未來的皇帝。

他的眼裡還有誰？

周青揚憤怒之時，有人匆匆來報，「殿下，福陵王於西北稱帝，手持先帝遺詔，已被聶家、林家兩大家族認可，而近半朝官也在西北奉他上位！」

「什麼？」周青揚驚了，「他……他的遺詔是假的！」

「殿下，是……是真的。」那名下屬又道：「先帝遺詔，如若齊獻王死在幽州城內，那麼……那麼便由福陵王繼位……」

周青揚呆傻原地，半晌才轉頭道：「你、你再說一遍？」

那人動了幾下嘴，重複道：「齊獻王死，由福陵王繼位。」

周青揚癱坐在椅子上，「父皇啊父皇，您在地下都不肯給兒子一條活路，就要看我被活活地折磨而死嗎？」

福陵王於征討路上得到信件，魏青岩沒有帶著林夕落回西北，而是去了南方。

他的臉上露出一抹微笑，這個微笑頗有深意，可更多的是釋然的輕鬆。

福陵王承認，此時宣布遺詔確是防備魏青岩趁機奪權，儘管他早稱不屑帝位，但他仍存疑。

如今魏青岩真的留下三萬大軍聽候他的命令，福陵王心中難免多了幾分愧疚之意。

「讓魏青岩停下，朕要見他，朕是他哥，他得聽，原話傳給他！」

魏青岩此時正在一個小鎮上餵林夕落吃粥。

得了幾位大夫診脈，林夕落腹中胎兒雖然保住，但她身體虛弱，需要靜養，故而魏青岩在此地駐紮下來，待林夕落康癒再走。

一勺又一勺餵食，還用帕子為她擦拭嘴角。

林夕落臉色通紅，只覺得他一冷面之人做這等溫柔之事，怎麼看怎麼彆扭。

冬荷在一旁偷笑，笑容中滿是豔羨。

小肉滾兒被林天詡和魏仲恆帶出去玩，壓根兒不理自己的爹娘。

「我自己能用。」林夕落羞澀難當，忙道。

魏青岩臉色更冷，「不行，我來。」

「青岩，」林夕落認真地看著他，「你笑一笑？」

「嗯？」魏青岩停下手，懷疑地看著她。

「我知道你心裡覺得虧欠我的，可你好歹也笑一笑，我又沒死……」林夕落望天，她實在不想再對著魏青岩怨男般的面孔。

魏青岩被噎得輕咳幾聲，低頭沉默片刻，才咧嘴抬頭看著她，林夕落一口粥全噴了出去。

「咳咳，算了，你……你還是別笑了，太醜了！」

魏青岩拍拍自己的臉，也覺得裝笑太難為自己，輕拍著她的後背，將其抱入懷中，「這一胎生個丫頭吧。」

「為何想要丫頭了？」林夕落依偎在他懷中，躺在那熟悉的肩膀上，不想離開。

「兒女雙全。」魏青岩輕撫著她的長髮，「然後便帶妳四處遊玩，過妳想要的生活。」

林夕落轉頭看他，「真的？」

「真的。」

「我想要什麼你都答應？」

魏青岩點頭。

「我想當個木匠……」林夕落存心調侃，魏青岩仍然點頭，「那我就為妳伐木。」

林夕落心中一暖，「你不必覺得對我有所虧欠。」

魏青岩輕聲道：「不是虧欠，而是我愛妳。」

林夕落一怔，看著魏青岩認真的目光，呆滯半晌。

他眼眸之中的火熱是溫柔的眷戀，而非是初見時的冰冷審度。

「再說一遍？」林夕落要求道。

「我愛妳。」

魏青岩這一句說完，林夕落一個翻身便將他撲倒在下，吻上他的嘴唇。

「小心肚子裡的孩子。」魏青岩急忙提醒，林夕落不管不顧，「先讓我過個癮再說！」

「……」

魏青岩得到福陵王的信件後，並沒有繼續在這個小鎮停留，反而立即率眾離開此地。

他不想見這個人，而林夕落也明白魏青岩心中的苦。肅文帝已經不在，而她也知道，福陵王早就知道魏青岩是他的親弟弟。

如此一來，魏青岩更不想見他……

但在臨行之前，魏青岩與林夕落商議許久，給福陵王去信，信上沒有字，而是一幅圖。

這是大周疆域的地圖，其中也包含了魏青岩此次攻占下來的咸池國與烏梁國。

林夕落正在用雕刀劃著魏青岩所指之地。

「這面是海，西面是山，北面是平原，此地雖然不大，但環境不錯，我們跟他要這個地方？」

魏青岩用牙籤指著圖，林夕落在一旁細細地雕著。

一雙大手摸上了她胸前的柔軟，林夕落嚇了一跳，雕刀在木片上劃了一刀，「完了，你想要的地盤多出一塊了……」

林夕落指著紙上的地兒，「怎麼辦？」

「那就看他的本事了……」魏青岩甚是愜意，「反正先劃上，他能打得下來我們就要，打不下來我們就看熱鬧。」

林夕落捂嘴輕笑，而此時魏仲恆與林天詡帶著小肉滾兒跑到屋中來。

「娘……」小傢伙除了「爺」，就只會叫這個字。

林夕落摟過兒子親了兩口，魏仲恆則羞澀地輕喚一聲：「娘！叔父！」

魏青岩輕咳一聲，「你不覺得你的稱呼有錯嗎？」

魏仲恆小臉當即刷白，支支吾吾地道：「我……嬸娘。」

「你叫她娘，應該叫我爹，而不是叔父。」魏青岩知道魏仲恆誤會了。

魏仲恆「啊」的張大了嘴，隨後跪地磕頭，哽咽地仰頭喊了一聲：「爹！」

「嗯。」魏青岩掏出自己的一把佩刀給他，「帶著吧，現在也要給你一個選擇，你是要隨我們前往南方，還是回西北？」

魏仲恆怔愣半晌，魏青岩知道他不懂何意，解釋道：「跟隨福陵王，你可以跟著你三叔父，加上我與你娘的關係，福陵王會重用你。若想踏出一條大道，那便去西北闖蕩，至於跟隨我們……」

說著看向林夕落，「只有清閒的日子，沒有出仕的機會，你想怎麼選？」

林夕落沒想到魏青岩會給魏仲恆出了這樣一個難題，她也知道，魏青岩認魏仲恆為子，除卻對魏仲恆的情分外，也算是圓與宣陽侯這麼多年的父子之情。

不管怎樣，宣陽侯終究留了他一條命……

魏仲恆撓頭，林天詡不等他開口，便是道：「姊夫，我不想從軍了。」

「說理由。」魏青岩看著他，林天詡則道：「我是你的小舅子，我再有本事，福陵王也不會把軍權交給我，他怕你。」

林夕落笑道：「人小鬼大，你也得有讓福陵王忌憚的本事，就你現在的小模樣，怕你作甚？」

林天詡怔住，隨即撓頭，「也是……怕我作甚？」

林天詡有些心虛，索性看向魏仲恆，他其實是認為魏仲恆會選擇跟著自己大姊和姊夫，又怕被魏青岩攆回西北，所以才編了這麼一個蒼白的理由……

魏青岩瞪他一眼，看向魏仲恆，「想好了嗎？」

魏仲恆點了點頭，「想好了，我去西北！」

「啊？」最先張大嘴的是林天詡，「那我也去！」

魏青岩滿意地點了點頭，囑咐道：「那你們稍後就跟著大軍等候福陵王來，你們兩人要記得，任何時候都不能丟了林家和魏家的臉面，還有一個前提，那便是要保住你們自己的小命。福陵王心胸寬廣，容天下人所不能容，但為人也涼薄，屠天下人所不敢屠，所以他有帝王之相！」

「姊夫，那你的意思是這樣的人才能當皇上？好人都當不了？」林天詡追問，魏青岩點頭，「是！」

兩個小鬼頭很認真地應下：「明白了！」

既然已經做了決定，兩個小傢伙便去收拾行囊……

林夕落送兩人出門，一邊兒哄著兒子，一邊看著魏青岩，「這般教習他們二人，豈能教出好孩子來？」

魏青岩捏著兒子的小臉蛋，「我說的是事實，不過還有一點我沒有說，妳倒是可以寫進給福陵王的信裡。」

「什麼？」林夕落好奇追問。

魏青岩伸了個懶腰，「當皇帝太累了，一年四季，旱澇要管，雪災要管，饑荒要管，還要與文官鬥心眼兒，與武將拚殺氣，而朝堂是絕不可以沒有爭鬥，否則這皇帝就當不安穩，醒著要動腦筋，睡了也要動腦筋，豈不是累死？」

「睡著了還動什麼腦。」林夕落聽得直瞪眼，所有人都想當天下之主，可讓魏青岩這麼一說，確實太累……

「娶到後宮的妃子妳以為都是為了感情？」魏青岩輕彈林夕落的臉蛋，「福陵王如若命好，真的打下江山成為大周之主，為了穩定軍權，便要娶武將之女為妃；為了得到世族支持，要娶文官之女為后。再尋兩個攪和後宮的，三宮六院，一群女人要呵護著要平衡著，不能獨寵，更不能冷落，所以最累的是他！」

林夕落嘴角抽搐，「歪理邪說都能如此有道理，這若讓福陵王聽見，豈不是要氣死？」說罷，忍不住捂嘴笑，「可我聽到他倒楣，怎麼就想笑呢？」

魏青岩哈哈大笑，夫妻兩人滿肚子壞水，又繼續去刻畫要給福陵王的版圖。

福陵王一個大噴嚏打完，隨即下令：「攻！」

福陵王採取的策略很折磨人。

一路攻到幽州城外，便吩咐大軍停駐。

凡是遵肅文帝遺詔，出城跪地向他磕三個頭的朝官，他一概以禮相待，並許以官職和金箔。

儘管周青揚已經下令，但凡出城官員均是謀逆，若被抓到當即處斬，但出城的大有人在。

幽州城的百姓早已倉皇離去，大大小小的朝官也冒死出城，遵福陵王為帝，而留在幽州城內的其他人都是福陵王的死敵，即便出城，福陵王也不會放過他們。

周青揚這半年的時間被嚇得心快跳了出來……

皇宮之中，除了太監宮女之外，就是一堆整日哭喪著臉的妃嬪，周青揚看著就覺得厭煩，更有幾個被他直接鞭撻斃命。

林芳懿的傷勢已經養得差不多了，她暗中派了小太監出宮向福陵王傳信，以太子的命當成了活命的籌碼。

福陵王應允了，只要林芳懿親自把周青揚殺死，她的父親可得二品侍郎之職，而她本人自當可以得到她想要的東西。

林芳懿出手了……

奇怪的是，有很多宮女太監配合。

因為他們疼惜自己的命，誰知再忍下去，這位太子會否也發瘋要了他們的小命？

於是，在周青揚歇斯底里過後，疲累睡熟之時，有人將迷藥灌入他口中，隨後在其脖頸纏繞上白綾，做出周青揚懸樑自盡的場景。

陳林道得到周青揚已死的消息，當即大開城門迎福陵王進城，他更是做出忍辱負重，在周青揚麾下尋找為齊獻王報仇時機的模樣，抱著福陵王的大腿痛哭流涕。

可陳林道不是福陵王第一個殺死的人。

他第一個殺的人是林芳懿。

又將周青揚與林芳懿合葬，除卻合葬之外，還做出一件火上澆油的事，那便是追封林芳懿為周青揚之填房為正妃，還立了一樁很高的墓碑，圓了當初對林芳懿的承諾。

之後，福陵王給了陳林道一個選擇，那便是將這城內所有遺留下來的朝官以及其家眷殺死，一個都不許留。

陳林道驚呆之餘，咬牙去幹了。

林政齊與林政肅、聶家除卻聶方啟這一房人之外，其餘的人全部死在陳林道刀下。

陳林道保住了一條命，可他心中明白，福陵王缺了一個聽話的劊子手，而他便是要擔任這一個被萬人唾罵的人，但為了這條命，還有什麼是不能做的？

福陵王沒有在幽州城待多久，送肅文帝下葬之後，便回到西北，定都於西北的黃齊城。

林豎賢與李泊言被福陵王封為文武重臣，但福陵王一直很抑鬱的是，他除卻接到了魏青岩與林夕落的信件之外，根本查不到這兩人到底身在何方。

三四年過去了，他們到底在哪裡？

林夕落所雕的那一個木條被福陵王珍藏，儘管上面行列了當皇帝的幾個難為之事以及他們所要的地盤，但其上還有一行字，是讓福陵王咬牙也忍著將這個木條留下的字。

「我沒出息，我懶，求皇兄庇護，讓臣弟遊山玩水一輩子吧。」

「沒出息的東西！」福陵王每每拿起來看後，都會這樣嘮叨一句，可嘮叨之後，心中還會補言道：「也幸好他沒出息……」

魏青岩接到魏仲恆傳來的信，信上對福陵王所言之字一個不差，全部都記錄下來。

還說福陵王欲封魏青岩為親王，只等著他露個面去領封，連王冠王袍都已經製好……

魏青岩看後卻是笑，或許那個東西他一輩子不去領，他與福陵王之間才能留得兄弟情分在。

林夕落第二胎果真生了一個女兒，魏文擎整天領著自己的妹妹玩，還叫她小圓妞。

「娘，圓妞餓了！」魏文擎叫喊，林夕落撂不下手中物件，便讓花嬤嬤和曹嬤嬤去幫忙。

這是一個大家庭，冬荷終究是跟了薛一。薛一的職責便是護衛和教習魏文擎和圓妞練劍。冬荷管著家事，秋翠與春桃忙碌著管林夕落的產業。

如今南方之地最大的糧行、鹽行和雕木鋪子都是魏青岩與林夕落置下的，林夕落每天都在數銀子，過足了暴發戶的癮。

「都這麼有錢了，數銀子都數膩了，無聊……」林夕落甩著胳膊，有些苦悶。

魏青岩正在一邊看書，「那生兒子吧。」

「不生！」林夕落當即駁回，她生了圓妞之後，緩了好一陣子才恢復過來，而魏青岩如今也是閒人一個，整天跟她膩在一起，她說是數銀子累，其實被他黏膩得更累……

林夕落懷念他當初出征的日子了，好歹讓她歇歇啊！

魏青岩一把將她扛起，「由不得妳！」

「啊！」林夕落驚叫一聲，被魏青岩抱著便進了寢房……

屋內呻吟聲漫開來，兩人卻沒有注意到窗外有兩個小腦袋正偷偷看著。

「哥哥，爹和娘在幹什麼？」小圓妞剛會走，那張俊俏的小臉甚是水嫩，肖似林夕落幾分。

魏文擎撓頭，「在親熱吧？」

「什麼叫親熱？」小圓妞歪著腦袋看哥哥，魏文擎臉紅，這話他也是聽小舅舅與仲恆哥哥偷偷說起過的。

「親熱……就是抱抱吧？」魏文擎抱了小圓妞一下，「就像哥哥抱妳一樣。」

小圓妞似懂非懂，這時外方魏海回報消息，也顧不得自家兩位主子在忙乎什麼，扯著脖子在院子裡就喊道：「林豎賢林大人來了！」

屋內一片寂靜，半晌過後，魏青岩披上外袍，氣沖沖地出來，「人呢？」

魏海嚇了一跳，「在外面。」

魏青岩大步走了出去，魏文擎牽著小圓妞的手跑進屋中。林夕落正在穿衣服，見兒子女兒進來，便加快穿衣的速度。

「娘，什麼是親熱？」小圓妞抬頭問，林夕落臉色通紅，隨後翻了白眼，回答道：「親熱就是喜歡，就是疼愛，好像娘喜歡你們一樣。」

「哥，你說錯了，親熱不是抱，是喜歡。」小圓妞嘟著嘴，魏文擎有些害羞，覺得在自己妹妹面前丟臉了，心中暗自想著改日再見到小舅舅，一定要問清楚到底什麼是親熱。

林夕落領著兩個孩子出門，多年未見林豎賢，他怎麼忽然找來了？

林豎賢此時一臉尷尬地站在門口……

因為魏青岩在狠瞪著他，可林豎賢也沒有辦法，誰讓孝青帝，也就是之前的福陵王給他下了這樣一個命令。如若不從，他就得娶個小寡婦當媳婦兒，他只好賣掉這兩人了。

林豎賢身後有一個小男孩兒，抬頭看著魏青岩道：「侄兒給叔父請安！」

魏青岩側身過去，很不想搭理這個孩子，因為他是福陵王的兒子。

林夕落帶著孩子們出來，看到林豎賢和那個孩子，誤認為是林豎賢之子，當即冷了臉子道：

「先生何時娶妻生子？居然連個招呼都不打，實在過分！」

「他是皇上的兒子。」魏青岩抽搐著嘴。

林夕落瞪了眼，「啊？先生帶他來作甚？」

小男孩沒在意被無視，自己上前道：「侄兒叫周元武，叩見叔父、嬸娘。父皇告訴侄兒，侄兒今年已滿三歲，父皇稱叔父是天下第一大將軍，讓侄兒跟隨叔父習武，所以侄兒來了。」

「才三歲，說話就這樣老氣橫秋……」林夕落看著那張俊俏的小臉，嘀咕道。

孝青帝當初是第一美男子，聶靈素也是美人一個，孩子自是差不了……

「咳咳，那個……我被封為太子少師，繼續當先生，而習武之事，就勞煩忠親王了！」

林豎賢開了口，魏青岩正尋思拒絕，卻見周元武已經跑去跟魏文擎和小圓妞湊了一起，自我介紹之後，便拿出東西開始賄賂討好，更是一臉可憐兮兮地看著林夕落，好似若不留下他，他就活不起了一般。

林夕落疼惜孩子，一個也是養，一堆也是養，林豎賢反正都帶著孩子來了，也不能大棒子給打出去吧？

魏青岩咬牙認了，拽著林豎賢進屋去私談。

孝青帝聽得侍衛傳來的消息便哈哈大笑。

「魏青岩啊魏青岩，讓你逃，看你往哪兒跑！你不肯來見我，我就讓你幫著養兒子！養上個幾年，拐不回你來，也拐回你家幾個小傢伙來！」

孝青帝正在殿內得意地笑。

未等多久，皇衛即刻來報：「啟稟皇上，忠親王一家子出海了！」

「什麼？出海？去哪兒了？」孝青帝從龍椅上蹦了起來，皇衛哭喪著臉道：「卑職也不知道，一共開走了五艘大船，連半兩銀子都沒留，倒是留書一封，告知何時高興何時再回，幾十年也說不定，一輩子不回也有可能，太子殿下也被他帶走了！」

「他媽的！」孝青帝忍不住破口大罵，原地轉了幾個圈之後，便往後宮而去。

皇衛傻了，這事兒到底怎麼辦，皇上這是欲去哪兒啊？

「皇上，您這是去何地？」

「當然是去後宮，你眼睛瞎了嗎？」孝青帝很生氣。

「可太子殿下被帶走了，這事兒怎麼辦啊？」皇衛急道，孝青帝大怒，「天知道！兒子被拐跑了，誰知那魏崽子何時將朕的兒子放回？當務之急自是要再生一個了！起駕，去皇后宮中！」

「啊？」

孝青帝疾步離去，「魏青岩，朕就不信你躲一輩子，朕跟你沒完！」

遼闊的海面甚是壯觀，三個小傢伙喜孜孜地亂蹦亂跳，絲毫沒有因海浪顛簸而感到不適。

周元武這些時日跟著兩個小傢伙一起玩，也已拋開了最初的老成，露了幾分童真。可他雖然最小，心眼兒仍是最多的，奉承好兩個小的，巴結好林夕落，又把魏青岩的冷眼當作無物。

林豎賢帶著孩子們去上課，林夕落站在船頭，海風吹拂在她的臉上，髮絲飄起。

魏青岩褪下身上的衣物為她披上，林夕落索性偎在他的懷裡，夫妻兩人如膠似漆，而船艙之中，小圓妞指著爹娘道：「爹娘又在親熱了！」

「先生，什麼是親熱？」魏文擎看向林豎賢，先生博學多才，一定知道這個詞的含義。

林豎賢呆傻，但三雙眼睛都看著自己，連周元武也一臉求知，讓他不知該如何開口。

「親熱……就是感情深厚，就是……」

「先生是不是不懂啊？親熱不是喜歡和疼愛嗎？」

「小舅舅說，夫妻間才能親熱！」

「父皇跟母后也有過……」

「先生沒有娶親，他只有一個人！」

「咳咳！」林豎賢只覺得臉上火辣辣的燙，終究是板了臉，拿起那根讓三個孩子膽顫的戒尺，冷言道：「一個一個背誦《論語》第一篇！」

耀陽、海浪、翔鷗……

日子，很美。

（全文完）

番外篇　先生的媳婦兒

魏青岩率隊出海，孝青帝很久都沒有找到他。

焦急地派人四處打探，可派出去的人均一無所獲，孝青帝哭笑不得，魏青岩啊魏青岩，你這打擊報復也太狠了，朕也不尋你了，想什麼時候出現就什麼時候出現，就不信你能躲一輩子！

和煦的陽光鋪灑大地，透過窗櫺，在地上灑下點點金光。

林夕落慵懶地窩在床上，閉眼隨手一搭，摸到一堅實的胸膛，臉上露出會心一笑。

未等開口說話，霸道的唇便吻上，讓林夕落不得不睜開眼，抗拒地回應。

「不來了，累死了！」

林夕落推開他，魏青岩揚起壞笑，撫摸著她的長髮，寵溺地道：「還說不說我老了？」

「報復！」林夕落咬牙回一句，心裡卻苦悶，不過是昨晚發現他鬢間的一根白髮，說了他一句老而已，居然被折騰了一宿，如今渾身上下的骨頭都還酸麻疼痛，好像不是自己的。

也可以有少年白頭啊，居然這麼小心眼兒！

魏青岩捏了她的小鼻子一下，林夕落看著他眉間的皺紋，又用手撫摸了幾下。

這幾年在外過著四處遊玩的日子，那一道痕跡已經淡去許多了。兩人相依相偎或許不覺得日子過得快，可看著魏文擎與圓妞兩人日漸長大，他倆真是老了。

「青岩，聽說皇上又生了一個兒子？」林夕落想到周元武，隨即想到這孩子的爹，「他不會找到咱們，又送來一個吧？」

魏青岩點了點頭，「如今已經三歲了。」

「咱們要不要再換個地方？」林夕落說罷咬了唇，「可整天這麼躲他，咱們像是逃犯一樣。」

「依妳什麼意思？」魏青岩忍不住又啄了她的嘴唇一口，紅潤，還有些昨日瘋狂留下的紅腫，看起來甚是誘人。

林夕落舔了幾口嘴唇，「再換個地方，咱們就不走了！有本事他把生的兒子都送來，我不差幾個錢，全都養著！」

魏青岩嘴角微扯，「妳就不怕妳那位先生記恨？」

「他記恨什麼？」林夕落抗拒不了他的大手又伸進衣襟內，連忙用手緊緊地捂住。

「妳以為哈利魯格的女兒總來找妳是為什麼？」

哈利魯格是這片領地的王，魏青岩當初率眾到這裡來時，也是與他交戰多次，才在此打下了一塊領地。而當哈利魯格知道魏青岩的入侵是因為他的女人喜歡這個地區的青草與潺潺流水，他的兒子喜歡此地的野馬，他的女兒喜歡這裡的花兒時，哈利魯格恨不得這雙眼睛當成瞎子。

這是什麼人啊！

得知魏青岩沒有入侵的企圖，哈利魯格開始與他相交來往，他的女兒更是時常來與林夕落敘話，與林夕落學雕藝，與林豎賢學之乎者也，而且樂此不疲。

難道是為了林豎賢？

林夕落輕皺眉頭，琢磨半晌，「先生也的確該娶親了，他都已過了而立之年了！」

魏青岩沒等再點頭，林夕落瞪眼道：「可朵兒太小了吧？她今年才十六歲。」

「那又怎樣？」

「那不又是個吃嫩草的……」林夕落這話一說完，立即感覺到魏青岩目光中湧起的不忿。

「我沒那個意思……嗚唔，沒力氣了，唔，肉滾兒還等我去餵馬，唔，圓妞……」

一陣微風輕輕吹進來，紗帳輕飄，兩人癡纏的呻吟也隨之飄蕩。恩愛，也是一場戰鬥。

朵兒等了許久都沒等到林夕落出來，儘管她是為了見一見那位先生，可他極是顧忌所謂的規禮，沒有林夕落帶著她，他根本不與自己相見。

怎麼有那麼固守教條的人？偏偏自己又對他如此傾心……

朵兒焦急等待之餘，花嬤嬤又倒了一杯茶給她，朵兒連忙道謝，「嬤嬤，你們的王妃怎麼還不來呢？她幹什麼去了？」

花嬤嬤笑著道：「王妃與親王在一起。」

朵兒羞赧豔羨的一笑，「真好！」

「朵兒姊！」魏文擎從屋中出來，朝著她便喊了一聲。

朵兒笑著道：「怎麼？與姊姊騎馬去不去？昨兒那一匹你可還沒馴服呢！」

「今兒不行了，元武又接到他爹的來信，我們可能又要走了！」魏文擎沒心沒肺，他從來沒見過孝青帝，自然心中也沒什麼皇帝大於天的概念。

林夕落一直都說孝青帝是元武他爹，於是魏文擎幾個小傢伙兒也這樣喊習慣了。

朵兒聽了嚇一跳，「你們還要走？」

「是啊，每一次元武接到他爹來信，我爹和我娘就會帶著我們離開。」魏文擎撂下課本，揉著下巴道：「不過下一個地方不知還有沒有這麼烈的野馬了，要不然再去過過癮！」

魏文擎正在琢磨的功夫，只覺得眼前一陣風，朵兒已經衝進學堂，直奔林豎賢而去。

林豎賢正在與周元武說起孝青帝的信，忽見一個人衝進來，還沒等反應過來，就聽到朵兒問道：「你們要走？先生也走嗎？」

林豎賢怔愣之餘，周元武和圓妞兩個早已經躡手躡腳，嬉笑著離開。

誰不知道這位姊姊喜歡先生？

見朵兒這樣問，林豎賢點了點頭，「或許要走。」

他不是不知道這個女孩兒的情意，可他已經習慣孤身一人……

「能不走嗎？」朵兒小心翼翼地問。

林豎賢也有些不捨，可依舊搖了搖頭，「還不知道，估計會走吧。」

朵兒很傷心，眼中含了淚。林豎賢低頭收攏書籍，只當作沒看到。

這個女孩兒的性格奔放，習武騎射也甚是精通，可林豎賢不知為何，每一次看到她，就會想到以前的林夕落。

那個女人是自己心中的一個陰影，儘管現在他對她早已沒了過往的情愫，可他卻分不清楚他對朵兒的好感是不是這個原因。如果是，那麼對她是不公平的。

「如果，我不想讓你走呢？」朵兒咬著牙，問出這一句。

林豎賢手一抖，書全都掉了地上。

他急忙蹲下去撿，朵兒也跟著蹲下，他起身，朵兒也跟著起身。

「妳這又是何必呢？」林豎賢終究沒轍，沉嘆一口氣，只想著用什麼樣的方法來化解這個女孩兒的怨。

「我不讓你走！」朵兒喊了一句，林豎賢嚇一跳，可更讓他驚嚇的是，朵兒竟然衝了上來，緊緊摟著他的脖子便吻了下去。

「唔唔，於理不合……唔，成何體統……唔……快放開……」

林豎賢單薄的身子，自是比不過自幼習武的朵兒，他就這樣被制住，連腦袋都被牢牢按住。

被強吻許久，朵兒起身的第一句話便是：「你占了我的身子，你必須娶我，我這就回去讓父王來提親！」

朵兒說著就跑了出去，林豎賢癱在地上，抹了抹嘴正欲起身，抬頭就看到三個腦袋躲在門縫兒處嘻嘻竊笑，笑得鬼頭鬼腦，林豎賢的一張臉刷的便紅得像大蘋果，而且還是熟透了的。

這事兒怎麼辦呢？

林豎賢憂傷了……

魏青岩與林夕落一起身，就聽到三個小傢伙兒嘰嘰喳喳的把豎賢先生被強推的事彙報了。

「朵兒姊可真厲害，先生居然動都動不了！」

「你怎麼知道先生是動不了？興許是不想動而已……」

「你們太壞了，怎麼能這樣說先生？不過，娘，朵兒姊說先生占了她的便宜，先生要娶她嗎？」圓妞圓圓的大眼睛看著林夕落與魏青岩，好奇地等待著答案。

林夕落聽得目瞪口呆，轉頭看向魏青岩，卻見他的目光中除卻驚訝外還有一絲竊喜，「他跟那個女人挺合適的。」

「那咱們不走了？」

「要不就把他留下來怎麼樣？」魏青岩的提議得到了魏文擎與圓妞的強烈同意，他們倆實在太討厭背那些之乎者也的東西了。

雖然先生是個好先生，可相比於之乎者也，他們還是選擇了背叛。

周元武有些小心計，他若說同意，讓父皇知道會不會揍他？可若說不同意，好像又不合群，索性站在一旁不說話，不發表意見。

林夕落沉了半晌，小心翼翼地問：「是不是有些不厚道？」

「大不了等他成了親，咱們再回來……」魏青岩說罷，林夕落立即點頭，「好，咱們走！」

林豎賢只覺得吃完午飯困乏得厲害，等他醒來，忽然發現人去樓空，怎麼一個人都沒了？

正準備衝出去尋找，卻發現哈利魯格正在門口等著。

出門相迎，還未等行一個禮，就聽哈利魯格道：「以後你就是我女兒的男人！」

「啊？」林豎賢瞪圓了眼，「今日之事的確是我的錯，可不能就此……」

「什麼誰對誰錯的，你占了便宜，你就要娶他！」哈利魯格一擺手，一個高頭大汗上前一把將林豎賢給扛在了肩上，塞上馬，帶著就往他們的領地跑去。

不容林豎賢多說，直接套上了喜禮的衣裳，灌下一罈子烈酒便塞入了洞房之中。

喜燭融融，將整個房間映襯得極紅。

朵兒見林豎賢踉踉蹌蹌的，急忙上前扶著他，「這都是依照王妃所說，按照你們那裡的喜禮來辦的。」

林豎賢嗆咳不止，他心中只有一個念頭：他被綁架了！

朵兒看著他，自己剪了兩人的髮絲，打成了同心結放在床頭，又端了酒，與他喝了交杯酒。

可朵兒誤會了交杯酒的量，他們這裡全都是論罈的，於是，林豎賢又被強灌了一罈子。

濃濃的酒意湧上，林豎賢癱軟如泥，由著朵兒為他褪去了衣裳，褪去了外褲，又紅著臉，褪去了他最後的一道防線。

她要這個男人，這就是她的男人……

魏青岩此時正在一旁與哈利魯格碰杯暢飲，今日林豎賢大婚，他是發自內心的高興。

他跟著自己數年，可魏青岩的心底總有那麼一絲小小的嫉妒，這傢伙兒不至於現在還對夕落那般癡情吧？

於是，今日他做了一個假象，做成了眾人離開此地的假象，讓林豎賢驚呆之餘，手足無措，接著被哈利魯格搶了來……

待過些日子再出現，他總賴不上自己不管了吧？生米煮成熟飯，他還能反悔不成？

魏青岩心底竊笑，與哈利魯格把酒言歡。

喜房之內……

朵兒很抑鬱，雖然有人跟她說過了應該怎麼睡，可……可她怎麼弄不明白應該是哪裡呢？是前面的？還是後面的？

可是後面好緊啊……

不管了，煮了熟飯再說！

「啊！」

「啊！」

兩聲慘叫，卻是兩人共同發出的，朵兒看著林豎賢齜牙咧嘴的模樣，連忙道：「我錯了，我重來！」

酒衝心頭，林豎賢卻是無比的清醒，翻起身壓朵兒於身下，「我是男人，我來！」

「唔，您輕些……」

……

這晚，是一個新的開始……

後記

《喜嫁》完本了。

這是琴律完成的第二部作品，也感謝朋友們能夠全部讀完，並看到琴律在結尾的這一段話。

林夕落這個角色的塑造有一點點琴律本人生活的影子。

從渴望到擁有，可擁有之後卻狂熱地做出許多歇斯底里、不著邊際的事來，心中要保護家人，其實，她才是一個被眾人圍護的幸運兒。

林夕落便是這樣的一個人。

她穿越到夢中，得到了曾經奢求的親情，可越要攥在手中，卻錯誤越多，直到她真正的明白，她是被親人呵護手心兒的幸運兒，她才逐漸認知到「情」字的偉大，也敞開心扉去迎接許多她曾不屑、不恥、不認同的人與事。

她的可貴在於成長，琴律寫完這一本書，也得到了成長。

魏青岩這個男主就是一堵牆，一個可以讓林夕落隨時依靠的牆。

或許女人都需要一堵隨時可以依靠的堅實的牆，因為我們是女人，即便是叱吒風雲的女強人，她的心靈或許也需要一個安全的港灣去停泊、去靜思，尋覓一個容我們喘息之地。

所以琴律塑造了一個願意寵她縱她嬌慣她的男主，同時，他也需要她的呵護，因為男人的心底也有那麼一個隱祕的空間需要去關愛、去保護，與最愛的女人相扶相依地度過人生路，披荊斬棘，尋找他們嚮往的生活。

嗯……

在此做個小八卦爆料，其實，琴律的先生當初向琴律求婚時，一個愛字都沒有，只說了這樣一段話。

「……給妳砌堵牆，可以擋著風、擋著雨。妳難過的時候，可以靠在牆上；妳不開心的時候，可以躲在牆後面……」

他也真的做到了當初的承諾。

八卦完畢！

或許很多朋友會覺得琴律文中屢屢提到「為了活著」這個話題過於沉重，但這是琴律本人的生活目標，只要活著，活得快樂，才是我期望的完美人生。

生活就是那片湛藍的天空，它在觀望著我們每個人的成長，觀望我們的喜怒哀樂，觀望我們的悲歡離合，我們要過得快樂，即便是曾經流過的淚，那也是歷史篇頁上的閃光點，回憶之時，我們應當綻放會心的笑，勇敢地面對未知的生活。

我們，要勇敢……

作　　　者	琴律
封 面 繪 圖	若若秋
責 任 編 輯	施雅棠
副 總 編 輯	林秀梅
編 輯 總 監	劉麗真
總　經　理	陳逸瑛
發　行　人	涂玉雲
出　　　版	麥田出版 城邦文化事業股份有限公司 104台北市中山區民生東路二段141號5樓 電話：（886）2-25007696　傳真：（886）2-25001966
發　　　行	英屬蓋曼群島商家庭傳媒股份有限公司城邦分公司 104台北市中山區民生東路二段141號2樓 客服服務專線：（886）2-25007718；25007719 24小時傳真專線：（886）2-25001990；25001991 服務時間：週一至週五上午09:00~12:00；下午13:00~17:00 劃撥帳號：19863813；戶名：書虫股份有限公司 讀者服務信箱：service@readingclub.com.tw
麥田部落格	http://blog.pixnet.net/ryefield
香港發行所	城邦（香港）出版集團有限公司 香港灣仔駱克道193號東超商業中心1樓 電話：852-25086231　傳真：852-25789337 E-mail：hkcite@biznetvigator.com
馬新發行所	城邦（馬新）出版集團【Cite (M) Sdn Bhd】 41, Jalan Radin Anum, Bandar Baru Sri Petaling, 57000 Kuala Lumpur, Malaysia. 電話：(603) 90578822　傳真：(603) 90576622 Email：cite@cite.com.my
美 術 設 計	洸譜創意設計股份有限公司
印　　　刷	鴻霖印刷傳媒股份有限公司
初 版 一 刷	2013年9月5日
定　　　價	250元
I S B N	978-986-173-976-2

漾小說 100

喜嫁 柒 完

國家圖書館出版品預行編目資料

喜嫁 / 琴律著. -- 初版. -- 臺北市 :
麥田, 城邦文化出版：家庭傳媒城邦分公司發行,
2013.09
冊；　公分. --（漾小說 ; 100）
ISBN 978-986-173-976-2（第7冊：平裝）

857.7　　102009921